女人不是月亮

杨廷玉 ◎ 著

长 春 出 版 社
全国百佳图书出版单位

图书在版编目（CIP）数据

女人不是月亮 / 杨廷玉著. —— 长春：长春出版社，
2025. 1. —— ISBN 978-7-5445-7548-5

Ⅰ. I247.5

中国国家版本馆CIP数据核字第202483BA35号

女人不是月亮

著　　者　杨廷玉

责任编辑　历杏梅

封面设计　宁荣刚

出版发行　长春出版社

总 编 室　0431-88563443

市场营销　0431-88561180

网络营销　0431-88587345

地　　址　吉林省长春市南关区长春大街309号

邮　　编　130041

网　　址　www.cccbs.net

制　　版　长春出版社美术设计制作中心

印　　刷　长春天行健印刷有限公司

开　　本　880mm×1230mm　1/32

字　　数　275千字

印　　张　12.875

版　　次　2025年1月第1版

印　　次　2025年1月第1次印刷

定　　价　69.80元

内容提要

　　女人，不应该借助他人的力量而发光；在改革开放的今天，女人更应该有自己的社会位置与独立人格。这是女主人公扣儿付出昂贵代价而得到的人生启迪。

　　扣儿和田牛本属不同轨道的行星，本应按照各自的轨道相互平行地运转，然而改革的大潮使他们意外地相撞了。于是这撞击的火花便融化了伦理、道德积习等等世俗观念的禁锢。但是，在当代意识与传统观念的抗衡中，现实使他们陷入陷阱密布、荆棘丛生的险境，扣儿被迫带着身孕浪迹深山谋生。

　　当田牛摆脱婚姻羁绊并成为甜甜樱桃酒公司经理之时，扣儿也已历尽磨难成为红极一时的时装模特儿，两人邂逅于省城。数年含辛茹苦忍辱负重终于苦尽甘来。然而在震惊省城的结婚盛典中，扣儿隐遁消失了。

　　作者在娓娓讲述男女主人公曲折浪漫故事的同时，以敏锐细腻的笔触塑造了男女主人公与生活在他们周围的张四爷、曹

四、恶面人赵鬼、女店主、欧阳大姐、纽儿以及流氓冯五等众多个性鲜明的典型形象，烘托出一颗颗不安分的魂灵；并循着女主人公命运的轨迹，描绘了偏僻山村、繁华小镇、古老城郭与现代都市的万千风情，展示了广阔的社会时代背景；揭示了商品经济的浪潮怎样不可阻遏地冲击着古老的生活墙垣，引发了道德、伦理、观念、价值等若干精神领域的阴阳大裂变，富于深刻的人生哲理与浓郁的当代意识。

目　录

卷 一

姹紫嫣红丽色撩人。来自远乡的传奇男女
新婚燕尔，引起都市社会的瞩目。孰料接新娘
的轿车空空而归，使得人们如坠迷谷……

正在发生的故事

——其一

这是座百万以上人口的都市。虽然在关东三省它还不算最
有名气，但那浓荫覆盖的大街、别具一格的城市建筑以及在其
他历史久远的繁华都会里很少见到的大片大片绿地，都使生活
在这里的人，心情愉悦地度过每个色彩绚丽的日子。不过，再
没有比这个夏日更妩媚更清馨更能撩起人的绵绵情丝了。倒不
光因为那天空的明净剔透甚至连绺云丝都难寻难觅；也不光因
为那轻风的温柔多情撩起了本城名媛淑女额前的美发；更不光
因为那鸟的啁啾蝶的翩跹花的开放和孩子们嘹亮的歌喉。当然，
这些全都是不可缺少的元素。然而真正使这个夏日富有诗意的，
却是那世俗世界的欢乐。

今天是个双日。

这是男婚女嫁的黄道吉日。

自红日东升始，那爆竹便不时响起。及至上午十点左右，爆竹声大作，那气势宛若除夕。仿佛有谁暗中发起一次新婚大赛似的，参赛男女都不遗余力倾囊消费，将那成捆成捆的钞票花在富丽堂皇的新房里，花在尖端高档的家用电器上，花在面料昂贵款式新颖的服装中。而最集中显示各家财富的，却是那一个个恢宏壮观的结婚场面。谁家的车队长，谁家的宾客多，谁家便门楣耀眼四壁生辉，脸上也觉得惬意光彩。尽管有关部门三令五申要矜持些，但人生最得意之时，哪一个又能矜持得了呢？于是那些腰缠万贯的角色，竞相炫财耀富摆阔显贵。一些囊中尴尬的人们，也不得已咬紧牙根，硬是将那新婚盛典弄得繁花如锦，那气氛被渲染得如同过节一样。

然而，在这个百万人口的繁华都市里，在这春色撩人的良辰美景中，哪一家新婚场面能够比得上将要在本城最著名的"新星饭庄"举行的结婚盛典呢？

那地点先就令人瞩目。

"新星饭庄"坐落在城市南郊。沿着那条笔直宽阔的林荫大道，驱车十里，便可见一湾碧莹莹的湖。湖水环流，中间是一方运动场般大小的绿洲。其间修有人工假山亭台小榭曲槛回廊。在这些显示着人类智慧的赋形中，最有气派的则是那幢濒临水边的高大建筑，那就是落成将满两周年的"新星饭庄"。凡属本城企业界建筑行的人大都知道，这座大楼是数十位驰名遐迩的城乡企业家集资盖起来的。它的接待对象多半是外商和海外华侨，营业目的除了赚取外汇，主要是为这些企业家同那些外商华侨们洽谈贸易以及投资项目等活动提供较为高级的食宿条件和谈判场所。能在这样的地方举行人生最重要的新婚仪式，除了显示当事者的富有，还得必须具备是企业界新星的条件，这样的殊荣谁不歆羡呢？

那排场设计也令人咋舌。

按照操持这次隆重仪式者的安排，接新娘的车队在穿过那条林荫大道驶到湖边时，全体下车，新娘与等候在湖边的新郎挽手登上漆光耀眼的喜船，绕湖一周后，在轰鸣的爆竹声中缓缓下船，步入红毯铺地的"新星饭庄"一楼大厅，在那里正式举行新婚典礼。这仿佛是哪部电影里公主出嫁的场面，怎能不逗起那些预先知道这项设计者的兴趣？而且一家小报居然对此等铺排提出非议撰文发表。这其实等于是在做广告。本来这里就是风景宜人的游览区，天气忒好，又是星期天，男女游客早已蜂拥而来，再平添这一赏心乐事，那湖边柳堤、湖心绿地、湖面小船上，竟密密麻麻都是人，仿佛是在召开一次盛大的群众集会。

当然，博得本城市民青睐的，不只是由于"新星饭庄"的豪华富贵，也不只是由于将要出现的场面新奇壮观。吸引他们前来一睹为快的，多半是由于新郎新娘的魅惑人的风采和他俩传奇般的经历。借助于都市里传播信息的渠道，人们都晓得新郎是本城"甜甜"樱桃酒公司中方经理田家兴，新娘是本城"丽丽"时装公司明星模特儿柳三月。他和她的尊容，多次出现在报刊版面和电视屏幕上。这两位出身微贱际遇坎坷的乡间男女，一个风流倜傥超凡脱俗，一个丽姿天色千般风致，关于他和她的罗曼情史，早就被那些喜欢窥探别人隐私的人们，添枝加叶津津乐道，传播在茶馆酒肆剧场舞厅之中，自然免不了染上胭脂桃色床笫艳闻。现在，当他和她即将结成伉俪之时，那些曾经为这对男女的风度所倾倒的人们，都不约而同地前来观瞻了。

上午九时三刻，那艘用鲜花和彩带装饰起来的大船从湖心缓缓驶向岸边，新郎田家兴西装革履志满意得地站在船头上。接新娘的车队已经出发半天了，如果不出啥差错——其实会出啥差错呢？他和她虽然在城里邂逅重逢快一年了，虽然两人之间已不似先前那般亲密，而且发生过几次大的龃龉，但那都是因为别人引起，并不伤害他和她的感情；她不是终于答应嫁给他了吗？在结婚典礼即将举行的时刻，萌生这种念头简直是杞人忧天。新郎心里责备着自己：活见鬼，哪来的差错可出？如果不出啥差错——十点整，她就会以那倾倒万人的美貌从喜车里走出来，轻移俏步，和他挽手携肩，在羡慕和欣赏的目光中，旁若无人地登上大船，绕湖一周，把那胜者的骄傲报复的快感都融进那碧波闪闪的湖水中。

一丝浅笑不着痕迹地挂在他的嘴角。他不再是樱花镇上那个债台高筑如丧家犬般的乡间穷小子田牛，他如今是拥有近百万固定资金的年轻阔佬。生活虽然刻薄过他，但终于还是一股脑儿补偿了他。金钱、爱情、声誉，都唾手而得了。还需要什么呢？田牛——田家兴望望越来越近的湖岸和岸边攒动的人群，嘴角那丝浅笑越来越明显了。

湖水好深，竟使得大船一直靠近岸边。这自然是金钱的魅力。好多天前，他就捐了一笔数目不算小的款子给湖区园林管理处，于是，为使大船靠岸不致搁浅，若干名清淤工人连续工作好几天哩！

"呜——"嘹亮的汽笛使岸边骚动起来。田家兴不待大船停稳，便敏捷地跳上岸。立刻，无数个相机镜头对准了他，嘈杂的七嘴八舌包围了他：

"请问田经理，你是和柳三月在乡村恋爱的吗？"

"田经理，听说你这是第二次结婚，是真的吗？"

"田经理，我是本城晚报记者，请你谈谈对婚姻、爱情及人格独立的看法。"

"请问田经理，据说追求你的姑娘很多，可你只想同柳三月结婚，是因为她长得漂亮吗？"

"田经理，假若柳三月不是这般美貌，你还能对她一往情深吗？"

"田经理……"

"请问……"

新郎田家兴仿佛没听懂那些乱哄哄的话儿，那双锐利的眼睛朝那条林荫大道瞧看。

一辆黑色轿车疾驰而来。

怎么轿车的速度那般快？怎么是一辆轿车？还没容新郎田家兴细细思忖是怎么回事，站在高处瞭望的几个毛头小伙已经点燃了手中的爆竹。噼啪大作的音响引发了船上的管弦乐队，顿时，铜管长号齐鸣，锣声鼓声铿锵，伴随着惊天动地的爆竹声，四周旋起了喜气洋洋的共鸣。一群被惊动的水鸟在湖面上聒噪着飞来飞去，随即又窜上蓝天，和那些盘旋的鸽群进行同种异族间的交往去了。

黑色轿车吱地停在路口。

从车里出来的不是人人都想一睹芳容的新娘柳三月，却是前去迎接新娘的"大吱客"——田家兴的铁哥们老黑。他黑着脸，在田家兴耳边嘀咕了几句话，使得田家兴面色唰地变得灰白，连话都说不出来了。半晌，他仿佛从惊呆中清醒过来，颤抖着将轿车门拽开钻进去。

黑色轿车顺着林荫大道朝市内疾驰，将那火爆热烈的场面远远地抛开了。

爆竹依旧在鸣放，乐队依旧在吹打，然而拥挤在湖边瞧热闹的人们个个都丈二和尚，傻了。

究竟发生了什么事？

姑且抛开这个悬念，让我们轻轻撩开时间的纱帷，将沉思的目光凝聚在男女主人公曾经留下的足迹上，但愿读者诸君别嫌絮烦。

诱　惑

那绿柳遮阴的村落，那鲜为人知的去处，每天每天都在发生着有意思没意思耐人寻味味同嚼蜡的故事。虽然描述这些凡夫俗女的故事，大都不会有什么惊人之笔，而且笃定不能出经入史，但我还是乐于此道。我相信，那些肉眼难辨的星儿不是不闪光，而只是距离我们更遥远些罢了！

且听我说……

一

这地方叫鸡鸣岭。

乡语虽称"鸡鸣闻三县"，这里却可以将晨鸡报晓送到两省境内。那条关东人引为骄傲的松花江，气势雄浑地流，润出这方良田沃土，羁住几十户世代相传的农家，天复天年复年地重复着刻板单调却又怡然自得的田园生活，亘古如斯绝少变化，一如太阳晨升夕落，从前和现在并没有什么两样。

这地方是个"三不管"，虽然在两省四县的行政区域图上，都曾有"鸡鸣岭"的芳名，但因其路途遥远，地处新月形的江心岛内，便很少有县乡行政官员涉足这里，于是"山高皇帝远"遂成了这里人的口头禅——尽管这里没山，但那遥遥乡路也使外乡人望而生畏，其艰难处也不逊于爬山呢！

这地方太寂寞了。倘若一位久居都市习惯了那种五光十色生活氛围的人，突然来这里住上三天五日，一种与世隔绝的寂寞感便会大雾般笼罩心头，甚至会怀疑时光是不是滞留在遥远的地方还没动身？空间是不是在某一瞬间被谁切割开"定格"了？如是描述并不夸张矫饰，设若不信不妨亲临其境。不必说日出而起日落而息的传统劳作方式，也不必说约定俗成的"仨饱一个倒"的习惯生活方式，单是那窒息人的沉寂就叫一个神经健全者难以忍受。每天，除了晨鸡啼叫，唯一时常响起的便是那口深井的辘轳把吱吱呀呀的摇动声。慵懒的狗几乎都忘记叫了，因为极少有陌生人来。倘说都市的喧嚣噪声的泛滥已经对人的心理生理造成无形的伤害，但这田园的静谧生活的单调不也同样无形地伤害人的心理生理吗？

哪里是理想的伊甸园？

二

扣儿就是在这样的环境中悄悄长大，出落成水葱般鲜嫩的乡村大姑娘的。大概是造物主偏心眼，把山川灵秀日月精华草木精髓全都给了她。瞧那星子般闪亮的双眸，那张白里透着红晕的瓜子脸，那道鼓鼓溜溜的高高的鼻梁，那口洁白晶莹排列整齐的皓齿，那两条无须修饰便很弯很黑很长的柳叶眉，还有那窈窕的富有曲线美的腰肢和微微隆起充满弹性的胸脯，都使她暗合那句形容绝色女子的成语：沉鱼落雁闭月羞花。

可惜，如此佳丽却经常粗布烂裳，仿佛是一颗珍珠糊满了污泥，使得那珍珠的光彩也有些暗淡了。倒不是姨父姨母心狠吝啬不肯花钱打扮扣儿。扣儿也从来不这么想。扣儿三岁死了爹四岁死了妈，是姨父姨母将她拉扯大。再生父母哟，感激都嫌不够，还能苛求吗？妈怀胎时就将扣儿许配给了纽儿哥，扣儿既是姨父姨母的外甥女，又是姨父姨母未来的儿媳妇，姨父姨母恨不得将全部积蓄都花在扣儿身上，可是他们有顾虑。他们害怕扣儿打扮得太漂亮招风惹眼，他们害怕儿子纽儿和外甥女扣儿的先天距离会越拉越大，害怕聪明伶俐漂亮多情的儿媳妇飞了。

唉，都怨纽儿天生那么丑！

据说子女在母腹里还是胚胎时，母亲经常瞧什么，子女出生时就像什么。姨母经常叹悔，怀纽儿时，家境贫寒，天天得喂猪，纽儿的兜风耳小眼睛肥肚皮可不都有几分像猪吗？为了这个遗憾，姨母发誓不再养猪，惹得姨父大骂："种高粱还能出谷子？你也没搬块豆饼照照自己那副德行！"姨母果然不出声了。是啊，她和丈夫都其貌不扬，怎敢奢望儿子貌比潘安呢？

苦了扣儿。

姨父姨母早达成了一种默契，拣好吃的给扣儿，拣好穿的给纽儿。扣儿从小断奶，需要补养补养；纽儿天生丑陋，理该打扮打扮。不偏不倚，五两半斤，姨父姨母心理得到了平衡。遗憾的是，这种安排并没使扣儿和纽儿满意。假若扣儿和纽儿颠倒一下位置就好了。男孩家愿吃，女孩家好穿，各取所需，各得其乐。偏偏造物主性格诙谐，喜欢跟人搞恶作剧。馋嘴的纽儿时常望着扣儿的饭碗流涎水；爱美的扣儿总是瞧着自己褴褛的衣裳叹气。有时候他们也暗暗地单方调剂，扣儿把好吃的东西留给纽儿，纽儿却不能把自己的衣服送给扣儿。食物人人能吃，衣服却不是每个人都能穿呢！何况是一男一女，就更毫无办法了。

又苦了扣儿。

三

这是鸡鸣岭人最惊奇最欢喜最惶惑也是最骚动的日子。江北邻省邻县樱花镇时装厂的时装表演队应省城"丽丽"时装公司的邀请，要去参加一次大型时装展销会，却因暴雨冲毁江桥不得不改走鸡鸣岭，再从这里绕道S县城，从那里搭火车到达目的地。殊不料这迫不得已的改道竟使得寂寞冷清的鸡鸣岭热闹起来。

可怜的鸡鸣岭人，似乎很早就跟尘世上的各种娱乐绝缘了。他们的先祖固然不会知道"四大名旦"的名讳，他们自己能欣赏到的皇冠艺术也便是那满篇粉词儿的"滚地包"——可惜就连这些通俗娱乐也在鸡鸣岭销声匿迹了。传说那班民间艺术家们鲤鱼跳龙门打进了大城市，这偏远闭塞的旮旯之地再也无法留住他们的脚步喽！鸡鸣岭人尚可指望的还有每月一次的电影放映日。这是他们眼里仅逊于春节的隆重时刻。虽然那放映的片子常常老掉牙，却也令那些鸡鸣岭人都如痴如醉。遗憾的事情发生在最后一次放映武打片《少林寺》时。那银幕上的武打还没见出输赢，那银幕下的武打便开始了。因为抢占好位置引发了一场旗鼓相当的恶斗。张老疙瘩一拳擂掉高家四赖两颗门牙，不提防，又被高家四赖老婆抓个满脸花，最后竟"城门失火殃及池鱼"，把电影放映机砸了。气得电影放映员大骂"山狼水贼没一个好揍"，居然三年不再到这里来。于是，最后的消遣对象只有全村那台公用的黑白电视机了。本来家家户户都能买得起，因为地处偏远，图像模糊，有时又没了声音，便谁也不想购买，天天晚上拥到老五保家，看那台家家摊钱给五保户买的电视机，三掰两拧鼓捣坏了完事。

鸡鸣岭依然如先前那般沉寂。

每天除了晨鸡啼叫依然只有那口深井辘轳把"吱呀呀""吱

呀呀"……

　　且说这天早晨。

　　浓雾遮住了视野中的全部赋形，连嘹亮的鸡啼也在雾气中变得暗哑了。蓦地，从半里外江面上传来震天锣鼓声，间或有唢呐欢快地鸣奏，还不时响起几声爆竹。刚吃早饭的鸡鸣岭人不约而同从四面八方跑上江堤张望。大雾浓处飘来歌声，显然是自编歌词配的关东民歌野腔野调：

　　　大姑娘美呀大姑娘浪，

　　　小伙子帅呀喜洋洋，

　　　穿上时装天南海北闯，

　　　乡巴佬要登大雅之堂。

　　　咿呼嗨呀哪呼嗨呀，

　　　咿呼哪呼咿呼嗨呀，

　　　若问我们名和姓啊，

　　　樱花镇时装厂美名扬。

　　…………

　　鸡鸣岭人皆大悟。原来这是江北樱花镇时装厂的时装表演队。早就听说他们进城串乡江东水西到处推销时装，盈利百万，有的时装甚至打入了国际市场。鸡鸣岭人做梦也没想到他们会来这里。信息传开，家家户户倾巢而出，连鸡鸭鹅狗都尾随上了江堤。此时，红日冉冉东升，浓雾徐徐飘散，停在江边的两条大木船渐渐显露出轮廓。那些衣着入时款式新颖的男男女女，叽叽嘎嘎地大声说笑，穿梭般从船上往岸边搬运时装箱子。鸡鸣岭人像瞧西洋景般呆看，樱花镇人忒傲。他们自诩见过大世面，便不把鸡鸣岭人放在眼里，对于这么隆重的夹道欢迎竟睬都不睬。约莫过了个把钟头，船上的服装搬运完毕。一个风度翩翩的小伙子微笑着走上江堤，朝满堤男女老少躬身施礼，口齿清晰地说道："鸡鸣岭的父老乡亲老少爷们兄弟姐妹们，我们樱花镇时装厂表演队应邀去省城展销夏季时装，因大雨冲毁江桥不得不改道进城路过鸡鸣岭地面。可是从这里到 S 县城还有百八十里，这么多服装靠我们这些人怎么能运得去？现在我向大家宣布，有愿意帮助我们运送服装的，根据劳动量大小付给高额报酬。谁如果想去，请到我这儿报名！"

满堤鸦默雀静，竟无一人应声而出。

平心而论，鸡鸣岭人囊中并不怎么羞涩，谁兜里还没俩钱呢？他们自然对赚那高额报酬不怎么热心，不过，他们很想瞧瞧那些箱子里的服装穿在那些男女身上到底是个什么模样。因此当那位小伙子再次吁请的时候，有人提出要他们穿上时装当场表演一遭看看。

那位显然是这支时装队伍的头儿。他抬腕看看手表，略一踌躇，便吩咐男女时装模特儿换上箱子里的服装，在这蓝天绿柳映衬的江边舞台上，在晨雾缭绕暖风吹拂水鸟啁啾的大自然怀抱里，翩然起舞搔首弄姿，把个鸡鸣岭男女老少看得如痴如醉目瞪口呆。

然而最痴最呆的还是躲在柳林深处的扣儿。

这位如花似玉的姑娘不敢在人前露面。她的穿着太寒酸了，简直形同乞丐。哪一家的大姑娘到了夏天不三脱三换？唯有她，那件又瘦又小的藕荷色衬衫已经穿了五年，不但缀满了补丁，连颜色都有些不伦不类了。裤子倒是不旧，但颜色又深又老。她很恼火姨母，怎么难看怎么丑陋就怎么打扮外甥女。她不是自己的亲姨吗？而且迟早还要做外甥女的老婆婆。亲姨婆母，怎么那么不通情理？扣儿心里这样想，嘴上可从来没跟任何人说。她是姨母拉扯大的，她不能叫别人说她昧良心忘恩负义。

扣儿悄悄拨开柳枝，一双黑溜溜的眼睛在那些摩登男女身上扫来扫去。她从来没见过这些面料精美款式新颖色彩绚丽的服装，她自然也叫不出什么毛涤纶的确良真丝混纺纤维花呢诸如此类的名词术语，她当然更不晓得什么是连衣裙旗袍裙西服裙百褶裙喇叭裙，至于那些牛仔裤乞丐装比基尼泳装就更是另外一个星球上的事情了。她这会儿只有一个念头不断在脑际盘旋，觉得自己枉活了这么些年。虽然她不断警告自己不要胡思乱想，可是那念头像嗖嗖乱窜的长虫没头没脑地往脑袋里钻。

一阵欢呼声，表演戛然而止。

一饱眼福的鸡鸣岭人热情邀请樱花镇时装表演队的男男女女到家中做客，并纷纷拍胸脯保证帮助他们将服装箱运到 S 县城。

那领头的小伙子觉得盛情难却，便吩咐麾下人们速去速回尽早赶路，自己则留在江边看管那些大大小小的服装箱。

喧闹的江边顷刻间变得静悄悄的。

四

扣儿没有走。

　　她仿佛忘记了时近中午姨母又要站在门口唤她回家吃午饭了。午饭依旧很丰盛，一盘腊肉炖豆角，一碗清蒸鸡蛋糕，说不准还有一盘生葱拌鱼片，也许还会有鲜羊肉汤。

　　今天是她的生日。

　　别人过生日十有八九想开开荤吃点儿好东西，她却对什么都索然无味。她不可名状的潜意识里似乎曾经闪现过什么念头。到底是什么，她自己又有些茫然若失说不清楚。

　　不过她现在豁然领悟了，她想在自己的生日这天穿件漂亮的衣服。她摸了摸胸前衣兜，那里有十元钱，是姨母早晨给的生日礼物，叫她自己随便花。哼，随便花？买瓶雪花膏还得遭姨母白眼，还不是走个好瞧？叫她给家里再添置些炊具什物，诸如扫帚、铁勺、饭碗什么的。

　　唉……

　　难道就不能用这钱买件小褂在野外偷着穿要回家时再把它脱下藏起来？她为自己的灵机一动而兴奋，该死，以前咋就没想到这个法儿？

　　她目送喧嚣的人群进了村子，就轻轻钻出茂密的柳林，光着脚板，在细细匀匀绵绵软软的沙滩上走着。

　　那时装表演队的头儿大概是听见了身后有簌簌的脚步响，便回头去瞧。

　　他蓦地一怔。

　　出现在他眼前的先是一个衣衫褴褛的乞丐。

　　紧接着，这乞丐变成了一个娇美的乡村大姑娘。

　　随即这大姑娘变成了丽质天然的西施。

他呆住了。

他走南闯北结识过多少巾帼风流，却不曾像今天这般怦然心动。

假若她穿上他们生产的服装去省城舞台上走一遭，他敢肯定会引起轰动。迄今为止他的服装表演队里还没有比她漂亮的。她是这鸡鸣岭的姑娘吗？她为什么穿得这么狼狈？她一个人来这里干什么？

他用眼睛审视着扣儿。扣儿脸羞得绯红，使她越发显得妩媚。她显然局促不安，两只手没处搁没处放，两只脚慌乱地蹉着松软的细沙，仿佛随时准备跑掉。

"你是这屯子的吗？"

"嗯。"

"你叫什么名字？"

"扣儿。"

"什么？"那英俊潇洒的青年似乎没听懂，又问了一句。

"扣儿，就是衣服上的扣儿！"扣儿慌忙指指衣襟，脸上腾地红了。该死，胸前的衣扣不知啥时挂掉了，那白嫩的胸脯一挺，充满弹性的乳峰竟拱了出来。

那青年有些心跳，他克制着自己，嘴里喃喃地重复着："扣儿，扣儿……"

扣儿羞涩地抿紧衣襟，想着妈妈给自己起这个名字，是叫她嫁给纽儿哥。纽扣纽扣，白头偕老不分手。妈妈哟，你知道纽儿有多蠢多丑吗？他每天除了睡觉吃饭干活，就是干活吃饭睡觉，连句体贴温存的话儿都不会说，你叫女儿跟他憋屈一辈子吗？

"我叫田牛！"那青年迎着扣儿悄悄打量的目光自我做着介绍，"你只要到樱花镇，一打听老田，谁都知道！"

扣儿忍俊不禁笑起来，那两排碎玉般的牙齿闪着晶莹的光泽。

"你笑什么？"

"不笑什么……"扣儿抿起嘴唇，心想："瞧你狗大年纪还自称老田哩！"

田牛仿佛听见了扣儿心里的声音，微笑着："你是觉得我年纪不大口气太大是吧？"

扣儿用眼神回答他："你倒挺聪明。"

田牛有些卖弄："我这人粗通天文略晓地理能算阴阳会批八字，最绝的是看看脸色就知道心里想啥，瞧瞧手相就知道吉凶祸福！"

"吹！"

"吹？不信我说给你听！"

"你说我来这儿干什么？"扣儿有些松弛了，她觉得这位樱花镇时装表演队的头儿说话挺有趣，就调皮地问。

田牛愣住了。他本来是耍贫嘴逗着玩的，没想到她倒较起真儿来，便索性打着糊涂语："哈……这个嘛……哈……"

"你别光哈哈，快说呀！"

田牛眼珠一转，心想："瞧你穿得这么破，准是眼气这些服装！"想着想着，竟把"服装"俩字顺着舌尖溜出来。

扣儿吓了一跳。难道真有特异功能吗？她呆呆地端详田牛一会儿，突然发觉眼前这机灵鬼竟那么漂亮那么帅气，若是纽儿哥有他这么俊多好！想着想着她突然羞红了脸，转身撒腿跑去。

田牛几步窜到扣儿的前边："哎，你别跑哇，你还没说来干什么呢。"

"你知道还故意耍我？"扣儿小嘴一噘，连生气都那么好看。

"我知道什么？"

"你都说出来了，还装糊涂！"扣儿瞪了他一眼，那黑溜溜的眼珠像两汪深水潭。

田牛有些发怔："我说出来了？我说什么来着？"

"你没说'服装'俩字吗？"

"啊？你真为服装来的？"

"嗯！"

"你想看看吗？"田牛往衣箱那里一指，"走，我叫你看个够！"

"不，我想买一件……"扣儿有些不好意思。

"哦？"

"今天我过生日，我想买件衣服偷着穿。"

"干吗偷着穿呢？"

"姨母不愿我穿好衣服……"

"为什么？"

"不知道！"

"那你干吗听你姨母的呢？你自己母亲呢？"

"死了……"扣儿嗓音有些嘶哑。

"哦……"田牛似乎明白了什么。他两条浓眉往眉心一拧：
"走，那些衣服你随便挑，相中哪件买哪件！"

"我……我只有十元钱。"

"算我送给你的！"

"我不要！"

"怕啥？我老田堂堂正正男子汉，一没邪心二没歹意！"

"我不是那个意思……我怕姨父姨母不快活！"

"你穿得破破烂烂他们就快活了？"

扣儿紧紧咬住嘴唇，那委屈的泪珠儿直在眼圈里转。

田牛沉默了。虽然直到现在他还不晓得扣儿的身世处境，
但凭着他那不算简单不算肤浅的生活阅历，他窥出这个美貌如
花温柔如水的扣儿姑娘活得并不惬意。能忍看一颗珍珠被暗淡
的生活淹没吗？他那出自贫贱寒门因而极富同情心的天性，使
他焦躁不安。他很想把这姑娘带走，将她训练成个职业时装
模特儿。只是她本人大概还没意识到她自己的优越天赋，而且
她心理上显然还会有许多障碍需要排除。兀地，他眼前闪过一
个戏谑的念头，他顿时孩子般地笑了。

扣儿拭拭眼角转身要走。

"扣儿！"田牛叫得那么亲昵，连他自己都有些窘了。他掩
饰地笑笑："你不想看看手相瞧瞧吉凶祸福吗？"

扣儿有些迟疑："准吗？"

"我不是说过嘛，还能骗你？要不，你来买衣服我怎么一猜
就准？"

"嗯……"扣儿显然动摇了，"怎么看？"

"你把手伸出来。"

"好吧！"扣儿缓缓伸出手又触电般痉挛一下："别碰我！"

田牛点头一笑，煞有介事地凝视着那只小手。虽然掌上被磨出了硬茧，但仍那么娇嫩那么纤巧那么富有魅力。田牛忍不住想去抚摸那嫩指，扣儿却机灵地将手缩回，笑悠悠地说："看好了吗？"

田牛不无遗憾地点点头。

"说说呀！"

田牛夸张地喟然长叹。

扣儿一惊："怎么？"

田牛悲切切地："我不忍心说……"

"你说嘛！"

"不说！"

"你说嘛，你说嘛，求你啦！"扣儿一脸虔诚。

田牛忍住笑："你将会有百日之灾呢！"

扣儿眼皮抹搭下去："会死吗？"

"死不了，活遭罪！"

扣儿喃喃自语："要是能死反倒省心……可惜……有法子解吗？"

"有，就怕你不肯！"

"你说吧！"

"离开鸡鸣岭，到外边闯荡半年，身上的晦气便烟消雾散。"

"你不骗人？"

"信不信由你！"

扣儿嘴唇嗫嚅着，突然双膝点地："田大哥，你带我走吧！"

"好妹子，快起来，听我跟你说！"田牛轻轻扶起扣儿，朝江边柳丛走去。

阳光明丽，抚弄着一江秀水，天地间须臾盈满画意诗情……

五

樱花镇男女青年吃饱喝足后，都千恩万谢去和鸡鸣岭人洒泪话别，把那来时的睥睨和傲慢一股脑儿抛在脑后。鸡鸣岭人拴马套车，把几十个沉甸甸的大服装箱装上车捆绑结实。樱花镇男女青年则坐上另一辆胶轮车。马蹄踢踏鞭声脆，两辆胶轮车沿着古老的乡路径奔S县城。

赶头车的却是短腿大肚汉纽儿。

他做梦也没想到，在这辆胶轮大车的某一个空衣箱里。竟藏着他的未婚妻扣儿。

这是田牛想出的锦囊妙计。将几个箱子的服装合并，倒腾出最大的一只箱子，人躺进去还能伸胳膊摆腿，而且箱子两头还有小气孔。这只自制大木箱是田牛先前当养殖专业户时运雏鸡用的，不想此刻倒派了大用场。

田牛不安地坐在这辆大车上。他们一路无话，都在默默想心事。田牛暗暗祝愿旅途平安，不要发生什么意外。纽儿好些时没看见扣儿了，心里想得慌，盘算着到了S县城给她买点儿生日礼物。藏在大木箱里的扣儿，既惶惑又兴奋，随着胶轮大车的颠簸，晕晕乎乎像喝多了葡萄酒。

　　久雾初晴，天气难得的晴朗。幽灵般的雾被明丽的阳光驱散，连同那种忧郁和暗淡的气氛也顷刻间消失得无影无踪。透明的田野，绿意葱茏，随处可见生命的赋形。乡路两侧的青杨绿柳比肩接踵，一棵挨一棵排向远方。一碧如洗的蓝天纤尘不染，像个巨大的蓝色宝镜，映照着绵延千里的关东大平原。这鲜花盛开的六月，这惹人心醉的夏日，这花枝招展绰约多姿的樱花镇时装表演队的男男女女，奇妙地勾描出一幅当代乡间风情画。

　　这明快的氛围感染着每个人，他们大声地说笑，有时唱几句流行歌曲或地方戏，最后竟撩逗得嗓子眼儿早就发痒的纽儿也大声吼唱起来。

　　短腿纽儿有个癖好，喜欢在人多的地方卖弄自己的亮嗓门。这后辆车上坐着那许多樱花镇的摩登男女，他怎么能耐得住寂寞呢？他的嗓子属实够份儿，当年有个唱地方戏的"滚地包"草台班来鸡鸣岭打场亮相，就曾被纽儿的金嗓威慑住。领头班主唾液横飞，非要招他进戏班，终因扣儿的姨父觉得那行当不是正庄死活不同意，又用假如纽儿出去便将扣儿嫁走威胁这条蠢汉，纽儿才时至今日仍然遗憾地在乡间吆驴喝马甩大鞭。真是瞎了这副好嗓子，没准进戏班能出息个"架子花脸"呢！

　　纽儿先是用鼻音哼哼，后来见那帮青年男女都竖耳倾听，便索性将调门拔高。他唱的是收音机里播放数次的《包公赔情》里黑头老包的段子：

　　一言赛过万把钢刀，

　　胸中好似烈火烧。

　　嫂嫂的教训均做到，

从未错伤命一条。

我铁面赤心把国保，

王子犯法我不饶。

我也曾御街之上砸銮驾，

金銮殿上打龙袍。

铡过驸马陈世美，

赵王刀下赴阴曹。

世上的豪霸难活命，

包门的赃官也难逃。

铜铡之下无冤鬼——

也许是纽儿嘴张得太大突然灌进了风，他的嗓子眼儿一下子卡了壳。他脸色憋得紫青就是发不出一点儿声音，怒气陡然窜上他的头顶，他抢起大鞭照准前梢骡子啪地就是一下子，那牲畜疼痛难忍，发疯般朝前蹿去。坐在车后耳板上的田牛见势不妙敏捷地跳下车去拽辕马，可是迟了。那辕马随着青骡顺着前方乡路的陡坡冲下去，大车上的衣服箱子被甩了一地，藏着扣儿那只大木箱子咣啷啷摔到了路旁。

纽儿一直没离开胶轮车，他狠命拽住前梢青骡的嚼子，嗓子眼儿豁然发出雷鸣般的吼叫："吁——"

胶轮车惊魂稍定地停在路边。

纽儿懊丧地回头望去——

田牛和樱花镇的青年男女，团团围住那只大木箱，喊喊喳喳议论纷纷。

纽儿心里陡地一惊，暗忖可能是把衣服箱子摔破了，便将大鞭往车座上一插，撩开短腿跑过去。

纽儿分开众人细看。

纽儿大吃一惊！

他看见扣儿花团锦簇坐在大木箱板上，幸好额头只擦破了一点儿皮。

纽儿奇怪地："你怎么在这儿？"

扣儿噘起嘴："不是你赶车把我拉来的？"

纽儿眼睛瞪得老大："什么？你在车上？"

"喏，就在这箱子里。"

"啊？藏那里干什么？"

"怕姨母知道不让去。"

纽儿皱皱眉头："你要干啥去？"

"躲灾。"

"灾？什么灾？"

扣儿指指田牛："田大哥说我有数日之灾死不了活遭罪，要是能出去逛荡半年就能消灾免祸！"

纽儿忽地黑起脸，网满红丝的猪眼盯住田牛："你说过这话？"

田牛不知怎么回答。

"你说她有数日之灾，你是怎么知道的？"纽儿的话音里已经有火药味儿了。

扣儿急忙插话，好像不满纽儿对田牛的质问："他不是瞎说，他给我看过手相。"

"什么？"纽儿脸色骤然紫青紫青，他凶狠地逼近田牛："你摸过她的手？”

田牛预感到事情要麻烦。他没想到中途惊车把扣儿暴露出来，他也没想到扣儿竟毫不隐讳地把他给她看手相的事和盘托出。他无法解释清楚把扣儿带走的既暧昧又复杂的心理动机。他不但要对付眼前这个短腿蛮汉子，他还必须向表演队的其他伙伴解释清楚。他虽然受命带领这个时装模特儿队去省城参加时装展销，但他实际上并不是樱花镇时装厂的真正老板。他只不过是个傀儡是个工具是个连自由都已经失去的“在押犯”。谁叫他命相犯克，把个养殖场赔个底朝天呢？鸡鸭死了不算，连贷款修的鸡舍鸭栏也都毁于大水。老母病危住院抢救，可他已经囊空如洗。无奈何，他去樱花镇服装厂“应聘”，无条件地担任服装厂的推销员，并同意娶服装厂经理曹四的丑女为妻。而服装厂经理他未来的老丈人替他偿还全部贷款全部债务并负责报销他老母的全部医疗费用。尽管他风度翩翩，尽管那么多女孩子钟情于他，可他只能小心谨慎不敢有丝毫非分之举。他知道表演队里就有几名曹家的心腹在暗暗监视他。他从家里启程一直到省城参赛，他的全部行止都瞒不过稳坐樱花镇的曹四。现在，他居然把一个如此标致的村姑藏在大木箱里，心里到底转的什么念头？他看见那几位曹家心腹已经在交头接耳了，而那几名狂热歆慕他的姑娘也开始喊喊喳喳了。他很想把带走扣儿去做时装模特儿的想法跟表演队的伙伴公开挑明，可他们能相信吗？连扣儿本人尚蒙在鼓里呢！唉，神差鬼使，简直昏了头。是什么莫名其妙的念头驱使他这么轻率？

“说话！你摸没摸过她的手？”短腿纽儿将声音抬高了

八度。

田牛微微一笑，他已经猜出了纽儿和扣儿的关系，便有意气他："看手相当然得摸她的手了，这算什么呢？"

纽儿破口大骂："这比他妈什么都缺德！瞧你穿得溜光水滑长得豹头环眼，专门勾引人家大姑娘！"

扣儿又羞又急："纽儿哥，你说得多难听，人家田大哥可没那么坏！"

"呸！你还护着他？他要把你拐到外边去！"

田牛讥讽地笑道："到外边去有什么不好？不比你们窝在鸡鸣岭穿得破破烂烂活得窝窝囊囊强？"

纽儿使劲咽口唾沫："我们就这么活法，还挺有滋味儿！"

田牛仰头大笑："蝼蛄啃豆饼！看看你那吃，再看看你那穿，也就是你们鸡鸣岭人吧，换上我们樱花镇人，早一泡尿浸死了！"

哄的一声，樱花镇青年男女笑成一团，连扣儿都抿嘴乐了。

纽儿脸上有些挂不住，索性耍起刁蛮："笑什么？笑什么？喝傻老婆尿啦？你们樱花镇人抖啥呀？不就是拧腰卖屁股吗？浪个屌！"

纽儿这番话刚出口，樱花镇的青年男女呼啦围上来。纽儿嗖地脱去小褂，露出疙疙溜秋的一身肉，小眼睛放出凶狠的光："来吧，老子豁出这肉皮口袋了！"说着以目示意另外一辆胶轮车的老板。

那人不声不响操起了大鞭子。

恶斗一触即发。

　　田牛毕竟头脑冷静些。他知道真要动起武把操，这些服装势必都得受损失。穿在身上的要揪扯破碎，连箱子里的也得弄个乱七八糟。最不妙的是距离 S 县火车站还有很遥远的里程，倘若俩车把式打道回府，这前不搭村后不搭店的，上哪儿再去雇车？退后说，鸡鸣岭父老乡亲如此好客，派车送他们到 S 县，如果跟两个车把式大打出手，传扬开去，樱花镇人岂不遭人唾骂？

　　田牛一瞬间将成败利害考虑成熟，胸前抱拳一揖："纽儿兄弟，我给你赔礼了！"

　　"你少扯外国溜！打过嘴巴喂甜枣哇？别拿我们鸡鸣岭人不识数！"纽儿嘴虽然还很硬，攥紧的拳头却悄悄松开了。

　　田牛暗暗舒了一口气："纽儿兄弟，天不早了，咱们赶路吧？"

　　"赶路？"纽儿发出一串讥笑，"你想得可真美！拐人家大姑娘还叫人送，天下便宜事都叫你们樱花镇人拣去啦！"说着他拽过扣儿胳膊："走，跟我回家去！"

　　扣儿使劲挣脱纽儿的手，嘴一噘："我不回去！"

　　"啊？你要干啥？"

　　"出去躲灾！"

　　"唉，他那是骗你呢，你怎么就信？"

　　"我也想出去逛逛！"

　　"有啥逛的？"

　　"在家太闷……"

　　"好人谁到外边逛？"

"他们就都不是好人？"

"哼！"

……

纽儿扣儿你一句我一句犟嘴，旁边的田牛却心焦如焚。他瞧瞧天边的斜阳，已经分明地往西天滑去。如果黄昏赶不到 S 县城火车站，就要耽误上火车时间，就不能如期到达省城参加首届夏季时装展销会开幕式，那无论从哪方面看都得不偿失。他焦虑地转了两圈，突然盯住纽儿："说吧，什么条件继续赶路？"

"龙宫搬来也不去了！"

"给你双倍脚钱！"

"老子生来不稀罕那玩意儿！"

"白送你俩每人一套时装？"

"穿那玩意儿浑身起鸡皮疙瘩！"

"说服扣儿回去？"

"这个嘛……"纽儿瞅瞅鲜润娇艳的扣儿，"她要回鸡鸣岭，我就送你们去火车站！"

田牛恳求地望着扣儿："大哥求你了！"

扣儿低眉垂眼咬嘴唇。

须臾，她缓缓脱去那些服装，一件一件搁在大木箱里，之后，露出她那又瘦又小不堪入目的装束，神色黯然地朝鸡鸣岭走去。

田牛和樱花镇那些青年男女默默地目送扣儿的身影悄悄隐进晚起的暮霭中，连先前曾经嫉妒过她的那几个姑娘也都抹搭下眼皮不出声了。

六

樱花镇人旋风般刮过去后，却把一片躁动和迷乱留给了鸡鸣岭。虽然表面看去，这方寸之地依旧和先前没什么两样，依旧是晨鸡啼叫辘轳把吱呀吱呀响，依旧是日出而起日落而息，依旧是"仨饱一个倒"的天天重复，依旧是先前沿袭下来的"依旧"，然而从人们那焦灼的眉眼和渴盼的神情上，分明都在透露着隐藏在最底层的信息。羞涩的隐喻的半遮半掩若明若暗的谈论和大胆的放肆的一览无余赤裸裸的笑骂，如两股明暗相间的江流在这闭塞之地泛滥开来。

这显然是姑娘们叽叽喳喳：

"哎，你们看见了吗？有俩模特儿露大半个肩膀头！"

"人家就是那样式，听说城里人穿短裙，一直露到大腿根儿！"

"哎呀麻痒死人了，也不嫌寒碜？"

"寒碜啥？像我奶奶，一辈子穿大青布衫，人倒不寒碜，可灰头土脸地活着，啥意思？"

"哟，这么说你敢穿那件衣服啦？"

"你们敢我就敢！"

"要不，咱们每人买件试试？"

"得了吧，你也不怕大腿叫狗咬喽？"

"嘻……"

"哈……"

那显然是小伙子们在诌粗言俚语：

"他妈的，樱花镇大姑娘真浪！"

"谁说不是？她们穿上那衣服，一扭一转，我这心里热火燎的！"

"馋啦？有能耐娶樱花镇姑娘做媳妇，睡觉也够味！"

"呸，下流坏！"

"别装蒜啦，你小子挤在最前边一直看到最后！"

"我那是看新衣服……"

"得了吧，你那眼睛都直啦，八成是透过衣服看见啥了吧？"

"嘿……"

"哈……"

这股樱花镇卷来的新潮几乎冲开了鸡鸣岭所有人家的门扉。唯有扣儿姨父姨母家高墙如斯一如从前。

这座大院可谓年深日久了。门口那块磨得凹陷光秃的馒头石就是见证。那上边坐过纽儿曾祖父的曾祖父的屁股。显然这三合大院的房屋拆了盖盖了拆几历沧桑，但当初纽儿曾祖父的曾祖父在这里开荒占草时垒下的墙基却不曾撼动分毫。纽儿曾祖父的曾祖父除了给子孙留下这千秋不动的遗产，还把那勤俭治家男外女内人不得僭越不得伤风不得败俗的家风传留下来。至今，大门桩下的石头上还镌刻着先祖的明训："万恶淫为首，百善孝当先"。多少个年代过去，世事嬗变如万花筒，人情更迭似走马灯，唯有纽儿曾祖父的曾祖父从他们的先人那里继承下来的治家之道始终没有变。

只是到了纽儿这辈，纽儿的父母才越来越感到不妙，似乎这深宅大院潜藏着什么祸根。究竟危机是什么？纽儿的父母最初还有些模模糊糊，及至未来的儿媳妇扣儿一天天长大一天天见出妩媚俊俏时，他们才明白，那危机全在扣儿的脸蛋上。

这也难怪呢！

翻开家谱，从纽儿的曾祖奶的曾祖奶到纽儿的高堂老母，竟没有一位窈窕淑女。这多半是因为先祖们挑选妻室时没忘记"丑妻近地家中宝"那句警世名言，于是爷们都在相貌上压娘们一头，使得那温顺自卑的历代娘们更加自卑温顺。

然而到了纽儿这辈，那准备做儿媳的外甥女是那么漂亮，这就不能不使纽儿的父母胆战心惊地想起那些古老而又遗憾的故事，例如武大郎和潘金莲。曾经有一阵子，纽儿的令尊想取消这门亲事，将外甥女儿嫁出去，再给纽儿选一个模样丑些的媳妇。可是纽儿的令堂死活不同意。扣儿是她从小看着长大的，哪舍得叫外甥女儿飞走？何况娶扣儿为儿媳可以省一大笔钱。时下姑娘出嫁的行情看涨，哪家娶媳妇不得花个五千七千的？扣儿的姨父从来就没听过老婆的话，这次却是例外。或许是那钞票不会外流的前景打动了他吧？婚姻就这么定下来了，但潜伏着危机。扣儿险些随樱花镇人出走又被纽儿半路截回的情景，经过纽儿本人和同去的车把式几次渲染加工，居然成了一宗英雄救美人的传奇。然而在扣儿姨父姨母的心里引起了更大的恐慌。啊？这还了得？年纪轻轻就这么野，将来还不招蜂引蝶惹出祸端？如果这次不给点儿颜色看看，往后纽儿能降住她吗？老两口子躲在屋里冥思苦想，却怎么也琢磨不出一个万全之策。按说纽儿已经不算小，也该娶妻生子了。可惜扣儿还不到结婚年龄。根据新颁布的婚姻法，姑娘必须二十岁才可成婚。这且不说，婚姻法还规定近亲不能婚配。纽儿和扣儿同是一个姥家的两姨兄妹，自然也在禁婚之列。缘于这些麻烦，扣儿的姨父姨母才不敢贸然叫纽儿和扣儿去乡政府办理结婚登记手续。别看这里地处偏远，但对送上门去的反面典型可不依不饶呢！

愁煞了扣儿的姨父姨母。他们担心夜若长梦准多，天晓得都会发生什么事。

这天晚上，扣儿姨父躺在炕头上，边瞧看房箔边想点子。突然他一个鲤鱼打挺坐起来，一拍大腿："有了！"

扣儿姨母忙睁开睡眼："怎么的？"

扣儿姨父笑嘻嘻地："叫纽儿先把磨盘占上！"

扣儿姨母一时懵住："你说什么？"

扣儿姨父忙提醒她："忘了？咱俩那码事？"

扣儿姨母啐了一口："你这老东西！"

重重的巴掌清脆地落在扣儿姨父的光脊梁上。

这里有个典故。

先前扣儿姨父姨母定亲时，扣儿的外祖父嫌扣儿姨父家贫，就想中途变卦毁掉婚约。扣儿的姨父刚烈如火，知道这个信息，便在野外将扣儿姨母截住，抱到荞麦地里做下风流之事。扣儿姨母将此事告诉了父母。既然已经失身，为保全名节，扣儿外祖父只好默认这门亲事。

扣儿姨母骂道："你们爷们没个好东西！"

扣儿姨父叹口气："就怕纽儿没我这两下，眼睁睁叫媳妇飞了！"

扣儿姨母默声不响了。

七

接连好多天过去，鸡鸣岭恢复了先前的沉静。那樱花镇的话题也被纷繁的农事所冲淡，很少再有人津津乐道借题发挥。不过谁都感觉得出，姑娘媳妇全讲究起穿戴来。乘船过江去樱花镇的人也日渐显多。特别是准备结婚的青年男女竞相去樱花镇裁制服装，时常带些樱花镇的新闻回鸡鸣岭发布。

"哎，听说了吗？樱花镇服装厂又招工啦，年龄都得二十左右，苗条漂亮，身高一米六八以上，矮一厘都不要！"

"选娘娘啊？"

"听说做服装推销员。他们在省城打炮啦，百货大楼给他们设个专柜，要选几名男女青年去站柜台！"

"呀，进省城啊？可美死了！"

"你不想去照量照量？"

"唉，我还有那个命？腰比碌碡都粗！"

"谁叫你一顿吃三碗饭了？"

"老鸦笑猪黑，你不也一顿吃半盖帘蒸饺？"

"唉，要是谁想招能吃的就好了！"

"当然有啦，敢去吗？"

"你说吧，谁？"

"猪八戒！"

"哎呀呀呀，还不连我都吃了？"

"哈……"

这条新闻很快就在鸡鸣岭石沉大海了。压根就是很渺茫很没指望的事情，谁还有兴致谈论它呢？

倒是扣儿，暗暗把这些话记在心上。

连她自己都奇怪，她这些天怎么老是心里慌慌的像长了草？走路瞧脚尖，总往树上撞。端起饭碗就发愣，筷子在碗里搅动，就是扒拉不到嘴里去。睡觉时眼睛数着窗户格看月亮移上中天，眼皮却怎么也粘不到一块儿。她明显地消瘦了。眼眶周围罩着暗影，颧骨比先前稍高，略显出两腮的凹陷。下巴颏尖起来，倒越发见出清秀，只是有些憔悴。

扣儿到底怎么了？

无疑，她害了相思病。

当然那意中人就是那英俊的田牛了。

扣儿曾经多次惋惜纽儿鲁莽把马车弄惊了，不然她岂不暗度陈仓跟着田牛进城了？

扣儿不满纽儿蛮横要赖非逼她回来，不然她不也可以随田牛出去风光风光开开眼？

扣儿也怨田牛，他如果硬带她走，她是连眉头都不会皱的。别看她先前很羞涩，可是从那天柳丛换服装的瞬间始，她便把整颗心毫无保留地交给那樱花镇的男子汉了。

扣儿只要闭上眼睛，那撩人的场面便重新显现。虽然它是那么偶然，那么巧合，但扣儿宁愿相信那是天意。

——密不透风的江边柳丛，扣儿在穿田牛递给她的服装。

田牛远远躲开，叫她从里到外全换成新的。

扣儿慌乱地脱去自己身上那些又瘦又小的破衣服。

突然，她恐惧地大叫……

一条长甲的大绿虫爬上她的胸脯。

她眼前一黑，吓晕过去。

待她再睁开眼睛时，却发现自己倒在田牛怀里。

她又羞又急，身子却软软的，丝毫也动弹不得。胸前的长甲大绿虫不见了，轻轻按在那坚挺乳峰上面的是田牛那双温热的男人的手。一种从来没体验过的感觉瞬间贯通全身每一个经络。扣儿头晕目眩地闭上眼睛，听任田牛那撩人的抚摸。

蓦地，田牛仿佛被热铁烫着了一般，迅速离开扣儿，双手紧紧捂住面颊，泪水居然从那指缝间涔涔地洇出来。

扣儿吓慌了，她急忙穿上自己那件破旧的上衣，跑过去摇撼着田牛的肩膀，连声问："你怎么啦？"

田牛缓缓抬起头，盯视着扣儿那俏丽的脸蛋，突然将她搂在怀里，滚烫热辣的唇印落在她那娇嫩鲜润的腮旁嘴角……后来他和她便商量怎样使扣儿离开鸡鸣岭。田牛最先想叫扣儿头里先走，和他在S县城火车站聚会。可是扣儿从来没出过远门，而且从这里又没有通S县城的客车，便取消了扣儿单行的设想。因怕扣儿姨父姨母阻拦，就想起了那只大木箱。

可惜，扣儿还是没走成。

她理解当时田牛的窘境。

她却不理解田牛为何一去不再回来。

他不是喜欢她吗？这不是扣儿自作多情。凭着少女的敏感，她相信自己的判断。人眼是秤，能量出人的价值。人眼是镜，能映出人的好恶。扣儿就是从田牛的眼睛里瞧出自己的魅力。她偷偷地得意过，但这种得意很快便被失望冲淡。渐渐地，她陷入了绝望。是啊,樱花镇多少妙龄倩女,她能比得过人家吗? 说不准有多少姑娘正追逐着他呢!唉,还是死了这份心罢!可是,这颗已经悄然苏醒的春心还能死过去吗?如同那条浩浩荡荡的松花江什么东西能遏住它呢?

扣儿经过几个不眠之夜的煎熬,终于横下条心,要瞒着姨父姨母和纽儿,去樱花镇闯世界!

八

胭脂般的晚霞融进幽暗的天穹后,夜色便雾一般浓重起来。先前就很寂静的鸡鸣岭越发静得令人窒息。吱呀呀的辘轳把声中断了。鸡啼还得等到明天拂晓。狗儿深谙人意从不虚张声势吠叫。即使有些受了外部世界浪漫气息的感染而想摩登一番的青年男女,也是偷偷躲在墙旮旯儿或柳树下,缠绵缱绻,卿卿我我,不敢弄出半点儿音响。

夜风悄悄在窗前絮语,似乎在提醒扣儿不要错过良机。她从昏暗中爬起,脚顺着炕沿缓缓下滑,试探着伸进布鞋里,慢慢地站立,深深吸一口气又在胸腔里拢住,侧着耳朵捕捉隔壁姨父姨母断断续续的鼾声,直到确信他们已熟睡无疑,才用脚尖点地,芭蕾舞演员般地轻轻移进外间灶房。这是一幢典型的关东风格的房舍。东两间,西两间,中间是灶房,人出人入都必须通过灶房的中门。本来扣儿是住在西边两间中的里间,不知为什么,姨母又把她重新安排到紧挨灶房的外间,而纽儿依旧住在灶房东的外间,里间则是堆放什物的空屋。这会儿,扣儿只需留神睡在灶房东间的纽儿，便可溜出灶房中门，外边则是自由世界了。

扣儿一颗心蹦到嗓子眼儿。

她知道这是最敏感最危险的瞬间。从那次随田牛出走未遂后，她就明白自己在家里已经被"保护"起来。姨父姨母的眼睛里不时流露出警惕的目光。纽儿白天像个影子尾随在她身后，夜晚则像个幽灵徘徊在院外。他大概无时不在防范扣儿溜走。这使扣儿很厌恶很反感，有时还掺杂着对纽儿的怜悯和惋惜。她嘲笑他们不懂得在感情上征服她，却像对待猪狗一样圈着她。心理的敌视反倒加速了她外逃的进程。她选择纽儿最劳累最疲倦的这个夜晚，她熟谙那蠢汉的生活规律。

高低起伏的鼾声从纽儿的房间里传出，中间还夹杂着香甜的咀嚼声，大概他是梦见狗肉大腿了吧？

扣儿终于将脚步移到了门外。

短短几步路竟仿佛翻越了几座山峦。

星星从夜幕中钻出来了。是谁如此神通广大，将大把大把的珍珠抛向天空？听人说，凡间一个人，天上一颗星，扣儿是哪颗星呢？哦，是那颗米粒似的光斑吗？

扣儿从院墙上爬了过去。姨父姨母真蠢，以为大门上锁就能把外甥女关在家里。人毕竟不是牲畜哟！

扣儿惬意地呼吸一口混掺着野草和艾蒿的温馨空气，将胸腔里的恐惧紧张和郁闷一股脑儿地吐个精光。她略微定了定神，朝村外隐隐发白的江湾走去。夜色愈加迷蒙，肉眼依稀可辨的景物只是些模模糊糊的轮廓。沙沙的脚步声在湿润的空气中发出轻快的音响。除此之外几乎万籁俱寂，只是靠近江湾时，偶尔传来大鱼弄水声。涌动的江水缓缓冲击着江岸，那一株株一簇簇的细柳发出簌簌低语，似乎在警告脚步匆匆的行人，不要轻易泅渡过江。

一种从来没有体验过的恐惧使扣儿发热的头脑遽然冷静起来。

她从此就要离开生她养她的鸡鸣岭了吗？

她从此就要离开朝夕相处的姨母一家吗？

她真的能如愿以偿地嫁给田牛吗？

她有把握被樱花镇服装厂看中吗？

而且最迫在眉睫的是，她怎么泅渡这被神秘的力量主宰的滔滔江流呢？她虽然从小在江边长大熟谙水性，可她还从来没横渡过松花江呢！

她似乎刚刚领略到人的渺小人的低能人生的艰难人世的困惑……

她很想回去。

这个念头在黑暗里一闪，她便战栗了。

怎么？真要嫁给纽儿，生儿育女，吃饭睡觉，干活聊天，过那种既无色彩又无音响的日子吗？

怎么？自己先前憧憬的那些情景那些场面，全都化成了白日梦幻，成为一堆随风飘去的纸灰吗？

不！扣儿宁肯死在外边，也绝不窝窝囊囊地活着。那种暗淡可怕的生活画面给扣儿带来了一种难以言说的恐惧，这新的恐惧不但把先前的恐惧冲淡，居然幻化成一种奇妙的勇气和愤懑，使她如赴疆场的士兵，早把生死置之度外了。

扣儿轻轻拨开柳丛，颤抖着去脱鞋，解领钩。

一道手电光柱像一根长长的木杆倒在江面上。

扣儿吃惊地回过头，瞧见纽儿睡眼蒙眬地摇着那道光柱。

扣儿忽略了，姨父姨母轮班睡觉监视着她呢！那断断续续的鼾声是姨父的，姨母始终处于半睡眠状态。当扣儿一翻出院墙，姨母那根敏感的神经就感应出来了。她慌忙喊醒纽儿，暗示那短腿蠢汉效仿他老子当年骑士一般的行为，"先把磨盘占上"。纽儿迷迷糊糊地攥着手电筒撵到江边。

这是最微妙的时刻。

用尴尬敌视都不准确。

他俩谁都没说话。

纽儿终于按捺不住，开口便问："你想上哪儿去？"

扣儿没理睬，她在琢磨怎样脱身。

"你想去哪儿？嗯？"纽儿知道扣儿迟早是他媳妇，对媳妇嘛总得摆摆男爷们的威风。

不料扣儿讥讽地一笑："你管得着吗？"

纽儿的气焰霎时低落下去。他心里很痛：这个貌如花性如棉的姨妹怎么突然对他这么不恭敬呢？别是樱花镇那个流氓将她的魂勾去了吧？他心里好酸，酸味直冲鼻孔，喷出一串醋音："……去找那个流氓？"

扣儿用沉默表示默认。

"人家会要你？他那是玩你哩！"纽儿嗓子眼儿里发出咕噜噜响嗝，手电筒光柱像条白蟒在黑暗中乱钻乱窜。

扣儿紧咬嘴唇没出声。她不得不承认纽儿戳中了她的心病。是哩，她和田牛只不过是萍水相逢，虽然一见钟情，但谁保能靠得住？田牛并没有给过她什么许诺，但她把全部希望都寄托在他身上，倘若真的不是她想得那么如意，她该怎么办呢？扣儿显然有些动摇了，这无意中鼓励了纽儿。他倏地灭了手电筒，连呼吸都有些不匀了。他定了定神，继续劝说扣儿："跟我回家吧，你看咱家的日子多好，独门独院有吃有喝，你要同意，咱俩就成亲，养个胖儿子，到老侍候咱们！"

扣儿忍不住放声大笑。她笑纽儿太蠢太憨太窝囊，怪不得都说他长得像猪，他能比猪多几个心眼呢？

纽儿却以为扣儿回心转意了。他脑瓜一热，忽地抱住扣儿，散发着肉臭的嘴径往扣儿的嫩腮上蹭。

扣儿又急又气，怎么用劲也挣脱不开，忙喊："你要干什么？"

纽儿笑嘻嘻地说："我妈叫我先把磨盘占上！"说着就去扯扣儿裤带。

扣儿灵机一动："你别乱动弹，我跟你回家去！"

纽儿憨里憨气地："你少唬我，我就在这儿同你成亲！"

扣儿使出吃奶力气，还是无济于事，急得她照准纽儿手背狠狠咬了一口，纽儿怪叫着忙松开，扣儿像条泥鳅哧溜溜滑进江水里不见了。

纽儿如梦方醒，胡乱摇晃着手电筒光柱狂呼大叫："扣儿，扣儿——！"

江水里隐约传来扣儿的声音："纽儿哥，回去告诉姨父姨母，不要惦记我！"

纽儿急得团团转。他天生笨拙，没学会凫水，只好眼睁睁地看着扣儿游去。

江水缓缓地流。

岸边柳枝簌簌响。

九

扣儿游到松花江北岸的时候，东方天际微微泛起了曙色。她像一条被风浪抛到岸边的鱼儿，筋疲力尽地躺在沙滩上，心情愉悦地瞧着日出前的瑰丽景色。扣儿从来没有这种闲情逸致。先前，她对每天日出的感觉似乎没有什么异样，觉得只是简单地重复罢了。这会儿她才朦朦胧胧地觉出，日出前天地间居然氤氲着偌大的烟霞和气色。随着淡淡的灰白被染成微紫橘黄和鲜红，天地仿佛都在屏住气息，憋着劲将那团神圣之火抛到地平线上。暖洋洋的光线温情地抚去她秀发上的水珠，连她湿漉漉的胸前也都荡起缕缕水汽。她挣扎着坐起来，瞧瞧阒无人迹的江边，索性脱去身上的衣服，重新去用江水漂洗一遍，拧干，晾在那一堆堆一簇簇细柳上。她提醒自己，不能邋邋遢遢去樱花镇，不能叫樱花镇男男女女看笑话。虽然她没有像样的服装，她也得叫那些高傲的樱花镇男女不得小觑她。

太阳缓缓地升起来了。那越来越灼热的光线很快使她穿上了干爽衣服。她捋着当地俗称"甜巴姜"的野生植物，边咀嚼边往樱花镇方向走去。她虽然没去过樱花镇，也说不准它的具体方位，但她从鸡鸣岭去过樱花镇的人那里得知，过江只要向北走二十里路，远远地就会瞧见高高矗立的大烟囱，那便是驰名省内外的樱桃酒产地——樱花镇。

很难说出是从哪一瞬间开始的，一种淡淡的惶惑和不安薄雾似的缭绕在扣儿的心头。前面等待她的将是什么？命运之舟将把她载到哪里去？她像一头饥渴的小鹿去寻找汩汩的溪流却闯进了雾霭迷蒙的山谷，她惊慌四顾，心里突突狂跳，不知道能否一脚踏进深渊。

大凡人都有这种心绪，越是忧郁恐惧，便越觉得前途黯淡毫无光亮，于是自己虚构的场景便魔鬼般折磨自己，仿佛大祸很快要临头了。这种时候最能显示人的性格，有人退避三舍，有人铤而走险。扣儿却想到了死。她的意识异常清醒，如果田牛对她寡情，如果樱花镇曹家服装厂不肯收留她，她宁愿去死也绝不回鸡鸣岭。这种最彻底的解脱方法其实是弱者的选择，但对于刚刚踏上人生险途的扣儿来说，她还能有什么抗争的办法呢？不过，当她忐忑不安地走进樱花镇的时候，那新奇那愉悦便把她心头的雾都驱逐得干干净净了。

好一座樱花镇！

扣儿好像乡间人初进大城市，瞧瞧什么都觉得比鸡鸣岭新鲜。

其实，在一般人眼里，樱花镇并没有什么特殊之处。除了镇外那依稀可辨的古城堡遗址，装扮小镇眉眼的只有那随处可见的樱桃树了。此时樱花早谢，樱桃还未见出红的妩媚，比起鸡鸣岭的自然景致也清秀不了多少。倒是那些近年落成的小楼，鳞次栉比，排列有序，撩起了扣儿新奇的目光。尤其是那五颜六色的广告牌、临风摇荡的小酒幌和沿街一顺儿排开的时装架，使这个出娘胎就没离开过鸡鸣岭的乡间女儿心驰神往了。

扣儿信步走去。

临街一家饭馆，木门敞开，珠帘悬垂。诱人的气息从里边徐徐散发出来，使饥肠辘辘的扣儿忍不住向里瞧看。

"姑娘，吃点儿什么？"一位胖得连抬头纹都浅了的老师傅，啪啪摔着面团，冲扣儿笑眯了眼。

扣儿蹑手蹑脚地走进去。

"吃抻面？鸡汤羊汤随便挑！"那位老师傅熟练地摆弄着面团，像玩儿。

扣儿摸摸胸前，突然想起昨晚逃出时太紧张，把钱包忘梳妆匣里了。她脸一红，抬腿就走。

"哎，姑娘！"老师傅唤住了她，"凡进我张四爷这抻面馆的，还没有一碗不吃就走的，这要叫人看见，不是扫我面子吗？"

扣儿羞涩地笑了笑："我把钱忘带身边了！"

"没关系，吃完了回去拿！"张四爷手腕一抖，细长细长的抻面魔术般地出现在案板上。

扣儿低低地："我再也不想回去……"

"唔？"张四爷缓缓抬起头，悄悄打量打量扣儿，疑惑地："你好像不是附近的？"

"嗯。"

"你是……"

"我从鸡鸣岭来……"

"哦？江南沿的呀？"

"对。"

"串亲？"

"不，办事……"

"唔？"

"听说这儿服装厂招人，我想……"

"噢——！"张四爷拉长音调，"有介绍人吗？"

扣儿摇摇头。

"没有介绍人可难进去，人家那买卖铺面大，用的人可都是亲戚朋友街坊邻居。"

扣儿微微有些脸红："我认识田牛……"

"谁？"

"田牛，听说镇上人都叫他老田！"

"你说田牤子呀？唉！"张四爷似乎惋惜着喟叹一声。随即盯住扣儿："你们是亲戚？"

"不……"扣儿有些羞羞答答。

张四爷不无揶揄地笑了笑："你要认识他就妥，他现在快成曹家的东床驸马喽！"

扣儿没听懂，不知道啥是"富（驸）马"，难道还有"穷马"吗？便问。

张四爷爽朗大笑："你这丫头，连驸马是啥都不知道？就是姑爷子！"

扣儿愣住了……

张四爷没留心扣儿突然变得苍白的脸，继续揉弄他的面团：

"你既然认识田牦子，我也不强留你啦！今天他跟曹家闺女成亲，你去吧，有的是好吃好喝，比我这抻面强……咦？丫头！"

张四爷回头去瞧，只见扣儿撒腿往街里疯跑。

张四爷愣了愣神，似乎觉得有些不对劲儿，赶紧回屋将灶火压好，脱下油渍斑斑的白大褂，锁好门，朝樱花镇曹家服装厂走去。

十

曹家服装厂坐落在小镇西郊。先前曾是县二轻局所属集体所有制企业。由于连年亏损濒临倒闭，于是便高挂招贤榜。本镇首富曹四毛遂自荐，一纸合同任期十年，这樱花镇服装厂成了曹家的领地。这曹四可不是一般人物，他在镇东头打个喷嚏，西头直颤。他四个儿子有三个分别在省、地、县工商部门担任科长、处长、局长，只有老儿子和儿媳，还有老伴和唯一的掌上明珠——那位田牛的丑妻曹美容，陪伴他住在樱花镇上。

冷眼旁观者都以为曹四凭借儿子们势力，将服装厂又扑腾起来。只有曹四明白，运筹谋划张张罗罗进城跑外等具体事务全靠他的得意门婿田牛了。

曹四年近六旬踌躇满志，唯有小女的婚姻曾使他愁肠百结夜不安寝。虽说给女儿起了个又鲜又艳的名字，可她实在是"盛名之下，其实难副"。倘若只是丑陋，那心眼灵些手脚勤快些嘴巴再会说些，那容貌的缺陷或可有所掩饰有所补救，况且乡间人并不把丑俊看得过重，只要勤快能干不蠢不呆，倒也还是能

够寻到正经人家的后生子弟的。再说曹家在樱花镇声名显赫家
业殷实，如果开门嫁女，那媒人还不挨肩排出几里地去？遗憾
的是曹美容不但貌丑，而且还有些缺心眼，用关东土话说，是
个"二朝四"，就是傻里傻气的意思。这可不得了哩！虽然乡间
人还不能从人种学上理解遗传的意义，但他们懂得"槽头买马
看母"的浅显道理，时下又实行一对夫妇一个孩的国策，谁愿
意像龙种一般金贵的独生子未出娘胎先傻呀？对不起，你曹美
容就是陪嫁万贯家资，谁又肯娶你为妻呢？

　　傻人有傻命，偏遇到田牛这个主！

　　消息传开，轰动整座樱花镇。谁都替田牛惋惜，谁都爱莫
能助。谁能替田牛偿还那几万元债务？还有一笔老母住院的医
疗费！能有这个腰劲的，除非曹家。于是，田牛变相地将自己
卖给了曹家。一分钱憋倒英雄汉，谁叫你小子冒恁大风险借那
么多钱赔那么大的本倒那么大的霉呢？

　　尽管樱花镇人品头品尾，曹四经理可心满意足了。田牛这
小伙，简直就是万里挑一。论长相论能耐，都比他的四个儿子
强。老天爷真不薄老曹家呀，阴差阳错把这么个人物送给他家
当女婿。曹四高兴之余又有点儿担忧，他怀疑田牛是跟他要手腕，
不然他为什么一再借故推迟婚期？尤其是前些日子，他的几名
心腹向他密报田牛在鸡鸣岭的行迹时，老谋深算的曹四果断地
决定，即刻选定日子为女儿和田牛完婚。军令如山，樱花镇服
装厂开门迎客，整个樱花镇都被惊动了。曹家是樱花镇上百年
的坐地户，列祖列宗通过传统的联姻方式，已经把方圆几十里
地面的人家都变成了打断骨头连着筋的老表亲。到了曹四这辈，

老头子仗义疏财礼贤下士，虽然骨子里另有打算，但毕竟笼络住为数很多的乡朋挚友，众亲朋一闻此讯，竞相登门祝贺。尤其是老二、老三携家带眷从地区和县里赶来，那两辆军绿色吉普车象征着他们的权力和地位，也给曹家门楣陡增光彩。老大公事繁忙不能脱身，便发来热情洋溢的贺信和寄来两块高价手表，赠给妹妹和妹夫做新婚纪念。

按照曹四的安排，婚礼大典在服装厂大会议室里举行。新婚夫妇要乘那两辆吉普车绕镇三周，然后去镇医院拜见田母，最后再入新房。那形枯骨瘦的田母在镇医院一住半年，花去曹家大笔开销，病情依然不见好转。精明狡黠的曹四再三嘱托医院，无论用什么样名贵药品，曹家都支付全部药费，只要能使田母延年益寿。他深谙，这是牢牢缚住田牛的一根绳索，时间愈久，愈能使田牛就范……

良辰吉时终于来到了。

随着婚礼主持人高声宣布，爆竹便从房顶上、树杈间以及四面八方各个角落响了起来。三十二对吹鼓手，腮帮子溜圆，脖子上的青筋暴起老高，吹出一支又一支喜兴欢快的东北大秧歌调儿，樱花镇笼罩在浓郁的节日气氛里。新婚夫妇披红挂彩，踏着长长的红地毯，朝服装厂会议厅走去。两边十几位服装厂的姑娘，不住地抛着花瓣，五颜六色的花雨飘洒在新郎新娘身上。

新娘面带微笑，竭力做出落落大方的姿态，却因过于忸怩作态，反倒令人作呕。新郎倒仪表堂堂，只可惜始终绷着面孔，同这热烈喜庆的氛围很不协调。

远处传来孩子们调皮的儿歌，那歌词显然是镇上那些喜欢搞恶作剧的人编撰的：

小两口，慢慢走，

肩并肩，手挽手，

新郎俊，新娘丑，

晚上睡觉怎么搂？

人群里有人吃吃讪笑，大多数人则都使劲儿憋着不出声⋯⋯

那儿歌越发俏皮响亮：

猪八戒，孙悟空，

保着唐僧去取经。

路上掉进无底洞，

里边藏着耗子精。

耗子精，丑八怪，

龇牙咧嘴亲唐僧，

唐僧吓得魂出窍，

咕咚一声倒栽葱。

人们哄地爆发出大笑声。或许由于憋得太久，那笑声竟像冲开闸门的水，哗哗哗无法遏住了。

然而出现了奇迹。

那笑声居然唰地消逝，消逝得那么干净利落。

人们发现新郎竟木桩般立在那里了。

他呆滞的目光盯住人群⋯⋯

衣冠楚楚花枝招展的男女宾客中，挤进一个衣衫破旧发辫凌乱的姑娘。

对比如此强烈，使她愈发惹人注目。

她天生丽质，全不靠美服打扮胭脂点染。

她貌压群芳，使樱花镇这些佳丽黯然失色。

她是扣儿。

她是田牛梦绕魂牵的扣儿。

两个人泪眼模糊。

呆视。

全场哑然。

人群里跑出两个姑娘，她们认出了扣儿。她们飞速去报告曹四。

曹美容噘着嘴走过来。

曹美容去挽田牛的胳膊。

田牛突然两眼僵直，朝后倒去。

人群大乱。几百双脚踏满红地毯。

几个小伙子慌忙将田牛抱上吉普车。那司机卖弄神通，顺着人群缝隙左转右转，一路鸣笛驶向镇医院。

曹美容哭喊着追去。

那群喊儿歌的孩子一窝蜂似的跟着。

扣儿吓坏了。她不知田牛突然得了什么病，她想挤出人群也去镇医院。可是她的两条胳膊被人牢牢拽住，还没等她弄明白是怎么回事，雨点儿般的拳头劈头盖脸地落在她鲜嫩的面孔上。顿时，眼前仿佛有千百条金蛇狂舞，魂儿似乎顷刻间飞离了她孱弱的躯体，只剩下一具僵死的空壳……

十一

是在儿时的摇车里悠？还是在江中的小船里摇？哦，是坐在慢腾腾的牛车里颠簸吧？乡间的路不平，颠得人心儿慌慌；乡间的路太远，老也走不到尽头。牛儿哟，你能不能快些走呢？快把扣儿渴死了。前边传来叮咚的小溪流水声，那是生命的福音。水声越来越大，是那样的清亮悦耳，扣儿快活得大叫，手舞足蹈。猛然间天地转换……她倏地睁开了眼睛。

哪里有什么摇车、小船？

哪里有什么慢吞吞的牛车？

樱花镇那些男男女女呢？雨点儿般飞落的拳头呢？十字披红的田牛和他的丑陋新娘呢？待徐徐的江风吹醒她的意识时，她才模糊地发现这寂寥的江天那惨淡的晚霞，她才蓦然感觉出自己是伏在一副弯弯的脊梁上缓缓前行……

她骨碌碌从那副弯弯的脊梁上滚下来。

脊梁伸直了，却原来是卖抻面的张四爷。

扣儿的泪珠不断溜儿地涌出来……

张四爷叹息一声：“你不是鸡鸣岭的吗？我送你回家吧！”

“不，我死也要死在外边！”

“怎么？你还想进樱花镇服装厂吗？你把人家大喜事都冲撞了，人家还能要你吗？”

扣儿嘴唇抿得铁紧。她失神的眼睛遥望着江对岸。暮霭笼罩着鸡鸣岭，房屋和树木都影影绰绰的，像一幅朦朦胧胧的山水画。那地方还是很美的，人情也淳厚，谁对她都那么友善亲热。

那地方还是很富庶的，插根棍就结穗，揭开锅盖鱼喷香。可惜那地方太闷，闷得叫人透不过气来。她已经在那里憋闷了那些个春夏秋冬，难道还要在那里憋闷死吗？

她惆怅地转过身，心情复杂地眺望樱花镇。绚丽的晚霞在天边燃烧，樱桃酒厂的高大烟囱沐浴在浓浓的色调里。那地方确实浪漫有趣味，曾经撩拨出她多少神奇的遐想。可惜那里人心肠太硬太狠，欺侮她这没见过世面的弱女子。扣儿惹着你们哪一位了？你们樱花镇人为什么那么凶狠？居然用老拳对付远道而来的姑娘？

扣儿哭出声来。

张四爷叹息一声："姑娘，你别恨樱花镇人太坏，他们打你是为了祛邪呢！"

"祛邪？祛邪为什么打我？"扣儿的眼睛发出无声的抗议。

张四爷沉默了。他不想告诉扣儿，田牛当场晕倒后，一些上岁数人都说他撞了邪气。除了手忙脚乱燃放爆竹的人外，所有人都把眼光集中在这衣着虽然寒酸但掩饰不住女儿娇媚的扣儿身上。哦？田牛不就是一看见她便两眼发直咕咚摔倒的吗？想必这邪气都凝在这陌生的俊女子身上！于是发声喊，扣儿便被打得人事不知了。

扣儿扬起脖颈，好像一头受惊的小鹿，恐慌地望着张四爷。

张四爷叹息着，青筋条条的手在胸前抓了片刻，将一堆钞票掏出来，颤声地："丫头，这钱你拿着，往后可不要单身出来瞎闯喽！"

扣儿不屑地瞧瞧那堆钞票，俏丽的脖颈居然傲慢地扬了起来。

张四爷有些愕然。

扣儿的眼里闪出几缕光亮。

她冲张四爷躬身一礼，转头面向江边。

她快步走去。

她走到一堆磨得光光的鹅卵石前。

她下意识地瞧瞧四周。

静谧的江边除了瑟瑟的江风摇动着细柳簌簌响之外，便只有那氤氲扩散的昏暗了。

她弯下腰，用发带扎紧裤腿，之后，便拾起那块块鹅卵石往解开的裤筒里装。

她忽然惬意地大笑，蹒跚着向江里走去。

一直盯着她的张四爷突然明白了她要干什么，便踉踉跄跄奔过来，用力抱住准备投江觅死的扣儿。

扣儿疯狂地挣脱着……

最后她软软地倚靠在张四爷胸前，嘤嘤饮泣……

张四爷轻轻拂去扣儿腮边的泪珠，轻轻问："丫头，你家里都有什么人？"

扣儿摇摇头。

"爹？"

"死了！"

"妈？"

"死了！"

"兄弟姐妹？"

"我就自己……"

张四爷叹口气："我看这样吧，你要是不愿回鸡鸣岭，可以先在我的抻面馆存身，帮我干干零活打打零杂接待接待顾客。我虽然老光棍一个，可也知道人情道理。你要是不觉得委屈，就做我的干孙女吧！"

一股暖流瞬间注满扣儿全身，她扑通跪在地上，激动地叫道："干爷！"

最后一道晚霞在天边跳跃了一下，这昏暗的江边比先前明亮些了。

缠　绵

假使你从心眼里喜欢了一个地方，你便很难发现它的缺憾。仿佛一名丽质天姿的美人，她的魅力一旦把你征服，你会觉得她的眉眼面庞嘴唇甚至连颏下那粒雀斑也都长得恰到好处。不带任何感情色彩的局外人，也许会冷静地发现这位美人的鼻梁太高眼睛稍大眉毛过弯，而你觉得唯其如此才令人倾倒。总之在喜欢者的眼睛里，哪怕是被喜欢者的缺点，也会变成烘托这位美人丽容不可缺少的优点。于是，便有了那句接受美学的俗语：情人眼里出西施。

一

扣儿就是这般喜欢了樱花镇。

她喜欢樱花镇的地理位置。是哪位有眼力的老祖宗，选中了这方得天独厚的土地垦荒占草的？且不说它三面环山宛若盆底，仿佛三道屏风遮掩着这妩媚的去处，使得它的温度自行调节得尽可人意，夏天不致酷热，冬天不致苦寒；也不说它水源丰富日照充足，水虽丰却不失于滥，颗粒状的良性土壤渗水力很强，连同山虽高却不遮阳光的妙处，构成了草木勃然葳蕤的自然景观；只说那通往镇外世界的砂石大道，也足叫生长在闭塞之地的扣儿姑娘心驰神往了。这条乡间大道虽然只从樱花镇南郊出去，但延伸五里后，便成为四通八达的通衢了。它可以西行五十里接横穿关东腹地的铁路，也可以南行二十里过松花江走鸡鸣岭，然后再从那里去S县城。当然如果有兴致沿着那条向东方的岔路走下去，可以一头钻进长白山里，没准运气好还会采着稀有的名贵山参呢！总之，这三岔路口给樱花镇带来了繁荣的希望，自然也带来了躁动和不安。

扣儿除了喜欢樱花镇的地理位置，那满世界的樱树也叫她十分开心。虽然对这种蔷薇科的美丽乔木她很熟悉，但置身在如此浩瀚的樱树王国里，她未免有些瞠目结舌了。她从鸡鸣岭来到樱花镇的时候，樱花方谢，樱桃还未红透。当她在干爷张老四的押面馆里栖身月余后，那满山满镇的樱桃便红得耀眼了。每天晚上，她躺在干爷为她隔出的木板屋里，吮吸着那晶莹如宝石般的红樱桃，心里盈满了甜蜜，暂时把对田牛的怨恨和对姨父姨母的厌恶都忘却了。

倘若除掉樱花镇的地理环境和满眼的樱桃树，最能博得扣儿欢心的就数得上樱花镇姑娘媳妇们的装束了。这里的女人忒爱风流，胆子也大。即或是夏天吧，也不必把胸口开得那么浅，把裙子弄得那么短呀！可这里的女人全不在乎，硬是将腰束得细细，将丰腴的大腿和胸脯隐隐露出，撩拨得那些年轻后生们眼里喷火！

扣儿心里虽然有所保留，但有一种难以名状的渴望不时袭上她的心头。她时常在木板屋里，瞧着自己苗条的身体和光洁的肌肤，油然心生惆怅。她数着白天结账时干爷给她的零花钱，盘算着啥时也买件样式新颖的衣服穿穿。

二

张家抻面馆渐渐热闹起来。

本来，张四爷经营的是小本生意。推开门，时有顾客光临；闭上门，弄点儿柴米油盐烟酒糖茶零用钱，老爷子就心满意足喽！然而自从扣儿在这里落脚后，那吃抻面的人，竟像不断溜的珠子，一个跟一个滚进狭窄的抻面馆。有些镇上年轻男性公民，明明家里饭菜可口，也要肚里留下空隙，抽空来抻面馆买上一碗抻面，一面细嚼慢咽，一面偷觑扣儿姑娘的脸蛋和腰条。秀色可餐，却填不满这些饿狼色鬼们的辘辘饥肠。于是，虽吃完也赖在抻面馆不走，寻找机会和扣儿姑娘逗话。还有那些从外地来樱花镇谋生的流浪汉，譬如在街头摆摊修破鞋的，拣一块空地来几趟花拳绣腿兜售狗皮膏药的，背着大竹弓嘶声喊着弹棉花的，在运输站凭靠一身腱子肉扛扛抬抬的，不知攀上哪门八竿子碰不着的亲戚送几瓶好酒遂进了酒厂摆弄酒糟的，骑着摩托来时满载城里紧俏商品回去载满红嫩樱桃的，当然也有一些无职无业却阔得出奇的公子哥小地痞臭无赖等等，全都摩肩接踵挤进抻面馆。只能容纳八张圆桌的屋子，像装沙丁鱼的罐头瓶，简直透不过气来。精明的张四爷顺着抻面馆窗前临时搭个苇席棚，放上十张圆桌，以此缓和屋内的拥挤局面。可惜那些"馋翁吃意不在面"的食客却径直往里边钻，尽管酷暑使里面变成了大蒸笼。张四爷似乎悟出了个中三昧，便叫扣儿姑娘去外边照应。果然灵验，里边居然稀疏起来。

如果弹指算去，樱花镇四十岁以下的男性公民，差不多全都来过张家抻面馆。唯一的例外，便是扣儿又恨又怨又很想念的曹四之得意门婿田牛了。

也许，新婚燕尔使他忘记了鸡鸣岭的萍水相逢？

也许，曹家的赫赫声势使他俯首帖耳，成了断了脊梁的半残废？

也许，他和扣儿的亲昵只是一时的冲动，如同试穿一套设计风格别有不同的时装，过几天穿厌了便毫不吝惜地甩掉？

总之，蜜月期间，田牛大门没出二门没迈，连个影儿都没在樱花镇上晃过。

其实，他就是想去又如何去得成呢？

上千双眼睛盯着他。

区区樱花小镇，哪条新闻不妇孺皆知家喻户晓呢？

连五岁的娃娃都知道田牛和扣儿要好，尽管曹家动用全部舆论渠道宣传田牛爱曹美容不爱扣儿是那鸡鸣岭的骚货勾引田牛而田牛如柳下惠坐怀不乱，但聪明的樱花镇人懂得《诗经》上那句格言，"窈窕淑女，君子好逑"，以扣儿姑娘的美貌和曹美容的丑陋相比较，除非是白痴才会爱上曹美容。当然也有一些上岁数的人自诩深谙那句古训"丑妻近地家中宝"，没准娶扣儿这种水葱一般的女人会招来祸端，大如妲己、褒姒、杨贵妃，可以断送江山社稷，小如潘金莲、黄爱玉，能够搭上夫家性命。谁知道？也许田牛是那隆中诸葛，妻虽丑才却高——这自然得看曹美容是否胸藏万卷书了。可惜，她连封情书都写不明白呢！

三

这是一个飘着牛毛细雨的傍晚。

按照惯例，这正是樱花镇人最惬意的时候。有那三五酒友，相邀坐在哪家小饭馆里，推杯换盏，猜拳行令。时而将今比古品评一番天下大事，虽是陈词老调，却也不厌其烦。直到饭馆经理一而再再而三催促，才一个个醉眼蒙眬脚步踉跄尽兴散去。也有那若干牌迷，四人一组，行踪诡秘，钻进哪家小后屋里，将窗户遮得密不透光，然后便"老千""红花""幺鱼""二条"地撞起运气来。运气佳者喜笑颜开连和满贯；手气背时者心绪焦躁频频败北。直赌到次日凌晨东方露出鱼肚白，才一个个灰着脸，幽灵般缩回自家里屋，在老婆的白眼中蒙头大睡。还有那众多听书迷，老早就拥到镇文化站主办的"书曲社"里，听那嗓音嘶哑的说书人弹唱秦汉嬗替唐宋兴衰。唱到淋漓处，总能博得一片慨叹，所谓"听三国掉眼泪"替古人担忧者还正经为数不少哩！当然大多数樱花镇人，都安静地坐在家里，兴致勃勃地观看电视里的节目。至于喜欢瞧武打还是愿意看体育比赛抑或音乐舞蹈杂技相声动物世界时事新闻，那就因人而异了。不过最销魂的还是那些新婚夫妇，他们巴不得雨丝将天光织进黑暗，好钻进新房心安理得地相互抚爱卿卿我我……

可惜这些都与扣儿无缘。

张四爷心地善良扶危济困更有令人赞叹的古道热肠，但也性情古怪孤僻叫人难以接受。这老光棍一生清心寡欲，除了做抻面卖抻面吃抻面，再有一件事经年累月不断，那就是酒后贴着热炕头睡大觉，尤其是下雨天，更是老早就关上抻面馆的门窗，就酒囫囵吃下两碗抻面，便一头倒在热炕上鼾声如雷。

又苦了扣儿。

她拾掇完那些琐碎的零活，闷闷不乐地钻进自己的木板屋里，默默地望着天棚想心事。她想自己的命运何至于如此不佳？父母双亡，已经够叫孤苦伶仃的女孩家承受的了，偏偏又遇上那样不通情理的姨父姨母。纽儿倒是很想讨她喜欢，却只能勾起她对他的怜悯和厌恶。她以为她这辈子就得一堆骨头烂在鸡鸣岭了。她做梦也没想到她还会遇见田牛。他是那样英俊潇洒风趣，他知道的东西又是那么新鲜，充满传奇性。虽然她和他在江边只是欢聚那么短暂的片刻，但她似乎意识到，这片刻时间可能会改变她的人生。她禁受不住那外部世界对她的巨大诱惑，她那潜藏在纤秀体内的青春激情蓦然喷发了。连她自己都难以名状，那种坐立不安意味着什么？每天夜阑人静，她几乎都要从梦境中醒来。她不无羞涩地抚摸着胸前那两座坚挺乳峰，先前曾在江边体验过的感觉，仿佛又重新萌发，这使她晕眩、惶惑、兴奋和不安。情窦初开的扣儿姑娘，用自己少得可怜的知识积累，虚构和编织着自己和田牛的玫瑰梦。可惜，命运太爱搞恶作剧。它将不谙世事的扣儿姑娘送上如痴如醉的巅峰，又残忍地将她推进绝望痛苦的谷底。若不是那侠肝义胆的张四爷，她兴许早就葬身鱼腹了。不过，若从眼前看去，没准那倒是一种解脱。她现在同鸡鸣岭人又有什么分别呢？一样的枯燥无聊，只不过是换了一种景致而已。也许是这绵绵细雨勾起她对田牛的眷恋吧？扣儿忽然觉得这樱花镇也不那么可爱了。

风儿在窗前絮语，像个饶舌的老太婆讲着只有开头没有结尾的故事。雨丝隐形遁影地发出有气无力的呻吟，以显示着自己的存在。唯有隔着板壁熟睡的张四爷，不断溜儿地吼着鼾声，其势雄壮，给这寂寞难挨的雨夜平添几分生气。

扣儿姑娘再也睡不下去了。

一种极具诱惑的念头，似乎闪闪烁烁地从她混沌的脑际中掠过。她很想抑制住它，叫那念头模模糊糊地消失掉。殊不料适得其反，越压抑，那念头反而越眉眼清晰。及至最后，她终于按捺不住那强烈的渴望，一骨碌翻身坐起，摸索着穿上衣服，悄无声息地拉开小屋木门，在张四爷惊天动地的鼾声掩护下，像只机灵的大猫溜出屋去。

夜风温柔地吹着，雨丝变得越发纤细，疏疏朗朗的星儿已经在薄云缝隙处显现，灰蓝色的天穹正在迅速地扩展它的疆土，浮云识趣地向天外流去，偶尔露出天边的残月。镇郊池塘里的青蛙聒噪着，似乎在向人们传递着什么信息。空气鲜活极了。大自然胜过一名工艺绝伦的酿酒师，将青草的温馨樱桃的甜润和泥土的膻腥统统融合在一起，酿出一种令人欣然微醉的混合气息，氤氲弥漫在樱花镇的每一寸空间里。扣儿姑娘惬意地做了个深长呼吸，潜藏在胸腔里的郁闷顿时一股脑儿流个精光。她隐隐觉得还是樱花镇好，不但景色诱人，人也活得洒脱。白天敢穿鸡鸣岭人看都不敢看的服装；晚上则我行我素，由着自己的性，愿意怎么乐呵就怎么乐呵，不似鸡鸣岭，吃完晚饭便吹灯拔蜡睡大觉，谁家姑娘喜欢串门，便要惹来一堆闲言碎语。哦，那灯火辉煌的"书曲社"门口，密密匝匝挤着一群人，显然里边的座位已满。他们全然不顾天空飘洒着雨丝，居然把兴奋点凝在说书人两片嘴皮上。哦，从哪个角落传来民间二人转的野腔野调，不像在唱，倒像在喊在吼。据说这种民间艺术有两种唱法，有荤有素有雅有俗。想听那种血淋淋赤裸裸叫正人君子头皮发麻浑身起鸡皮疙瘩的荤段子，就得耐心等待到子夜，否则你就甭想既开心又过瘾。

当然喽，所有这些全都勾不起扣儿姑娘的兴趣。

她有她的去处。

四

　　樱花镇的男性公民暗暗遗憾，扣儿虽姿色超群却不轻佻。那叫男性倾心的眉眼总是那么纯正那么圣洁，致使那些心存非分之想的男人，只能偷觑她那窈窕的腰肢坚挺的胸脯和媚人的脸蛋，却不敢动手动脚触碰她一根毫毛。而且最绝妙的是，众人全都钟情于她，他们彼此便都戒备相互监视，谁想冒风险先夺众之所爱，准会招来敌视和阻拦。于是在这些饿狼色鬼的重重包围中，居然有供扣儿栖身的安全地带。那些欲火炽旺难以按捺的哥们便只好满嘴说些脏话来番精神会餐。自然那些谑言秽语会不时飞进扣儿的耳朵里：

　　"你们说田牛这小子是不是他妈没艳福？放着这么个俊妞不娶，偏娶那么个丑八怪！就算他家有座金山，也不如这俊妞两条漂亮的大腿呀！"

　　"说的是哩！那曹小姐瞅一眼都恶心半月，也不知田牛喜欢她啥？"

　　"喜欢个球！若不是他破产还债老妈住院，肯娶她？"

　　"这才叫好汉无好妻，懒汉娶花枝呢！"

　　"听说了吗？田牛是背着他妈才允诺这门亲事的。老太太出院听说这件事，气得说啥也不随儿子进曹家大院！"

　　"那她怎么办？"

　　"一个人顶着门户过呗！"

　　"真的？"

　　"不信你到镇东那两间破草房里看看。"

"好！有志气！端人家饭碗，吃御宴也不香甜！"

"照你这么说，田牛不是太窝囊了吗？"

"说不清，出水才看两腿泥。那小子也不是等闲之辈，没准还胸藏文韬武略呢！"

"行了行了，快别操心人家的事喽！"

"瞧，那俊妞竖着耳朵听哩！"

"你怎么知道？"

"我这眼睛盯着她哩！"

"怪不得你把抻面都弄到鼻子上……"

"嘘，瞧那小脸蛋，粉嫩粉嫩的……"

"哎，你馋啦？"

"馋也白馋……"

"别急，快咬咬自己的腮帮子！"

"哈……"

突然爆发一阵放荡的大笑，使这拥挤的小抻面馆里飘散着一股骚腥味儿。

扣儿却有些兴奋。那断断续续的脏话经过她那灵敏的耳朵过滤后，至少有两句使她那颗被痛苦煎熬的心稍稍好受了些。她突然醒悟了田牛的苦衷。根本不存在他负心的根据，因为在她和他相识之先，那杯由生活酿就的苦酒已经灌进了他的喉咙。顿时，那笼罩心扉的怨恨化为乌有，潜意识中似乎是什么场面在诱惑着她。哦？为什么不寻找机缘和他见面把话说透呢？她要告诉他，她理解他同情他或者也可以说还爱着他。既然命运将他和她隔离在天河两岸，那顶好的办法便是效仿那牛郎和织女鹊桥相会了。不过，牛郎和织女没有第三者，而她和他之间还有一个曹美容。而且天上的星宿有万灵万物保佑，连普天下的喜鹊都为他们搭桥，可她和他一对俗女凡夫有谁来给提供方便呢？

扣儿姑娘毕竟聪明透顶，她想起了抻面馆里那些食客的议论。是哩，田牛的母亲不就在小镇东郊居住吗？她相信田牛肯定时常光顾那里。假如自己行踪隐蔽些，不是可以见到田牛而又不至于带来麻烦吗？

扣儿心里豁然透亮，轻盈的脚步穿过湿润松软的小镇街道，在夜幕的遮掩下来到小镇东郊。显然，这里是小镇的贫民区了。凡属镇上有头有脸有权有势有钱有物的人家，差不多都将新居移到小镇南郊或西郊，先前麇聚在东郊的稻草房土坯房一个一个被扒倒拆除，剩下几户没头没脸没权没势没钱没物的人家，依旧在这里蜷居着。这没什么值得非议的。人往高处走水往低处流，亘古如此。既然小镇东郊地势低洼，自然人们会离开它而去，水会向它汇流而来。只是田牛既已成为樱花镇首户曹四的门婿，田家理所当然地应晋级为小镇贵族圈，府宅理该择高而建，或者干脆搬进曹府，只因田老太太不中意儿媳曹美容，那两间由田老大生前建造的稻草房依旧顽强地矗立在那里。

扣儿几乎没费什么心思就断定出田牛家的旧宅。因为在所有的草房建筑中，只有一处是两间，这无疑便是田家了。

扣儿猛地收住脚步，脸上随即灼热滚烫，心里像敲起了一面破鼓，浑身的血管仿佛在一瞬间涨满了血液。是啊，她深更半夜凭什么理由去田家呢？她又从来不曾认识田老太太。倘若被人看出破绽，她还能在樱花镇住下去吗？她明白曹家势大，绝不会容许她接近田牛，没准身后有多少双眼睛监视她哩！

扣儿脊梁骨仿佛钻进了一股寒气，那双僵在田家小院门口的脚，缓缓地移向先前走过的路径。

蓦然传来了清晰的呻吟声……

五

扣儿起初没太介意，及至那呻吟声越来越大时，她才听出那呻吟声是从那两间破草房里传出来的。她立刻站住了。几秒钟内她迅速做出了判断，随即毫不迟疑地从那紧锁着的院门上攀过去跳进院中。

一只大黑狗低吠着扑过来。扣儿遂敏捷地一骨碌，大黑狗扑了个空。待到大黑狗狂吠着再次扑来时，她随手绰起一根木棒——大概是废弃的铁锨把——迎面碰在大黑狗的脑门上。大黑狗惨叫着跑开去。

闪烁着灯光的窗镜倏地一片漆黑，先前那一迭声的呻吟竟遽然中止了。

扣儿敲了敲窗镜。

传出惊愕的诘问："谁？深更半夜的，吓唬我一个老太太！"

扣儿压低嗓音："是你儿子打发我来的！"

"田牛？"迟疑的声音中，屋里的灯光重新闪耀在窗镜上。

扣儿面皮有些发热，她为自己那么轻易地撒谎感到惶惑。

屋门稀里哗啦打开了。

扣儿像只受惊的小兔溜进去。

两个不同年龄不同经历的女人相互打量着。

诚然，阅历很浅不谙世事的扣儿是无法从那张镂刻着条条纹痕的面皮上看出人生的苦涩的，但田老太太那满头霜发和眯缝着的眼睛以及辐射在眼梢嘴角边缘的束束射线，都使她蓦然平添些许刚强和自信。扣儿遗憾自己没有这样一位母亲，使得她如此娇嫩的年纪就得独自做出一个又一个举足轻重的人生抉择。

田老太太却惊呆了。哪里钻出这么个标致的姑娘？瞧这丫头那双眼睛，水汪汪的，瞅一眼，怕是会把魂儿摄去。她怎么跟田牛熟悉的？深更半夜能把她打发到这里来，也可猜出两人非同一般的关系。若是儿子能娶这么个媳妇嘛，可惜……唉！田老太太眼前浮起一张椭圆形的绞锥脸，那是儿媳妇曹美容，白瞎她爹给她起的那个芳名了，叫人直想呕吐。

"大娘……"扣儿见田母直劲端详着自己，便有些羞涩，红晕泛起，益发妩媚。

田老太太呵呵笑了："姑娘，你姓啥？"

"姓柳。"

"名呢？"

"扣儿。"

"噢？大名呢？"

扣儿摇摇头，神色凄然："我爹我妈都死了，没等给我起大名……就死了！"

田老太太喉咙蠕动一下："那你在谁家长大的？"

"姨母家。"

"哪屯住？"

"鸡鸣岭。"

"哦？那不是江南沿吗？"田老太太睁大眯缝的老眼，"你在这镇上住亲戚家？"

"不，我跟干爷开抻面馆！"

"你干爷是谁？"

"张老四。"扣儿忽然有些难过，显然，田牛从来没有把她的情况向他的母亲说过，对于眼前这个老太太，她不过是个陌生人。

田老太太又瞧了瞧扣儿："我儿子打发你来做什么？"

扣儿摇摇头："不，是我自己要来的！"

"唔？"

扣儿慢慢低下头："我路过你家门口，听见你在屋里哼哼，我知道田牛不在你身边，我以为你……我就……"

田老太太心里一热："姑娘，难得你心眼这么好使……我那儿媳妇从来都没来看过我……唉，我那儿子没骨气呀！"

扣儿眼圈红了："大娘，你身上不舒坦吗？"

"不要紧的，我有个睡觉哼哼的毛病，年轻时做活累的，不知道的以为有啥病哩！"

"哦……"扣儿闷声不响了。

田老太太冲了一杯浓浓的麦乳精，又放了两匙糖，送到扣儿面前："喝吧，我儿子白天送来的！"

扣儿心咚地跳起来："他经常回来吗？"

"三天两头一趟，给我送药送好吃的。"

"晚上也回来吗？"扣儿的声音低得刚能听见。

田老太太摇摇头："他那媳妇不准他回来……唉！"

扣儿心里一沉，噙在眼圈里的泪珠转着转着，终于吧嗒一声掉了下来。

田老太太惊愕地望着她。

扣儿拭拭眼角："大娘，我该走了！"

田老太太扯住她的胳膊："姑娘，你有事？"

扣儿失神地摇摇头。

田老太太疑惑地将她送出院外。

扣儿悄无声息地遁进黑暗里。

大黑狗又虚张声势地吠叫起来……

六

翌日傍晚，张家抻面馆将要关门的时候，田老太太挂着拐棍来了。

张四爷热情地喊着老嫂子，吩咐扣儿将一大碗放着辣椒油、香菜末的鸡汤抻面端上来。田老太太将拐杖放到一边，津津有味地吃起来。她边吃边偷觑着神色黯然的扣儿姑娘，心里酸酸的不是滋味儿。

午前，儿子田牛照例又回家了，将几瓶营养药放到箱盖上便要走。

母亲叫住了他："牛儿，妈问你件事！"

面容消瘦眼圈周围涢出淡淡青晕的新郎微微一怔，不明白高堂老母神情怎么那样严峻。

"你认识一个叫扣儿的姑娘吗？"田老太太不容儿子沉吟片刻，又厉声地补充三个字："说实话！"

田牛缓缓低下头去。

田老太太吃惊地瞧见，两颗泪珠子竟从儿子的眼窝里滚出，继而跌落至地面上。

她了解儿子。那是百分之百毫不含糊丝毫不打折扣的田家犟种。

小时候他惹祸用弹弓把邻居家老母鸡击毙了，引来父亲田老大一顿皮带抽打，屁股上的血把裤衩都湿透了，小田牛连吭都没吭一声。

就说前年那场天灾吧！他恨家不富，发狠东挪西借两万元支撑起个养殖场，想当年翻身成万元户，没想到一场鸡瘟把家底折腾个精光。转年又贷款承包鱼池，汪洋大水又将鱼族们席卷而去。连刚强一生的田老太太都患病不起，他硬是咬牙渡过了难关。虽然儿子采取的是母亲极不情愿的方式——那等于把自己典押出去啊——可想想当时的情景，总不能眼睁睁看着寡母无钱住院去死吧？一分钱憋倒英雄汉，何况是几万元的债务呢？

即或肩负那样的重荷，儿子也不曾掉一滴眼泪。

可现在……

做母亲的有几个不心疼儿子？田老太太瞧着儿子难过的模样，心里仿佛扎进了无数根蒺藜刺儿。儿子是没办法才入赘曹家的，看出来了，他心里苦着呢！

"牛儿，有啥心里话不能对妈说吗？"

"妈……"

于是田牛便把他和扣儿的缠绵眷恋吞吞吐吐说了一遍。

田老太太惋惜着连连叹气。

田牛喉头哽咽："妈，我对不起扣儿，我把她弄活心了，却不能娶她！"

"你跟她把话说透了吗？"

"没有……她到樱花镇上一个多月了，我还没跟她照面！"

"男子汉办事得来去明白有始有终，你跟人家姑娘那么亲热过，总得把话说清啊！"

"我怕……"

"怕你媳妇怕你老丈人？"

田牛默然无语。他怕什么呢？他自己也说不清楚。怕胸有城府的岳父曹四？他心里绝对不肯承认。别看那樱花镇的阔佬脚一跺满镇都颤动，可田牛从心里瞧不起他。不就是有俩钱吗？依仗儿子在外边有些势力，便喘气都粗！有朝一日他田牛大展宏图，便要洗刷耻辱赎回自由。只是眼下还得卧薪尝胆，学那能屈能伸的越王勾践。与其说是怕曹四，不如说是韬晦之计。至于那位丑女曹美容，田牛就更谈不上怕她了。她是那么俗不可耐，天天缠着田牛陪她玩儿。他跟她在一起，除了厌恶丝毫勾不起其他情绪。新婚之夜，他呆坐在沙发上直到天亮，急得那可怜的女人赤条条地跪在床上哭泣。虽然后来几天他不得不敷衍应酬，但他闭上眼睛便出现扣儿的丽容。他心里想着扣儿，发狠地搂住曹美容亲昵，竟使得那位无盐丑女的后裔幸福得直哭，于是便对丈夫百依百顺。如果说怕，只有曹美容怕田牛，怕田牛冷落她，而断然没有田牛怕她的事理。

然而田牛还是有些害怕。

他害怕扣儿那双脉脉含情的大眼睛。

他害怕自己控制不住情感，再次跌进那深邃莫测的谷底。

毕竟他是已结婚的人了。

他即或不顾世俗的谴责，他也得设身处地地为扣儿想想。她还年轻不谙人生艰难，无论如何不能给她带去麻烦。

万全之策只有不见扣儿。

扣儿，你能理解这片苦衷吗?

"牛儿，听妈说……"田老太太抬起饱经沧桑的面孔。用一双通达世情的眼睛瞧着儿子，"你得最后见她一面!"

田牛惊愕地望着母亲。

"你们男人不知道，世界上唯有女人最傻心眼儿，让她要真看上一个男人，那就是一辈子都不会变心!你别听那些水性杨花的风流事儿，那都是因为她们一直没碰上中意的，就换了一个又一个，要是真碰上中意的，再坏的女人也能变好!"

"妈……"

"话说远了。我还是劝你最后见她一面，把话说绝，让她死了那颗心断了那股肠一点儿念想都不存，要不，她得想你到死，你得搅她一辈子不得安宁!孩子，咱们可不能做这个孽!"田老太太说着说着竟潸然泪下了。

田牛心里翻腾着，那潜埋在最底层的滋味一股脑儿浮上来。

他沉吟片刻，扯下一张旧日历，匆匆地在上边划拉了一会儿，递给母亲："妈，就得请您去张家抻面馆了！"

田老太太看也没看便揣进衣襟……

"她大娘，你慢吃，我去把窗栅板上好！"张四爷笑呵呵地走出抻面馆。

"姑娘，再给我来一碗！"田老太太喊着。

扣儿默默地又将一碗热气腾腾的抻面端上来。

田老太太轻轻按住扣儿的嫩手，将那个纸蛋塞进扣儿的手心，低声地："我儿子给你的！"

扣儿脸颊顿时泛起红潮，和窗外射进的晚霞融在一起。

"她大娘，不用掏钱了！"张四爷隔着窗镜嚷。

田老太太却轻轻撂下了那双橘红色筷子。

七

尽管田牛的字迹很潦草，只读小学四年级的扣儿还是一个字一个字把那份密电码破译出来了。连标点符号加在一起仅十三个字："晚九点我在镇南樱桃林等你。"扣儿大概连做梦都梦不到，这黄帝子孙创造出来的方块字鬼使神差地排列组合竟给她未来的命运勾勒了那么一条蜿蜒的曲线。此刻她却沉浸在一种慌乱恐惧夹杂着激动和渴望的复杂情感里。她当然无法猜测出田牛之所以约她幽会的原因，她也压根不敢奢望今生今世还能和田牛生活在一起。她明白，随着田牛和曹美容新婚的爆竹在天空炸响，她和他的那段缘分就算完结了。她只希望和他最后单独说几句话，不然她总觉得一件事没有办完，心像悬在半空中没个着落。

扣儿急忙拾掇完碗筷，按照惯例将明天的准备工作全弄停当，便躲进自己的小木板屋里悄悄梳妆打扮。其实，她根本用不着打扮。啥样高级的化妆品能替代她那天然的姿色？何况她的化妆品只是一小瓶可怜的蛤蜊油。那是张四爷怕她两手天天浸泡在汤汤水水里容易发皱粗糙或不经意被风吹后裂出细细的小口才给她买的。老爷子从来不吝啬给干孙女买好东西吃，却假装不懂扣儿的心思全在时装和姑娘家喜欢的各种各样化妆品上。

扣儿轻轻地梳拢着那头秀发，眼睛不时溜着桌子上那块外壳发黄了的马蹄表。秒针咔咔地滑动，分针却老半天才不情愿地动弹一下，至于时针，扣儿瞧它有几百次，却依旧赖在老地方。倒是晚霞懂得姑娘的心，悄悄地融进灰黄的暮色里，只是那位往日天黑就爬上热炕头的张四爷，今天却磨磨蹭蹭地不按时就寝，直到八点一刻才唱唱咧咧地将那副老身板平展展地摊到热炕头上。还好，他不似一般老头能够睁着眼睛躺在炕上鼓捣半宿烟，他只要脑袋一贴枕头便很快进入"太虚幻境"。

扣儿几乎是憋住一口气溜出张家抻面馆的。

她细心辨认一下方向，朝樱花镇南郊走去。她不知田牛是否已经从家里出来，她担心那么大一片樱桃林怕难遇见他。自然她还怕被樱花镇人窥见，那可不是儿戏，扣儿懂得那其中隐藏的危险。

她轻盈的身影闪现在樱花镇南郊的小路上。小路两侧便是翁郁茂密的樱桃林。也许是阳光最先光顾这里的缘故，小镇南郊的樱桃树长得比别处都好，经过小镇园林工人的精心剪修，棵棵都长得状如椭圆形锥伞，在淡淡的月色里散发着温馨的气息。蓦地传来几声鹌鹑叫，给这宁静幽雅的小镇郊外平添几分情致。

扣儿下意识地站住了。

她耳朵里轻响着沙沙的脚步声。

她急忙回顾窥视。

从樱桃林里走出一个人。

扣儿凭感觉就知道是他。

他老远便收住了脚步。

扣儿只觉得喉头发痒，恰似有一股强大的电流通过周身使她微微有些战栗。倏然间，竟仿佛有什么在遥控着她和他，两人几乎同时朝对方奔去又同时在距离对方一尺远的地方停下了。她和他同时感到了一种难以抗拒的强烈诱惑，但她和他终于顽强地固守着自己的营垒，使那咫尺变成了天涯。

彼此听得见对方的呼吸。

"扣儿……我对不住你！"毕竟是田牛稍理智些，"是我破坏了你平静的生活！"

扣儿苦笑："你别来跟我咬文嚼字好不好？没有你，我怎么能离开鸡鸣岭？"

"可是……"

"你别'可是'了，我过得很舒心，我就是在外边要饭，也绝不再回鸡鸣岭！"

扣儿说的倒不是假话。

她在樱花镇张四爷抻面馆安身的第三天，姨父东问西访找上门来。姨父满脸堆笑说了车载船装的软话，请外甥女回去，并温言软语哄着扣儿，答应她可以暂时不嫁给纽儿，啥时愿意了啥时再说。扣儿指天发誓，把话说得不留余地："我除非死了，不然，这辈子绝不回去！"姨父无奈，只好暗中委托张四爷好好照料外甥女，等她心平了气顺了再劝她回去。张四爷当然满口答应，并且担保扣儿在这里不会出啥闪失，打发那精明反被精明误的鸡鸣岭人精子悻悻地回去了。

"扣儿……你知道我为啥约你来吗？"

扣儿摇摇头。

"是我妈叫我来的！"

扣儿哦了一声，心里顿时凉凉的。

"我不是不想见你……可是……"田牛抬头望望扣儿那美丽的面庞和那似乎闪烁着泪光的眼睛，舌尖上的话再也说不出来了。

扣儿冷笑："怕人家笑话你，怕你老婆骂你，怕你老丈人不满意你，是吗？"

田牛的自尊心受伤了，他激愤地："我怕牵累你！"

"笑话，你要怕牵累我，在鸡鸣岭你就该想到！"

"你别说了……"田牛痛苦地呜咽一声，转身钻进樱桃林里。

扣儿愣住了。她不知自己是该跟过去还是就此回去，难道她苦苦盼望着的见面就以这种方式结束吗？可是她不敢进那莫测幽深的樱桃林去，她害怕自己再次唤起那可怕的情感记忆，毕竟他是已娶亲的人了，自己无权和他好！扣儿紧紧咬住下唇，不让那眼泪流进嘴里。她缓缓地回转身，朝樱花镇缓缓而去。蓦地，几只发情的大狗汪汪叫着追逐着迎面跑来。扣儿惊叫一声跑进樱桃林，待那几只大狗跑过去后，她发现自己的整个身体都完完整整地倒在田牛那宽阔的胸怀里了。

造物主在叹息在欢笑……

八

田老太太不经意犯了个心理和伦理上的错误。尽管她年轻寡居饱受忧患之苦，而且自诩比年轻人多吃几十年咸盐粒儿，但她不懂得感情这种东西是不能轻易画上句号的。虽然她善良地希望儿子和扣儿最后见上一面把话儿说开从此井水不犯河水谁也不再记挂谁，但她不理解两颗彼此向往的心灵一旦交流笃定撞击出火花，仿佛抽刀断水，岂不是水更流吗？田老太太犯了这么个心理上的错误，大概是她从来没有情人所致。荒芜干涸的情感荒原是无论如何长不出生机旺盛的爱之花的。如果说对犯这样的错误田老太太尚能自我原谅，但她对于督促已婚的儿子去和一个未婚女子幽会以致两人缠绵缱绻难舍难分终于越轨做出风流之事的伦理大错，却是始料不及悔恨叠加了。当然，田老太太发现这个"历史性"的错误已为时过晚，而儿子和鸡鸣岭那位俊妞儿自从樱桃林那个月朦胧之夜后的频繁接触，除了上帝只有两位坠落情网的恋人知道。

也是天缘凑巧。田牛的丑妻曹美容患了皮肤病需要去温泉疗养院治疗。她那在省城做事的大哥想方设法给她弄到一个床位，便用小轿车把她接走了。田牛象征性地去陪住两天，因疗养院不许家人陪住，就满心喜悦地回到了樱花镇。曹四虽然对女婿不大放心，但毕竟不在一起住，自然无法监视田牛的行踪。田牛遂成了自由神。至于扣儿，每天照例应付押面馆的生意，晚上待张四爷睡熟后，便悄悄溜出去，到樱花镇南郊那片多情的樱桃林里和意中人幽会。

那真是难忘的百日罗曼史。

开始，他和她还比较克制，见面后除了紧紧拥抱亲吻外，就是重复那不知重复过多少遍的情话。他和她都回避谈以后的事情。他和她似乎极其珍惜眼前的时光，都唯恐未来的阴影会使眼前的幸福黯然失色。管它呢，反正车到山前必有路。他和她如醉如痴地吮吸着爱的甜浆，他和她都隐隐预感到那令人战栗令人兴奋令人眩晕又令人恐惧的事情迟早会发生。

那是一个圆月高悬的夏夜。樱桃林里阒无人迹。软绵绵的草地上像洒了银粉。白雾从樱桃树缝隙间氤氲升起，仿佛整片樱桃林都流动起来，使人有置身仙境之感。田牛揽着扣儿纤细的腰肢，静静地坐在一簇樱桃树边，耳朵捕捉那唧唧虫吟。蓦地，扣儿尖声叫了起来。

田牛吓了一跳，忙问："你怎么了？"

扣儿倏地蹦了起来："蚂蚁，蚂蚁，我裤筒里爬进蚂蚁了！"

"快，快褪下裤子抖抖！"

大概是那神差鬼使的蚂蚁把扣儿叮得太疼痛了，她忘记了姑娘家的羞涩，急忙将那条影格的确良裤子褪了下来。月光下，那两条修长富有弹性的大腿赤裸裸地跳进田牛的眼帘。田牛只觉得周身腾地燃着了一把火，一股巨大的力量席卷着他，他下意识地抱住了扣儿的大腿忘情地亲吻起来。扣儿挣脱着，身子却软瘫在田牛的身上。田牛滚烫的大手继续向上摸去，扣儿呻吟着倒在草地上，田牛随即伏在她的身上……樱桃林摇动着。待到那令人心旌摇荡的时刻过去后，扣儿像名受惊的婴孩，趴在田牛雄性的胸膛上嘤嘤哭起来。田牛抚摸着扣儿的秀发痛悔地："都怨我不好，你惩罚我吧！"

"不！"扣儿停止了哭泣，"这是我愿意的！"

"你不恨我吗？"

"不！"

"扣儿，我的扣儿！"田牛猛地搂住扣儿的脖子，在那妖媚俊俏的眉眼口鼻上留下一颗颗湿漉漉热辣辣的唇印……

凡属男女恋情，一旦最后的禁区冲破，便再也不存在什么禁忌了。什么道德伦理贞操，统统变成了毫无价值的嘲弄符号。萦绕在他和她脑际里的，只有双方的爱，他们所能采取的行动都是积极寻觅合适的时间和地点，让那爱情之火熊熊地燃烧，即使他们被烧毁也毫无顾忌。

扣儿和田牛自然也没超越这一常见的规律。自从那次野合后，两人便每隔两三天就幽会一次。地点多在镇郊樱桃林里。倘若逢上雨天，扣儿就壮着胆子溜进田牛的新房里，在那曾是曹美容的卧榻上缠绵缱绻。田牛向她发誓，待到债务偿还清，便和曹美容解除婚约，带着她和母亲远走高飞重新开始新的生活。

然而他和她都不曾料到，厄运之神正在前边冲他们狞笑。

九

没有不透风的墙。

倘若是一位貌不出众的姑娘，或许不会招致那么多麻烦。然而，扣儿实在太惹眼了，白日黑夜都有人想着她，明里暗里都有眼睛盯着她。纵然她和田牛的每次幽会都极为谨慎小心，也很难不留下蛛丝马迹。那白日里来张家抻面馆的好色之徒们，虽然能够如饥似渴地饱餐秀色，但对于这种柏拉图式的精神恋爱已越来越不满足，就有那按捺不住意马心猿者，用那沉沉夜色做掩护，鬼鬼祟祟猫在张四爷家那三间砖房墙角处，抓耳挠腮地窥视扣儿闺房里的动静，绞尽脑汁地琢磨怎样诱惑那俊妞出来，寻隙进行那富有浪漫诗意的龌龊勾当。自然，扣儿和田牛如此频繁的幽会，便很难不被这些地痞无赖发现了。

最先发现这宗桃色事件的，是樱花镇最著名的"神偷"冯五。这小子年纪不大道行不小，自诩本事超过时迁，常年在外悠悠逛逛，居然也花钱如水挥金如土。只是他落个贼名声，没有哪个姑娘肯嫁他。偏偏他人虽精瘦，性欲却旺，无法发泄时，便在那偷鸭偷鸡偷猪偷狗偷牛偷马的功底上再登一层楼——偷女人。须要说明，冯五的偷女人可和一般的男女偷情大相径庭。一般人偷情乃两相情愿，背着各自的丈夫妻子做下那些风流艳事。冯五的偷女人可谓名副其实地"偷"，即所偷的女人从不知晓，及至被他偷过，才发觉被"偷"，但为时已晚，声张出去于脸面名誉受损失，就都默不作声，将愤怒和痛苦咽进肚里。冯五摸准了这些女人的心理，便专拣那模样标致性格温柔的年轻媳妇偷。居然得手数次仍逍遥法外，保护伞就是女人的羞涩。其实，冯五也懂得，男女只要接触，女方就会发觉。关键在她发觉之先，要以迅雷不及掩耳之势造成既定事实，她若声张就身败名裂，只好乖乖就范。不过，在冯五偷女人的履历中，竟也有一位糊涂媳妇自始至终不知自己被偷。那是发生在炎夏盛暑时候的趣闻。樱花镇赌棍黄三点儿躲在一家赌局里看纸牌，约莫到后半夜牌局方散。他回到自家院子里，见窗户还敞开着，便跳窗台上炕，撩起盖在媳妇身上的夹被就扑上去。他媳妇睡梦里醒来亲昵地骂道："你个死鬼，头半夜回来不叫人消停，后半夜回来还不叫人消停！"黄三点儿大惊，他头半夜根本就没回来，准是哪个坏种色胆包天，冒充他不声不响越窗而入替他代劳了。黄三点儿心里暗暗叫苦，却又不敢吵嚷，只是叮嘱家里人，以后天气怎样炎热也不准敞开窗户睡觉。

黄三点儿压根没想到，偷他媳妇的居然是帮他照料赌局的冯五。他趁出屋撒尿的工夫就把黄三点儿媳妇偷了，足见此公的高超本领。

现在这位神偷冯五又要打扣儿姑娘的主意了。

也是扣儿有此一劫。本来按照惯例，扣儿每次和田牛幽会，都是在张四爷鼾声响起时便出去。那时候也就晚上九点来钟。而冯五那班泼皮常常是十点左右来遛遛，蹲上个把钟头，见扣儿闺房门窗紧闭无隙可乘便都心里酸酸悻悻走掉。他们哪里知道，扣儿那阵儿正跟田牛情酣意畅。待到扣儿回来时，多是子夜以后。因此，虽然有那些色鬼三三两两光顾，由于光顾的时辰不对，对扣儿的行踪开始还没有发觉。那些色鬼虽然不甘心，但有妻室约束，也不敢在外久留，顶晚十二点钟之前都得回去。倒是冯五赤条条一根光棍来去无牵挂，耐着性子等待扣儿出来解手时，寻机钻进她的闺房。他不信他不能达到目的。他在先前毫无所获后，索性将行动时间改变，准备在午夜动身挨到拂晓。于是，扣儿的身影便被冯五捕捉住了。

那时辰约莫丑时刚过，披着大衣狗一般蜷缩在墙旮旯的冯五，忽然听见一串轻盈的脚步声。他蓦然回首觑去，不觉呆住。天，他们这些无赖守候多日的丽人竟从外边回来了。这么晚才回来显然是赴约会去了。也不知是哪位走桃花运的小子先尝到了鲜味儿。一瞬间，冯五欲火烧身，他忘记了自己的惯伎是神不知鬼不觉地偷女人，他似乎感觉到倘若和扣儿这样美貌的姑娘亲热一回即使叫他死一万回也值得！机不可失，时不再来。眼见扣儿姑娘闪身要进屋了，冯五一个饿虎扑食冲上去，用劲搂住扣儿的细腰，散发着蒜臭的大嘴贪婪地咬住扣儿的嫩腮。扣儿吓蒙了，想喊却发不出声；想挣脱，手脚仿佛已离开了她的身体。就在这节骨眼，却见冯五嗷地怪叫一声跳起来。扣儿定睛细看，只见雄壮英武的田牛哥出现在眼前。她心里一热忘情地扑进田牛的怀里。

冯五什么都明白了。他咝咝吸着冷气揉弄着被田牛拳头击中的脑袋，不断从鼻腔里发出一连串冷笑:“好，好，打得好……我要叫你明白，老子也不是豆芽菜！”说完，便骂骂咧咧走了。

一种无形的恐惧雾一般笼来，两人都沉默了。

田牛明白，冯五绝不会善罢甘休。天一亮，这一桃色新闻就会飞遍樱花镇家家户户。妇孺皆知所引发的舆论潮水会连天卷起。这些他都满不在乎。男子汉顶天立地，还怕那些拨弄是非的烂舌头吗？他担心的还是扣儿。他意识到曹家绝不会容忍扣儿继续留在樱花镇上。那曹四私官两厢如履平道，镇长、派出所所长见着他都满脸堆笑，要驱逐一个没有樱花镇户籍的乡间姑娘，那还不是易如反掌？那可就坑了扣儿！田牛已经完全了解了扣儿的性格。她是那么纯净那么善良又是那么倔强！她不甘忍受鸡鸣岭那窒息人的生活环境，她苦苦扑奔自己图的是改变自己的命运，她就是去死也不会再回鸡鸣岭。可茫茫生活之路，哪一条可供她走下去呢？倘若自己没有那些债务没用绳索把自己和曹美容捆绑在一起多好，那就可以带着扣儿远走高飞。可现在……一阵巨大的炙痛折磨着田牛，他望着扣儿那张被淡淡的月光映照得越发妩媚的脸，鼻子一酸："扣儿……是我害了你！"

"不！"扣儿撒娇地往田牛怀里偎了偎，"是我自己愿意的！"说着，她将那张撩人的小嘴凑在田牛的耳边，声音低低地："告诉你，我肚子里有了！"

田牛大吃一惊。半晌，他才木讷地结巴着："我……我不是给你……药了？"

"我没吃！"扣儿抬高嗓音，"我为什么要吃呢？我喜欢和你有个孩子！"

"可这是不允许的！"

"为什么？就因为我没和你结婚？"

"这还用说吗？"

"你不说迟早会还清债务迟早和曹美容离婚迟早会娶我吗？"

"可是……"

"可是什么？你骗我？"

"不！"

"那我就把孩子生下来，等着你！"

田牛惊愕地瞧着自己心爱的扣儿，没想到她能说出这番话来。这还是鸡鸣岭那个说话脸先红的乡村俊妞吗？他心底潜藏的那团男子豪气被激发出来。他捧住扣儿脸蛋吻着："好扣儿，你比我有见识，我不如你！咱们豁出去了，生个孩子好好养着！"

扣儿却孩子般地嘤嘤哭了。

屋子里张四爷的雷鸣鼾声戛然而止，兀地传来樱花镇第一声嘹亮的鸡啼。

像新生婴儿在叫……

十

出乎扣儿和田牛的意料，当太阳神君临樱花小镇时，这个富有魅力的乡间都市竟一如既往，买卖依旧红火，市井依旧喧嚣，那件发生在黑夜里的风流艳事竟没有在街面上传开。或许在这富贵温柔乡里发生这类桃红柳绿的事已经司空见惯再也勾不起人们的兴趣？或许那位神偷冯五自觉无聊放弃了这次添油加醋的机会？扣儿和田牛暗地里这样想。

其实，她和他全想错了。

在樱花小镇上，尽管男女私情的故事经常被披露出来，但每次披露都能引起一阵哗然舆论。这古老而又常新的话题总是反复出现在茶余饭后枕边席旁。尤其像扣儿这样标致的年轻姑娘，众目所瞩，哪怕有一丝涟漪，也会掀起轩然大波，何况那月夜和情人幽会的情景呢！至于冯五，他到嘴的鲜桃被田牛夺走，那心头的酸醋越发浓烈，添枝加叶尚且不够，他怎么会闭口缄默无言呢？只是偶然闪现的念头使他另有打算。他当然知道田牛是曹四的女婿，而那曹四又是樱花镇最有头有脸的富翁，敲敲他的竹杠，叫他掏腰包买去这条独家新闻的专利，岂不比到处散布快活快活嘴皮子要高明要上算得多？

冯五在离开张家抻面馆的二十分钟后，敲开了曹四家的黑漆后门。

赫赫曹家大院分前中后三部分。前边一溜七间砖瓦房，住着曹四的老儿子老儿媳和田牛、曹美容夫妇。两家各住两间，分住两头，各走各的门，井水不犯河水。空余三间作为客房，里边布置阔绰排场，留给省城县城的儿子儿媳孙男孙女节假日回来住。中间部分是坚固结实的筒子屋，专门做服装厂的衣料库。钥匙几嘟噜，成天价不离曹四老伴的腰臀。后边部分是水磨石挂面的小二楼。服装厂大老板曹四的卧榻和办公室就设在这里，一应具体事务也都在这里处理，包括和外地商人洽谈生意。先前，在田牛还没和曹美容成亲时，虽然服装厂的许多重大事项实际上都靠田牛斡旋，但曹四仍对田牛不放心。凭他牛马贩子精明的眼睛，他很早就看出田牛是个厉害角色。那小子之所以没发迹，不是他无能，而是天时未到资金匮乏。一旦他从地上爬起来，很快就会在樱花镇上崛起。抓住他，就是抓住了使曹家发达富裕的关键。别看曹四是个乡间土鳖，却有大将风度。趁田牛走投无路时，携款上门达成交易。曹四明白，依田牛的相貌和能力，是永远也不会爱上自己的丑女曹美容的。曹四也十分清醒，他招田牛为婿只不过是要利用田牛的办事能力为曹家赚大钱。虽然曹家三个儿子在外，个个龙睛虎眼，但鞭长莫及照顾不了家里的生意。老儿子从小抽羊角风，半傻半茶难担大任。只有田牛作为女婿才可为曹家所用。尽管田牛嫌弃曹美容，一旦成婚便有法律保障，就是插翅飞走也是曹家女婿。曹四听人说今讲古，从前两国交兵相持不下便嫁女婆妃，谓之和亲。那昭君、文姬怎会爱上匈奴鞑子？还不是各有所图，但也相安无事。这古老的方式难道就不兴他曹四用用？果然，在田牛来到曹家服装厂后，把服装厂弄得红红火火，前些时还去省城参加时装展销，不但得奖登报，还推销出大批服装。若不是田牛训练出来这支时装模特儿队，哪有今天这般光景？曹四欣喜之余，马上为田牛完婚。他知道若不趁田牛的债权还在曹家手里招他为婿，这雄心勃勃的小伙子兴许要飞。何况派出监视田牛的"谍报人员"提供出鸡鸣岭有一美女和田牛缠绵暧昧，曹四迫不及待，送女儿和田牛进了洞房。虽然婚礼那天发生个不愉快的插曲，而且听说张四爷又收那姑娘做孙女留在了樱花镇，但曹四并不十分介意。反正一纸婚书已经把田牛典给了曹家。瞧，那得意门婿不是依旧把服装厂料理得井井有条吗？这些天他正考虑是不是把服装厂财政大权交给田牛呢，殊不料神偷冯五寅夜来访，带给他那么一宗带色的见闻。

"你，说的是实话？"眼角耷拉成三角形的曹四，斜睨着阴阳怪气的冯五。

冯五扑哧吐了一口口水："妈的，我刚搂住那俊妞儿，就被你姑爷擂了一拳！眼看我都啃着那嫩腮了，谁知闹了个乌眼青，真他妈的可惜！"

曹四倏地抻开眼角："你看见他俩在一块儿了？"

冯五嬉皮涎脸地："那还用看见？半夜三更从外边回来，不是摽爷们干啥去了？再说，那俊妞当我面钻你姑爷怀里，那贱样叫人真受不了！"

"好了，别说了！"曹四从抽屉里拽出一沓钞票，眼睛盯住冯五："拿去，走漏一句，我可不饶你！"

冯五接过钞票装模作样地："这是做啥？咱爷们还用得着这个？"

"行啦行啦！"曹四不耐烦地，"不为这个，你何必天还没亮叫我门？"

冯五一迭声地："曹四叔，你可真是人精子，服了！"说着，将钞票揣进兜里哼哼唧唧地走了。

"臭无赖！"曹四心里骂着，重新躺到被窝去，狡黠的眼珠悄悄地缩回那微微痉挛的厚眼皮里。

十一

张四爷简直被弄糊涂了。跟他素无交往的曹四，居然亲自登门，热情邀请他去曹家做客，小饮几杯本镇最有名的樱桃酒，叙一叙同乡邻居的情怀。张四爷好奇怪，这八面威风的曹四，先前见到他，顶多眼皮轻撩起，用鼻子哼一声，算是对他的最高礼遇，今天为何如此谦卑？又不好当面谢绝，便嘱托扣儿好好照料抻面馆里的生意，满腹狐疑地随曹四去了。

扣儿一颗心吊到嗓子眼儿，她自然明白曹四请干爷去吃酒，十有八九与她跟田牛的事情有关。只是离每天幽会的时间还很远，无法跟田牛联系商量对策，只好听任事情朝凶多吉少的方向演化。扣儿早就豁出去了，最多两眼一闭跳进松花江了事，反正她的命也不值钱！

张四爷在曹四的陪同下走进那间舒适阔绰的客厅时，曹四的老婆早已把酒席布置停当。菜，不外是大鱼大肉，倒是那包装精致的樱桃酒，使张四爷眼里陡地闪出亮光。别看这樱桃酒是用本镇樱桃做原料又在本镇独家樱桃酒厂酿制，但真正质量上乘的高级樱桃酒，当地人是很难见到的。倒不仅因为工商管理部门三令五申不许酒厂私自出售樱桃酒，也不仅因为酒厂负责人抬高酒价不给乡里乡亲方便，而是因为酿制绝好樱桃酒的工艺已经失传，再也见不到张四爷年轻时喝过的樱桃酒了。那位和张四爷有旧交的酿酒师，伪满时被日本人抓去带到东洋，想叫他将祖传工艺献给樱花国里的富士山。无奈这位师父念念不忘的是故国长白山，便绝食数日，连同那精湛的造酒工艺一起去见九泉之下的列祖列宗了。于是真正绝伦的樱桃美酒自此绝迹。然而，现在曹四拿出的这瓶樱桃酒却使张四爷大为振奋。他兴致勃勃地抓起那酒瓶，却不认识商标上面是什么文字。

曹四启开瓶封将盅斟满："四叔，能猜出这瓶酒是啥时候产的吗？"

张四爷珍惜地咂了一小口，闭上眼睛品品滋味，然后缓缓睁开眼睛溜溜曹四："怎么？这有点儿像我在年轻时喝过的樱桃酒？"

曹四哈哈大笑："算你有眼力，这是我爹留下来的老箱底，今天乃家翁忌辰，请四叔品尝。"

张四爷心里一动，曹四此举可算破例了。谁不知道曹家声名显赫？那来来往往的宾朋亲友可说多如繁星，唯独将这珍贵的玩意儿拿出来款待他这个做抻面的孤老头，足见曹四此番定有什么非常的打算了。

酒过三巡，张四爷脸上泛起了血色。这老头是个地道的关东人，性情豪爽，遇事喜欢喊里咔嚓干脆痛快。见曹四只顾劝酒却不接触正题，就有些焦躁，终于忍不住将酒盅撂下瞅住曹四："老四，我这个人向来办事图希爽快，你今天把我请来，怕是不光叫我喝樱桃酒吧？"

曹四闷头不语，只顾慢慢吮吸一根鸡骨头。

张四爷越发按捺不住，忽地站起："既然你不愿说，我也只好告退！"

"四叔！"曹四一把拽住张四爷，那张精明的脸上显现出为难之色，连声音也似乎有些可怜巴巴了，"您老别急，我这心里乱糟糟的，还得请您老给拿个章程呢！"

"有什么事你就说吧！钱没你多，人也没你多，老天巴地绝户棒子，能帮你什么忙呢？"

"四叔别这么说，一个镇上的人，谁不知道您老豪侠仗义，若是换上别人收留下我闺女的克星，我岂能连个屁都不放？"

张四爷心里咯噔一声："你是说我干孙女？"

"嗯，这丫头人样子不错，也挺机灵，比我那丑闺女强！"曹四又往张四爷酒盅里倒了几滴酒，"只怕咱镇上这些年轻后生，挑逗诱惑，把她勾引下道……"

"什么话！"张四爷脸上顿时涨成紫肝色，"我姓张的活了七十多岁，行得正立得直，看哪个敢打我干孙女的坏主意？"

曹四微微冷笑："四叔怎么没有看见，你的抻面馆生意兴隆吃客满座，那些人真的是为了吃你那碗抻面吗？"

张四爷脸皮倏地一颤，那话音先自有些软了："你说为了什么？"

曹四摇摇头："四叔，这话咱们还是不说破好，反正你知我知，镇上人心里都有个准谱！"

"你把话说明白！"

"四叔，甭怨我嘴直，人图赚钱天经地义，但要光明磊落，不能用女人脸蛋做纸幌招徕顾客……"

"放你妈的臭屁！"张四爷勃然大怒，"你不会说话学驴叫，姓张的不吃你这个！"

张四爷将酒盅啪地一摔，愤然离去。

曹四的老婆眼盯着那倔老头走出大院，回头埋怨着："你这是何苦呢？请人家吃饭，又惹人家不乐意，图个啥？"

"你懂什么？"曹四呵斥着胖得连喘气都费劲的矬老婆，"请将不如激将，激将不如骂将！若不叫这老绝户棒子把那小狐狸精赶走，你那宝贝闺女迟早得守活寡！"

矬老婆不出声了。

十二

张四爷怒发冲冠地离开了曹四家，迎面吹来的清风使他那发热的额头清凉些了。他一面走一面想，曹四是个精明人，无缘无故请他吃什么酒？况且说那些闪烁其词费猜详的话，竟好像故意向他暗示着什么。难道说扣儿真有什么不端的举止？是哩，不怕没好事就怕没好人，这樱花镇上浮浪子弟轻狂之徒拈花惹草之辈委实不少，年轻漂亮的干孙女难保不被诱惑走上邪路。倘若真要做出什么风风流流的事来，清白一世的张四爷岂不是"没卵子摘个茄子拎着"？不行，得提醒着她些才是万全之策。

张四爷想着，怒容变成了愠色，一步一沉吟地回到自家抻面馆。时辰已是午后，饭时早过，吃抻面的人稀疏些了。忙里偷闲的扣儿惴惴不安地观察干爷的脸色，心里止不住又扑腾起来。

张四爷却没露声色。他明白这种话只能在背地里说，不然，干孙女的面子是挂不住的。好容易挨到天黑，抻面馆烟熄火灭关窗闭门了。张四爷一反惯例，既没喝酒也没贴热炕头，只是悄悄唤来干孙女，开诚布公地想问扣儿几句话。

　　扣儿只以为曹四把她和田牛的事情已经原原本本对干爷讲了，既然如此，只有请干爷宽容理解，此外别无其他路可走。扣儿想到这里，那泪珠竟扑簌簌落下，使依然蒙在鼓里的张四爷大为惊讶。

　　"丫头，你怎么啦？"

　　"我……"扣儿腮上现出红晕。

　　"说呀！"

　　"曹四不都对您说了？"

　　"说啥？"

　　"我和田牛……"

　　"你和田牛？你和他怎么啦？"

　　"别问了……"扣儿的声音细微极了。

　　"说呀，你俩到底怎么啦？"张四爷几乎吼起来。

　　扣儿双膝软下去："干爷……求您啦，别撵我走！"

　　张四爷脑袋轰的一声，眼前便有些扑朔迷离。怪不得曹四不阴不阳的，原来他早就摸清了扣儿的隐秘。丫头啊，你这不是把你干爷的老脸往裤裆里塞吗？悔不该当初心慈面软认下你这个干孙女，招来这等丢人现眼的丑事。唉，脚上的泡不是别人踩的，纵然我想留下你，可这张老脸却豁不出去，只好打发你离开樱花小镇了。主意打定，张四爷不禁喟然长叹。他缓缓地拽开炕头小木柜的门，从里边摸出厚厚一大沓钞票，有意回避着扣儿那双惊慌失措的眼睛，声音嘶哑地："丫头，这是干爷的一点儿积蓄，你拿着，另寻个地方去吧！"

　　"干爷！"扣儿抱住张四爷的大腿哭喊着："我不走，我要给您养老送终！"

张四爷老泪横流："难得你这份孝心，干爷心领啦！丫头，不是干爷撵你，实在是事出无奈。你干爷虽然老光棍一个，可清清白白，没人敢说个不字。现在你和田牛又有来往就把曹家得罪了。干爷倒不是惧怕曹四，可哄扬出去，干爷这张老脸挂不住。何况曹家财大势大，迟早要找碴儿报复你，莫不如三十六计走为上。干爷这可都是掏心窝子的话呀！"

扣儿收住了哭声，她听出干爷是硬下一条心不留她了，便自言自语地："我到哪里去呢？"

"丫头，你还是回鸡鸣岭吧！"张四爷想起扣儿姨父的拜托，就趁机劝说道："人一辈子怎么回事都是命中注定，命里八升，难凑一斗，还是老辈子留下的那句话管用：眼前无路想回头。还是回鸡鸣岭去过清净日子吧！"

扣儿不再哀求了。她既然明白了干爷的心思，就不再对这小抻面馆有丝毫的留恋。她从地上起来，开始慢慢地拾掇衣物包裹。张四爷以为她听从了自己的劝告同意回鸡鸣岭，满心眼里欢喜，遂撸胳膊挽袖子剁肉馅，他要为干孙女包一顿香香的送行饺子。就在爷俩各怀心事忙碌的时候，田老太太颤颤巍巍地进屋来了。

扣儿暗暗吃惊。她从田母那愠怒的脸上猜出这位刚强的老太太已经知道了那件事。难道她是来兴师问罪的吗？扣儿惴惴不安地偷觑着田老太太的神色，心里慌慌的，准备接受一顿劈头盖脸的痛骂。

不料，田老太太却拽过扣儿的胳膊："走，跟我回家去！"

扣儿和张四爷惊愕地瞧着她。

"瞅什么？我儿子把啥话都跟我说了，我把他骂了一顿！"

扣儿嗫嚅着："不怨他……都怨我！"

"一个巴掌拍不响！我真后悔，不该叫你们再见面。现在倒好，生米煮成熟饭，我就不能不管了！"田老太太叹息着。

"您老惩罚我吧！"扣儿眼泪吧嗒吧嗒掉下来。

田老太太眼睛一瞪："说的什么话？姓田的做事，敢做敢当！既然是我儿子惹下的祸，天塌下来由他妈擎着！走吧，到我家里去！"

"这……"扣儿犹豫地瞧瞧张四爷。

张四爷瞧瞧田老太太："她轻手俐脚的，还是叫她回鸡鸣岭吧！"

"轻手利脚？"田老太太说不清是欢喜还是悲哀，"她身上怀着我们老田家的人哩！"

张四爷呆住了，张开的嘴巴好半天没有合拢。

十三

张四爷毕竟是深谙世事的人。当他弄清事情的原委和晓得田母要把扣儿接去以备日后生下那个田家的骨血后，把头摇成拨浪鼓一迭声叫道："不可不可万万不可，你们这不是要把田牛往笆篱子送吗？"田母和扣儿吃了一惊。

张四爷叹息一声："全樱花镇人都知道丫头和田牛要好，老曹家更是瞪大眼睛盯着。假若丫头搬到你家，这就等于把这件事公开了。假若日后再把孩子生出来，那就是铁证如山了。到那时，田牛就会戴上两顶罪犯帽子，一是重婚罪，二是破坏计划生育政策，两项罪过加在一起，至少也得判个七年八年的，你们忍心这么做吗？"

一番话说得扣儿和田母面面相觑不知如何是好。

"就没路了吗？"扣儿喃喃说道，眼睛又有些湿漉漉了。

"除非田牛和曹美容离婚，可眼下根本做不到。别说田牛一屁股债还没还清，就是还清了，老曹家也不会给离婚手续。从樱花镇到县城，上上下下全是曹家的人，田牛的官司打不赢！"

"四叔，还有别的办法吗？"田母焦虑地瞧着张四爷。

"除非把胎打下。我这抻面馆照旧留丫头存身，不过得保证以后别再跟田牛来往！"

"要是不打胎呢？"田母显然很珍视儿子的骨血。她心疼地瞧瞧饮泣的扣儿。

张四爷一脸苦笑："你叫我怎么见人？"

田母鼻子一酸，眼泪流了出来。

扣儿却突然收住无声的饮泣，强笑着对田母说道："大娘，请你转告田牛，我走了。叫他不要惦记我！"

"孩子，你去哪儿呀？"

"天地这么大，我不信没有存身之地！"

"叫我说，你还是回鸡鸣岭吧。"张四爷始终不忘扣儿姨父的重托。

扣儿苦笑："干爷，我刚从火坑里跳出来，你难道还叫我跳回去吗？"

"要不……你还是留在我这抻面馆吧？"张四爷显然又动了恻隐之心。

扣儿摇摇头："干爷，您老待我恩重如山，可惜我不能侍奉您了。当着二老的面，我也不藏不掖了，我身上的孩子是我和田牛的精血，我就是到天边外，也要生下这孩子将他养大！"

田母心痛如刀绞，掩面哭泣起来。

扣儿麻溜利落地将包裹挎在胳膊上。

张四爷一惊："你这是？"

扣儿微微一笑："干爷，我得连夜走！"

"干吗不等天亮？"

"我怕见到田牛就不想走了！"

张四爷默默无语，又掏出一沓钞票塞到扣儿手里："别走太远，有准地方捎个信来！"

扣儿噙着泪给张四爷、田母跪下叩个头，便闪身出了张家抻面馆。

夜黑如墨。黑暗仿佛从四面八方汇拢起来，连那些最不甘寂寞的星星也都躲进了天幕后，显然是个秋云密布的夜晚。周围很静，静得叫人恐怖。偶尔传来蝙蝠飞翔时的音响，引发了几声狗的低吠。先前每天这种时候，樱花镇早已灯火明亮显得分外热闹，今天大概因为停电，人们都藏在黑暗里静静地等待吧？

扣儿穿过小镇街道，凭感觉来到了那片构筑她处女梦的樱桃林。几只栖息在樱树上的小鸟被脚步声惊动，扑棱棱飞起，在黑暗中险些碰撞了扣儿的肩头，然后又没头没脑地飞去。樱桃林仿佛是黑暗的大本营，从里边氤氲出巨大的团块，使脚下的道路越来越难于辨认。

蓦地，扣儿收住了脚步。

按照之前和田牛的幽会时间，再等片刻，那熟悉的身影就会从黑暗中闪现出来。那是多么令人陶醉的时刻！可是扣儿明白，她如果再跟田牛见面，那缱绻温情笃定会织成新茧，将她牢牢缚住难以离开。既然田牛眼下不能和曹美容离婚，既然自己眼下不能在樱花镇存身，既然自己继续留在田牛身边只会给他带来累赘和麻烦，自己干吗不下狠心离开呢？来日方长，待日后有了落脚之地再告诉他地址，不是还可以重逢吗？亲爱的田牛哥哟，你能理解我的这片苦心吗？

扣儿虽然很温柔屡弱，但遇见大事还是很有主意的。当初要是没有主意，能离开鸡鸣岭吗？现在又需拿准主意离开樱花镇了。只是离开鸡鸣岭是自己情愿的，而离开樱花镇是出于不得已。美丽的樱花镇哟，你为什么容不下一个美丽的乡村女子呢？

扣儿终于横下一条心，离开那片樱桃林，匆匆来到那条通衢大路口。

她踌躇了。

是往西北去县城还是往东南钻山里？

她的本意当然愿意去繁华的县城。可她既无户口又怀身孕，将来不是要遇到很多麻烦吗？起码管计划生育的就得盘问。她虽然不愿钻山里，可听人说山里好过，插根棍都结穗，攥把黑土都流油，还有棒槌可采药材可挖，至少还可以投奔哪座小煤矿当临时工。山高皇帝远，那里据说都是无户无籍的盲流呢！

唉，世世代代沿袭下来的钻山传统，使这个如花似玉的女子迈上了另一条弯弯曲曲的生活之路。只是当局者迷，她此刻还为自己的决定满意呢！

东方渐渐泗出灰白的曙色，道路依旧那么遥远。扣儿缓缓爬上一座山坡，忍不住回头望去，只见距离自己百米处，摇晃着张四爷那龙钟的身影。顿时她明白了，怪不得干爷答应她黑夜动身，原来他老人家一直护送着干孙女。干爷，你既然这么关照扣儿，为什么不敢留扣儿在樱花镇呢？干爷，你放心吧，我非活出个人样来给你看看！

扣儿想着，偷偷拭去腮边泪珠，佯装没看见张四爷，迈着沉重的步子缓缓走下山坡。

张四爷呆呆地站在远处，遥见干孙女消失在早起的岚雾里。他猛地想起扣儿姨父的拜托，略一沉吟，便朝鸡鸣岭方向大步走去。

十四

田牛好不容易挨到每天约会的时候，神不知鬼不觉地朝小镇南郊那片樱桃林走来。他想尽快见到扣儿，告诉她母亲同意将她这位未经法律承认的儿媳接到家中，对外则称田母新近认下的干闺女，待扣儿临近分娩时，再把她转移到乡下姑母家。田牛甚至有些喜出望外，也许天遂人愿，合该他和她终成眷属吧？他想象扣儿听了这个消息，一定会高兴得不行，一定会把她那诱人的薄嘴唇紧贴在他那棱角分明的面颊上，太叫人陶醉了。

田牛未免失之天真。

即使像他这种精明的角色，也没把那些成败利害揣摩清楚。这究竟是智者千虑必有一失，还是那狂热的爱把他的大脑搞晕了？

折磨他的时刻恰巧是扣儿离开樱花小镇的时刻。

夜是那么漆黑，樱桃林里一片模模糊糊，不，连模糊的情景都不存在，映进他眼帘的除了漆黑再无其他色素。田牛开始还静静地倚在那棵他和她都很熟悉的白杨树上——这是樱桃林里唯一的一棵白杨树，不知人们有意留下这棵与樱树不属同一族类的乔木干什么。田牛渐渐有些焦躁了，按照之前的情形，扣儿总是准确无误地赴约，她甚至时常早一会儿来这里，她盼见面比田牛还强烈。假如田牛回母亲那里就好了，他猜想母亲是去张家抻面馆了。扣儿是因为母亲去才延搁约会时间的。可惜，他依旧是从曹家出来的。眼下，他还不能彻底离开曹家，他那雄图大略还不得不依靠曹家去得以实现。既是这样，他就只有待在这里受煎熬的福分了。人等人的滋味，尤其是恋人等恋人的滋味，只有身处其境的人才能领略得到。现在田牛可是丝毫不打折扣地尝到了。他支棱着耳朵，捕捉着樱桃林外草地上的动静。他极其熟悉扣儿那轻盈的脚步踩在草地上的声音，很轻很轻，却很快很快，像一股刮过来的轻风，撩碰得草叶儿窸窣响。可是，又一段时间过去了，那熟悉的音响仍然没出现，倒是踢踢踏踏地晃过去一个微微弯曲的身影。田牛做梦也想不到，那是张四爷放心不下扣儿，从家里出来直奔镇郊通衢大道，他要尾随干孙女，暗暗护送她到天亮，直到亲眼瞧见她去的方向再做打算。

灰白色悄悄在草叶和林梢上显露，浓重的阴云渐渐散开，闪闪烁烁的星儿和缺了半边脸的残月都从云缝处钻了出来。田牛望望比先前明亮许多的樱桃林，脑里豁地闪过一个念头：也许她身体不爽？对哩，她身子骨儿那么稚嫩，几乎天天夜里出来，又刚刚怀孕，没准会出现什么闪失哟！

田牛想着，那双男子汉的大脚已经迫不及待地朝张家抻面馆奔去。

张家抻面馆死一般静。往日这种时候，离老远就能听见张四爷那惊天动地的鼾声，可现在，却连一丝响动都听不到。田牛踌躇了一会儿，轻轻走过去，敲击着张家抻面馆窗前的栅板。清脆的敲击声，在寂静的小镇空巷里回荡，像午夜时分啄木鸟在啄击硬木。田牛突然停止了敲窗，他那敏锐的眼睛分明瞥见那把大铜锁在朦胧的月色里安之若素地悬吊在木门上。哦？一定母亲来过把她接去了，田牛几乎是一口气跑到自家院门前，翻墙而过，敏捷如猫。

屋里亮着灯。田母在灯下啜泣。

田牛惊问："妈，她没在这儿？"

田母摇摇头，失神的眼睛望着田牛。

"她人哩？"田牛急得声音都变了。

田母叹了口气："她走了！"

"什么？"田牛脑袋嗡地叫起来。

"她怕连累你……走了！"

"什么时候走的？"田牛几乎是吼。

"天黑那阵……"

"扣儿!"田牛呜咽一声跑出去,连母亲喊他都没听见。

田牛拼命朝镇外跑。

几只狗被惊动,边叫边随他跑着。

田牛越跑越快,渐渐跑到小镇南郊那条通衢大道旁边,方向相反的岔路口木牌兀地戳进他的视野。

她会朝哪个方向去呢?他暗暗思忖。

她不是曾说过要去县城逛逛吗?她不是厌倦了乡间那枯燥的日子吗?她笃定是到县城里瞎闯去了。傻丫头,你以为生活都是为你安排的吗?

田牛略加思索,径奔那条通向关东腹地的铁路线。只要步行五十里,便有一个乘降所,扣儿准是要在那里搭火车去县城。

黎明虽然姗姗来迟,但月色把路径映得分明。田牛不假思索,大步流星朝自己选择的方向疾奔。五十多里路程不算遥远,但也得三四个钟头。约莫日出前卯时,田牛赶到了那往日乘客拥挤的铁路乘降所。值班的铁路民警告诉他,刚刚北行过去一趟快车,至于有没有年轻漂亮的姑娘上车,他可无法说清了。

田牛悻悻地叹口气。

他下横心要等下次车来。他非去县城找到扣儿不可!

痴情的男子汉哟,你怎知你心爱的扣儿正冒冒失失地朝大山里闯呢!

十五

不要以为张四爷太冷酷,居然忍心叫扣儿趁黑夜离开樱花镇。张四爷虽没娶过亲，但年轻时也曾荒唐过。他懂得青年男女缠绵起来便难舍难分。倘若再留下扣儿，待天亮时再走，那就很可能走不脱。因为田牛只要一见她面，那就是用棒子砸也砸不散喽！那种局面自然令张四爷无法接受。甭说他心底还保留好女不嫁二夫的千年古训，就是樱花镇人的舆论他也承受不了。当然，驱使张四爷默许扣儿离去的还有一个因由。他始终不忘扣儿姨父的拜托，他素来不失信于人，他想叫扣儿尝尝苦头，叫她明白一个年轻姑娘在外边乱闯是多么艰难。逼到份儿上，她就可能回心转意回鸡鸣岭去安安分分过日子。张四爷已经毫不担心扣儿会寻短见，他深谙一个女人一旦怀了身孕，为了她肚子里的生命，无论如何是要活下去的。

张四爷思前想后，决定过江去鸡鸣岭，去告诉扣儿姨父一家人，此时正是将扣儿找回去的最好机缘。只是张四爷还想花费一番唇舌，劝扣儿姨父一家人，不要把扣儿失身看得太重，请他们不要歧视他的干孙女和还没出生的重外孙子。

张四爷在中午时分撑船过江到了鸡鸣岭，经过一番询问，终于找到了扣儿姨父家。他不觉暗暗吃了一惊。

偌大的三合院内，挤满了瞧热闹的孩子，空气中散发着肉香酒气，屋子里传来吆五喝六的猜拳行令声。张四爷悄悄问一个西葫芦脑袋的男孩子："这家人家在干什么？"

"西葫芦脑袋"脖子一伸："猪八戒相媳妇！"

孩子们哄地笑起来。

"猪八戒？"张四爷莫名其妙，"你们糊弄我这上岁数人？"

"不，我说的是真事，真是猪八戒相媳妇！""西葫芦脑袋"

一本正经地瞧着张四爷。

张四爷面露愠色："猪八戒是书上的，怎么会在这儿相媳妇？"

孩子们都笑将起来，边笑边嚷："那是外号！"

"外号？谁的外号？"

"丑驴纽儿！"

"哪儿的纽儿？"张四爷有些吃惊。

孩子们纷纷乱嚷："全鸡鸣岭就一个纽儿！""不，全县全省就一个纽儿！""全中国全世界就一个纽儿！"

"谁说的，我身上就好几个！"

"你比纽儿还丑！"

"我比你爹俊！"

"哈……"孩子们闹成一团。

张四爷忙拽过"西葫芦脑袋"："喂，纽儿不有个媳妇吗？"

"你是说扣儿？她跑啦！"

"怎么不找回来？"

"找啦，听说扣儿在樱花镇跟人搞上啦！"

"胡说！"

"不信你问问去！樱花镇来个叫冯五的耍钱鬼子，和纽儿他爹掷骰子时说的，都传遍啦！"

张四爷暗暗叫苦。还没等他思量好是不是进屋，只听屋门吱呀一声响闪出一个脑袋忒大比例失调的蠢汉。他可能酒喝多了，红头涨脸的，冲墙旮旯就撒尿。孩子们起哄着，纷纷拾起碎土坷垃向纽儿身上掷去，院子里顿时乌烟瘴气。

张四爷悄悄溜了出来，心里暗暗思忖：怪不得扣儿不愿嫁给他哩，看来干孙女自有她的道理。只是这最后的退路已经没有了，扣儿该怎么办呢？张四爷有些后悔叫扣儿走得有些过急，她那么个妖媚柔弱的女子，走到哪里都避免不了麻烦，还是尽快找到她，商量一个稳妥的办法为妙。

张四爷随随便便在鸡鸣岭小吃店打打尖，又顺来路回到樱花镇。那些吃抻面的食客，编成绳拧成串麇聚在张家抻面馆周围，一见张四爷回来，呼啦啦围上来，七嘴八舌询问：抻面馆为什么不开门？出了什么事？惹人喜欢的扣儿姑娘呢？

张四爷铁青着脸，冲那些迫不及待的食客宣告：张家抻面馆就此停业。在闹闹嚷嚷的嘈杂声中，张四爷进屋，盘点现金拾掇衣物，他要连夜往东山里去，寻找孤苦伶仃的干孙女。

此刻，樱花镇首富曹四家，正大摆宴席。原来田牛准备乘火车去县城寻找扣儿时，却把从省城疗养归来的曹美容接到了。那在省城美容店经过整容居然变得漂亮许多的曹家娇女，一见丈夫真是喜出望外，也不管众人面前难堪，学那城里时髦男女的情状，扑过去热辣辣地亲了田牛一大口。田牛心里恼火，又不好发作，只好悻悻地陪妻子回到樱花镇。自此，田牛又像被招进皇宫里的驸马，想离开寸步都很难了。

曹四压根不向女儿说出田牛和扣儿的真情，却天天哄捧着田牛，叫他殚心竭力为曹家卖命。同时恩威并用，不时有意提起田牛那笔欠债巨款。田牛咬牙忍耐，发誓要耍弄手段，将曹家财产吞并，然后就和曹美容一刀两断！曹四始料不及，他家埋下这颗定时炸弹，将给他带来什么结局。这是后话。

卷　二

新娘遭不测，引发了新郎的情感波澜。那偶然闪现的念头，原是发自他心底最隐秘的角落，尽管他不敢向那扇窗口窥视……

正在发生的故事

——其二

往事的烟雾悄悄散去。

可叹这令人扫兴的新婚大典……

爆竹声越来越稀疏了，纸屑在湖边草地上空飘飘洒洒，浓烈的硫黄味在空气中弥漫。如梦方醒的管弦乐队停止了吹奏。议论声如潮水般在人群中轰响喧腾，而那辆载着"甜甜"樱桃酒公司经理田家兴和他的密友老黑的黑色轿车，却穿过浓荫覆盖的大街，拐了几个弯，钻进本城一家外科医院，唰地停在那修剪齐整的树墙跟前。田家兴顺手推开轿车门，匆匆跳下去，大步跨上台阶，穿过长长的过道走廊，径奔里面的手术室。

门口亮着一盏红灯。

灯下挂着木牌。

木牌上写着"手术重地闲人免进"。

木牌下放着一把椅子。一个脸蛋圆圆的小护士面无表情地坐在那里，感觉到有人来，黑溜溜的眼珠转个圈就不动了。

田家兴略一迟疑，随即掏出一张名片递过去。

黑溜溜的眼珠只在名片上一掠，便将那张名片又递了回来。

随后跟来的老黑压低嗓门："这是我们经理，柳三月的丈夫……不，还得说是未婚的丈夫！"

"谁也不行！"小护士瞪了老黑一眼，"医生正在给她做面部手术，任何人不许进去！"

"她伤得重吗？"田家兴不无焦虑地望望小护士。

小护士惋惜地摇摇头："重倒不重，只可惜那张俊脸……哦，你不要难过，不是说，心灵的美才是最美的吗？"

田家兴突然觉得脑袋嗡的一声响，随后便脚步踉跄着跌跌撞撞地坐到了那条安放在走廊暗处的长椅上。他眼前有些昏花，仿佛有无数条金蛇在舞在窜。

老黑不安地跟过来："经理……"

田家兴定了定神，嗓音有些沙哑："你赶快坐车回'新星饭庄'去，替我向所有来宾致歉。酒席照常开，酬金照样付，凡去帮忙的人人有份……哦，注意，别人问起三月，就说她得了急性阑尾炎，正在医院治疗！"

老黑还在犹豫："那你……"

"我不用你管。"

"经理……"

"哎呀，你想看我笑话呀？"田家兴突然吼起来，"赶快替我圆圆场！

老黑闷声不响地走了。

田家兴悄悄吁了一口气。他信赖老黑，知道这个朋友什么时候也不会出卖他。而且老黑胆大心细办事干练，他笃定能把今天这个尴尬场面敷衍过去。唉，这真是乐极生悲祸从天降。倘若不是他亲身经历，他准会以为这是无聊者的杜撰。谁能轻易相信？眼见新婚大典即将举行，如花似玉的新娘竟被人毁容！田家兴痛苦地回想着老黑在轿车里向他描绘的情景。今天上午九点，老黑带领车队按照先前订好的计划，去"时代"美容厅接新娘柳三月。虽然那来自乡间的西施在本城没有一个亲眷，但美容厅经理欧阳大姐是柳三月的恩人，自然她得在美容厅里着装打扮，然后乘坐迎娶的轿车，前往"新星饭庄"。只是在临出发前两小时，柳三月接到一个电话，请她回先前的住处办理交接手续。柳三月因要结婚和田家兴住在一起——那新居是新郎花十万元高价买下的商品房——就将服装公司为她购买的那套房子退了回去。兴许是那房子又调给了别人，叫她回去交房证。因为距离上车时间尚早，那住处离美容厅相隔几条街，别人又不是当事人，柳三月便只身回去了。孰料她一去就没回来，直到老黑的车队到了，新娘柳三月仍然不见踪影。欧阳大姐和老黑慌了，忙坐车来到柳三月先前的住所。但见门窗紧闭，丝毫没有办理交接的迹象。老黑和美容厅欧阳大姐踹开屋门，却见柳三月满脸血肉模糊，昏倒在光溜溜的地板上……

这显然是一次预谋行动了。而且作案者既不想杀害柳三月，也不想抢劫财物——柳三月手指上的金戒指还在，兜里的钱包还在，腕上的手表还在。作案者只是用刀尖将柳三月娇嫩的面颊斜斜地划了一刀，仿佛就为叫那张迷人的脸蛋永远留下一道伤疤。这是谁干的呢？谁如此恶毒地开这种玩笑？而且偏偏选择在新婚大典之日！从此，一鸣惊人英俊潇洒的田家兴，被无数个时髦风流的城里姑娘追逐爱慕的田经理，将要娶一个脸上有刀疤的女人为妻了。不错，他跟她实属一往情深，可连他自己都不敢接触那常常为人忽略却又极其尖锐的问题：他到底爱她什么？假若当初在樱花镇，他那前妻曹美容也有一副像柳三月那样魅惑人的面孔，他还会想方设法和曹美容离婚而苦苦寻找柳三月吗？田牛——田家兴陷入了迷惘和困惑。是啊，他可以在谈判桌上口若悬河，他可以和贸易对手玩弄心眼，他可以和所有打过交道的较量智慧，但他无法回答那最简单也是最复杂的问题。其实，他只要正视自己心灵最隐秘的角落，答案便会昭然若揭。那有什么羞羞答答呢？爱美之心人皆有之，这本属人性最起码也最正当的内容，何必将那许多道德上的抽象物负载其上呢？田牛——田家兴不相信那青春娇媚的姑娘愿意嫁给在战场上变成残废的英雄是发自内心深处的爱，不，那不是爱，顶多是尊敬，抑或包藏着怜悯。既然不是爱，何必那么宣称呢？如果不是矫情做作，便是沽名钓誉出于某种需要了。何必呢？身边睡着个自己并不爱或者从前爱过现在已不再爱的配偶，还要假惺惺宣称这种爱的永恒和圣洁，这是不是对爱神的轻慢和亵渎？

田牛——田家兴突然吓了一跳！

咦？自己的意识怎么这般流动起来了？未婚妻还在动手术，自己头脑里居然冒出这些稀奇古怪的念头，到底想做什么？

他在心里责骂着自己，打发着时间缓缓流去。当暮色徐徐笼罩这家外科医院时，手术室门轻轻打开了。累得满头大汗的外科老大夫和著名美容师欧阳大姐脸色忧郁地走出来。欧阳大姐实际上已不很年轻，只是由于她善于保养，深谙美容之道，因此看上去依旧那么匀称那么清秀，就连人们多年前的"大姐"称呼也没改变，仿佛她永远都是青春留存在面庞眉宇间的大姐。田家兴自然跟这位技艺超群性格爽快的欧阳大姐混得很熟。在他跟柳三月在本城海味餐馆邂逅相逢后，是这位大姐为他和她消除误会传书递柬，甚至在他和她险些闹翻时，也是这位大姐费尽唇舌将他和她劝通，欣然办理了结婚登记手续——这些姑且不在这里交代——现在，当柳三月突遭暗算时，又是欧阳大姐送她来外科医院。一种久违了的情感蓦然涌上田家兴的心头。自从母亲溘然病故后，他很少体味到这种亲情了。他感动地注视着欧阳大姐，焦虑和不安又迅速把那感动冲淡，脱口而出的询问自然是这样一句话："大姐，三月她……"

欧阳大姐摇摇头，瞧瞧朝休息室蹒跚走去的老大夫："手术刚完，她还没苏醒，大夫不准进去探视。"

田家兴忧心忡忡地："她的面容真的被毁了吗？"

欧阳大姐盯住他的眼睛："你不要胡思乱想，我要和外科大夫合作为她整容！"

田家兴犹豫地瞧瞧手术室。

"这里还有我呢！"欧阳大姐勉强笑笑，"我这个美容师照料她，你还不放心吗？"

田家兴想说什么，又被欧阳大姐制止住了："不要再耽误时间啦！公安局最近遇到很多类似案件，尤其针对知名人物进行人身迫害。没准要找你谈呢，和柳三月有过婚姻纠葛的还有谁？”

田家兴缄口不语。如果说跟柳三月有过婚姻纠葛的，除了鸡鸣岭的纽儿，就只有他自己了。难道纽儿会出于嫉妒千里迢迢进城来作案？简直是天方夜谭！哦？一个念头流星般在他脑际闪过。他不是听柳三月讲过她离开樱花镇去"东山里"的情景吗？那情景连欧阳大姐也都清清楚楚呀！后来不还是欧阳大姐帮助柳三月摆脱的困境？总不会是那面目狰狞的恶面人进城找麻烦吧？他不是早死了吗？田牛——田家兴睁大眼睛瞧着暮色越来越重的窗外，眼前渐渐模糊起来。

还是让笔者继续越俎代庖吧……

幻　灭

不知是哪位哲学大师曾经幽默地阐述过，一个人的命运等于他的性格加机遇之和。无论这道人生方程式是否成立，只要用它去观照扣儿姑娘的人生轨迹，你便会不无惊讶地发现它是多么精确。

哦，幸运女神又和扣儿失之交臂……

一

樱花镇人虽然为扣儿突然离去既疑惑又惋惜，但谁都猜测不出子丑寅卯，也就将那惋惜之意渐渐消化在茶余饭后了。唯有田家母子，背地暗暗垂泪。尤其田牛，日夜被曹美容缠得铁紧，心里却在苦苦思索扣儿可能去的地方……

扣儿离开樱花镇已经好些天了。这缓缓流去的时间里，她只是茫无目的地朝东部山里走着。她不知道命运之舟将载着她漂流到哪条江河里去。她只是朦朦胧胧听人说东山里小煤矿招工，那似有若无缥缥缈缈的希望另具一种诱惑人的魔力，使得她始终前行不思回头。幸好，张四爷塞给她的盘缠丰厚；幸好，沿途虽属丘陵烟火稀疏些，但毕竟早已开发，每间隔三四十里便有屯落或集镇。她晓行夜宿饥餐渴饮，兜里有钱，并未感到分外狼狈。只是脑袋里时时浮现出田牛的形象，那些酸甜苦辣的各种滋味不时涌上来。

时令已是初秋季节。缀在各种乔木枝杈上的叶片虽然还绿，但那绿中已见微黄，和春天鹅黄泛出新绿的嫩叶不可同日而语。空气清爽些了，不似夏日那般潮湿那般黏涩，因之流动起来也分外轻快，将那稻谷将熟的气息和花草尚浓的薰香以及氤氲在林间的烟霭，轻盈徐缓地托送到天空里去。那湛蓝湛蓝的天穹上，沾挂着几绺羽毛般的云丝，像巧媳妇漫不经心绣上的细绒线，那么纤巧自然，富有诗意，引人生发出缱绻的情思。置身在这妙不可言的秋声秋色中，扣儿姑娘的心境也变得明朗些了。她边欣赏着沿途的景致，边朝既定方向进发。早晨在那家小客店动身前，她曾经仔细询问过，据说再走四百里便可进入长白山区。那里有好几个大林场，去当临时工的人很多，只要吃得起辛苦。先前的不甚明了的传闻得到了证实，这使扣儿忧郁的心里不觉一亮。她从小生长在农家，自然不把吃苦当作负担。她只是希望，再过九个月，肚子里的小生命安然出世，她和田牛今生今世再有如愿以偿那一天。她虔诚地笃信她的希望都将成为现实。她似乎有些幼稚。她对自己这么年轻又身怀有孕只身闯深山寻生路的艰难想得太少太少，这或许是因为她不谙世事苦头尝得不多吧？

道路越来越窄，山峦越来越高，林木也越来越葳蕤繁密了。显然扣儿已进入深山地界。扣儿虽然只念了几年书，但那高立在弯曲山路拐弯处的木牌上的字，她还能模模糊糊识得。红十字箭头标示东西南北四个方向。西部平原无疑是扣儿来的地方。北部和南部均无字迹，显然去路不通。唯有朝东的箭头后赫然三字："野猪洞"。

扣儿吃了一惊。天，这深山里还藏着野猪吗？她小时候就听上岁数的人说过，那野兽凶恶无比，连老虎和黑熊都制服不了它。扣儿不明白这"野猪洞"意味着什么，是前面真的有野猪栖身的洞，还是从前因有野猪出没因而叫开的地名？她下意识地望望离那道山梁上只有尺把高的夕阳，心底陡地一颤。糟糕，眼见黄昏将至，却不见哪里有烟火人家，倘若天黑还找不到安歇之处，岂不得在这"野猪洞"附近过夜吗？假如真的窜出一只野猪来，她不是要成为那野兽的腹中物吗？扣儿本来胆子不大，又虚构出野猪吃人的恐怖场景，便把自己吓坏了。

唛，隐隐传来一种奇怪的音响。扣儿惊恐地侧耳细听，不禁轻呼一口气。那音响不是来自前边的山峦和林间，却来自她曾经走过的山坡下。那音响自然与野猪的嚎叫毫无联系，却分明是一辆破机动车爬山时发出的像人哮喘的声音。扣儿回头凝眸瞧去，果然看见一个灰不溜秋的机械组合物，沿着渐渐陡峭的山道边吼边蠕动。将落的夕阳照在那机动车驾驶楼的玻璃上，反射着猩红的光泽，连那看不清须眉的驾驶员，也浸在那有些粗野的血色里了。

机动车终于驶到了扣儿跟前。扣儿在樱花镇见过这种车，驾驶楼后边是三排座位，再往后便是敞开的车厢板。这种车既能载人又能载物，在这一带乡间时常出现。不过扣儿叫不出这种车的牌号，尤其是现在，她更没心思去观察那辆油漆剥落气喘吁吁的破车，她只是惊怔地瞧着从驾驶室里跳下来的恶面大汉。他满身油垢，眼角通红，两只牛眼骨碌碌地在扣儿身上滚了两圈，咧开厚厚的嘴唇，一股酒气从那两排被烟熏虫蛀水锈变得黄黑的牙齿缝隙里散发出来。扣儿心里咯噔一下。在她的记忆里，恐怕只有纽儿的容貌最令人难以容忍了。然而纽儿虽然丑陋却不可怕，甚至丑陋之中还流露着敦厚纯朴。可眼前这位恶面大汉，相貌不但丑，而且叫她感到恐怖。尤其在这阒无人迹的深山险道，面对将要没入山后的夕阳，扣儿的心简直要提到了嗓子眼儿。

那恶面大汉从腰间缓缓解下烟口袋，掏出事先裁好的旧报纸条，捻了一根拇指般粗的旱烟卷，吸着后斜叼在嘴上，一伸手将扣儿的布包夺过扔进驾驶室。

扣儿失声叫起来……

恶面大汉使劲吸了几口烟，将大半截烟头扔到地上，用脚尖踩灭，随即眼珠子一骨碌："上车吧？"

"这……"

"你不是去山里串亲戚吗？"恶面大汉迟疑地打量打量扣儿。

扣儿含糊地点了点头。

"怎么就你一个人？"恶面大汉瞧了瞧烟霭遮掩的山坡下。

扣儿失魂落魄地凝视着来路。什么也看不清，倒传来几声鸟的啼叫。她半晌无语。

"快上车吧，这条路上不大太平哩！"恶面大汉头也没回钻进驾驶楼。

扣儿瞧瞧夜色后便过去，胆怯地坐在恶面大汉身边。破车吱吱嘎嘎朝前方驶去。

二

天色完全黑了下来。满天雀斑似的星儿，迟迟疑疑地眨着眼睛。那弯新月在幽暗的天幕上显出弯弯的弧线，和离它不远的亮星构成一个神秘莫测的"？"号。道路似乎平缓宽阔些了，但道路两侧的山林仿佛越来越密，黑魆魆苍莽莽，似乎将黑暗和恐怖全都集中在里面。

扣儿不禁打了个寒噤。

破车依旧吱吱嘎嘎地响着。

倏地，那恶面大汉嘶哑着嗓音吼唱起来。显然是从哪儿学来的，不伦不类。

我是一只来自北方的狼

走在无垠的旷野中

凄厉的北风吹过

漫漫的黄沙掠过

…………

扣儿的心几乎快从嗓子眼儿里蹦出来了。如此昏黑的夜晚，如此荒僻的山野，如此相貌狰狞的大汉，又用如此凄凉难听的音调唱着如此陌生的歌儿，对于从来没见过什么世面的乡间姑娘扣儿来说，简直如同在敲魔鬼之门。扣儿暗暗后悔，不该搭这陌生人的方便车，反正她也不是非要在某个指定时间赶到某个指定地点去做某件非做不可的事情。她不是如同一叶浮萍随意漂泊吗？她何必莽里莽撞地跟这可怕的陌生人结伴同行呢？倘若他起了歹意，她还不得像小鸡碰到老鹰那样束手就擒吗？扣儿越想越怕，最后竟失声叫起来："停车，停车，快停车！"

恶面大汉手脚一阵忙乱，吱吱嘎嘎的破车缓缓停下了，他侧过头，黑暗里瞧不清面部表情，只是声音有些嘶哑："怎么啦？"

"我要下车！"

"在这里？"

"嗯。"

"串亲戚？"

"嗯……"扣儿显然有些含糊其词。

恶面大汉沉默片刻，又将破车开动起来。

扣儿急了："你怎么还开呀？再开我就往下跳啦！"

扣儿说着就要站起来。

恶面大汉轻轻一按，扣儿便乖乖地坐回去了。扣儿挣扎着又要站起来，恶面大汉手脚又是一阵忙乱，破车吱地停在路边。

恶面大汉有些恼火："你找死啊？"

扣儿吃惊地望望漆黑的车外。

"你跳下去就是山涧，就你这比豆腐还嫩的身子骨儿，还不摔成肉泥？"

扣儿脑袋嗡地叫起来。

"你不是串亲戚的，这儿方圆五十里没人家，你去谁家串门呢？"

扣儿不语。

"说吧，你是干什么的？逃婚？盲流？还是畏罪潜逃的罪犯？"

"我不是罪犯！"扣儿急忙分辩着。

恶面大汉笑起来。他的笑声很特别，像驴叫，嘎嘎的带着尾音："我知道你不是罪犯，可我从没见过像你这么娇嫩的大姑娘，孤零零一个人往大山里闯，你胆量不小啊，要是遇见坏人怎么办？"

扣儿心想："没准儿你就是坏人哩！"

恶面大汉在黑暗里边卷纸烟边继续唠叨："对啦，我还没跟你说我是谁呢。我姓赵，天下第一姓，就是这名不大中听，叫赵鬼！"

扣儿想笑，但被恐惧将笑吓回去了。

"都怨我爷爷，说我们家世代善良本分，总叫那老实巴交的名，什么忠啊厚啊福啊贵啊，结果穷得屁股上拴秤砣除了臭屁没东西可称！"

扣儿忍不住笑出声。

"你到底笑了，不过我说的都是真的。我爷爷就给我们哥仨起个贱名，我大哥叫赵穷，我二哥叫赵寒，我叫赵鬼。"恶面大汉大口大口吸着纸烟，那烟味直往扣儿鼻孔里钻，呛得她直想打个喷嚏。

"我为啥叫赵鬼呢？我爷爷说我长个恶面，起个'鬼'名能避邪，没人敢欺负！"恶面大汉又驴子般笑起来，笑着笑着，他突然发出瘆人的呜咽，"没人敢欺负我，可也谁都他妈怕我，谁都他妈不搭理我，我成了人中鬼！天爷祖奶奶，我的脸咋就这副凶神样？我长得面恶，可我心眼不恶呀，咋都离我远远的？你说说！"

扣儿心里轻轻一动，那先前浓雾般笼罩心头的恐惧竟悄悄消逝了。她显然还不敢相信他说的话没有一丝夸张，但至少赵鬼那张恶面引起的坏人结论已经彻底动摇了。

"对啦，大妹子，你还没说你是干啥的呢！"恶面大汉第一次这样称呼扣儿，仿佛他比她大不了几岁似的。

扣儿没来得及发笑，她在暗忖，是否将自己的事情跟他讲呢？讲吧，素昧平生，天晓得他心里打的啥主意？不讲吧，自己举目无亲，指望谁来帮助呢？讲吧，冒着危险；不讲吧，又进退两难。就在扣儿沉吟的时候，恶面大汉又发动了那辆破车，朝黑乎乎的深山里驶去。

三

　　尽管扣儿始终对这位萍水相逢的赵鬼心存恐惧因而守口如瓶，但兴致突然浓厚高涨起来的恶面大汉，喋喋不休说起来没完。那不时发出的驴叫般的笑声伴随着吱吱嘎嘎的破车声，回荡在迂回盘旋的空山野路上。扣儿终于听清了赵鬼的身份。他居然也很可怜。家住在只有十几户人家的清风岗，父母早已故去，随两个哥哥长大。大哥赵穷在离此百里的露天矿区当个头头，倒满足了祖父起名时的愿望：名曰"穷"，乃反其意而取之，实谓"富"。赵穷果然富得出奇。方圆百里地面，谁都知道那句流行的乡谚俗语："矿里的煤多深，赵穷的钱多厚。"尤其是赵穷承包了几十个小煤矿后，那就更财源茂盛满兜黄金了。这没什么奇怪的，天时地利政通人和，万元十万元甚至是百万元的人家不是触目皆是吗？二哥赵寒虽没有大哥赵穷那么阔绰殷实，但也不枉祖父起名的苦心：名曰"寒"实谓"暖"。他果真挺"暖"。夫妇俩开个旅店，在这方圆四十里地面，独此一家。于是，那进山的出山的，采药的挖参的，运煤的运木材的，还有那些逃婚的私奔的游山玩水的，甚至赌徒赌棍潜逃罪犯，无不在那清风岗下榻存宿，那生意的兴隆不消细说了。唯独赵鬼有负祖父的遗愿：名曰"鬼"，却希望他活得像个"人"——偏偏他活得最没人样。天生一副恶面，使姑娘媳妇都望而却步；疾恶如仇的性格使他动辄跟人动起手脚，便没有谁喜欢跟他交往，他仿佛成了人人害怕的瘟神。倒是贤惠的二嫂，念小叔三十多岁还没娶妻，就包揽起他的全部缝缝补补洗洗涮涮，感动得赵鬼死心塌地地在二哥二嫂的旅店里打勤杂，尽管大哥赵穷三番五次叫他去矿上挣大钱，他也毫不动心。他讨厌大嫂那尖酸刻薄相。

赵鬼絮絮叨叨地说着。

破车吱吱嘎嘎地响着。

一丝亮光在扣儿愁雾笼罩的心头上闪过，那句早就涌到舌尖的话儿不禁脱口而出："大哥……"这是她今晚第一次这样称呼那位恶面大汉，"不知道你家大哥矿上招不招女工？"

赵鬼侧过头："你问这个干什么？"

"随便问问。"扣儿装作漫不经心的样子。

赵鬼不再说话，却加大油门驶向前方开阔地。

豁地一片光亮，在夜的衬底上显现出十几幢茅屋篱舍，错错落落分布在枝叶扶疏的高岗低坡上。这大概就是赵鬼先前描述的清风岗了。那辆破卡车停在一座气派非凡的大院门前。四根两丈多高的松木杆，挑挂着四个大灯笼，映现出"清风客栈"四个大字。随着狗的几声吠叫，大门敞开，灯笼里发出的光线，落在一张虽然粗糙但还端庄的妇人脸上。

"老三回来了？"那妇人显然是赵鬼的二嫂。她边跟小叔打着招呼边惊愕地望望坐在驾驶楼里的扣儿，压低嗓门："这是谁？"

"过路的。"赵鬼开始去车厢内搬啤酒桶和装香烟的大纸盒子。

扣儿这才发现车厢内竟装着那么多东西，显然恶面大汉是去山外购买货物。她本来想去帮帮忙，可是那叔嫂二人喊喊喳喳的，使她不好意思靠前了。

"啧啧，这妞儿都赶上画的了，怕是狐狸精变的吧？"

"二嫂倒会说笑话，哪来的狐狸精？"

"要不是狐狸精，胆有这么大？一个人，荒山野岭的，遇上坏蛋，还不给糟蹋喽？"

"二嫂小点儿声……"

"老三！"

"嗯？"

"你没问问她是个干啥的？"

"她自己说走亲戚，我看不像！"

"要是跟人私奔，得两个人才对，她怎么就一个人呢？"

"你是说……"

"会不会是从监狱里跑出来的？"

"你看她像吗？细皮嫩肉的娇样。"

"看人不能只看相貌，你还判官脸呢，咋长一颗菩萨心？"

"二嫂悄声点儿！"

"嗯。老三，女客房可没空铺啦！"

"地下室不没人住吗？"

"谁说没人住？你二哥领着那群赌鬼又回来啦！哼，要不怕旅店被封……"

赵鬼急忙打断她："叫她住我屋！"

"你呢？"

"我去男客房。"

"也满了！"

"那我就打地铺！"

"你可真好心眼，她还能给你当媳妇呀？"

"二嫂又说笑话了，我这黑煞神样儿，她敢嫁我？"

"行啦，反正你二哥几天几宿都不能回屋睡，叫那狐狸精跟我住吧！"

扣儿心里忽地一热，先前对他们叔嫂的戒备和恐惧登时都无影无踪了。

四

扣儿在"清风客栈"一住就是两天。倒不是她眷恋这山村野店别具一格的风趣，而是她实在无处可去。她像随风漂泊的落叶，随便刮到哪里都可以暂时存身，尽管哪里也不是她的最后归宿。使得扣儿多留一天的原因还有一个，那就是她对赵鬼的信赖。别看那恶面大汉相貌凶恶，倒真像他二嫂说的有副菩萨心肠。举目无亲的扣儿，流落到这荒山野岭，连个栖身的地方都没有，前途渺茫吉凶难测，她自然而然地要寻求帮助。指望谁呢？心爱的田牛哥不在跟前，干爷大概已经把这个干孙女忘到脑后了。唯有这个赵鬼，倒还可以考虑。扣儿打定主意，便趁赵鬼去山坡下的泉井汲水时，悄悄跟了过去。

"大哥！"扣儿轻轻叫着。

赵鬼头也没抬，只顾将水桶在那清澈的泉水里摇。

"跟你说句话！"

赵鬼轻松地将两桶水同时拎上井台，抬起那张"狰狞"面孔："说吧！"

"我不是串亲的……"

"我早就看出来了！"

"我……我也不是逃婚、逃犯！"

"你是出来找事做的？"

"对啦！"

"你想做啥事呢？"

"你前天路上不说你家大哥管煤矿吗？"

"你想去？"

"嗯！"

"他那里倒经常招工……"

"是吗？"

"都是没有户口的盲流。有不少关里人！"

"太好了！"

"可惜那活儿你干不了！"

"我啥活都干得了！"

"下井底往外背煤你干得了？"

"干得了！"

"瞧你那细腰吧，还不叫煤压折了？"

"你小瞧人！"扣儿有些不快，悻悻地转身离去。

赵鬼两只手各拎一只水桶，若无其事地跟上来。

扣儿放慢了脚步。

"大妹子！"赵鬼赶了上来，"我倒有个主意，不知你愿不愿意？"

"唔？"

"我二哥这个客栈，人来人往的总有人住，我二嫂早就想找个女帮手，你要是愿意，我跟她说去！"

扣儿怔怔地："你说什么？"

赵鬼又将话儿重复了一遍。

扣儿竟欢喜得流出了眼泪。

赵鬼见状，明白她心里愿意，便去二嫂面前替扣儿说情。

二嫂沉吟半晌缓缓说道："老三，这个俊妞儿的来历你清楚吗？"

赵鬼点了点头："她跟我说了说。"

"不能光听她嘴上说，谁知道她究竟怎么回事？"

"她跟我说，想去大哥矿上，那种苦都情愿去吃，还能是坏人吗？"

"唉，不是我不放心，实在太蹊跷。像她这么漂亮的大姑娘，早都扒拉着挑个好人嫁出去了，还能一个人往咱这偏旮旯子钻？"

"不管咋的，咱总不能见死不救。再说我已经答应了她！"

"哟，你答应她了还来问我？"

"二嫂，求你了！"

"老三，你跟嫂子说实话，是不是叫她迷住了？"

"看你又说哪儿去了？"

"我不过是给你提个醒，要有那个心趁早收了，免得将来吃苦头！"

"这我比你明白，冲我这张鬼脸，啥心思都没了……"

"算你聪明。"

"二嫂，那个事儿？"

"看在你的面上，先试用她几天。等日后真的没啥啰唆事，再正式留用她！"

"谢谢二嫂！"

"她是你媳妇呀？用你谢我？"二嫂白了他一眼。

赵鬼那张恶面竟腾地红了。

五

于是，扣儿又阴差阳错地在清风岗的"清风客栈"安营扎寨了。细想倒也颇有情趣，偶然同赵鬼相遇，以为碰上了恶煞，谁想竟是她的吉星。这情景仿佛是大鼓书里的落难女子遇上绿林好汉的故事，显然没有发展成大鼓书里的英雄爱美女的古老结局，大概生活绝不似大鼓书里所唱的那样简单。而且那恶面人赵鬼断然不是什么绿林豪杰。迥别于大鼓书里落难女子的现代乡间姑娘扣儿，也是保准不会对那张怕人的面孔萌发恋情的。然而扣儿毕竟以绝处逢生的感激接受了恶面赵鬼的安排。尽管这里活儿忒累，她除了帮助女主人做三顿客饭，还要时常拆洗客房里的被褥。乡间旅客不大讲究卫生，烟渍油垢泥污和被虱子跳蚤蚊子臭虫吮吸后留在被褥上的点点血迹，都增大了拆洗的劳动量——即或如此，扣儿也没有难过，劳累对于她来说，如同吃饭睡觉，仿佛是人生不可缺少的内容。尽管这里的环境不似樱花镇那样妩媚那样优雅那样繁华那样开阔，但这深山老林也有它的精妙处。眼望着岚雾缭绕连绵不断的山峦和郁郁苍苍无边无涯的林莽，耳听着清澈的泉水流动时发出的叮咚音响和叫不出名的各种鸟儿的鸣啭，还有那不时从林子里窜出来的小松鼠和其他野生动物，扣儿的心里充满了新奇感。倘若不是进山出山住在这里的那些旅客，倘若不是那些旅客身上散发的世俗气息，倘若不是那些旅客嘴里的酒香肉臭和掺裹着淫荡下流不堪入耳的笑骂，倘若不是那些旅客垂涎三尺盯住她瞧的缺德相……倘若不是那些"倘若"，这里简直就是深山仙境世外桃源了。

然而这里毕竟不是仙境。

世外桃源只出现在陶渊明的笔下，即使陶老夫子不也曾去做过官吗？

何况扣儿是红尘中闺秀！

何况扣儿的心里无时不在想念着田牛！

何况她身上那颗爱情的种子已经胚胎已经发芽，正在孕育成血肉之躯，去叩击那尘世之门呢！

扣儿很难熬住寂寞了，尤其是当她暂时有了栖身之所，最基本的生存条件具备时，那先前被生存危机冲淡了的恋情陡地浓重起来。她经常在半夜里醒来，这时辰恰好是她和田牛在樱花镇南郊那片樱桃林里幽会的黄金时辰。那是多么令人心醉的时辰。现在，当她重新回味那已经逝去天晓得会不会再来的场面时，扣儿越发感到那逝去的可贵，越发觉出眼前的空虚和失落。她在暗忖：自己匆匆离开樱花镇是否明智？跟田牛连面都不见是否太冷酷？没准他正心痛欲碎地到处寻找她呢？她那时横下条心留在樱花镇有什么妨碍？不，不行！她立刻把自己的想法否定了。那神偷冯五笃定会把他所目睹的场面张扬出去，曹四突然把干爷请去不就是明证？况且自己既然想保住腹中的孩子，迟早不得显露身形？那时候沸沸扬扬的舆论会使干爷难堪，会使田牛哥受牵累，而且她未婚先孕不合法，曹家只要稍加干涉，那不准出生的人就将永远不能来到这个世界上。为了田牛，为了日后，她果断地离开樱花镇极对，即使现在，扣儿也突然觉得，不应该把这里的准确地址告诉田牛。她最知道那位痴情的男子，只要知道她的下落，是会不顾后果来寻找她的。那时候，她在"清风客栈"也难继续栖身，而田牛也无法再回樱花镇。他和她只有一条路：私奔。扣儿明白私奔不合法，而且曹家只要不同意田牛和妻子离婚，他和她永远是不合法的夫妻。东躲西藏四处飘荡，对于她来说并不可怕，但毁了田牛的前程。他还年轻，他还有许多事情要做，他不是雄心勃勃地要当个大企业家吗？他不是发誓要改变地位的卑微进入上流阶层吗？她不能耽误他。她所要做的，只能给他写一封不落地址的信，告诉他自己一切均好，嘱托他自珍自重好自为之，尽快偿清债务，尽快和曹家决裂，使他俩尽快重逢团聚。扣儿没念几年书，她自然不会想出这些词汇和句子，但她用她乡间姑娘独特的语言符号，歪歪扭扭地写了一封给田牛哥的信，尽管那错别字十有七八,有的还用画图表示,但总算把她那份苦心真意传达出来了。只是怎么寄出去呢？交给邮差吗？她知道如果通过正常渠道邮走，田牛会从邮戳上找到这里来的。

扣儿犯难了。一连好几天，她都没想出办法来。直到张四爷突然来到"清风客栈"，扣儿雾笼烟遮的心里才突然洒落一片阳光。

不必赘述张四爷是怎样寻找扣儿的。其实，他几天前已经从这里过去一次，因为扣儿随赵鬼的二嫂去泉井那里搓洗被单褥单，赵鬼又去山外买货，所以他没打探出扣儿的准信。也难怪，扣儿都二十多岁了，却连个名字都没有。爹姓柳，妈姓柳，她自然也姓柳了。因她是三月所生，所以姨父姨母在填写户口簿时，就将"柳三月"作为她区别于别人的名姓。可张四爷并不知道这些，他只知道干孙女叫扣儿。于是，当他询问那些在"清风客栈"留宿的旅客，见没见到一个叫扣儿的姑娘时，人人都摇头不知了。张四爷不死心，依旧向东山里奔。连赵鬼大哥赵穷的煤矿都打听过了，仍然不见扣儿的踪影。张四爷大失所望，摸摸兜里的盘缠已花得差不多了，便打定主意先回樱花镇，过些天再到别的地方去打探。谁知世上的事常常是铁鞋踏破也无着落，不意之中却能达到目的。就在张四爷没精打采地走进"清风客栈"时，一眼瞧见扣儿正在院子里晾晒被褥。张四爷有些不敢相信自己昏花的老眼，使劲揉了揉，凝睛细瞧，可不正是干孙女！张四爷眼泪唰地流出来，他嘴唇嚅动半天才叫出"扣儿"俩字来。

扣儿当时也呆了。她没想到干爷会来寻找她。这超乎寻常的人世亲情使她轻轻哭起来。碍于客栈里旅客多，扣儿悄悄将干爷领进自己屋子里，把路遇赵鬼客栈存身的事情原原本本说了。

张四爷沉默半晌缓缓说道："孩子，你心眼太实了，你怎么能随随便便相信别人呢？"

"他们都挺好的，待我很实在，再说，我也能干活，他们挺满意的！"

"你见过客栈经理了吗？"

"还没有，听赵二嫂说，出门了。"

张四爷微微眯起眼睛，仿佛在琢磨什么事情。

扣儿不安地："干爷，你想啥呢？"

张四爷倏地睁开眼睛："你还是跟我回樱花镇吧！"

"你不怕我牵连田牛哥吗？"

"把胎打掉，曹四他们就没辙了！"

"不，我除非死了，绝不打胎！"

"你这丫头咋这么犟？你以为你这辈子还能跟田牛成亲吗？"

"为什么不能？他说债还清就和曹家一刀两断！"

"老曹家要不答应呢？"

"我等他一辈子！"

"唉……"

"干爷！"

张四爷高蹙眉头："那你就准备在这里住下去吗？"

"嗯！"

"日后生孩子谁来照顾你？"

"我自己！"

"你这不是瞎胡说吗？"

"干爷！"扣儿倔强地，"什么苦我都吃得了！"

"唉，真拿你没办法！这样吧，你先在这儿待些日子看看，等我回去和田牛他妈商量商量再做打算！"

"干爷，请你把这捎给田牛哥！"扣儿说着，从贴身兜里掏出那封叠成燕子尾巴的信。

张四爷接过信疑惑地："叫他来找你吗？"

"不，你千万不要说出我的准确地址，我再也不能叫他分心了！"

"那你啥时候和他见面呢？"

"他和曹美容离婚以后。"

"他要是永远也离不成婚呢？"

"那就只好死后见了！"

张四爷喟然长叹……

六

张四爷到底没说服扣儿，翌日便怏怏不乐地离开"清风客栈"。他总算弄明白了扣儿的心思。她那样虔诚地相信，她迟早会和田牛结成眷属。大概是受这种虽然渺茫但诱人的前景鼓舞，她才当事者迷，鬼迷心窍地要保住腹中的生命吧？而且为了使田牛潜心奋斗，她竟然不想叫他知道她的地址，这心胸这见识也堪叫人慨叹钦佩了。只是她毕竟不谙人生的艰难，哪有那些顺着人的心意去发生演变的世事呢？

其实，扣儿何尝不懂这些？望着干爷那龙钟的身影渐渐消失在迷蒙的晨雾里，一种无依无靠流落他乡的孤独和惆怅蓦然笼罩了她的心头。她失魂落魄地倚在那棵需两人才能合抱住的古槐树上，任凭泪水在她那美丽的面庞上无声无息地流。

背后有嚓嚓的脚步声。

扣儿急忙拭去脸上的泪，转过身去。

竟是"清风客栈"的女主人。

她盯住扣儿那泪痕依稀可辨的脸，不动声色地问："你到这里干什么？"

扣儿支吾着："早晨空气好……出来转转。"

"那老头是你什么人？"

"哦……"扣儿有些心慌。昨天干爷在她屋里和她唠了半宿嗑，难道叫赵鬼的二嫂发现了？

"你别害怕，我没有什么歹意。"女主人突然压低嗓音，"不过你得跟我讲实话，你是干什么的？从哪里来？到哪里去？家里都有啥人？为啥孤零零地钻大山里？"

扣儿紧紧咬住嘴唇，显现在腮旁的酒坑一颤一颤的，很好看。

"你不愿说？"女主人轻轻叹口气，"那我可就要撵你走了！"

"不！"扣儿失声叫起来。

"不是我不想留你，这些天你干了不少活，人又漂亮又机灵，我打着灯笼都找不到你这样的好帮手！"

"求你行行好，别撵我走！"扣儿近乎恳求了，"工钱我可以少要，只求你叫我在这儿落个脚！"

女主人急忙接过话茬："难道你连个落脚的地方都没有？"

"二嫂！"扣儿初次这样称呼女主人。

女主人仍旧绷着脸:"我这旅店人来人往的挺杂,公安局三天两头来查店,发现不带介绍信或没有身份证明的人,就要罚款,倘若出了差错,比方留坏人存宿啦,就要吊销营业执照。姑娘,你一没身份证明,又不跟我讲实话,我就是有心留你也帮不上忙啊!"

扣儿眉心悄悄聚拢了。她在思忖女主人的话。不错,这位面容端庄肤色黧黑的客栈老板娘,说的确实句句在理。而且听她话里的意思,似乎还想帮帮她。既然如此,她何必还要把那扇心灵之窗朝她关闭呢?扣儿忽然意识到,她若想在"清风客栈"站住脚,必须赢得这位山里大嫂的信赖。把自己的身世跟她讲清,不求她的怜悯,只求她的宽容。倘若她觉得伤风败俗,那就再去别处闯闯。从鸡鸣岭到樱花镇,自己不就是这么闯过来的吗?

扣儿心里想透亮了,那两道凝聚起来的柳叶眉又舒展成先前的弯曲状,略有些羞涩的面容泛出淡淡的红晕,从那闪着皓齿荧光的小嘴里发出脆生生的话语,像莺啭,像铃摇,把那粗眉大眼的深山客栈老板娘说得如痴如醉。感到伤心处,那女人泪如泉涌;听得风流处,她又吃吃浅笑。直到那轮秋日里的太阳爬上最高的山头,直到氤氲在林间草地低谷溪流上的岚雾化成蒸气融进高远深邃的晴空里,扣儿才结束她的倾诉。她把一切都说了,只是没说她已经怀了身孕。她要把那秘密维持到最后,尽管那秘密如同埋在雪堆里的孩子迟早要形骨毕现。

"清风客栈"女主人呆了半晌,蓦地清醒过来。她仔仔细细端详着扣儿那张造物主赐予的俏脸,仿佛要看出那上面是否有虚假和矫饰，是否有伪装和欺骗。半晌，她好像在自言自语："你说的都是真的？"

扣儿盯住她的眼睛："你也可以不相信！"

"不，我相信！"女主人语气笃定。她说的是真话。凭她女性的直觉，凭她接待过形形色色旅客的世俗经验，她相信扣儿说的都是真话。只是扣儿什么凭证也没有，倘若公安局来查店，怎么说呢？她含含糊糊地把心里的想法吐露出来。扣儿笑了笑对她说，虽然自己和姨父姨母闹翻，但倘若去函起户口，谅他们看在扣儿死去的爹妈面上，是不会阻拦的，只是必须得有个落户的地方。女主人呵呵笑了起来："你这丫头，鬼心眼倒多，想在这里落户就直说，还拐弯抹角的做啥？好吧，这件事包在我身上。从今天开始，你就算是清风岗的人了！"

"那……是不是还得跟你家二哥说一声？"扣儿一直纳闷，她在"清风客栈"快十天了，居然没见到客栈的老板赵寒。

"清风客栈"老板娘啐了一口："跟他说什么？权当他死了！"

扣儿吃惊地望着那张顷刻变得愠怒的脸，不明白她为什么突然大动肝火。

七

扣儿自然不会知道，"清风客栈"老板赵寒竟是一位不显露形迹的赌棍。一般说，凡属赌鬼，只要久涉赌场，没有不在江湖上留名不在公安局备案的。偏偏这"清风客栈"老板，非但不显露形迹，还神差鬼使地得到一块"文明客栈"的牌匾，堂皇耀眼地挂在门楣上，使过往旅客心安神稳投宿如归。这项殊誉自然要归功于"清风客栈"女主人和她那勤快能干面恶心善的小叔。当然，也要归功于修建在客栈屋后的地下室。

因有了这个地下室，赵寒几年的设赌抽红劣迹才未被发觉。尽管他的贤内助和三弟赵鬼时常威胁要去公安局告发，但赵寒都毫不介意。骨肉弟兄恩爱夫妻只不过是恨铁不成钢，真要将他送进监狱却很难做到，只好耐心地等待他有朝一日醒悟悔改。

这地下室修得极精妙。原是赵家兄弟的父亲，为躲避伪满时被抓劳工所造，不想却成了二儿子藏污纳垢的场所。它坐落在"清风客栈"屋后地下三米处，顶棚一色松木杆排开，上铺三层苇席，然后是碎石黄沙，最上面敷盖油黑油黑的沃土，栽些根浅棵短的绒草。地下室有两条通道，一条可通客栈的厨房内冷窖，另一条却通山坡外，出口处是掩蔽得极好的枯树洞。那棵枯树大概已有千年高龄，居然十多米腰围，主干已经枯朽，四周枝杈也都变成参天大树，甚为奇特。谁能想得出，那被雷火击中过的主干内，竟通着赵家的地下室呢！

这地下室内另有一番景象。根根松木立柱排满墙壁四周，既阻挡着四墙泥土的挤压，又支撑着棚顶的全部重量，使这座能容纳十几个人的地下室成了坚固的几乎永久性的建筑。难怪赵寒对那些赌徒夸下海口："他妈的核大战爆发，咱们也照样推牌九！"赵寒不是吹牛，看看储藏在地下室里的食品吧，什么牛肉罐头水果罐头压缩饼干食用淡水啤酒白酒香烟茶叶，简直是开了个副食店。至于火柴蜡烛电筒煤油灯之类，更是应有尽有。如果只有四五名赌徒，至少可以在里边赌上十天半月。当然，那东西都须花高价买，但赌场里的钱不值钱，能有输的没吃的？于是，那货币便以各种形式流进赵寒的腰包里。

不过，并不是所有赌徒都能进入这间精心营造的地下室。需要具备两个条件方能入内。首先得是以赌博为生的赌棍，而且要跟赵寒有过交往。因为凡是赌棍，便都气派宏大，输了钱也不去公安局告发。他们明白，倘若告发，这赌窝就要毁掉，再难找到如此理想的场所。虽然这次输了，下次还可指望赢回来。赌场毁了，还到哪里去赢？于是这些赌棍，既为了长久地赌博，又跟赵寒有面子上的考虑，竟都恪守进地下室时发下的誓言，无论输得多惨也不发作，共同保护这个赌局安然无恙。此外，进入这间地下室的赌棍，必须携带巨款。想用三头二百空手套白狼，那是万万不行。因为进到这间地下室，少则三天五天，多则七天八天，钱带少了能应付得过去吗？诸如扣儿来到"清风客栈"前一天，赵寒领进地下室的四名赌棍，每人腰里都揣一万。如今有面值百元的钞票了，哪里还藏不了一百张纸票子？

扣儿固然想不到这"清风客栈"还有这么些花花事，她就更想不到，先于她而进入那间秘密地下室的，竟有促使她离开樱花镇的克星冤家。

那克星那冤家不是别人，正是"神偷"冯五。

其实，按照冯五的赌博业绩，是无资格进入那间赌鬼宫殿的。只因他和大赌棍黄三点儿相交最契——显然他偷过黄三点儿的老婆，那赌棍至今还蒙在鼓里——他曾为黄三点儿照料赌局，见那赌棍手气显背时，便替他下场。冯五善偷，眼疾手快，常常在神不知鬼不觉之时将好牌弄到手，因此总能替黄三点儿解围。黄三点儿的绝招是在骰点上，而冯五艺高一筹，需要啥牌便能把啥牌偷换到手，使得大赌棍黄三点儿竟对他佩服得五体投地。于是两人暗订同盟，决定来"清风客栈"会会赵寒。前些日子，黄三点儿在那间地下赌场输给赵寒八千，便想借冯五偷天换日之手捞回来。黄三点儿和"神偷"冯五运筹帷幄，决定采取诱敌之计，故先输引对方下恶注，再撒大网将大鱼捕捞上来。因为有黄三点儿的引荐，神偷冯五顺利地进入了那间地下室。果然他和黄三点儿开始便频输。他俩并不慌张，只盼最后几天功成钱赚。殊不料赵寒也不是省油的灯。他看破了两人的诡计，就是不下大注。及至冯五和黄三点儿神经松弛时，倾囊押注，随即又将旧牌换成新牌。冯五和黄三点儿还没认准哪张是天牌哪张是地牌，兜里的钱便被"清风客栈"老板赢得溜溜光！

冯五沮丧，但又不服气。双方约定，待冯五和黄三点儿回去弄来巨额现金，再决一雌雄。

这是他们钻进地下赌场的第十天。几个人脸色暗沉，宛如没有血色的死人幌子，跌跌撞撞地从那棵古老的枯树洞里爬出来，各自散去。黄三点儿要去表叔家借钱，冯五想回樱花镇，两人便在岔股道上分手。冯五没精打采地挪动着脚步，觉得有些口渴，四处瞧看，见山坡下有一眼用木板围起来的泉井，就丧魂落魄地朝那里走去。

倏地，耳边传来了优美的民歌小调。冯五拨开树丛，不由眼睛一亮。

一个穿着素花衣服的丽人，挑着空桶，轻盈地走在山坡小路上。

冯五本是好色之徒，见到标致女人就心里发痒。他自然不错眼珠地盯着那位丽人瞧看。啧啧，简直太妙了，瞧那腰条那臀部那大腿，什么样的男人不目迷五色！只是瞧不清她的眉眼脸蛋，没准比张家抻面馆的俊妞儿还俊哩！冯五不甘心，斜刺里溜到前边去，轻轻拨开一簇灌木凝睛望去，天！这不是那位疯魔了樱花镇男性公民的漂亮妞吗？她怎么在这里？管她呢！到嘴的嫩肉可不能像上次叫她溜了。冯五屏住气息，刚要扑过去，陡地从山坡上亮起驴叫般的吼唱："我是一只来自北方的狼……"

冯五大吃一惊。他不知道从哪里钻出这么一个叫人不寒而栗的恶面人。音调经过他那驴嗓子的歪曲，回荡在林间里的旋律是那么瘆人那么难听。冯五眼睁睁见那恶面人接过扣儿肩上盛满泉水的铁桶，轻松地拾级而上。扣儿尾随其后，一直走进挑着灯笼的"清风客栈"里去了。

冯五怔了半晌，突然咧开嘴巴笑了。是哩，自从这个撩人的俊妞儿离开樱花镇后，镇子里沸沸扬扬，议论和猜测她为什么去向不明。曹四为怕那件事泄露，几次叮嘱冯五守口如瓶。他妈的，瓶口能封住，人口还能封住吗？何不先回樱花镇说田牛把那俊妞安置在"清风客栈"两人仍然关系未断——以此再敲诈曹四一竹杠？反正那暴发户有的是钱！

冯五主意拿定，径回樱花镇了。

八

尽管一般人都能理解"一日三秋""度日如年"的意思，但不见得对这两个成语体会那么深刻。倘若没有亲身体验，谁能那么真切地觉出它的含义呢？譬如田牛吧，他在念初中的时候，就曾把这两个成语写到作文里，然而只有现在，当心爱的姑娘不辞而去时，他才从骨子里体味出什么叫"一日三秋"什么叫"度日如年"！

田牛瘦了。雄壮的男性气质从那凹陷进去的两腮和失神的目光中渐渐消退，先前曾经闪耀在额头上的光泽正在暗淡，颧骨悄悄隆起，下巴也似乎尖了许多，就连那张白里透红的面皮也显得发黑发黄。好端端的英俊男子突然变得不那么洒脱不那么健美了。偏偏曹美容不识相，白日黑夜纠缠着他，把他烦得恨不能掐死那俗不可耐的蠢物！

扣儿到底到哪里去了呢？

这是无时无刻不在田牛脑袋里萦绕盘旋的问题。他虽然依旧支撑着曹家服装厂的门面，但每有闲暇便跑到那片樱桃林里，呆呆地默立，静静地回想，重新咀嚼那遽然逝去的滋味儿。有时候，他也信步去那铜锁悬吊的张家抻面馆前闲转悠，他不明白张四爷怎么也去向不明，难道他也随干孙女浪迹天涯去了吗？

不过田牛笃信，张四爷不会抛下偌大个抻面馆和这份家当，他肯定会回来。待他回来的时候，兴许就有了扣儿的准确信息。田牛既然心存这渺茫的希望，那心里的忧苦遂减轻了不少。

终于有一天，田牛发现张家抻面馆门窗敞开，里里外外挤满了人。不消说，是张四爷回来了。不消说，那些樱花镇的男女并不垂涎那很久没吃到的牛肉抻面，他们关心的是扣儿姑娘的下落。尤其那些姑娘媳妇，先前甚至嫉妒扣儿的美貌夺去了盯视她们胸脯脸蛋的雄性目光，这会儿也仿佛因失去了竞争对手而有些茫然若失。当然，全部樱花镇男女公民，除少数几名当事者外，谁也不明白扣儿为什么突然离去。于是，外出方归的张四爷仿佛出国访问的外交大臣，被无数个饶舌的记者包围，铺天盖地的提问如同数不清的冰雹砸了下来。

"喂，张四爷，你去哪儿啦？"

"你那天仙孙女呢？"

"是不是有人给提媒啦？"

"我说老张头，你胳膊肘别往外拐啊，咱樱花镇小伙，叫你干孙女扒拉着挑！"

"张四爷哇，你的抻面馆啥时还开张啊？你干孙女那嫩手做的抻面，佐料一放，就喷鼻香啊！"

"呸，不害臊，挺大个爷们说那下流话！"

"哎，嫂子，你别吃醋哇，你给他做抻面时不会也多放佐料？"

"我呀，搓把脚后跟泥儿给他做胡椒面！"

"妈呀，脏死啦！"

"恶心人！"

"呸，别装干净！若跟人家扣儿姑娘比，你们都是臭货！"

"哈……"

尽管抻面馆内外人声嘈杂吵成一团，张四爷始终铁青着脸一言不发。他像一名严格遵守保密条例的外交官，任凭人们怎样诘问，依旧只字不吐无可奉告。直到那些索然无味的男女陆续散去，他才朝坐在墙角落的田牛努努嘴，随即关严了押面馆的大门。

田牛迫不及待地站起来："四爷，你看见她啦？"

张四爷点点头。

"她在哪里？"

张四爷摇摇头。

"四爷！"田牛简直要发作了。

张四爷缓缓地朝兜里摸着，终于将那封图文兼用的信摸了出来。

田牛如饥似渴地读着。

他突然泪如雨下，颤声地："四爷，你告诉我，她在哪里，我去找她！"

张四爷突然大骂："你这个没骨头的东西，你给我滚出去！"

田牛愣住了。

张四爷劈手夺过那封信："白瞎我干孙女那份心思，她看错人了！"

"四爷……"田牛嗫嚅着，不知道这老爷子为什么大发雷霆。

张四爷放缓语调："你识文断字还没看懂吗？我干孙女叫你埋头苦干偿还债务，尽快跟曹家断绝关系，为这，她豁出不跟你见面，怕的是分散你的精气神儿，可你却要去找她，你找到她怎么样？你能马上娶她吗？"

田牛面色灰白半晌无语。

张四爷喘了口粗气："你呀，还堂堂五尺高的男子汉大丈夫呢，见识都不如个女流！我要是你，就咬紧牙关不去见她，发狠心赚大钱，把曹四那笔阎王债还上，跟他们一刀两断！"

田牛倔强地仰起头："四爷，多谢您老人家的开导，我田牛要不赌口气，还对得起她吗？烦您老再去看她时，替我向她致意！"

田牛说完，头也不回地走了。

张四爷鼻子一酸哽咽起来。

九

且说神偷冯五悄悄溜回樱花镇后，趁天近黄昏，又悄悄翻墙跳进曹家后院，出现在刚端酒盅的樱花镇阔佬曹四面前。

"你……你又来干什么？"曹四不无厌恶地盯着曾经明目张胆地从他兜里敲去一笔油水的这位泼皮，"难道还不知足吗？"

冯五脸皮一抹搭变了色："曹老爷子，你哪能那么说呢？那笔钱不是你硬塞给我的吗？你要后悔，我这就把钱给你，也省得我肚子里有话还得替你憋着！"

曹四一愣，腮帮子哆嗦几下，抻出几束紧绷绷的笑纹："啊……哈……你这小子真不识逗，跟你闹着玩呢，你他妈酸脸猴子还翻了！"

"别这么着哇，这不是拿我当猴耍吗？别寻思你财大气粗，我冯五可也不是穷得穿不上裤子！不看在老邻旧居面上，早把你姑爷那点儿风流事哄扬出去了，你曹老爷子天大能耐，面子不也得丢喽。"

"那是那是，从小我就知道你嘴严，从来都老实巴交的挺仁义！"曹四嘴里说着，心里直骂："你这个兔羔子，剥皮认出你瓢，没根好肋条！"

冯五从曹四眼神里窥出他心里的骂，但他毫不介意。骂呗，骂出三山五岳，只要你肯出血，老子也认了。

"老五，你这一程子去哪儿了？"曹四明知冯五夜猫子进宅无事不来，偏偏佯装不懂，随意扯着闲篇儿。

冯五嘿嘿一笑："你问我吗？替你老爷子哨探去了！"

"什么？"曹四眼睛瞪成山楂丸大，"替我哨探？哨探什么？"

"哨探你姑爷的行踪啊！"

"扯淡！"曹四微微冷笑，"自从那个狐狸精离开樱花镇，我姑爷压根没出去过！"

"你老爷子好健忘，你姑爷当真没出去过？"

曹四沉吟一下。他似乎影影绰绰记得，田牛在扣儿销声匿迹后去过一趟县城，可那是商定服装厂合同去了，而且曹四还专门派他外甥跟着，难道那被魅惑的姑爷又借机搞什么越轨行动去了？他想着，随即吩咐老婆给冯五点烟倒茶，自己借故上厕所，溜出门外，将在仓库管账的外甥找到，悄悄问："你跟你姐夫去县城，他有没有单独出去的时候？"外甥见舅舅一脑门官司的模样，不知道出了什么事，便据实相告："姐夫嫌我累赘，一直叫我待在旅店里。""混账！叫你干啥去了？不是盯着他都干些什么吗？""我寻思姐夫也不是外人，舅舅你还信不过他吗？"曹四还想骂那懵里懵懂的外甥两句难听话，转念一想他并不知道自己的心事，能怪他吗？便悻悻赶回屋去见冯五。曹四并不晓得冯五是敲山震虎瞎炸庙，他也不晓得田牛虽然在县城四处寻找扣儿却连个人影儿都没见，于是，疑心忒大的曹四竟真的以为冯五又发现了女婿田牛的蛛丝马迹。

"老五，叫你久等了！"曹四朝焢老婆丢个眼色，待那肥胖的躯体移进里屋后，就把嗓音压得低低的："你跟我说实话，都看见了什么？"

冯五跷起二郎腿，嘻嘻笑着："曹老爷子，就是派出间谍也得给点儿活动经费吧？"

曹四的心里恨得直痒痒，脸上却装出满不在乎的样子："这好说，你不就是想弄俩钱儿花吗？说清楚，别藏头露尾，别掺沙子拌石头，姓曹的不会亏待你！"

"那不行，丑话先撂前头，我向来办事，不见兔子不撒鹰！"

"你想要多少呢？"

"总不能再拿三头二百唬我吧？"

"行了行了，你开个价吧。"

冯五倏地跳起来，巴掌一伸："这个数！"

"五百？"

"再添个零。"

曹四忍不住骂起来："杂种，你敲竹杠敲到老子头上了！你那是国家机密呀，要那么多钱？"

冯五连声冷笑："这不是国家机密，是你们曹家机密！"

"去你妈的呱嗒嗒，曹家不稀罕你那玩意儿！"

"好，曹老爷子，我可是好心给你通风报信，你要不买账，权当我放屁！"冯五鼻孔朝天连连哼着，"日后你姑爷跑了，你姑娘守活寡，可找不着我！"

冯五说完，抬脚就要走。

矬老婆闻声从里间跑出来，拽住冯五的衣襟："老五侄子，你别走，咱有话慢慢商量嘛！"

"商量啥？你家老爷子舍不得花钱！"

矬老婆嘴一撇："你要得也太多了！"

"多？现在干啥不得花钱？"

"那你这算什么名堂呢？"

"这叫信息费！"

矬老婆瞧瞧一旁铁青着脸的曹四，又瞧瞧牛哄哄的冯五，声音甜甜地："老五侄子，你能不能压压价？"

冯五叹了口气："算了算了，你给三千吧！"

曹四突然大吼一声："我一个子儿都不给！"

冯五和曹四的矬老婆面面相觑。

曹四索性硬到底："我姑娘守不守活寡用不着你闲操心，你给我滚！"

冯五垂头丧气地走了几步，又轻轻转回身："曹老爷子，咱们再压压价，两千怎么样？"

"做梦！"

"一千，这回可一个子儿不能少了！"

"你少啰唆，我有钱去砸鸭脑袋打水漂儿！"

"八百，八百总还可以了吧？"冯五哭丧着脸，"就算您老人家体恤穷人啦，您老胳肢窝的细毛都比我腰粗啊！"

曹四微微一笑："不甩钢条啦？"

冯五涎脸笑着："不敢啦！"

"好，你把见到的，原原本本说出来，我绝不白了你！"

冯五便添油加醋，说他怎样在"清风客栈"巧遇扣儿，说他亲眼看见田牛和扣儿在林子里幽会，说他亲耳听见田牛要扣儿耐心等待，日后他跟曹美容离了婚就娶她，倘若离不成婚也要跟她同居，权当他又娶房媳妇云云。无疑，这后边的情节全是冯五杜撰虚构的，这却把曹四气得直翻眼皮。他虽然不完全相信冯五的随意胡说，但他至少笃信田牛没和扣儿断绝来往。那老光棍张四爷不也离开樱花镇好些天了吗？没准他们早就筹谋妥将扣儿安顿起来的，不然那狐狸精怎么突然就不知去向？没有去处她敢走吗？看来要永久拆散那对鸳鸯，光叫那姑娘离开樱花镇还不行，还得釜底抽薪来点儿绝户招。一个念头朦朦胧胧在他眼前闪闪跳跳，他冲婊老婆努努嘴："去，再弄几个菜，我跟老五喝几盅！"

冯五简直有些受宠若惊了。

十

"清风客栈"老板赵寒一从那间隐秘的地下室出来，便觉眼前的世界与先前大不相同。似乎天愈发湛蓝地愈发油黑林木愈发繁茂空气也愈发新鲜了。尤其是他的客栈愈发比往日红火旅客也愈发比往日多，那气氛那场面都愈发令他心情愉快。其实，他这是错觉。一切都和从前没什么两样。也许是他在地下待得太久，突然回到地面而引起的殊异感觉。不，他并不是只经历过这唯一的一次地下和地上的比较，往次从那间赌场出来他怎么没有这种感觉？也许是他时来运转连连得手大把赢钱所致？不，他赢钱的时候多啦，怎么从来没有如此欢欣如此兴奋？哦，这位酒色财气系于一身的客栈老板终于明白，使他神经系统发生错乱的，是那位仪态万种鲜嫩标致的扣儿姑娘。当客栈女主人将扣儿领到赵寒面前时，这位赌场骁将风月场老手竟倏地战栗起来。祖宗呀，这是从哪儿来的风流女？怕不是仙女下凡吧？瞧那丰满的胸脯、高挑而又呈曲线美的身姿、两条修长健美的大腿，简直是雕塑出来的。赵寒神情有些恍惚了。他耳朵听着客栈女主人简约地介绍扣儿的履历，眼睛微微眯缝着，偷溜扣儿那妩媚的俏脸，心里像有无数只小虫在爬，痒得难忍难挨。不过他毕竟没露声色。在老婆面前他不能露丝毫破绽。他做什么都喜欢不声不响。尽管他玩弄过若干女性，可在老婆心里从来没有过怀疑。这除了他身体雄壮能满足老婆的床笫之乐，更重要的是他在女性面前从来都规规矩矩，甚至很少说笑。这些假象甚至连他老婆都被蒙蔽，觉得丈夫除了赌博之外再无其他恶习。人嘛，哪有十全十美的？善良能干的客栈女主人对自己的丈夫倒颇放心。倘若不是这样，她肯叫扣儿这样貌美如花的姑娘留在客栈里吗？

礼节性的接见很快结束了。扣儿依旧去厨房忙碌。按照客栈女主人的新安排，赵鬼还是相隔半月开车去山外购买客栈所需各种生活用物。这"清风客栈"地处要塞，来往旅客很多，而且方圆几十里没有客运的汽车，所以赵鬼又申请个运输营业执照，每天开着那辆重新修整的破车，往返于以"清风客栈"为中间站的东西六十里山路之间。无论进山的出山的旅客，凡想在"清风客栈"打尖或留宿的，均可乘坐赵鬼的车，来去极方便。因此，赵鬼竟朝出暮归，很少和家人见面。做这种安排的主要原因，是能干的扣儿不但洒脱利落地将客房拾掇干净、按时烹制每日三餐客饭，还将担水劈柴等赵鬼素常做的活儿也抢去做了，乐得客栈女主人眉开眼笑，连连向客栈老板赵寒夸赞扣儿。

"当家的！"客栈女主人瞧瞧扣儿背影。

"嗯？"赵寒有些魂不守舍。

"你看这俊妞咋样？"

"你是说长相？"

"长相用你说，明摆着！"

"那你还要我说什么？"

"能不能干？"

"那还用说，不也明摆着？"

客栈女主人往丈夫跟前凑了凑："你说给咱老三当媳妇咋样？"

"什么？"赵寒眼睛瞪得老大，"你扯什么淡？"

"怎么是扯淡呢？"

"咱家老三长得像个恶鬼，眼睛不眨能吓退一连兵，那姑娘能相中他？"

"走投无路就兴许。"

"唔？"

"我还没跟你详细说，她是逃婚出来的，相中个男人却有老婆，她没处去就钻进了大山里！"

"是吗？"赵寒脸上浮起令人难以觉察的笑意。不过，他可不是为弟弟赵鬼着想，他是在替自己打算。眼见自己四十挂零了，却连个兔大的儿女都没有。老婆倒很能干，人也贤惠，模样也将就，可就是不生孩子。赵寒很早就曾琢磨将老婆甩掉再娶个大姑娘，如今这路事不有的是吗？只是因为他惯赌成性，无暇照料客栈，而客栈又是一棵巨大的摇钱树，需要老婆这样兢兢业业的人去培植，他才没有轻举妄动。现在他可怦然心动了。他瞧得出新来的姑娘比他老婆还精明能干，倘若这"清风客栈"叫她料理，笃定会更加兴隆。既然如此，何不把她弄到手，生儿育女寻欢作乐呢？赵寒心里暗忖："人生一世不就是吃喝玩乐吗？像这样漂亮的女人，就是打着灯笼都难寻觅，现在老天爷把她打发来了，这是我赵寒的福分。若错过机会，那可就再也甭想遇到了。天赐良缘，必须当机立断：虽说自己年龄比她大二十多岁，可世界上老夫少妻的例子多着呢！管他什么'老夫少妻迟早人家的'，活着受用，死了都他妈毫无意义！"赵寒越想越得意忘形，随之便心猿意马心驰神往起来。

不过，他毕竟是个厉害角色。

他懂得欲速则不达的道理。

他苦苦思索，选择行之有效的路径。他觉得如果小心谨慎去讨扣儿的欢喜，待水到渠成再跟老婆摊牌固然最佳，但时间势必太慢太久，而且那姑娘若不愿意，那可就徒费心思了。莫不如干脆采取迅雷不及掩耳的行动，将那绝代佳丽强行占有，一旦木已成舟，不怕她不俯首帖耳。只是这有些冒险，但冒险对于久涉赌场的赵寒来说，还算得了什么呢？哪次赌博不是冒险？不敢冒险就赚不了大钱！风月场中也不例外，若不，古人怎么能总结出那句"色胆包天"的名言？他妈妈的，胆小不得将军做，豁出去了！

赵寒真不愧是风月场中豪杰。他一旦形成战略意图，具体的战术方针便随即周密地付诸实施了。他先"侦察"出扣儿每天睡觉的规律。她总是在男女客房都熄灯后回她自己那间小屋去。因为客栈女主人决定长期雇佣她，就单独给她腾出间小屋。这小屋坐落在厨房东北角那镶盖着榆木板的冷窖上，先前在里边存放粮食，而将啤酒蔬菜肉类置于冷窖里——那简直就是一个大冰箱。不过，只有夏季使用。眼见秋季到了，天气凉爽，冷窖内的食品也要陆续往地面仓房里倒腾，粮食也搬走，那间小屋便空闲起来。大概是客栈女主人考虑扣儿早晚在厨房里干活方便，因而忽略了那间地下室有条通道可达冷窖吧！难怪，那条通道多年不用，再说她怎么会想到丈夫心怀鬼胎呢？她又不是他肚里的虫！

赵寒把扣儿的行动规律摸得滚瓜烂熟后，便在客栈晚餐最忙碌的时候，神不知鬼不觉地从那间地下室潜入冷窖，又撬开冷窖上的松木板，爬上扣儿那间小屋。墙壁外传来旅客买饭的喧哗，这会儿正是扣儿和客栈女主人最忙碌的时候，谁也不会到这小屋里来。赵寒迅速将一包足可以叫扣儿昏睡的安眠药片研碎成粉末放到桌上的粗瓷茶壶里。他早观察清楚，扣儿总喜欢用这瓷壶冲酸橘汁喝。他不明白扣儿为什么那么喜欢酸东西。做完这一切后，赵寒又潜下冷窖，将松木窖盖拉严，悄悄溜回地下室，在那帮赌鬼轮流睡觉的草铺上养精蓄锐。

他渴盼着夜晚的莅临。

十一

不知是客栈里的活儿太累，还是腹中的生命孕育吸收大量的营养，扣儿忽然觉得很疲倦。虽然老天怜悯她，妊娠期间没叫她哇哇呕吐，但那身体悄悄变化。腹胸似乎比以前略高些了，脚步也比前些日子略显滞重，脸上隐隐现出色斑。幸亏她体态苗条，那隆起的胸腹反倒使她见出丰腴，那脸色也更加鲜媚，稍显慵懒的脚步恰恰给她添增了几分婀娜的情致。这些细微的生理变化，从来没有怀孕体验的客栈女主人是无从感觉得到的。唯有扣儿自己明白，用不了几个月，她就会使客栈男女主人大吃一惊。扣儿并不感到恐惧。她只是想尽量多做些事，博得男女主人的好感，以便在那个真相大白时，能为她安然分娩提供方便。她从客栈女主人对她日益喜欢的情形上笃信，女主人那善良的性格不会使她太尴尬太难堪。只不过她现在还必须保密，因为她跟女主人还没相处到那么亲密无间的程度。

赵寒盼望的夜晚姗姗来临了。尽管他感到时间流逝得太慢，可丝毫没有预感到危险逼近的扣儿却觉得时间流逝得太快。虽然白昼里活儿累得她喘不过气来，但她不感到寂寞。操着各种腔调穿着各种服装的旅客，像鸟儿一样，一群群飞去，一群群飞来。他们嘴里流出各式各样的句子，文雅的、粗俗的、新奇的、陈腐的、时髦的、古旧的、令人捧腹大笑的、叫人眼窝酸涩的、惊世骇俗的、平淡无奇的。这些从各种人嘴里流出的句子，传递着各个角落的各类信息，使扣儿触摸到生活的脉搏，觉出她依然嗅到了生活的甜馨，还没有被这个世界淡忘。

夜晚却不同了。孤独和寂寞甚至比那凝重的夜色还要令人窒息。每当她默默回到只有五平方米的小房间里时，心里便窄得连条缝隙都没有。她很想号啕大哭，将胸中的郁闷和苦痛发散出去。可是她克服了那个奢侈的欲望。她不敢哭出声。她不敢惊扰那些沉浸在甜梦里的幸福的人们。上帝赐给她一副丽容已经够叫她走运了，还贪得无厌地要哭的权力吗？默默地忍受这孤独寂寞织就成的无边黑暗吧。

现在，当她拾掇完厨房的锅碗瓢盆，和客栈女主人相互打过招呼后，便拖着沉重的脚步，缓缓地又回到那寂寞的小屋里。山区的夜晚时常停电，虽然客栈里备有蜡烛，但她懒得去点。她摸着黑去小桌上摸索，终于触到那把粗瓷壶。晃了晃，里边显然还有多半下酸橘汁，那是她中午冲好，留做晚上睡觉前喝的。她毫不迟疑地将那酸橘汁一口气喝个精光。然后她又摸索着，将白日里晾晒过显得分外洁爽的薄被薄褥，摊开在微温的小土炕上。按照往日的习惯，她还要洗洗脸洗洗脚唰唰牙漱漱口，可不知为什么，她今天的眼皮比每天都发黏发涩，一阵难熬的困意袭上来，使她情不自禁地打了两个长长的哈欠。她下意识地褪去汗衫，解开箍住胸脯的乳罩，剥去尼龙丝袜和那条在樱花镇买的健美裤，舒展开胳膊腿钻进那还算舒适的被窝里。

夜很静。依稀听得见秋虫凄厉的尖叫，微风戏弄得林梢发出隐约可闻的轻轻叹息。虽然酷热早已告退，麇集在山谷的秋凉正徐徐弥漫过来，可惜被那遮天盖地的夜雾吸收，泼洒下来的竟是叫人难以忍受的沉闷。月亮和星星不情愿地隐去，留下一片混沌的昏黑。唯有"清风客栈"门前的四个大灯笼发出暗黄的光，像四个有些发霉的大蛋黄。整个清风岗连同"清风客栈"都被引入梦境，在那五花八门的梦境中，顶属扣儿的最瑰丽。

她恍惚穿上彩霞织成的霓裳，飘然飞离地面。缭绕在身前身后的都是紫色的烟雾。浩渺宇宙真是硕大无朋，那冰清玉洁般的月宫就悬在视线所及的地方，却老也靠不近前，老是和她保持着可望而不可即的间隔。不是说月宫里有位美丽的嫦娥仙子吗？她怎么不轻舒广袖出来迎接人间的姊妹呢？哦，还有那可爱的小玉兔，它怎么也不从那透明的宫殿里蹦出来呢？扣儿最喜欢小兔了，她尤其喜欢它那两只红樱桃般的眼睛。唉，吴刚大哥，都说你被处罚要永远不停地砍桂花树，你不累得慌吗？扣儿边叹息边轻盈地向前飘去。蓦地，月宫里传来悠扬的仙笛声，无数只喜鹊遮天盖地从里边飞出来，盘旋起舞，很快搭成一座长虹般的鹊桥，悬在天空上。咦？不是说鹊桥驾在银河上吗？怎么出现在这里？那从桥头走出来的也不是牵着黄牛的农家汉子，却是骑着摩托的英俊小伙。啊？那英俊小伙不就是田牛哥吗？没错，是他！她扑过去。然而鹊桥轰然坍塌，田牛骑着摩托车栽下去，喜鹊漫天惊惶地乱窜，明亮辉煌的月宫突然变得黯然无光，整个天空顿时一片漆黑。扣儿心里一急，渐渐从梦境中苏醒。

咦，胸口怎么这般沉闷？仿佛有什么笨重的东西囫囵个压在她软绵绵的身子上，使她连气都透不出来。胸前的乳房好像被什么东西箍住，耳边隐约传来憋着的喘息声。她蓦地惊醒，随即明白发生了什么事。愤怒奇迹般地驱散了恐惧，甚至连那安眠药的效用也减弱许多。她拼命挣扎，两条大腿死死地并拢，不叫那罪恶的目的得逞。然而她毕竟服用了过量的安眠药片，那挣扎一会儿比一会儿软弱无力。眼见得那两只大手倏地掰开她两条大腿，扣儿发出尖叫，嘴巴很快被两片散发着酒臭的嘴唇堵住，她就势咬住那两片厚唇，用尽全部力气死命咬着，鲜血淌进了她的嘴角，又腥又咸。那人倏地蹦起，大概是疼痛难忍吧，怪叫着冲出屋去。

扣儿两眼一黑昏厥过去。

等到她再次醒来，已是红日临窗的早晨。客栈女主人惊愕地走进来，望望满屋凌乱的场景，不禁倒吸一口冷气。她听着扣儿断断续续的哭诉，视线不经意地落在那冷窖的榆木盖上。那榆木盖裂开一条缝，似乎被人搬动过。她俯身挪挪那榆木盖，倏地露出冷窖黑森森的出口。一瞬间，"清风客栈"女主人什么都明白了。

十二

"清风客栈"依旧像墙上的时钟，循着时间的轨迹，以精确匀称的节奏，按部就班地运行着。旧的旅客走了，新的旅客来了。早霞瑰红，映现出去客登程时满意的笑；晚霞橘黄，涂抹着来客投宿时渴盼的眉眼。客房还是那么洁净，菜饭还是那么爽口；客栈女主人还是那么笑容可掬，两句寒暄，叫走的不想走来的还想来；扣儿姑娘还是那么风姿绰约，硬是把那些本想早走的年轻旅客又留住一天。总之，表面看去一如既往，"清风客栈"还和先前一个模样。

只有几名当事者感觉迥然不同。

最懊恼最沮丧的无疑是赵寒。他这不是偷鸡不成反蚀一把米吗？他这不是没打住大雁反被啄瞎了眼吗？他玩弄过那么些姑娘媳妇，哪次也没像这次吃这么大的亏。他躲在地下室里冥思苦想用什么办法才能将扣儿弄到手。他真后悔行动的时间稍晚了些，那安眠药显然失去了效力。他更后悔在他嘴唇被咬破后冲出屋就没再回去，他只以为会惊动旅客，谁知那媚人的狐狸精竟昏厥过去了呢？据说想得到刚要得到却终于没有得到的东西，更能诱惑人急于得到它。嘴唇肿得老高的赵寒恨不能再去进行一次冒险。可惜他毕竟有所顾虑，他那血葫芦般的嘴唇不是明晃晃地向扣儿姑娘承认他的兽行吗？他还须暂时按捺。

最懊恼最后悔的是"清风客栈"女主人。她仿佛从大梦中刚刚苏醒过来。她没想到她那当家的竟是这么一个无耻的下流坯！她本想钻进地下室和男人大闹一场，可她忍住了。这个贤惠的良家妇女深信祖宗明训：家丑不可外扬。她只是后悔不该把扣儿留下。这么漂亮这么鲜嫩的女人，除非是石头才不动心。唉，当初咋就没想到这层呢？甚至还把她放在那间通过冷窖可达地下室的小屋里，自己这不是吃了迷魂药吗？现在倒好，惹出事端，没准还要再出啥事哩！客栈女主人固然不能揣摩出自己的丈夫竟然要抛弃自己，但凭着女人的本能，她意识到必须尽快将这媚人的姑娘打发走。只是"清风客栈"女主人心地善良，她得为那个可怜的姑娘寻个去处，她想等小叔赵鬼回来再细细商量。

　　然而最懊恼最恐惧的还是扣儿自己。她一直弄不清那个潜入她房间的人是谁，但她可以断定是"清风客栈"里的人。是旅客？哪个旅客敢如此大胆呢？再说除了赵家人，谁也没有进厨房的钥匙。那么，赵家兄弟的可疑性陡地增大了。是那恶面人赵鬼？他不是又出山购买货物去了吗？是那客栈老板赵寒？他那么和蔼那么斯文跟她连一句笑话都不说，他怎么会呢？蓦地，她想起曾经叫那野兽厚嘴唇上留下的伤痕。对，只要留心观察一下人们的嘴巴，此件疑案便一目了然了。可是扣儿经过暗地观察，竟没发现出入客栈的所有男人中哪位嘴唇受伤，倒是赵家兄弟，一个出山未归，一个始终没有露面。笃定是他俩中的一个，大概毋庸置疑了。

　　扣儿的心被恐惧攫住了。如果她的判断准确，证明对她图谋不轨的是赵家兄弟，那么不管俩人中是哪一个，她都将面临两种选择：要么屈服顺从，要么被迫离开。前者是根本不可能的。她此生已将全部的爱给了田牛哥，她怎么还能委身于别人呢？那么只有选择后者了。扣儿嘴角掠过一丝苦笑，她不懂得命运之神为什么老跟她过不去，也许自己老老实实待在鸡鸣岭不声不响地打发日子，就不会生出这许多烦恼了吧？但她宁愿现在这样屡经坎坷饱受磨难，她也不愿无声无息地活着！

　　扣儿默默地拾掇包裹，准备在一两天离开。只是她很想见赵鬼一面，她多么希望那恶面人的嘴唇完好无损，那时她就可以请求他的帮助了。可是在她还没见到赵鬼时，却意外接到了田牛的一封来信，这天外飞来的"鹅毛"几乎使她诀别人世！

　　扣儿不知道田牛怎么知道她在这里，她想准是干爷告诉他的。她虽然埋怨干爷不该违背诺言，但对意中人的信札还是珍惜万分的。她匆匆拆开信，首先看看落款，不错，确实是他的名字，而且名字旁边还盖个名戳。扣儿记得她在樱花镇和他初次幽会时，田母送给她的字条也盖了这个名戳。最令扣儿兴奋的是那字迹，伸胳膊撂腿，就像他本人那样帅气。

扣儿如饥似渴地看下去。

虽然她读书不多，但这并不太长的信，她还是看明白了。

信的内容如下：

> 扣儿同志，请你原谅我的过错。我本是已结过婚的人，不应该再跟你做下那伤风败俗之事。那是堕落，是犯罪！我已经将此事跟我妻子讲了，她原谅了我。我不能再陷进那通向地狱之门的泥坑，也希望你从此忘掉我，不要再干扰我和我妻子的安宁。祝你幸福！
>
> …………

扣儿呆住了，她不明白信上怎么写了这么些混账话。这是他写的吗？她颤抖着身子，重新又将那信看了一遍，没错，丝毫没错，她认得出他的笔迹。她失魂落魄地去捏那牛皮纸信封，竟将一张照片抖落。她麻木不仁地拾起来，脑袋嗡的一下，眼前金星四溅，泪水唰地模糊了双眼。

那照片居然是田牛和曹美容相依而眠的情景。

扣儿下意识地将信撕成碎片，沿着"清风客栈"房后的山间小径缓缓走去。此时，旅客们正在客房里闲聊，客栈女主人在给一大群新来的旅客办理住宿手续。谁也没注意扣儿去了哪里，谁也不曾留心扣儿的心头正掀动着巨大的波澜。是啊，尽管她美貌绝伦，尽管她姿色超群，可人们都只是迷恋欣赏她的秀色，谁曾把她的喜怒哀乐放在心上？

暮霭和烟雾合谋，把夜色弄得更加浓重更加混沌。黑暗随着夜气向各处流动，像在一张略显灰黄的纸上泼洒下一汪墨汁，渐渐洇开去，将那灰黄处一点儿一点儿浸染成漆黑。在那尚未来得及变黑的朦胧山影中，有一条模模糊糊的溪流蜿蜒而下，隐隐约约映出一壁陡峭的山崖。它的挺拔轮廓黑魆魆地盘立在苍茫无涯的虚空中，显现出钢铁般的坚硬。

扣儿缓缓登上了那座峭崖。

一只乌鸦呱呱大叫，仿佛在向昏昏欲睡的人们发出什么警告。

一会儿，这全部的音色形影便都被徐徐蔓延开来的黑暗吞没了……

解　脱

"祸兮福之所倚，福兮祸之所伏"，这是那位名曰老聃的道家创始人最具辩证趣味的判断。虽然浸染些绝对色彩，但毕竟窥测到生活的某些秘密。

扣儿的命运如何呢？

但愿她能绝处逢生……

一

弹指之间，地球围绕太阳又转了半个圆周。秋日的萧索和冬日的寒峭都在悄悄过去，那些彼此有些瓜葛的人事也在变化。鸡鸣岭的纽儿已经做了新郎，其妻果然不悖祖训奇丑无比；樱花镇张家抻面馆照旧开张；那田牛正步步实现自己的雄图大略。而与这些似无关联的一辆满载乘客的破车，吱吱嘎嘎地在崎岖坎坷的山路上颠簸。车上的乘客全是省城电视台某电视剧摄制组的演职员。他们要在冰雪消融的春天到来之先，去长白山天池抢拍雪景和发生在白雪世界的故事。由于时间紧迫，他们没有选择乘火车到东南 S 城再绕道去长白山主峰的路线，而是搭乘这辆显然破旧但价格便宜的破车，抄近路径奔长白山。如果天遂人愿，便可节省三天时间。这可是金子般的时间哟！

谁料欲速偏不达。这辆破车吱吱嘎嘎跑了百十里路后，竟在这荒无人烟的深山野岭抛锚了。车主满脸赔笑，胖胖的脸上堆出谦卑和歉意："请大家包涵，请大家原谅，这破车原是我三弟开的，他和我闹掰啦，捡个漂亮媳妇撒丫子啦，这破车就归我开啦！实不相瞒，我刚刚学会不到仨月，对这破车还摆弄不灵哩！"

人们倒吸着凉气，后怕像传染病菌使每个人都激灵灵连连打着寒战。天爷地奶，坐这么辆破车，碰上这么个车主，又是这样的险道，这不是拿大家的性命开玩笑吗？人们不约而同地将不满的目光集中在导演身上。导演是个中年汉子，落拓不羁的装束，颇有艺术家的风度。他禁不起那束束目光的鞭挞，便把埋怨和责备传递给坐在一旁的中年妇女。那中年妇女雍容大气，眉眼和面庞都流露着超凡脱俗的情调。发式更是与众不同，不惹眼不刺目，但很新颖别致。脸面也显然经过修饰，但不露痕迹，仿佛天生就是那个样子。她坐在导演身边，分明觉出那目光的潜台词，就淡淡一笑："大家不要埋怨导演，要责备就责备我吧！是我动员他选择这条路线的，我想顺路寻访个人，结果让大家受了惊吓，实在对不起啦！"

"不，不能这么说！"中年导演沉不住气了，"不能全怪欧阳大姐，我是摄制组的头儿，怎么行动自然由我负责！欧阳大姐是著名的美容化妆师，是我们摄制组请来的，她年龄比我们都大，尚且不辞劳苦，大家就不应再有情绪啦！"

人们略略有些尴尬，随即又把焦躁的目光汇聚在车主的胖脸上。车主显得很害怕，腮边的肉微微痉挛着，辐射出来的笑纹僵直生硬，像用铅笔勾勒出来的素描线条。他连连向大家道歉，并且说前边三里处有个清风岗，他和"贱内"开个"清风客栈"，住处舒适清净，饮食卫生可口，可先在那里住一宿。往东五十里有林业局的班车，跟他们说明情况，谅能得到帮助，然后就可以直达长白山天池脚下喽！

或许是车主的谦卑，或许是他为人们指明了一条可行的路径，旅客的焦躁和不满平息了。他们恢复了先前的活跃，吹口哨，背台词，哼唱流行歌曲，相互调侃戏谑，也有的夸张地即兴吟诵："啊，大森林！啊，长白山！"

这伙不安分的乘客终于叽叽嘎嘎地走下那辆破车，朝着车主指示的方向走去。欧阳大姐也随着走下破车。她仿佛漫不经心地瞥见车主的厚嘴唇上有块伤疤，她遗憾地摇摇头，觉得那伤疤只要动个小手术就可以不那么明显。美容师的职业使她对丑恶和缺陷有天生的厌恶。

天近黄昏。淡黄的色调在茂林旷谷间弥漫，没入山背后的落日，依旧眷恋不舍地将那余晖留在天空。枯草遮盖的路边空地上，似乎透着微绿。山坡背后虽然还有片片残雪处处薄冰，但给人的感觉已经变酥变软，用不了多久，它们就会悄悄融化。那透着鲜活的春姑娘虽然还藏在残冬灰色的布幔后，但那迷人的音容笑貌将伴随裙裾的窸窣声，落落大方地出现在世俗世界面前。

欧阳大姐倏地放慢了脚步。她神情有些恍惚，总觉得有什么念头在脑子里闪闪烁烁却又捕捉不住。直到暮霭浓处透出几束灯火时，她才蓦地想起，若干时日前接到的那封奇特古怪的信里，不是曾经提到过"清风客栈"吗？哦，没错。欧阳大姐有些兴奋。为了这封字迹歪歪扭扭的信，她曾绞尽脑汁。尽管写信人最后落款地址是"东山里"，可东山里大着哩！浩瀚五百里方圆，哪里去寻找她？欧阳大姐怀疑写信人神经出了毛病，不然她为什么将地址弄得那么抽象那么模糊？况且任何理智健全者都不会写出那样与常情常理大相径庭的疯话——那位素不相识的写信人，居然向她这位报纸电台屡次介绍的著名美容化妆师，请教由美变丑的妙方。上帝，是变美为丑，而不是变丑为美，一字之差，乾坤颠倒！开始，欧阳大姐还以为是笔误，及至揣摩信的全文，结论依然磐石般不可动摇。顿时，这位阅历丰富的美容化妆师瞠目结舌了。她自从领到营业执照独立创办省城首家美容厅后，还从未遇到过这样的古怪事。多少妙龄少女因为天生的一点点小小缺陷而云集美容厅，割出双眼皮的，修长修细弯眉的，矫正微微翘起的鼻子的，弄齐弄匀参差不齐的牙齿的，去掉脸上粉刺和疱痘的……经过她妙手回春，顿时姿容绝妙。连古老的《诗经》里尚且高唱"窈窕淑女，君子好逑"哩，将要步入二十一世纪的当代女性，哪一位不把自己的容貌看得如生命般珍贵？唯有这位东山里的女人，居然要变美为丑，这不是神经错乱是什么？

欧阳大姐陷入迷惘。

偏巧省电视台邀请她去长白山参加一部电视剧的拍摄，负责人物造型和服饰妆容设计等工作。她心里悄然一动，不是正好可以趁此机会寻找那疯狂的写信人弄清事情的原委吗？

可惜这茫茫的东山里，要想寻到她的蛛丝马迹，恰似瀚海寻针。正没头绪呢，这不期而遇的"清风客栈"无意中给欧阳大姐带来一线希望。

欧阳大姐加快脚步，随着那些说说笑笑的男女走去。

二

白昼的痕迹全部消失了。散散落落的灯火，像若干个坐标点，模模糊糊勾勒出清风岗的轮廓。最先传来几声狗叫，紧接着狗叫声便响成一团。不远处悬吊的四个大灯笼，使这些心惊胆战的旅客神情为之一振。突然，当当当的锣声筛响，仿佛戏曲舞台上开幕前的敲打。手拎铜锣的显然是位丰满的中年妇女，她可着大嗓门吼唱："住店旅客听清，本栈为您接风，吃住都很方便，价钱合理公平！"

那些艺术家们欢呼着拥进客栈大院。他们惊奇地打量着一间间充满关东情调的房舍，惬意地将那酸麻的脊梁和大腿贴在那暖烘烘的铺着苇席的大炕上。唯有欧阳大姐没露声色，将行囊和随身携带的什物交给同屋女伴，便和"清风客栈"女主人聊起天来。大概是出于职业习惯，也可能是受那封奇怪的信所驱使，欧阳大姐不由得仔细瞧瞧女主人的相貌。这是一张司空见惯随处可以出现的面孔，平淡无奇。鰲黑的脸色在灯下透出绛红。皮肤很粗糙，显示出山风的痕迹。眉毛倒有几分清秀，烘托着那双热情善良的眼睛。毫无疑问，她是一位精明能干的女人，但绝无那种令人怦然心动的姿色。也许在她年纪轻时曾经透出几丝妖媚，但很快被岁月的雕刀剔除无遗了。这样一位够不上美的女人还能想出什么变美为丑的荒唐念头吗？即使她需要自己变丑，也无须借助化妆师的帮助，因为她原本就已经很不俊俏哩！

那么谁是那封信的撰写人呢？为什么信中隐隐透出"恨死清风岗"的感觉呢？显然与清风岗有某些微妙的联系。

欧阳大姐陷入沉思。

"哦，这位大妹子，尝尝！"客栈女主人将一堆五香南瓜子捧到欧阳大姐面前。

欧阳大姐笑了："你叫我什么？"

"大妹子呀！"女主人奇怪地耸耸眉毛。

"你多大年纪？"欧阳大姐轻轻嗑开一粒南瓜子。

客栈女主人眨眨眼睛："你问我年纪？不多不少四十四，属鸡！"

欧阳大姐笑着将瓜子皮轻放在桌上："真巧，我也属鸡！"

"你也四十四岁？"

"不，我比你大十二岁！"

"啊？简直太不像了！"客栈女主人惊愕地望着欧阳大姐，连连叹道："难怪说城里人面嫩，我寻思你四十刚出头哩！"

"这回该我叫你大妹子啦！"欧阳大姐随和地笑着，"哦，说了半天话，我还没问你姓什么呢？"

"娘家姓李，婆家姓赵。"

"哦，不对……"欧阳大姐记得写信人落款姓"柳"。

客栈女主人惊异地瞪大眼睛："你说什么不对？我真的姓……"

"噢！"欧阳大姐失声笑起来，"我想找一个人，我是说她的姓……"

"你找的人叫啥名字？"

"柳三月！"

"什么？"客栈女主人吃了一惊。还没容她作声，一个头发乱蓬蓬的邋遢鬼嬉皮笑脸地将门推开冲她喊："嫂子！"

"啊？冯五，你怎么还不走？"客栈女主人皱皱眉头。

神偷冯五得意地："我赢钱就走，你家赵哥会骂我不仗义！"

客栈女主人啐了一口："都是你们这些红头绿尾巴的苍蝇将他熏坏了！"

"哎，你别冤枉好人哪，若不是赵哥有那间……"

"嗯？！"客栈女主人狠狠瞪他一眼。

冯五瞅瞅欧阳大姐，又瞧瞧女主人："嫂子，赵哥多咱回来？"

"谁知道？破车坏道上了。"

欧阳大姐心里一动，忽然明白那车主和这位客栈女主人竟是夫妇。

神偷冯五胡乱抓起一把南瓜子边嗑边吐皮边说："我早跟赵哥说过，别因为个娘们跟老三闹僵了，怎么样？老三一走，啥事不得老哥自己干？"

"唉！"客栈女主人悲哀地叹息着，"我可真舍不得老三走，他不在，这客栈塌了半边天！"

"也不错啊，老三挺走桃花运，拐跑那么个俊妞儿！"冯五酸溜溜地咽口涎水，大概南瓜子皮把嗓子眼儿卡住了，憋得满脸涨紫咳嗽老半天才呼出一口气。

"该！看你还说阴损话不？"客栈女主人狠狠地骂着。

冯五面皮渐渐恢复了先前的颜色，他鼻子里喷出一串"哼"："若不是我冯五，你家老三那恶面模样，能捞到柳三月那样嫩的鲜货？"

欧阳大姐和客栈女主人不约而同地"啊"了一声。

客栈女主人盯住冯五："你说什么？"

神偷冯五掩饰地发出嘶哑的笑，岔开话题："嫂子，赵哥回来，叫他去老地方找我们！"说着摇摇摆摆地走了。

这间专门办理住宿登记退房结账的方寸小屋霎时寂静起来。

欧阳大姐沉默半晌轻轻问道："大妹子，这个柳三月是你兄弟媳妇？"

客栈女主人反诘："你认识她？"

"不！"

"那你怎么知道她的名字？"

"她给我的美容厅来过信。"

"做什么？"

"她想把自己的容貌变丑。"

"什么？"客栈女主人好像没听明白。

欧阳大姐又略微详细地解释了一遍。

客栈女主人呆住了。过了好一会儿，竟从那善良的眼睛里流出两串泪珠……

三

扣儿——柳三月那天傍晚跳下悬崖没死，多亏了那些崖缝间长出来的藤条。那柔韧的藤条如数条绳索，沿着峻嶒的山身爬，围着嶙峋的山石转，爬来爬去转来转去，盘头错尾交织缠绕，最后竟结成一面巨大的藤网，紧紧贴住断崖下的峭壁。当扣儿双脚悬空落下时，在半山腰处就被藤网截住了。也是她身体轻盈，晃悠了老半天，头部竟卡在两块突起的石头之间。当然，她早已人事不省昏厥过去。

客栈女主人急坏了。她虽然明确意识到扣儿继续留在"清风客栈"，已经对她构成潜在的威胁，可是她在没想出理想的去处前，是不会叫扣儿离开的。何况扣儿的姨父姨母已经把扣儿的户口关系转来，足以证明扣儿先前对她说的全无丁点儿虚诳。多么好的女子，可惜竟那样命塞时背。客栈女主人暗地盘算，准备馈赠扣儿一大笔钱款，算是对她在"清风客栈"这段时日勤苦劳作的酬答。谁知转眼工夫扣儿竟不见了。她是不辞而别了呢还是另有打算？当这个念头在客栈女主人的脑海中掠过时，她的头皮唰唰发麻。她见过多少受了凌辱的女孩子愚蠢地轻生，难道这个如花似玉的姑娘也想走这条绝路？客栈女主人越想越恐慌，她匆匆忙忙将办理住宿手续的小屋锁好，踉踉跄跄径奔客栈后面的山林中寻来。她很想敞开喉咙喊，又怕惊动那姑娘。万一扣儿横了心，听见她的呼唤，反倒有可能加速寻短见。客栈女主人只好东听听西瞧瞧，深一脚浅一脚地在浓重的黑暗里寻寻觅觅。

吱吱嘎嘎的破汽车行驶声隐隐传来，客栈女主人知道小叔赵鬼回来了。她急忙从斜刺里穿过去，跌跌撞撞地跑到那条蜿蜒起伏的山路上，气喘吁吁地呼喊着小叔的名字。

赵鬼一阵手忙脚乱，刹住了那辆破车。然后他瞪着那双牛眼，吃惊地望着车灯光柱里的二嫂。

"老三，快！"客栈女主人上气不接下气，"快去找扣儿姑娘！"

"啊？她怎么了？"赵鬼忽地从驾驶楼里蹦出来。

客栈女主人用手按住胸口，断断续续地："一两句……说不清楚……你快跟我……去找人！"

赵鬼迅速熄灭了车灯，随即那发动机的声音也倏然消失。叔嫂二人循着山坡，拨弄着荆榛，几只松鼠被惊动，嗖嗖地蹿上参天大树。若在这偌大的方圆地面，又是如此漆黑的夜晚，寻找一个执意要见上帝的姑娘，那无异于大海捞针。叔嫂二人一直寻找到东方泛白，才影影绰绰发现扣儿悬挂在那藤条编织的罗网上。

客栈女主人哭出了声。

赵鬼忙叫道："二嫂，你千万别出声，惊动了她，她一使劲，啥都完了。"

"那怎么办？"

"你赶快回去拿煞绳来，我在这里候着！"

客栈女主人去了。

赵鬼轻捷如猿猴，攀着峭壁的石棱，一点一点落到崖底。他瞧了瞧扣儿可能落下的垂直方位，将那烂草树叶尽量往一处堆放。他拼命地划拉着，手指肚被棘刺划破，全然不顾，他只是按照他自己的想法，竭尽全力将那人工"海绵垫子"铺得厚些再厚些，以便那妹子从崖上跌下来，不致跌伤筋骨。

客栈女主人抱着大煞绳回来了。她瞧见小叔在崖底下忙碌，不敢喊，怕惊动扣儿，便抓起一粒石子朝崖下掷去。石子好半天才发出回声，赵鬼会意，又猿猴般爬上崖顶。

"你在底下做什么？"客栈女主人瞧着小叔将煞绳拴在一棵大树上，忍不住低声问。

赵鬼用力拽拽煞绳，放心地抬起头："我怕她等会儿挣脱，掉下去摔坏了！"

"唉，要是你二哥也像你这么好心眼，怎么会出这种事！"

"什么？"

"唔，我说啥了？"客栈女主人自觉失言，支吾着，"哦……老三，该去救她了！"

赵鬼扯着大煞绳出溜下去。二嫂的话虽使他陡生疑惑，但他此刻来不及多想，那昏厥过去的扣儿姑娘正等着他去搭救呢！

赵鬼小心翼翼地蹭到扣儿身边，发现她的两条腿都被藤条缠住，脑袋夹在两块石头中间，中间部位都悬在空中。他暗忖如果先将她脚上的藤条弄开，很有可能大头朝下跌落，虽然有烂草树叶接着，但毕竟太高，很容易发生意外。最稳妥的方法是将她整个抱在怀里，然后再把那些藤条弄开，一点一点落到崖底。虽说他抱她不大灵便，但有大煞绳做安全带，肯定万无一失。

赵鬼开始按照自己的想法行动了。

蓦地，他浑身像被雷电击中，竟灼热地燃烧起来。

他瞥见扣儿的胸衣被藤条划开，那白洁如玉光滑细腻的胸脯赤裸裸地显现出来。尤其使他呆痴的，是那两个高高耸起的乳峰，在黎明的色调里轻轻颤动，而那两粒紫红的乳头恰似两颗熟透的红樱桃。赵鬼使劲闭上了眼睛。他的身体仿佛在向崖谷坠去。天，他何曾如此清晰如此亲近地偷觑过女人的胸脯？尤其是扣儿这样美丽姑娘的胸脯！他觉出了一种犯罪似的愧怍，一种愧怍后的快乐，唯其这种快乐又加重了那种愧怍，而那种加重了的愧怍却怎么也排遣不掉这难以言传的快乐。

"老三，你发啥愣啊？"客栈女主人见赵鬼已靠近扣儿，便不再害怕把扣儿惊醒。

赵鬼从呆痴状态猛地清醒过来。他不再犹豫，将扣儿软绵绵的身体抱在怀里，费了好半天劲将那些藤条解开，脚跐崖壁，缓缓落下崖底。当他双脚刚一接触地面，身子就软塌塌瘫下去。

扣儿还没苏醒。

四

扣儿醒来时，已经是阳光明丽的中午。她躺在"清风客栈"女主人的房间里，仿佛从一次险象环生的噩梦中醒来。她神思恍惚地望着慈眉善目的客栈女主人和凶眉恶目的赵鬼，突然回忆起那发生在先前的事。据说凡属自杀者，一旦意识到死神降临，那求生的本能即会使他产生懊悔，但是迟了，死神狞笑着将他带到另一个世界。假若有谁恰好将他从死亡之谷中救出，那么他便陡然萌生一种莫名的喜悦，而且常常不再重复那愚蠢之举，尽管那行为很壮观。当然，凡事都有例外，也有那一而再再而三寻求死亡者。那就只有另当别论了。

扣儿是属于哪一种呢？连她自己也说不清楚。不过她的潜意识似乎在鼓励她，既然她没掉到悬崖下摔个粉身碎骨，她就应该珍视这再生的机遇。她活着仅仅是为了那负心人的爱吗？既然那爱如此不可信赖，说明那爱原本就不那么神圣，何必值得她去以死报偿呢？退一步，假如当初在鸡鸣岭遇到的是别人，自己不也要离开那闭塞之地吗？她追恋田牛，与其说是追求爱情，不如说是追求另一种生活方式，而那负心冤家不过是充当载体罢了。扣儿虽然不会用类似的语言表达自己的思想，但她的潜意识认为就是这么回事。

不过，尽管她朦朦胧胧地感到这些思绪在暗暗流动，可那负载其上的感情浪头却一个接一个，在她的心湖上拍击冲撞！她不敢回想和田牛在一起时的场景，她很想把过去的事情全忘掉。可是神经系统很奇特，你越想忘掉你所忌讳的人或事，那恼人的形象或情景偏会像影子般地尾随你出现，你无论怎样驱赶都无济于事。相反，你理智上不想忘掉的事情，你无论怎样努力，有时也会模糊淡忘。人活着真艰难，不但要受衣食住行的摆布，还要受喜怒哀乐的捉弄，人活着为什么那么不自由呢？扣儿心里酸酸地叹息着，那眼泪不经意地涔涔流出，濡湿了那浓密纤长的眼睫毛。

客栈女主人脸色很尴尬，虽然她还不知道扣儿直到现在也不晓得那潜入她房间的色狼是谁，但作为赵寒的妻子，客栈女主人难免像做了一件见不得人的事，那心里的滋味也又酸又涩。

"他妈的，我非把这王八蛋查出来，我要叫他挂挂彩！"恶面赵鬼凶狠地骂着，那脸上的狰狞越发令人感到毛骨悚然。

客栈女主人激灵打了个寒战，她后悔不该把那件事告诉小叔，尽管她没将对丈夫的怀疑说出口，但纸里难包住火，万一真相大白，疾恶如仇的小叔没准会干出什么事来！

扣儿却将眼睛紧紧盯住赵鬼的厚嘴唇。那嘴唇虽然很难看，却连个痘印都没有。显然对他的怀疑可以排除了。扣儿隐隐有一种欣慰，她希望自己心目中的好人都是真实的形象，没有被欺骗。然而她的欣慰很快消逝了，她瞧出了客栈女主人怏然不乐的神色，难道她也知道了那客栈老板的丑行吗？哦，为什么一定是客栈老板干的呢？扣儿忽然对自己的判断产生了动摇。

赵家人都那么可亲，尤其那位客栈老板，她无论怎样虚构都塑造不出一个丑恶形象。没准是哪位旅客干的呢！山大兽多，店大人多，天知道哪个坏种偷偷打她的主意！至于怎么进入厨房怎么进入她的房间，虽然她无从猜测，但贼人都是胆大艺高，什么难以想象的事情做不出来呢？

"你说，那小子什么模样？"赵鬼气得直喘粗气。

客栈女主人叹口气："算啦……"

"算啦？把个大姑娘逼得寻死跳崖，就算啦？"赵鬼偷偷瞥了扣儿一眼。

扣儿心里一热。恶面大哥哟，你怎么能知道我跳崖的原因呢？那野兽的暴行固然能使扣儿愤恨，但愤恨只能导致报复，不会导致绝望，不绝望怎么会跳崖呢？真正使她跳崖的原因只有她自己心里清楚，可是能跟这位恶面大哥说吗？

赵鬼依旧余怒不息，追问那色狼是谁；客栈女主人百般遮掩，不断岔开话题；唯有扣儿暗暗盘算怎么办。她现在最希望那位客栈老板不是那潜入她房间的野兽，如果那样，她依然可以留下来。怎么证实呢？当然还得从那人被咬伤的嘴唇上验证核实。扣儿很想把那人嘴唇被咬伤的事告诉他们叔嫂俩，可她又担心万一真的是客栈老板赵寒，那局面可就难堪了。

扣儿终于没有说。

假若事情就此完结，那危机似乎已经解除了。可是客栈女主人犯了寻思。如果现在就将扣儿打发走，那恶面小叔一定要追问究竟。如果不把这层窗户纸捅破，还叫扣儿留在客栈，谁敢保丈夫能死了那条心？若不，干脆等小叔怒火平息后，对他悄悄说穿这件事，一奶同胞手足兄弟，无论如何也不会因为一个毫不相干的女人反目成仇吧？

客栈女主人暗暗打准主意。

<h1 style="text-align:center">五</h1>

"老三……"

"嗯？"

"跟你说个事儿！"

"嗯。"

这是两天后的早晨，赵鬼正要发动那辆破汽车往山里去接送旅客，"清风客栈"女主人把他叫到屋里，随即轻轻关上了门。

"什么事？"赵鬼有些奇怪，他发现二嫂的神情有些异样。

客栈女主人迟疑地瞧着小叔："你今天去不去大哥那儿？"

赵鬼摇摇头："我懒得瞧大嫂那副脸子，好像是去跟她要钱似的！"

"你今天无论如何得去，求大哥帮办一件事。"

"哦？"

"他那矿里不是有缝补衣服的服务部吗？请他给安排个合同工。"

"给谁安排？"

"她。"

"谁？"赵鬼仿佛没听懂，眼睛紧紧盯住二嫂。

客栈女主人回避着小叔的目光，声音略略低了些："这你还不明白吗？就是她呗！"说着，用嘴朝扣儿歇息的房间努了努。

赵鬼怔住了。

"老三，你怎么啦？"

"哦，没什么！"赵鬼失神地瞧瞧门外，皱皱眉，"为啥叫她走？咱这客栈又不是不用人！"

"你难道没看见吗？她那么风流，招蜂引蝶的，迟早还得出大事！"

"咱们替她多留神呗！"

"那也没用。"

"晚上我打更，我看谁他妈敢打她的坏主意。"

"老三……"

"嗯？"

"二嫂跟你说个事儿，你可不能急眼！"

"你说吧！"

客栈女主人叹口气，眼睛突然湿润了，弄得赵鬼既莫名其妙又心绪焦躁。在他不断溜的追问下，她才吞吞吐吐闪烁其词地将看见冷窖榆木盖被挪动因而怀疑是丈夫所为的心事说出来。

赵鬼的脸唰地真变成了鬼脸。倘若不是那张脸的肤色原本就那么黝黑，那不时显现其上的青红蓝紫，说不定会怎么斑驳可怖，叫那位惴惴不安的客栈女主人胆战心惊呢！可惜她忽略了小叔那情感和心理上的变化，依旧断断续续地告诉他：她偷偷问过扣儿，扣儿说那人长的两片厚嘴唇被咬伤，客栈女主人去那间地下室借故找丈夫商量事，果然发现丈夫嘴唇肿得老高，连送去的稀粥都不敢喝，也不敢到地面上见人，还谎说是跌跟头被树茬戳伤的。客栈女主人黯然神伤地叹息着："我只寻思他也就要个钱什么的，谁承想他还有这毛病？俗话说，家丑不可外扬，臭肉不可往外扔，连我都咽下了这口气，你们哥兄弟还有啥说的？老三，我跟你说的意思，是叫你同意把那姑娘打发走，咱给她找个安身的地方，再多给她俩钱儿，也算对得起她了！"

"好个贤惠的嫂子！"赵鬼连声冷笑。

客栈女主人心头一惊："老三，你要干什么？"

"我去把他废了！"赵鬼大声吼着。

"老三！"客栈女主人惊慌地去拽小叔，那恶面大汉早一个大步蹿出去了。

客栈女主人急得乱喊，惊动了客房里那些形形色色的旅客。人们纷纷跑出来，随客栈女主人朝客栈房后蜂拥而去。然而谁也没看见那爆发在秘密地下室里的兄弟格斗。

客栈女主人急得团团转，却又不敢去钻那树洞。众目睽睽，岂不等于把那赌局败露了？岂不等于把丈夫往"笆篱子"里送？客栈女主人虽然也恨丈夫不走正道，但真要那么做，她还不情愿。她毕竟是个善良的山里女人，她有她的处事原则。

约莫过去个把钟头，那看热闹的男女外乡客见没有什么可看，便都索然无味地回去了。只有扣儿，挣扎着从炕上爬起，面色苍白地一步一步移到客栈屋后，看见客栈女主人正坐在那里抹眼泪。她还没有走到客栈女主人身边呢，猛不丁地从远处那棵古老奇特的大树上钻出个人。扣儿吓了一跳。凝神细看，却是恶面人赵鬼。

"你这个浑蛋！"客栈女主人猛地跳起来，哭骂着奔过去，扬起巴掌就扇在小叔那黑里透紫的鬼脸上。

扣儿吓呆了，忙紧紧闭上眼睛。

赵鬼竟纹丝没动，任凭嫂子哭骂扇打。

客栈女主人忽然瑟缩着肩膀哭起来。

赵鬼低低地："二嫂，你气出了？要没出尽，再扇我几下！"

客栈女主人索性放声大哭。

扣儿老远呆愣着，不知怎么办好。

一抹霞光透过扶疏的枝叶缝隙，筛在赵鬼的脸上，竟使得那副令人恐怖的模样平添几缕温和。他抬头瞧了瞧扣儿，又瞧了瞧客栈女主人，声音突然变得很激昂，虽然有些嘶哑："二嫂，他叫我揍了一顿！一没伤筋二没动骨，皮肉可能疼些，谁叫他做那伤天害理的事了？"

客栈女主人吁了口气，她还以为小叔把丈夫弄残了呢！如果知道只是教训教训那冤家，自己哪能对小叔发这么大的火？一种说不出的悔恨使她又哭出声。

"二嫂，你先别哭！"赵鬼走过去，"这些年你对我的恩情，我赵鬼走到哪里也忘不了！"

"老三！"客栈女主人惊叫着，"你要去哪里？"

"我不能跟那衣冠禽兽待在一起！"赵鬼怒冲冲地吼着。

"老三，你不能走，你这不是拿刀子插嫂子的心窝吗？"客栈女主人哽咽不止。

扣儿也忍不住哭出了声。都是因为她，才惹出这些风波。

"哭什么！"赵鬼厉声吼着。

两个女人果然都缄默了。"二嫂！"赵鬼喘了口粗气，"我这熊脾气你不是不知道，我顶看不惯那路事，他又是我哥哥，若再叫我知道了，还得揍他！可我……我也不愿揍他啊！"

"老三……"

"二嫂，你叫我走吧！"赵鬼突然双膝弯曲，跪在客栈女主人面前。

客栈女主人泪如泉涌转过脸去。

赵鬼倏地爬起，扯开大步就要离去。

"大哥！"扣儿哀哀叫着。

赵鬼收住了脚步。

"你带我走吧！"扣儿低低说着。

"不！"赵鬼仿佛被火烫了一下，倏地失声叫起来。

"你要不答应，我还去死！"扣儿说着，又往先前那堵断崖的方向跑。

客栈女主人惊得大叫："老三！"

赵鬼如梦方醒，几步撵上扣儿，一把抓住她那削肩，痛得扣儿倒吸一口凉气。

赵鬼轻轻松开了手，低低地："愿跟我去遭罪，快回去拾掇东西！"

扣儿眼泪唰唰流出来……

六

欧阳大姐见客栈女主人只是默默地流泪，不免有些诧异："大妹子，你?"

"哦，瞧我！"客栈女主人不好意思地抹抹眼角，"想起啥伤心事，眼窝都发酸！"

"这么说，柳三月真和你是妯娌？"欧阳大姐待她平静些了，小心翼翼地问。

客栈女主人摇摇头。

"咦？头会儿那个人不是亲口这么说的？"

"你信他？也不知从哪儿钻出这么个赌鬼，还住下就不走了！"

"哦，是这样。"欧阳大姐若有所悟，"你知道她在哪里吗？"

"东山里。"

"我问的是具体地址……"

"东山里嘛！"

欧阳大姐嘴角漾出苦笑："你还不如说在东三省呢！"

"噢？你还不相信？"客栈女主人扬起两道粗眉，"你若不信，就往东再走三百里，到我大伯子的煤矿问问，看看她跟我小叔都在不在那儿？"

"哦？那煤矿叫什么名？"

"东山里煤矿呗，就像我这儿叫'清风客栈'一样。"

欧阳大姐恍然大悟："噢，'东山里'原来是地名，不是泛指？"

"啥？'繁殖'？那里出产煤，除了煤啥也不繁殖！"

欧阳大姐忍不住笑起来。她很兴奋，终于找到了柳三月的下落。这时候，她才觉出肚子里有些空虚，忙告辞客栈女主人，回到那间暖烘烘的女客房，泡了碗鸡汁方便面，便宽解衣着歇息了。

翌日。

尽管那些艺术家们对乘坐"清风客栈"老板亲自驾驶的破车噤若寒蝉，但他们又惧怕那五十里山路对脚底板的摩擦，只好硬着头皮坐上那辆吱吱嘎嘎的破车，提心吊胆地瞧着绵延的山脉浩瀚的林莽，从起伏不平的山路两侧向后缓缓移去。

谢天谢地，总算到达安全地带。一辆昨天用电话联系好的林业局漂亮的大客车，静静地停在路边。中年导演和那林业局派来的人接上了头，便吩咐摄制组人员尽快行动。几分钟后，这辆大客车就快速地行驶在越来越平缓的山间公路上了。欧阳大姐眯着一双秀目，盘算着怎样去"东山里"煤矿见柳三月，而又不至于耽误摄制组的工作进程。

"大姐，你要寻找的人，有着落了吗？"中年导演轻声问。

欧阳大姐睁开眼睛，有些淡淡的忧郁："着落虽然有了，时间却怎么也安排不开。"

"她住在什么地方？"

"'东山里'煤矿。"

"唔。"中年导演将硕大的脑袋往座背上一靠，微闭双眼，似乎在盘算着什么。过了好长一段时间，他兀地睁开眼睛，侧过脸望着欧阳大姐："咱们可以去矿区拍几场戏！"

"那怎么行？剧本里也没提供矿区的环境啊！"

"没关系，那都是主人公活动的背景。咱既然要写一个流浪汉的故事，那他到哪里都无关宏旨，相反，生活场面丰富一些，反倒对表现主题大有益处！"

"是吗？那你可救了大驾！"欧阳大姐简直喜出望外了。

中年导演摇摇头："不过，只能在那里停留一天，耽搁了，就拍不成天池雪景了！"

欧阳大姐遗憾地叹息着："你总是喜欢制造悬念，不过这样我也得满足了！"

大型客车很快按照中年导演的意图，抛开先前的山间公路，沿着另一条依旧那么崎岖的山路，朝"东山里"煤矿开去。

大概最集中最鲜明地显示季节嬗替的地方只有这莽莽苍苍的山林了。虽然每棵树木每根枝条刚朦朦胧胧见出依稀的绿意，但那一根根枝条一棵棵树木连缀成无边的林海时，那朦胧绿意便氤氲弥漫越看越浓了。已经不那么冷冽的风儿徐徐吹动着无数棵树的无数根枝条，那绿意像水波潋滟像流雾飘荡，那么生动，那么优美，那么抒情。数不尽的鸟儿藏在山林里鸣啭，似乎对春日的姗姗来迟有些不耐烦，不时旋风般飞起一大群，在那明净清新的天空中兜几个大圈，又眷恋不舍地重新飞回那酝酿春天的山林里。这些自然界的精灵，大概经过一番高空侦察后，发觉还是这里春意葱茏吧？

大型客车豁地驶进一座山谷。那涌进视野的煤矿内司空见惯的情景，使欧阳大姐陡然生出一种不安，那个叫柳三月的女人果真就在这里吗？会不会又扑个空呢？

七

很快发生的事情证明欧阳大姐的担心是毫无必要的。

　　无须泼洒笔墨去描述那些艺术家们怎样惊愕地浏览这人工小煤窑遍布矿区的情景，也无须浪费纸张去涂抹那位中年导演怎样调遣他的剧组争分夺秒地抢拍镜头，这些都无关宏旨。对于欧阳大姐来说，最欣慰最惬意的，是她终于在那排临时搭成的矮趴趴的工棚内，见到了她寻找了多少天想象过多少遍的柳三月。与她最初的臆测相反，写信人既没神经错乱也不痴茶呆傻，居然是位顿时叫她瞠目结舌的乡间俊女子。

　　欧阳大姐不敢相信自己的眼睛。

　　她从小生在艺术世家，父母兄弟姊妹都在艺术团体就职。她自从毕业于美术学院后，曾一度在省城歌舞剧院从事服装设计和人物造型、化妆等工作。什么样的天姿秀色她没见过？即使在她离开歌舞剧院承办美容厅后，哪一天不是满眼佳丽倩影？只是美色见得多了，便会熟视无睹。即使在常人眼里相当标致的女人，在欧阳大姐眼睛里，也不过平平常常，丝毫引不起她的新奇和赞叹。很多人都说她眼光太高，说她审美标准太苛，能使欧阳大姐认可的美女，几乎寥若晨星。难怪那次选拔时装模特活动都没敢请她这位权威参加评议，主办者大概是害怕她这位美容界专家把那些还很不错的靓女选掉吧？

　　然而现在，欧阳大姐竟盯视着柳三月好长时间没作声。

　　爱美是人的天性。尤其欧阳大姐，出于职业习惯，对美的造型美的形象更是爱得痴迷爱得执着。她搜索枯肠，想不出用什么语言来描绘柳三月的容貌。她觉得以往那些名词术语都嫌陈腐庸俗，用什么准确的符号，能把这大自然灵性和活力创造的奇迹，惟妙惟肖地表现出来？倘若用并不具体的虚词来概括，她首先想到了"自然天成""恰如其分"这两个词。究竟怎样"自然天成"怎样"恰如其分"？她无法说清。她只是觉得，就是眼前这鲜活样子，如果稍差分毫，那也就不是这个样子了。这不是欧阳大姐矫情，她就是这么个感觉。也许别人见到柳三月是另外的感觉，但那代替不了她的感觉。这或许就是那条美学原理：同一美的事物，包括人，在不同层次的审美者眼里，会有层次不同的审美体验吧？

欧阳大姐先前很自信。她很相信自己变丑为美的能力。她更相信现代科学提供的美容条件，能够夺天地之造化。实际生活中，有多少平庸的面孔，经过她的修饰加工，变得娇媚生动了啊！难怪人们尊称她是美的天使，她丝毫也不感到惶悚。然而现在她隐隐有些不安了。面对这如此不着丝毫矫饰痕迹的丽容天姿，欧阳大姐开始怀疑那些防皱霜美容膏护肤脂等化妆用品的功效，它们能制造出这么个活脱脱的乡间维纳斯吗？

欧阳大姐不禁感慨：美的真谛是自然，是神奇大自然造就的精灵！

扣儿——姑且还是这样称呼她吧，这个名字使我们能勾起对她从前的记忆——见眼前这位城里来的不速之客一个劲儿地端详她却不说话，就有些奇怪。她脸儿虽然泛出红晕，但心里并不慌张。她经历了许多变故，再不是鸡鸣岭那个一见生人就脸红的少女了。她用一把编织精巧的小笤帚，轻轻扫着那本来已经很洁净的小土炕，抿嘴一笑："坐呀，我们这屋挺窄巴！"

欧阳大姐将旅行袋缓缓放在炕席上。大概是扣儿那句"我们"使她忽然想起什么，随即又仔细观察着这顶多有九平方米的小矮屋。显然这屋里还住着一个人，从那行李卷的铺排上能够感觉出来。不过那另一个行李卷却铺在靠墙的一张用木板搭成的大床上。小炕一头垒一炕墙，墙外是一个小灶台，灶台上锅碗瓢盆刀勺刷帚一应俱全，都擦拭得晶明透亮不沾一丝污垢。这分明是一个简陋的小家庭了。只是这绝色女子跟谁组成了家庭呢？是那位"清风客栈"女主人的小叔吗？如果是他，该是怎样英俊魁伟的"白马王子"呢？

欧阳大姐正暗暗思索哩，传来咚咚敲门声。

扣儿忙起身去开门。

门开处，低头弯腰进来一条大汉。

欧阳大姐不禁吓了一跳！

天，这是人还是鬼？怎么长出这副凶狠的嘴脸？原本就很黑的面孔沾满了厚厚一层煤屑，使得他的全部面孔上除了两个眼球略显青白，其余部分都淹没在黑黢黢的色素里了。他显然发现了欧阳大姐，愣了愣，随即疑惑地瞧扣儿："这位同志……"

"哦，我是省城美容厅的……"欧阳大姐刚要说明来意，不料那俊女子眼睛一亮，忙岔开她的话头："她路过咱家，想顺便歇歇腿！"说着偷偷递给欧阳大姐一个眼神儿。

欧阳大姐被弄糊涂了。她何曾说过自己是进屋来歇腿的？她还没正式和这位俊女子交谈哩！

那满脸煤屑的恶面人，抓过湿毛巾擦了把脸，露出腮旁嘴角的虬髯，瞪圆那对牛眼盯住欧阳大姐："外边来了一伙花花绿绿男女，听说是……"

"拍电视剧的！"欧阳大姐微微一笑，她隐隐约约觉得那女子在暗示她不要把来这里的意图说出来，也许是害怕这恶面人知道？她踌躇一下，索性将那双簧演下去："我是管布景的，想到你们这工区内看看房间的摆设。"

"噢！"那恶面人疑虑顿消，随即驴子般嘎嘎大笑起来，"我这屋里穷嗖嗖的，有啥看的哟！"

欧阳大姐意味深长地瞧了瞧扣儿："可你这屋里有个漂亮媳妇呀！"

恶面人脖颈腾地涨成紫褐色，脑门上也暴凸起几道青筋，他虎着脸瞪着欧阳大姐："你要不是新来乍到，我就把你从这屋轰出去！你要明白，她，是我的妹子，永远是我的妹子！"

"赵哥！"扣儿那明亮的眸子似乎有泪花儿在闪。

恶面人——显然是"清风客栈"女主人的小叔赵鬼，冲欧阳大姐笑了笑："你要不嫌弃，今天晚间就和我妹子做个伴，我就不用回来啦！"

"赵哥！"扣儿仿佛在向他哀求什么。

"妹子，好好招待客人！"赵鬼说着，大步走出去，消失在白茫茫的雾气里。

欧阳大姐微微蹙起了眉头。她倒不是因遭那恶面人几句抢白而懊恼，她困惑的是这两个相貌有天壤之别的青年男女到底是什么关系。真像那恶面人说的那样，她永远是他的妹子吗？既是妹子何必强调"永远"？难道世上还有不是"永远"的妹子吗？既是妹子，为什么他姓赵她姓柳？既是妹子，为什么兄妹的容貌相差那么悬殊？就算是"一母生九子，九子各不同"吧，也不会一个俊得如花似玉另一个却恶得如妖似鬼呀！那么，说他和她是夫妻？也不尽然。不必从相貌上判断那几乎没有一丝可能的可能性，就从那行李卷的位置上也能猜出他和她的关系绝不是一对恩爱夫妻——那恶面人的形象，除非丑女无盐再生，谁能对他萌发恋情呢？然而一个毋庸置疑的事实欧阳大姐毕竟亲眼看见：这两位青年男女住在一起。难道除了夫妻关系有允许这么做的其他关系吗？也许在这偏远的东山里，居然有些例外？

欧阳大姐百思不得其解。

而使她依旧大惑不解的还是那个老问题：眼前这个绝色女子为什么要变美为丑呢？难道她不懂得女人的容貌对于女人如同另一条生命线？将自己的容貌变丑，非但违背女性的正常心理，连和人类与生俱来的本能也大相径庭。倘若不是发生了特殊的事情引发了反常的心理情绪，一切解释都无法令人置信！哦哦，对美的事物美的形象达到酷爱程度的欧阳大姐，本来就心肠极热，又肯帮助别人摆脱困境，现在偶然得知这么令人青睐的女子居然要变美为丑，她怎么能无动于衷呢？

欧阳大姐打定主意要在这低矮的小屋过夜，她要撩去蒙在扣儿心扉上的浓雾，她要窥探出潜藏在那娇美的乡间女子心底的秘密。

八

"润润嗓子吧！"扣儿不卑不亢地将一碗白水捧到欧阳大姐面前。

煤质真纯,在灶膛里噼啪作响,弄得那把大铝壶吱吱尖叫后,又咕嘟翻花了。

欧阳大姐轻轻呷了一口,好甜,显然是放进了糖。她脸上浮起笑意,略一沉吟,从旅行袋里摸出那封已经揉得发皱的信。

"不用看了……"扣儿似乎有些羞涩,"你一进屋我就知道……"

"噢?"

"城里我没亲人,没谁会来看我。"

"哦!"欧阳大姐赞赏地,"你倒挺机灵!"

扣儿淡淡地笑了。

"你还是把它收回去吧!"欧阳大姐将信递给扣儿。待扣儿默默接过那封信后,又补充一句:"我希望你把信上写的也都收回去!"

扣儿突然明白了欧阳大姐的意思,眉宇间闪出一丝忧郁:"怎么?很难做到吗?"

"你是指像你信上要求的那样,动动手术,将你这张漂亮的脸蛋变得丑陋不堪吗?"

"嗯。"

"你这是在要我犯罪!"欧阳大姐激动起来,她从来没这么激动过。"你知道吗?我的职业是搞美容的。美!你懂不懂什么是美?"欧阳大姐不停地在地上来回走动着,"我也许太激动了,可是我平静不了,我没法平静!将丑变美是我的天职,可你却要我将美变丑,你这不是……"欧阳大姐突然沉默了。

她瞧见了扣儿眼里涌出来的泪珠儿。

"对不起，我的态度太生硬！"欧阳大姐眼睛有些发涩，"也许……我还不了解你的苦衷……据我观察，是有人逼你这么做的。"

"不，是我自己情愿的！"

"你在说谎！"

"不，我说的是真话。"

"你太固执了！"欧阳大姐叹了口气，"就算你说的是真的，是你自己脑袋里生出这个怪念头，可你自己为什么不自毁面容呢？比方用刀片割，比方用火炭烧。"

"我试过了！"

"什么？"欧阳大姐倏地盯住扣儿。

扣儿缓缓低下头去："可我下不了手，我能够去死，可我不能把这张脸毁了！"

欧阳大姐笑了："是嘛，你这才说的是真心话，你的本意并不想使自己变成一只丑小鸭。说吧，是谁逼着你这么做？我可以帮助你到法律部门起诉！"

"不，你没懂我的意思！"扣儿频频摇着头，"我真心实意想使自己变丑，可我又没有办法……我在收音机里听到了你们的广告，听到了你的事迹，我就想，既然稍动手术就能够使人的容貌变美，为什么做小手术就不能把人的容貌变丑呢？你们有技术有工具，大概还有什么药物，我相信你们一定能做到！对不起，我好像记得您叫……"

"我叫欧阳姝，你也叫我欧阳大姐好了！"

"哦，欧阳……大姐，我求你了！"

欧阳大姐沉默了。她从扣儿那急促的话语中，分明感到这位俏丽绝伦的乡间女子说的都是真话。这反而使欧阳大姐陷入了更大的困惑。

"行吗？"扣儿显然有些着急了。

欧阳大姐脑子里闪过一个念头，嘴上却说："你得先跟我说明理由，为什么要这么做？"

扣儿低下头，大概是在考虑说不说吧。

"你要是不肯说，那我可就爱莫能助了！"

"要是我说了，你肯帮忙吗？"

欧阳大姐含糊其词地："那倒可以考虑！"

"好吧！"扣儿好像下了决心，她披上一件已经洗得发白的外衣，"走，咱们到外边说去！"说着用湿煤将灶膛火压住。

"为什么不在家里说呢？"

"这屋不隔音，等会儿挖煤的人都回来，该到这里瞎胡闹了。"

欧阳大姐点点头，随扣儿悄悄走出这间低矮的小屋。

已经是斜阳晚照了。乍暖还寒的风从山谷里吹过来，将那笼罩在整个矿区的轻烟薄雾驱散，露出那一座座丘陵山包、一处处煤堆、一眼眼煤洞和一排排低矮的房屋。这里显然是个不太规范的非国营性质的采煤区，虽然煤质尚好，但储藏量并不大，不值得大兴土木建设一座现代化的煤城。然而"鸡肋鸡肋，食之无味，弃之可惜"，县政府便将这方圆几里地面的采掘面划归了离此二十里的东山镇，镇委秘书赵穷自告奋勇，当上了这座镇办企业的经理。这赵穷，脑瓜活泛，耳目灵通，张榜贴告示，招聘临时工合同工，计件算工资，谁有胆量去井下往上背煤，除令人垂涎的基本工资外，另加背煤数量奖金。号令一出，四方轰动。居然有那来自河北山东辽宁等省的现代盲流，蜂拥而至。那一排排临时搭就的小屋内充满了南腔北调各种地方口音，连同先前生活在这里的地方土著，汇聚成颇有特色的杂民区。每天夜晚，那山东吕剧河北梆子东北二人转的旋律，混掺着粗野的叫骂放肆的大笑，飘荡在这生命与金钱拼死搏斗的山谷中。

一大群敞胸裂怀满脸煤粉的汉子，呜嗷喊叫地迎面走来。

他们突然发现了丽色诱人的扣儿和华贵高雅的欧阳大姐，仿佛有谁掐住了他们的喉咙，那喊叫声竟遽然消逝了。直到她们走远，才隐隐传来他们的戏谑：

"我的娘，这东北大妞咋这么浪？"

"老山东棒子，馋啦？"尾音轻轻一撩。

"你个河北老汰儿，那次你没挨赵鬼一顿狠揍？"

"他姥姥的，那丑鬼倒吃独食啦！"

"爷们别着急，阎王还有打盹儿的时候，说不定哪回运气好，咱们也尝尝鲜！"

"到时候哇，就怕你没多大尿……"

"放心吧，咱这家伙是金枪不倒！"

"哈……"

欧阳大姐影影绰绰听见了那些粗俗的笑骂，心里蓦然一动，这位美丽的村姑是不是因为怕受侮辱才萌生那将美变丑的幼稚念头？

她们登上了阒寂无人的小山顶，瞧着那轮斜阳无精打采地隐进云翳里。

九

欧阳大姐没有猜中，扣儿执意要将自己的容貌变丑，并不是由于她到哪里都有色狼色鬼的纠缠。她不惧怕这些。曾经得到死神青睐的她，早就把世事的磨难看得很淡很轻。大不了再死一次，有什么了不得呢？她已经失去了那凝聚着她全部梦想的爱，连同那爱的结晶胚胎于她腹中的精灵，也在她来这东山里的一路颠簸中失去了。她并不后悔。她先前那么珍视的爱，突然被欺骗被亵渎，就一股脑儿化成了嘲弄和讽刺。虽然她心里还深藏着难以祛除的伤痛，但那伤痛被雾一般浓重的怨恨笼罩，仿佛变得麻木变得无足轻重了。

她现在还不算一贫如洗。物质世界馈赠给她的除了身上穿的衣服外，还有"清风客栈"女主人付给她的高出常规好几倍的工资。精神世界呢？更慷慨更大方，将失望绝望痛苦痛悔怨艾怨恨……诸如此类的极复杂极微妙极丰富极难以名状的感觉统统给了她。她变得有些玩世不恭。尽管她从来没听说过这个词，但她在同赵鬼结伴东行的路上，其言谈举止心态情绪都为这个祖先创造的词做了形象的诠释。

那是她随赵鬼离开"清风客栈"的当天夜晚。

他们露宿在一片林间空地上。

　　倘若不是携带扣儿，赵鬼是绝不会去投奔大哥大嫂的。天下如此之大，哪块黄土不埋人，何必去端人家的饭碗瞧那不时飞来的白眼？

　　就因为扣儿，因为贤惠的客栈女主人再三叮嘱小叔，把这可怜的姑娘安顿到大哥说了算的矿上，他才不得不硬着头皮踏上这条弯弯曲曲的路。

　　这是一条没有公共汽车的路，来往旅客除了搭乘林业局运送木材的方便车，便只有用步量了。不是运输部门疏忽，忘记了在这三百里路途上开辟客运专线，而是这一带地面人烟稀少，又是国家重点森林保护区，便有意不设客运业务，使若干闲杂人员免于涉足骚扰。而"东山里"煤矿及几个林业局同外部的联系，全凭东部那条宽阔的露水河，冬天河面封冻跑车过爬犁，夏天则行船放木排。而从西来，只有抄近路钻山林了。

　　林中空地燃起了一堆篝火。

　　火舌舔破黑暗，显现出赵鬼的恶面和扣儿的倩影。火堆周围笼罩着颤动的光圈，光圈外是无边的昏暗。虽然从光圈内很难瞧清黑暗里的情状，但是那不断发出瑟瑟低语的树林，还是将那轻轻摇曳的身影，模模糊糊透视在昏暗之中。幽暗神秘的天空，像一张毫无表情的面孔，漠视着这两位相貌殊异而命运又有某些相似之处的青年男女。

　　赵鬼又忧郁地唱起了那支"北方的狼"，使扣儿心里陡地一颤。不过现在的感觉和初次同他见面初次听到他唱这支歌时的感觉全然不同。那时是恐惧，而现在却是怜悯。她突然觉得赵鬼和自己一样可怜。自己花容月貌，却被人诱惑被人捉弄被人亵渎被人欺骗。他呢？其貌不扬，竟断送了女人对他的青睐。他不是也有血有肉有感情有欲望吗？他为什么不能得到女人的温存？

一个奇怪的念头嗖地钻进了她的脑际。她难道不可以给他些爱吗？虽然她明知道自己并不爱他，可他值得她爱。而那曾经使她爱得如醉如痴的人根本不值得她爱。自己这副天生的娇媚既然已经叫那不值得她爱的人占有，为什么就不可以叫这值得她爱的人去分享？

她这是不是在玷污糟蹋自己？

抑或是对那负心人的报复？

她反正觉得，自己连死都豁得出去的人，还吝惜那点儿所谓的爱吗？

造物主何其不公道，将这副恶面给了这位好心的大哥，却将那副英俊面孔给了那个朝三暮四的人。

她要打这个抱不平！

也许她是发泄自己的愤懑？

"赵哥！"扣儿甜甜地叫着。

赵鬼痉挛一下，嘴里答应，眼睛却瞅向黑暗。

"你干吗老往那边瞅啊？你转过脸来瞅瞅我！"

赵鬼轻轻转过身，腼腆地抬起头。

扣儿深情地向他注视，眼睛里跳跃着大胆狂放的光。

赵鬼像被火烫着了。

扣儿咯咯笑着。

赵鬼心里热乎啦的。

"赵哥,你怎么还不娶媳妇呀?"

"我这副脸,谁敢嫁我?"

"要是有呢?你敢不敢娶?"

"你别逗我了,谁肯嫁我?"

"有一个!"

"谁?"

"我!"扣儿的口气那么笃定。

赵鬼呆住了。蓦地他像一头暴怒的狮子般跳起来,隔着火堆吼:"你……你敢要戏我?"

"不,我说的是真心话!"扣儿眼里闪跳着惊慌,她恐惧地望着面目狰狞的赵鬼。

赵鬼突然发出瘆人的驴子般的狂笑,笑着笑着,那粗亮的笑声变成了低哑的哽咽:"妹子,你的心眼儿里想啥我知道……像你这样娇嫩的女人怎么会看上我呢?你是可怜我……你的心意我领了,我谢谢你……可我用不着谁来可怜!"

"赵哥,你人好心好,脸长得丑我不嫌乎,我这条命都是你救下的,我活一天都要为你活……"

"胡说!"赵鬼简直要破口大骂了,"你是为自己活着,凭啥要为我活?"

"赵哥!"

"你再说一句我就揍扁你!"

"赵哥……"

篝火暗淡下去,林子里传来宿鸟的聒噪。远方天际露出神秘而又壮丽的曙色。他们用脚踩灭篝火余烬,又默默上路了。

约莫天将亮时，扣儿忽然觉得腹中隐隐作痛，到后来那痛越发厉害，最后竟痛得她面如纸灰汗流浃背。她终于明白自己是要流产了。她谎称自己要解手，将赵鬼支开。幸亏她怀孕时间不长，那处理流产的过程也不麻烦。当她拖着沉重的步子，满裤腿血迹地走出那片茂林时，便扑通一声昏倒在地上。

此后，她便一直被赵鬼背着……

她噙着泪儿向赵鬼袒露了全部秘密，她把他看成是人生旅途上遇到的知己。人生能有几个知己？即使你高朋满座宾客盈门，你不见得有一个真正的知己。

别看赵鬼粗人恶面，心儿却忒细。他给扣儿用随身带的大米熬粥喝，还给她猎获山兔野鸡，在篝火上烧熟了吃，晚上用宽厚的胸背给她遮风寒；不许她喝生水，不许她脚沾地自己走路，直把个从来很少得到爱抚的扣儿感动得涕泪交流。在遥见"东山里"的低矮小屋时，她又一次恳求赵鬼：

"赵哥，你娶了我吧！"

"闭嘴！"赵鬼低低喝道。

扣儿眼泪流下来："你……你嫌我？"

赵鬼叹口气，语调变得柔和多了："我怎么会嫌弃你呢？我是觉得……配不上你！"

"哪儿配不上呢？"

"你又拿我开心，还不是这张脸？"

"赵哥……"

"行啦行啦，再也不要说这件事了！"

"就一点儿也没希望了？"

"除非我变俊！"

"你要长得俊，肯娶我吗？"

"妹子……"赵鬼咽了口唾液，"生就的骨头长就的肉，怎么会变呢？"

"假如你真的长得很俊，你娶不娶我？"扣儿显得那么执拗那么任性。

她脑子里有个解不开的谜。

她想从这恶面大汉的话里求到谜底。

赵鬼搔了搔后脑勺："就是我长得俊，我也不敢娶你……"

"为什么？"

"你长得太俊！"

"俊有什么不好？"

"招灾惹祸！"

"你害怕？"

"老虎还有打盹儿的时候……万一……"

"你不要说了！"扣儿脸色阴沉下去。

谜底揭出来了，却是那么残酷。

人就不应该太美太惹眼太出众，人就应该平平庸庸浑浑噩噩地活着。

不是有那句老话：枪打出头鸟吗？

不是还有一句老话——出头檐子先烂吗？

扣儿虽然同这两样不沾边，可她美得出众，便也殊途同归。不是吗？这张俏脸曾经给她惹出多少风波？人们眼里羡慕美，行为上糟蹋美，心灵深处却惧怕美。就连恶面大汉赵鬼也如此惧怕，难道美的原野竟如此贫瘠如此荒凉吗？

扣儿的思绪还没向这个岩层流动，她只是感到一种生存的压迫，那压迫不但来自外部世界，也来自她的内心深处。她曾几次摸起剪刀想把自己的嫩脸划破，可是她战栗着下不了手，她将全部希望寄托在欧阳大姐身上……

十

"这么说，你想使自己的容貌变丑，是想嫁给那恶面大汉啦？"

"不全是……"

"你不觉得这想法幼稚可笑吗？"

"可笑什么？他说过，就因为我长得太俊，他才不愿娶我，要是我变丑了，他就没啥忌讳的了！"

欧阳大姐想笑，却笑不出声。

"你能帮忙吗？"扣儿满脸虔诚，眼神里流露出期待。欧阳大姐瞧了瞧已经接近地平线的落日，转过身望着扣儿："我真不明白，像你这么漂亮的姑娘，为什么要嫁给面目那么可怕的人呢？"

"他面目可怕，可心眼儿好，不像有的人，脸面长得漂亮，心眼儿倒可怕！"

"你这是有所指吗？"欧阳大姐觉得扣儿话里有话，不禁抬头望望扣儿。

扣儿眼里蓄满了泪水。

　　显然，这位丽人心里埋藏着难言之隐。头会儿，她虽然含含糊糊地讲了她和那位恶面大汉跋涉三百里山路的情景，可有些地方却讲得很含糊。譬如她既然流产了，就说明她已经结过婚。那么她先前的男人是谁呢？她既然想嫁给这个恶面大汉，就说明她已经和那个男人分手了，她和他是因为什么分手的呢？欧阳大姐越来越对扣儿的经历感兴趣。她脑子里不断萦绕着一个念头，她的丈夫——省城"丽丽"服装公司经理苏昊，正在着手组建一支专业时装模特儿队，假如将这位乡间淑女推荐给他们，训练半年，保准能在省城引起轰动。只是她如果和这位恶面大汉结婚，那可就作茧自缚喽！应该怎样把这层意思暗示给她呢？

　　"大姐……你愿意帮忙吗？"扣儿的眼神依旧那么执拗。

　　欧阳大姐沉吟一下："你真的爱他？"

　　扣儿答非所问："我要不爱他，大概没人会爱他了！"

　　"你这是对他的侮辱！"欧阳大姐叫道。

　　"哦？"扣儿有些吃惊。

　　"你以为你牺牲了自己，他就会幸福吗？不，只要他没丧失理智，他绝不会接受你的施舍！"

　　"那我该怎么办呢？"扣儿喃喃自语。

　　"离开这里！"欧阳大姐盯住她的眼睛。

　　扣儿却将眼光回避开，轻轻摇了摇头。她不能轻易离开这里。她不是有了栖身之所吗？她已经被安排到煤矿服务部拆缝洗涮，按量付酬。这项无聊工作在这充满原始生产方式的矿区，要算是件美差了。那些外地来的女工，是很难得到这份厚遇的，只有都到井下背煤去。若不是因为赵鬼的哥哥是这里的头儿，依扣儿的娇嫩样，连被留下都不可能。

本来，那些盲流赚了钱后，不是吃喝就是赌博，当然也有攒钱往家捎寄者。不过却极少有来这服务部抛掉那几块洗涮服装钱的。一个挖煤的临时工，连汗毛眼儿里都浸满了煤粉，还穷干净什么？这使得那些服务部的女工们轻松是轻松了，却赚不到多少钱。只是扣儿来了之后，情况陡地起了变化。这似乎有些和扣儿初到樱花镇时的情形相似。那些终日钻在煤堆里的盲流，见惯了漆黑和丑陋，兀地从视野里闪出这么个水灵灵的大姑娘，怕不把魂儿都摄去？于是每当他们从那昏暗的煤洞里爬出来，便都拎着一件件散发着汗臭的衬衫、工作服，来到越来越有魅惑力的服务部。那些心里酸痒痒的服务部女工，虽然知道这些操着各种地方口音的盲流们不是冲她们来的，但只要有钱可赚，遂个个喜笑颜开，宁肯叫扣儿少做些活，也鼓动她去前面和那些盲流搭讪应酬。

扣儿成了赚钱的广告，她并不觉低贱。扣儿从那些男男女女的眼睛里感觉出自己的存在。这种感觉稀释了先前的苦痛。她觉得自己仿佛从高空跌落地面，虽然摔得伤痛些，但毕竟比悬在空中踏实许多。她暗暗嘲笑自己当初离开鸡鸣岭离开樱花镇时的幼稚和轻率。她变得实际些了，虽然这种"实际"里蕴藏着许多消极因素，但她全然不觉。

"大姐，你肯帮忙吗？"扣儿已经第三次重复这句话。

欧阳大姐意味深长地："他不是同你住在一起了吗？还用我帮什么忙？"

扣儿的脸腾地红了："你别瞎猜，那是假的，免得别人欺侮我！"

"哦？这么说名义上你们已经是夫妻了？"

扣儿默默点点头。

其实，世界上阴差阳错的事太多了！扣儿和赵鬼奇妙地"结合"竟多亏那些挖煤的盲流。扣儿在煤矿服务部平平静静地待了俩月后，便隐隐感到有种潜在的危险在悄悄向她逼近。这信号从哪里传出的？她还不能准确说出。或许，是那些一有闲暇便拿着脏兮兮破烂烂衣服来服务部的盲流？是他们贪婪淫邪的目光？是他们低级下流的野骂？

扣儿如临大敌。

她觉出这些南腔北调杂七杂八的盲流同樱花镇那些食客不尽相同。樱花镇食客尽管对她也总想入非非，但碍于妻儿老小都在跟前，街坊邻居也都大眼瞪小眼盯着，即使心里猴儿急，也不敢胡乱放肆。这些盲流可就不同喽！他们的家眷都远在他乡，谁也无须顾虑他们有了越轨行为会招来妻儿老小的非难。况且他们久居这深山野林，即使见到服务部那些粗鄙的山里大妞，也经常春心萌动，冷丁看见扣儿这样美丽动人的姑娘，谁敢担保他们不会蠢蠢欲动哩！

扣儿心里戒备着。

然而"智者千虑，必有一失"。

那是个雪花飘卷的冬夜。扣儿从煤矿服务部只身回工棚宿舍去。每次她都和几位女工结伴而出结伴而归。偏巧那天要缝补的衣服太多，服务部头儿便决定开夜车加班。扣儿负责接活儿，登完记就完事。那几位女工都催她回工棚去烧炕。扣儿爽快地答应了。

她没想到，暗中已经有人盯她的梢了。

她刚走到那片空旷的雪地上，便被雪地里突然爬起的几个雪人拦腰抱住，随后又被劫持到山凹处一个四邻不靠的窝棚里。这煤矿原属镇办企业，既没很好设计，也没认真规划，不过是依着山形，凭着地势，随处开采，随处垒窝。因此，同属一个矿区的人，竟有许多素不相识、老死不相往来者，谁想干些鬼祟之事，哪个人又能知晓哩？

扣儿想喊，嘴里却被塞进一块又酸又臭的毛巾，差点儿把她熏晕过去。

那几位盲流眼里喷火，纷纷宽衣解带，露出那肮脏的肌肉。扣儿脑袋嗡的一声，失去了知觉。饿狼色鬼们也不说话，只是疯狂地撕扯扣儿的衣服。然而就在他们看见扣儿光洁白嫩的胸脯发出忘情的呼叫时，窝棚门被一脚踢开，一位恶面大汉手拎木棒闯了进来。

那几位赤裸着身子的色鬼登时吓傻了。

不消说，从天而降的是赵鬼。

其实，生活里很少有类似巧合的事，赵鬼破门而入却事出必然。谁能想象得到他天天夜晚都在暗中保护扣儿呢？甚至连扣儿都不知道。赵鬼虽然跟大嫂不睦，但毕竟是煤矿经理赵穷的胞弟。近水楼台先得月，自然捞到好差事。他专门负责验收那些盲流临时工挖出的煤，检斤定价全他说了算。哪个盲流临时工不怕他？何况他那副恶面孔，又是经理亲弟弟，惹恼他饭碗还不砸喽？

大概是今天晚间扣儿提前离开服务部的缘故，赵鬼按照每天暗中护送扣儿的时间来到小路拐弯处，停留半天不见扣儿的影，往地面上望去，一溜浅浅的雪窝。他顺着雪印往前走，又发现几串男人的大脚印和拖拉扣儿留下的痕迹。

赵鬼暗吃一惊，跟踪而至。

不必赘述赵鬼怎样将这几名色狼打得哭爹喊娘跪地叫祖宗，只说赵鬼将扣儿唤醒后，扣儿呜咽一声扑进赵鬼的怀里。

几天以后，赵鬼和扣儿搬到了一处，据说还到东山镇办了结婚登记手续。

至此，那些盲流里的色鬼尽管抓耳挠腮，但谁也不敢靠前半步。至于其中原委，就只有扣儿和赵鬼晓得了。

"噢，如此说，他竟成了你的保护神？"欧阳大姐眼里透出光亮。

扣儿羞涩地点点头。

"姑娘，你能一辈子靠他保护吗？"

"我要他跟我成真夫妻！"

"找个生活的拐棍？"

"这……"扣儿似乎没听懂，惘然地望着欧阳大姐。

"为什么不能自己独立地生活呢？"

"你说的是我？"

"当然是你，也包括所有人，都应该去自己寻出路。"

"出路？"扣儿若有所悟地望望脚下的山谷。落日将要没入山背后，晚霞把西天弄得瑰红。隐藏在林间的暮霭缓缓地向山谷间蠕动，同那些分布在各处的工棚里宿舍里飘出来的煤烟融合，形成遮天盖地的烟幕，将大大小小弯弯曲曲的路径都遮住了……

十一

电视剧摄制组只在"东山里"煤矿停留两天便匆匆上路。虽然欧阳大姐还有许多话没和扣儿细说，但囿于身不由己，也只好遗憾地暂时和她告别。临行前，欧阳大姐向扣儿透露，倘若她不想在这荒野的山谷了此一生，倘若她还想出去领略领略都市风光，倘若她还想让生命之火燃烧得更炽热些，她这位美容化妆师可以为她这娇美的乡间女子做些什么。具体能做什么？欧阳大姐没有说。她只是告诉扣儿，待电视剧拍完，她还从这里回省城，那时再跟她详细商量。

欧阳大姐走了。

扣儿那泓已经平静的心湖却又微微荡起了涟漪。她本来已经心如死灰。那封残酷的绝情书，将她那散发着生命和理想醇香的心瓣儿揪得粉碎，踏在脚下碾成泥粉。她万念俱消不再有什么非分之想。她嘲笑自己，一个默默无闻的乡村大姐，安安分分地待在鸡鸣岭做你的农家媳妇得了，偏要家鹅学天鹅，想往高处飞。你飞得起来吗？你虽然心比天高，但你命比纸薄！你头一个遇见的就是那负心男子，你糊里糊涂就爱上他，你爱得那么傻，爱得那么痴！人家都娶媳妇了，你还跟他好！甚至当你有了身孕后还不想堕胎。你冒着大姑娘未婚先孕的风险，连他的面都没有见就连夜离开樱花镇，你为的什么？为了他免受牵连，为了日后和他团聚。你度日如年，你苦苦等待，你等来的却是那致命的打击！你心碎了，你绝望了，你不想再活在人世上，你跳下了那悬崖陡壁，你想解脱融进那无边的虚空和永恒……可是你却被恶面人救了下来。是应了那句"大难不死必有后福"，还是和这恶面大汉有不了之缘？你真的忍心一走了之吗？

扣儿先是嘲笑自己，随之那思绪便下意识地流动，最后竟变成去意彷徨了。

虽然欧阳大姐只是闪烁其词地给她涂抹了一幅若隐若现的图景，但那微茫缥缈仍给人以遐想给人以希望，她那颗被苦痛箍得僵硬的心又活动起来了。说来可怜，扣儿竟连县城都没去过哩！她听人说关东三省好大，可她作为一个关东人，竟连关东有哪些城市都不知道。她不敢奢望去全国各地逛逛，那对于她这乡村女子，不啻是搭乘宇宙飞船去太空里遨游！她只是想进省城开开眼，倘若在这好心的欧阳大姐帮助下能有个立足之地，哪怕扫大街收垃圾卖冰棒也遂了心愿。不是说有不少乡间女子进城发了大财吗？扣儿对钱财倒不羡慕，她渴盼心灵的自由精神的快乐。

可是她踌躇了。

是因为那徒具形式的结婚登记书吗？

她明白只要自己稍有流露，那恶面大汉就会毫不费劲地去东山镇办来离婚手续。他大哥曾是东山镇的秘书，什么事情不是轻而易举就能办到呢？

她依然踌躇。

她隐隐约约感觉出，那恶面大汉并不是不爱她，相反，他可能比当初田牛爱她爱得更深沉更炽烈。虽然他每天夜晚都囫囵个和衣而眠，连眼皮都不撩她一下，可她从他那焦躁不安的喘息中分明感受到，一种难以抑制的欲望正在他健壮的躯体内横冲直撞。床板吱悠吱悠叫着，有种怜悯有种同情悄然袭上扣儿的心头。于是在一个暖烘烘的夜晚，扣儿将赵鬼的铺盖卷放到炕上，然后脱去衣服，钻进被窝静静等待赵鬼回来。一阵凛冽的寒风将那恶面大汉卷进屋内，他愣住了。

扣儿撩开被子，露出光洁诱人的肌肤，妩媚地冲他微笑。

赵鬼浑身滚烫，两腿不停地颤抖，冲动地扑过去。然而当他快要挨近扣儿的时候，突然闭住双眼，拉过被子遮住扣儿，随手卷起铺盖卷扔到那张躺上就吱吱乱叫的木板床上。

"赵哥……"扣儿双眸模糊。

恶面大汉喘着粗气。

"你就永远和我做假夫妻吗？"

"不！"

"什么时候变成真的？"

"什么时候你再遇见合适的。"

"那你？"

"我就给你办理离婚手续！"

"赵哥！"扣儿嘤嘤哭起来。

……

人的感情就是这么复杂。那位恶面大汉越是明确地表示，他多久也不会和她成真夫妻，扣儿越是觉得亏欠了他一笔感情债。尤其当她发现赵鬼将她剪下的头发都藏在被褥底下时，她就更明白了这位傻大哥的心。

她不能抛下他随欧阳大姐去。

可是她又是那么焦灼地渴望……

扣儿被两种感情两种心理困扰着。

她不知道，欧阳大姐已经背地里和赵鬼见了面。那恶面大汉在弄清了欧阳大姐的身份和相信了她说的话后，满口应允去东山镇办理"离婚"手续，只待欧阳大姐从长白山天池拍完电视剧回来，就送扣儿和她一道去省城。

时光缓缓地流逝，阳春三月喜气洋洋地来了。春姑娘舒展着眉眼，到处都留下她的足迹。首先是天空，收敛了冬日的严峻，露出春日的温情。它不再让冬云威风凛凛地遮住湛蓝的面孔，而用柔姿纱般的春云薄薄地笼着她清丽的脸庞。雁群嘹亮地叫着，带来了南国的问候。大地也苏醒了，将蕴蓄了整个冬天的能量接二连三地喷发出来，使枯树返青，使衰草透绿，使冰河解冻，使道路变软，使蜷缩在关东独有的大棉袄大棉裤里的人褪去沉重臃肿的冬装，换上轻便俏丽的春装，去山野里踏青，去树林中漫游。溪水叮咚地流着，紫雾从山谷间飘出，群鸟较劲地鸣啭，阳光温柔地照耀，真是有音响有色彩有诗情有画意呢！

遗憾的是"东山里"煤矿既无画意也无诗情。

接连发生的事故使这座乌金峡谷辜负了明媚的春光，竟将那气氛弄得凄凄惨惨如寒冷的冬日。

怨谁呢？人们发财都红了眼。本来这座煤矿先前的安全措施技术保证都不过关，皆因赵穷手眼通天，大把票子抛撒，有关方面便睁只眼闭只眼。那些钻山的盲流更是把这里当作一块肉，哪里解馋往哪里叨，随处支起个掌子面，全不管支柱坚不坚固，钻进去就刨。冬天尚无差错，春天一来煤层也发酥，居然像多米诺骨牌一样连续塌方，砸死砸伤者天天都有。整个峡谷里哀恸一片，尤其那些死者家属，更是捶胸顿足哭天喊地，那惨状令人潸然落泪。

于是惊官动府，赵穷以渎职罪被逮捕。整个煤矿内大小掌子面一律用炸药夷为平地。那些流窜到此地的盲流们纷纷卷起铺盖卷各奔前程，当然那些祖祖辈辈都生活在这里的土著，没有地方可去，依旧愁眉苦脸地留在这里等候发落。眼见得摇钱树訇然倒下，世世代代将血汗洒浸在这条乌金峡谷每一粒尘土每一寸煤层的山民们，怒目横眉，咬牙切齿，将满肚皮愤懑泼洒在那些外地人身上。若不是他们图希赚钱快当，哪会出此恶事？结果连累整座煤矿被毁。于是便有几个领头的发声喊，潮水般涌进一个个低矮的工棚，想抓住几个外乡人出口恶气。

工棚里空空如也，盲从的人们，除了死伤者外，早已经树倒猢狲散了。

出现在他们面前的是一男一女。

男的恶丑，如黑煞。

女的极俊，赛仙姑。

男的无疑是赵鬼。

女的当然是扣儿。

这对假夫妻因无处可去，只好暂时留在这儿。

虽然赵鬼的大哥被捕的当天，大嫂就宣布离婚回了娘家，赵家长房已经风流云散；虽然赵鬼出于义愤暴打二哥再也无法回"清风客栈"，但凭着那牛都败下阵的膂力，到哪里还不是干活吃饭呢？他只是记挂着扣儿。欧阳大姐一去数月未归，他早就办好的"离婚"证书虽然揣在怀中，却不好贸然交给扣儿。他要等欧阳大姐来了之后，将扣儿托付给她，他才能放心离去。

谁知他和她竟成了替罪羔羊。

望着这对相貌悬殊的男女，那些愤怒的山民竟都面面相觑，不知如何动手了。不妙的是这群山民中有位从前的风水先生，自恃熟谙易经八卦麻衣神相，而且喜欢在人前炫耀卖弄，一见扣儿的丽容和赵鬼的恶面，便大声惊呼："怪不得咱这煤矿大祸临头，原来是恶魔下界！"

众山民大惊，七嘴八舌询问。

那风水先生手捻颚下几根稀疏的山羊胡子，满口振振有词："通晓阴阳八卦，智赛孔明子牙，慧眼能识妖孽，不论狸精黑煞。你看她，一双含情脉脉眼，两弯柳叶风流眉，俏脸含春，体态苗条，分明是妲己投世杨贵妃转胎，活脱个九尾狐狸精来咱这儿兴妖作怪！你再看他，丑如张飞恶似李逵，明明是黑虎神下界，大家伙操家伙给我狠狠地打！"

风水先生原本是信口胡诌，把他从古书里学来的词语、人物和典故，统统用在扣儿和赵鬼身上。那些山民多半不信他的胡诌八扯，只是要找个借口发泄心中的闷气，内中也有识得赵鬼是赵穷的弟弟的，更平添了几分愤怒，于是发声喊，铁锹把洋镐把噼里啪啦砸来。要依赵鬼的力气，这些人他都不放在眼里，可是他得护着扣儿，便弯曲下高大的腰身，将扣儿搂在怀里，任凭那棍棒雨点儿般落在他的头部、脊背和两条大腿上。

突然他眼前一黑，抱着扣儿缓缓倒地。

风水先生惊呼："黑虎神显灵，快跑！"

那些愤怒的山民见要出人命，脑袋唰地清醒过来，一个个面色惊慌地溜走了……

十二

欧阳大姐回到这座面目全非的山谷时，赵鬼的骨灰已经被掩埋在那林中空地了。因为掩护扣儿，这恶面大汉头被击破，当时就闭上了双眼。那几位领头打人的连同那位风水先生，都像柳条穿王八一样被带走了。他们也许追悔莫及，将这样一位善良的人打死，即使将他们都处以死刑，那死后的灵魂也将永远不得安宁！

欧阳大姐是在赵鬼的墓前找到扣儿的。那鸡鸣岭的女子已经哭晕过去。恶面哥哥哟，你叫心痛欲碎的扣儿怎么报答你？倘若真有彼岸世界，请你等待！

欧阳大姐将扣儿唤醒，那泪人将一张血迹模糊了字迹的纸递给她。欧阳大姐凝目细看，竟是那张"离婚"证书！欧阳大姐战栗了。她眼前倏地浮起那张狰狞面孔，她觉得那面孔比她修饰过的多少副面孔都美。美是灵魂。

远远传来隆隆的开山炮声，据说一座现代化的煤城正在破土动工呢！

扣儿和欧阳大姐默默地相互注视，她们似乎都心照不宣了……

卷　三

新房寂寂，恰是子夜沉沉。孤独寂寞包围着他，难平的思绪困扰着他。隐隐传来叩门声。当他突然听出她的嗓音，他便泥塑木雕般僵住了……

正在发生的故事

——其三

扣儿随欧阳大姐进城自然会有一番景象。让我们暂时先观照观照那位"白马王子"的沮丧模样吧！

他没有去公安局，也没有谁来找他。

他只是茫然地在大街上闲逛。他不知逛了多久。反正他回到他那三室一厅的寓所时，都市的万家灯火已经有些阑珊。他无精打采地走进客厅，慵倦地斜倚在沙发上，顺手按了下录像机的按钮，一群穿着比基尼泳装的巴黎女模特儿，出现在电视屏幕上。摇曳的灯光交织成绚丽灿烂的网，仿佛从里面撒出来，将这布置考究摆设豪华的大客厅，将这紫红色地毯连同客厅里呈各类几何形状的高档家具，全都笼罩在一片迷离的色彩之中，虽然那些身材颀长的巴黎女模特儿，个个都目不斜视冷若冰霜，但那高耸的乳峰、窈窕的体态和扭动的腰臀以及性感的大腿都曾经对田家兴发生过诱惑。尤其那位满头黑发的姑娘，除肤色头发略有差异外，其轮廓眉眼竟和他的未婚妻极其酷似。也许她是华侨的女儿哩，至少她应当是个混血儿。瞧那深潭似的两只眼睛，黑白分明，完全是东方人的风采。大概是出于这个原因吧，他才将这盒巴黎时装表演的录像带反复播放。然而现在，那些巴黎美人儿，即使都抿着诱人的嘴唇冲他微笑，他也不为所动。他只是怔怔地凝视着屏幕上那位黑发女郎，他想象着那张俏脸上斜过一条伤疤的形象，渐渐地，那屏幕上的倩影隐退了，模模糊糊有一张可怕的面孔冲他微笑。他蓦地闭上录像机，呜咽着跑进卧室，跑进那间原本会在今宵成为他和她新婚的洞房，那从来没在人前轻弹过的男儿泪竟泉涌了。

难道他前世得罪了月下老，今生注定得娶个丑媳妇吗？

樱花镇的曹美容不消细说了。

他进城后倒是又碰见一位绝色，可他要她放弃舞蹈艺术她不干，虽惋惜却异常果断地和她分了手。他有大丈夫气概。

他苦闷彷徨。

他空虚寂寞。

他事业上虽然是水草丰盈的绿洲，但感情上依旧是空旷荒凉的沙漠。

他苦苦寻找。

无意中他竟和从前的扣儿现在的柳三月邂逅。

她出落得愈加妩媚风流。她使他油然想起白居易那两句诗："回眸一笑百媚生，六宫粉黛无颜色"！

他很想和她鸳梦重温。

可是她却很淡然。

今非昔比，他俩中间矗起一道高墙。

终于这道高墙拆开，她和他尽释前怨。

他和她虽然不似从前那么真挚相爱心灵坦诚，但他和她总算达成结婚协议。不错，在办理过结婚登记手续筹备婚礼大典的日子里，她和他发生了不愉快的龃龉，可是他安之若素，木已成舟还怕什么呢？

偏偏她竟容貌被毁。

西施变成了东施，天鹅变成了老鸦。难道月下老存心要再捉弄他一次吗？

田家兴心绪烦乱地将壁灯、吊灯、床头灯全都打开，使这间别具风格别有韵致的新房从黑暗中裸现出来。同那些都市社会流行的新房格局有很明显的差异，这里没有展览那些时髦高档的家用电器和床上用品，除了墙上贴的壁纸和空调设备外，最具都市风味的便是那松软的红地毯了。惹人注目的是窗台花瓶里插着一簇嫩柳和一束樱花，大概是纪念新郎新娘不太遥远的过去吧？约略遗憾的是远离乡野熏风的吹拂和丽日的普照，那柳枝不那么绿，那樱花也不那么红，仿佛是患了贫血症的婴儿。不过，悬挂在墙上的那幅结婚照倒很色彩鲜艳。新郎高昂着头，自信而又潇洒；新娘微笑着，妩媚而又大方。田家兴呆呆地盯住镜框里的柳三月，心里暗暗叫着：扣儿扣儿，你还是那个美丽温柔的乡间少女吗？是谁这么居心叵测地毁了你的容貌？是纽儿？是曹美容？总不能是那已化成骨灰的赵鬼吧？

"丁零零……"

电话铃声从客厅隔壁的工作间里传来。

田家兴一怔，这么晚了谁还找他有事？

他走过去，摸黑操起角柜上的话筒，一贴近耳朵，便听出了是老黑。

"经理，这儿都处理妥啦，各方客人还算满意！"

"嗯。没人议论什么吗？"

"那还能不议论？人嘴两张皮，说啥的都有。不过你别往心里去，背后还骂皇帝呢！"

"你挑最难听的给我学两句！"

"经理……"

"说嘛，养你不就是打探信息？"

"那……我说？"

"你怎么啦？黏黏糊糊的！"

"我怕你生气……"

"唉，我是三两岁孩子呀？你快沙愣点儿！"

"好，那我就说啦……说你土包子开花，不知咋美好了……说你兜里有俩钱儿瞎折腾……还说你天生就没俊媳妇命，好容易要娶个美人儿，脸上就来条疤！还说……"

"别说了！"田家兴早已气得脸色铁青，他厉声地，"我不是叫你说她得了急性阑尾炎吗？"

"谁信哪？一窝蜂问我……我只好说了！"

"狗肚子装不了二两香油！"田家兴啪地撂下话筒。

他无力地坐到沙发上。

贻笑大方啊！

他悔不该当初不听柳三月的劝告。倘若坐飞机去广州溜达个来回，哪有这难堪的局面？不是他觉得旅行结婚过于素淡，实在是他觉得亏欠扣儿的太多了，他要向她偿还。当然他不惜耗资巨大，也还出于另外一种心理。他要向这个歧视乡间人的都市社会宣告：他不再是樱花镇那头任人宰割的田牛了，他如今是资金百万的"甜甜"樱桃酒公司经理田家兴！名字虽然还带有几千年小生产者盼望家道中兴的味道儿，但那些富国强兵的大人物不也把兴家治国平天下相提并论吗？倘若都有他这气魄，那中华民族这条巨龙早腾飞了。自然这都是他的逻辑，别人怎么以为他不管，反正他不能叫这都市社会无视他的存在。若不，他干吗动辄为学校捐款动辄给医院赞助？还不是为了让社会承认他？先前当他穷困潦倒时，他很羡慕钱，而一旦囊中并不羞涩后，他发觉有种东西比钱还金贵，那就是别人的承认和尊重。在这个天平上面，似乎连情感都显得轻些了。

也许是这都市社会的氛围使他情感淡漠了？

也许是他日渐响亮的名气使他的性格发生了变化？

也许是他出身低贱饱受冷遇的种种生活情景使他没齿难忘？

反正他再也不完全是从前的他了。

即使这次和柳三月重续旧情，也不再那么纯净不再那么单一了。鸡鸣岭的缱绻，樱花镇的缠绵，已经永远成为回忆。而他和她在这繁华的都市里决定建立他们从前向往的家庭时，他的潜意识里却羼入若干世俗的考虑。他不但依旧眷恋柳三月的丽容，他还自信柳三月会听命于他或者说是依附于他。他准备叫她辞去"丽丽"时装公司专业模特儿的工作，那算个什么工作？供人欣赏！尽管他在樱花镇时曾经组织过时装模特儿队，可那是为了赚钱，况且那些模特儿没谁是他媳妇。欣赏别人那是享受，媳妇叫别人欣赏那是牺牲。他可以牺牲万八千块钱，这个牺牲他却豁不出去。他注重的是自己愈来愈光彩的面子。他现在有的是钱，他完全可以养活自己的妻子。他要补偿生活亏欠她的一切。他觉得那样做才有男人的气魄！他要求她做的，只是待人接物拾掇房间装扮自己，仿佛花瓶里那簇嫩柳那束樱花，给这典雅的新房平添几分温馨气息。

可惜，这未来的风景被抹上了暗淡的色彩。人们准会窃窃议论：怎么？堂堂的田家兴经理的妻子脸上有道疤？日后要偕夫人接待外商洽谈生意出入舞厅剧院，他敢带她露面吗？

田家兴苦恼极了。他想听盘录音磁带松弛松弛。不料一按按钮，竟飞出一句浑厚圆润嘹亮的唱词："我家住在黄土高坡……"

田家兴啪地将那女高音按回去了。如今很流行西北味醇厚的歌。你家"住在黄土高坡"你吼什么？你若不离开那黄土高坡你就什么出息也没有！

隐隐传来敲门声。田家兴没太介意，以为是自己听错了。再说他门上安着铃，谁来不先按铃呢？

"笃！笃！笃……"

他听清了。他有些奇怪，谁这么晚了还来拜访他？他警惕地瞧瞧门口问道："找谁？"

"田家兴！"竟是个女人。

"干什么？"

传来咯咯一笑："瞧瞧你呀！"

"你是谁？"

"连我的声音都听不出来了？"

"请你不要兜弯子了，你到底是谁？"

"田家兴，你可真不够意思，新人入洞房，就把旧人忘！"

"是你？"田家兴突然听出了她的声音，顿时，他像个泥塑木雕僵在那里了。

姑且叫他僵着吧，我们的笔触还得描述那不太遥远的故事……

发　迹

心字头上一把刀，谓之"忍"。

小不忍则乱大谋，这是智慧。

田牛属于哪种角色呢？

请拭目。

一

暴风雪接连好多天都没有停息。这是近些年冬季里很少出现的景象。不知是这个星球上的最高级动物胡来破坏了影响气候变化的生态平衡，还是如气象学家估计的那样，气候演变自有它周而复始的规律？反正在关东这方天地，夏天不似从前那么酷热，冬天不似从前那么奇冷，四季也变得不那么分明了。然而这场雪，似乎有意要证明凛凛寒冬并没有失去它冷峻的品格，呼啸咆哮，飘飞漫卷，将日月星辰粗暴地吞没，将山川原野肆意地裹挟，将飞禽走兽戏弄地驱赶，将房舍树木道路开心地掩埋了。最后，竟仿佛将极地的冰雪弄来，直想把这世界冻成冰块。

其实，关东人最惬意这种天气了。冬天嘛，就得有冬天的脾气冬天的神韵冬天的骨骼冬天的本事。冬天不下雪不就如同女人不生孩子吗？零下三十几度，滴水成冰，风像刮脸刀，手脚被冻得像猫抓，统统不打紧，关东人有对付这种酷寒的老方法：足不出屋，煨着火盆，屁股贴着热炕头，一碗一碗喝浓茶，一袋一袋吸旱烟，你屋外就是南极北极，又有何妨碍？更有那殷实富庶人家，将炭火烧得旺旺，卧上青铜火锅，鲜嫩羊肉开涮，不活似神仙？倘若来了一位说书先生，呱嗒板甩得山响，单弦拨拉得撩人，摇动三寸不烂之舌，说唱一段公子小姐悲欢离合的老掉牙故事，也能使人忘记窗外的世界。至于荤得叫姑娘脸红的"二人转"粗野表演，更令那些农事消闲百无牵挂的男女赏心悦目，谁还留意那肆虐的暴风雪呢？关东人历来就有"猫冬"的习惯，这漫天大雪不但渲染出"猫冬"的气氛，也将那应该"猫冬"的理由渲染充分，使得人们心安理得，不觉得"猫冬"是一种懒惰一种逃避。是啊，这么大的风雪不闲待着做什么呢？

哦哦，也有待不住的人哩！瞧，一副狗爬犁急急溜出樱花镇北郊，在广袤的雪野上留下两条长长的痕迹。一会儿，那爬犁便连同那两条痕迹消失在吼叫的风雪里。并非赶爬犁人独出心裁——这里又不是西伯利亚，套什么狗？其实他也是万般无奈。大雪将道路封死，别说所有的机动车辆不能启动，就是牛马驴骡这种大牲畜，踩上去也会将腿深深陷入雪里动弹不得。而他又必须到远在几百里外的偏僻小村去办件极要紧的事，这就逼得他在那几条大狗身上打起了主意。只是训练这几条狗拉爬犁费去了他好几天时间，借助皮鞭和肉包子的联合力量，总算使那几条义犬领悟了主人的意图，将那爬犁轻快地拉起在雪地上跑了起来。

暴风雪越来越猛烈了。旋转的飞雪很快将爬犁和狗以及赶爬犁人染白，融进那单调而又无际无涯的颜色里。分不清天地之间的界限，前后左右和上下都是白茫茫灰乎乎。凭靠着地心引力的常识，凭靠着爬犁运行时的感觉，凭靠着矗立在白色世界里虽然呈白色但形状依稀能辨的林梢，赶爬犁人还能意识到自己是在地面上。风尖厉地啸叫着，无规律地打着旋，似乎它也迷失了方向。倒是那几条嗅觉灵敏的大狗，毫不踌躇地绷紧套绳疾速前行，好像它们最熟悉路径。那本应挂在马脖子上的铃铛，屈辱地挂在狗脖子上，发出颤颤的有节奏的音响，似乎在向赶爬犁人抱怨。这如泣如诉的铃声给这风雪世界又添增了几分阴郁，使赶爬犁人焦躁的心绪倍觉压抑起来。

他似乎有些觉得自己略微急躁了些，为什么不能等待天气晴朗时再说呢？

这个念头流星般闪过，他便在心里痛骂自己："怎么？你这窝囊货要松套？你他妈的还没尝够那逆来顺受的滋味吗？你还想永远给曹家当姑爷子呀？你要叫那痴情女白白地等你吗？你什么时候把脖子上那根绳索揪断？你什么时候跟曹家摊牌？就凭你现在的熊德行还不得驴年马月？小子，有种的打起精神，别说刮大雪，就是噼里啪啦下鹅蛋大的雹子，你也得去！"

无疑，赶爬犁的人是田牛。

他陡地一耷长套，狗爬犁箭一般射向暴风雪越来越浓处。

他要去哪里呢？

二

20世纪初，樱花镇还是一片待开垦的处女地。那时，这里荒无人烟，空有一片肥得流油的沃土。突然有一年，松花江暴怒，汪洋恣肆随意泛滥，将这块地面淹没。大水渐渐撤去，竟不知从哪里冲来那么多如繁星般的野樱桃籽，裹在泥沙里深埋下来。若干年过去后，漫山遍野的樱桃树便在丽日和风的抚弄下，生机勃勃地长起来了。时令一到，满山红绽，像玛瑙，像宝石，点染着青山绿水，传送着大自然的风情。这种单瓣能结果实的樱桃花不是日本人视为国花的那种樱花。它们虽然都属蔷薇科同一国度，却是不同种的两个民族。这种落叶灌木，萌蘖力极强，抗寒耐旱，那酸甜酸甜的果实是酿酒的精美原料。

梧桐树栽下了，还愁凤凰不来吗？很快便有些许从山东河北举家迁徙的移民，被这片天然的野樱桃诱惑，撂下挑担，解开行囊，结庐搭舍，安家落户。每日里除荷锄种谷种菜，又顺其自然地将周围的樱桃林划分为各自的势力范围，形成大大小小的樱桃园。随着岁月的流逝，经过人工的栽培，那樱桃越发出落得晶莹鲜润，舌尖一碰甜透心脾。

于是，此地得名，习称"樱花川"。至于"川"变成"镇"，那还是近年的事。当年这里可没现在这么开化，交通也远没现在这么发达。那时候，别说没有镇南郊那条通衢大道，连条能辨别出眉眼的羊肠小径也很难寻到。习惯了自给自足生活方式的樱花川人，隔上三月五月进县城置办些简单的生活用品就能度日，对那不便的交通竟习以为常了。

只可惜了那漫山遍野的红樱桃。

谁能将樱桃当饭吃呢？

即或将樱桃当饭吃，也吃不完吃不败！

于是，那受到冷落的红樱桃在发出最鲜亮的生命光泽后，便蔫蔫地落在地上，腐烂成泥，将那哀怨和希冀通过化学途径融进翌年的红樱桃里去。

于是，若干名有心人开始琢磨，将那满树红樱桃变成甜美的液体，斟在杯子里流进喉咙中，成为那盛宴上的珍品。

于是，一家酿造樱桃酒的作坊开张了。紧接着又有了两家、三家……及至后来，整个樱桃川遂成了酿酒的世界。

然而同是酿造樱桃酒，那品位却有高低之分。即使同一原料同一设备甚至工艺流程也差不多，酿出来的樱桃酒有的无人问津有的却畅销各地。诀窍在什么地方，谁都能说上一番道理，但谁也不能全部说清楚，就连当事者本人也莫名其妙。谁知道呢？仿佛相同的佐料经过不同的厨师之手，会烹出味道殊异的菜肴一样，也许那奥妙就在于火候的强弱时间的长短或放佐料的分寸上?

　　总之，樱花川那么些个酿造樱桃酒作坊，最有名气的只有一家，那就是题匾"酒王"的王氏作坊。这来自山东的移民，只有父子三人。父亲谥号"齐鲁酒仙客"，据说乃孔夫子后人所赠。这自然是野史。但王氏笃定是酿酒世家，不但擅酿白酒，尤其精谙酿制果酒之道。王家有酿酒秘方，世袭单传，概不外露，甚至连嫁出去的女儿娶进来的媳妇也不告诉，至于姑爷、外甥及外姓姑表亲戚，那就更无从得知了。后来战乱四起烽火遍地，王氏家族被洗劫一空，家道从此中落。到了王水、王酉父亲这一辈，非但不能酿酒，连立锥之地也荡然无存。王氏兄弟的父亲一头挑个锅，一头挑个行李卷，领着两个幼子，随着浩浩荡荡的闯关东人流，漂泊到樱花川地面。

　　王氏兄弟的父亲望着满山的红樱桃，心里怦然大跳。他摸摸那紧贴胸前的酿酒秘方，铁下一条心，就在这里安营扎寨了。岁月荏苒，王氏兄弟已长大成人，酿制樱桃酒的王氏作坊也已声传遐迩。凡贴"酒王"商标的樱桃酒不胫而走，屡屡出现在王公贵族豪门富户的宴席上。树大招风，名高惹妒。就有那当地豪强土著恶棍暗里串通，诬告王氏作坊不纳国税。那时候正值民国，谁有枪谁就是大爷，哪里有什么公道可言？结果一纸判决，封闭了王氏作坊。王氏兄弟的父亲咽不下这口气，终致卧床不起久病不愈，老头子将王氏兄弟叫到跟前叮嘱："你们兄弟二人，一名'水'，一名'酉'，这俩字合起来是个'酒'字。虽说祖宗明训，酿酒秘方世代单传，但世道艰险，人心叵测，一人独闯事业太孤单，我破例传给你们。望你们手足相亲，同心协力，将王氏作坊重立于世，别辱没祖宗的荣耀！"

"齐鲁酒仙客"终于饮恨长眠。

王水、王酉果然不负厚望，"酒王"樱桃酒作坊竟又沸沸扬扬蜚声关东大地。

历史的辙迹延伸到奇耻大辱的伪满洲国时代，驻伪满新京的日本公使偶然尝到"酒王"牌的樱桃酒，便下令寻访酿酒师父，欲将其遣送东瀛以效忠天皇陛下。消息不知怎么传到樱花镇，老二王酉连夜携家带眷逃匿口外（即今内蒙古一带），老大王水看家护院滞留本地，果真被日本人抓获。

后来的事情便如樱花镇卖抻面的张四爷所知，王水死于日本，一家人风流云散。从此，真正精妙的樱桃酒不复存在。虽然市面上仍不时有"酒王"商标的樱桃酒，但那百分之百是仿制品。

历史跌跌撞撞地前行到八十年代初期，樱花镇成立了镇办樱桃酒厂，隶属县二轻局，与樱花镇服装厂同属樱花镇的两大支柱。不知什么说不清道不明的原因，这两个镇办企业都连年亏损入不敷出。后来，服装厂被曹家承包接管，情形大变。而樱桃酒厂依然如故。

物极必反，概莫能外。

樱桃酒厂濒临倒闭，逼得镇委镇政府效仿服装厂的成功样式，再次高挂招贤榜，公开聘任樱桃酒厂经理。

何人中选？

竟是田牛。

三

去投标竞选樱桃酒厂经理，田牛是经过缜密思考的。他很快就明白，尽管岳父大人对他分外器重，但这位樱花镇的精明人物，绝不会将服装厂的财政大权，交给他这野心勃勃的外姓人。就是曹四死了，那樱花镇服装厂依然姓曹，断然不会落到他的名下。

他，不过是曹家用钱买下的赚钱工具罢了。虽然曹四为了笼络他，给他的工资翻几番，但用这点儿可怜巴巴的钱是无法跟岳父抗衡的。他必须经济独立。他必须有一块完全属于自己的领地。遍瞧樱花镇大小企业。他觉得樱桃酒厂是最有希望的摇篮。只是那些经营者无能，又只顾自己搂足，便把一个鲜见的樱桃酒厂弄得一塌糊涂。田牛很早就发现，用葡萄、山楂之类酿制的果酒已经充斥了城乡市场，唯有樱桃酒还不多见。倘若把质量搞上去，装潢精美，极有可能打入国际市场。别的不敢指望，那素称樱花之国的日本，大概不会厌恶这种能给盛大酒宴带去温馨气息的精美酿品吧？

他暗地觊觎着那个位置。

机缘虽然姗姗来迟，但毕竟来了。

他接连几宿辗转反侧，他在苦思行动计划。他深谙，如果岳父曹四看破他的"司马昭之心"，那么他的经理梦十有八九要破灭。曹家不但在樱花镇势大，在县里也是宾朋满街，办什么事情不像探囊取物那么容易？樱桃酒厂归县、镇两级管辖，哪位头面人物一句话，叫谁当经理谁就能当上。说是投标竞选，其实不过是走个好瞧。假若能赢得岳父支持，那张脸一露，谁还不给圆上？何况田牛又不是庸常之辈，那服装厂不就是个先例？

只是要叫曹四出面为他说话，绝非容易。这可不像在服装厂，干事尽管是田牛，可营业大照上的姓名却是曹四的尊讳。而现在，他要出任樱桃酒厂经理，却是名正言顺地要独树一帜了。更为棘手的是，凡参加投标者，必须有笔数量可观的资金做抵押，曹四肯于慷慨解囊吗？

田牛绞尽脑汁也无奈，心里焦躁，两眼喷火，直想寻个发泄的对象，排遣他胸腔里的愤懑。

身边传来刺耳的鼾声。

他侧过头去。

枣红色的床头灯泡发出的光，照在曹美容那经过整容已显得端庄些的脸上。眉毛变细变弯了，单眼皮割成了双眼皮，先前翘得很厉害的鼻子经过矫形，不那么别扭了。只这几处小小的调整，竟使得那张面孔透出几分清秀。虽然永远也不会像扣儿那般美丽，但尘世中美色毕竟也很罕见，大多数人全都平平常常，能叫人不望而生厌，她也就心满意足了。

田牛叹了口气。

他忽然有些怜悯这位和他捆绑到一起的妻子。他已经有好些天不搭理她了，他想叫她在心理上有所准备，以防当他提出离婚时她承受不住。她人虽丑，也蠢，但毕竟比她爹善良。

"田牛，你这个没良心的，你为什么不搭理我？"曹美容忽然哭喊起来。

田牛吓了一跳！

223

曹美容的鼾声却继续响起，竟是说梦话。

田牛心里悄然一动，为什么不利用利用她呢？曹四可最听宝贝女儿的话。

他面皮有些发窘。他为自己闪过的念头羞赧。不过，他很快便将那情绪驱逐干净。管他呢，要去目的地，走哪条路还不行呢？慌不择路，管他大路小路还是邪路正路！

田牛阴郁地笑笑，推醒了在梦中向丈夫求爱的曹美容。

曹美容睁开惺忪的睡眼，怨恨地："深更半夜，叫醒我做啥？又要叫我给你沏茶呀？"

田牛极力掩饰着厌恶，亲热地冲她微笑："怎么，你不在梦中骂我了？"

"骂你怎么的？你没人味！"

"你怎么知道我没人味？"田牛伸手撩开曹美容的被子，将那受宠若惊的女人搂在怀里。

曹美容像一摊稀泥，软软地糊在田牛身上……

次日清晨，曹四正在院子里练拳脚呢，女儿曹美容花枝招展地跑进来，甜蜜地喊了声："爹！"

曹四收拳敛式："哦？美容，这么早过来，有啥事儿吧？"

"嗯！"

"说吧。"

"你得先答应我！"

"哎呀，你还没说啥事呢，叫我怎么答应你？"

"爹……"曹美容如傻如痴撒着娇。

"好，我答应！"曹四心软了。

"你要后悔呢？"

"我冲天发誓！"曹四猜测女儿准是又缺钱花了。

"好，你要后悔……就是这大个的！"曹美容用手比画着乌龟壳。

"混账！"曹四骂着，"跟你爹也瞎闹！"

"爹！"

"好啦好啦，到底啥事？"

"他要当樱桃酒厂经理……"

"谁？"

"田牛。"

"什么？"曹四吃了一惊。

"你得给他出面活动，还得给他拿钱做抵押！"

"这是他叫你来的？"

"不是……"

"什么不是？我早看出他脑后有反骨！"

"他不是你姑爷吗？"曹美容傻乎乎地，"他当樱桃酒厂经理，你不也脸上光彩？"

"你懂什么？那是放虎归山！"曹四狠狠骂着。

曹美容哇地号啕大哭。这是田牛在被窝里教她的第二条锦囊妙计。如果老头子再不答应，还有第三条……曹美容撒泼地哭着，引得曹四的矬老婆一溜烟跑出来，一迭声地嚷："怎么啦？怎么啦？他爹，你怎么惹着老闺女啦？"

"你给我咬草根儿眯着！"曹四拧眉竖目地喝道。

矬老婆像喉咙塞进颗枣核，那声音倏地噎回去了。

曹美容见曹四硬弓还绷着，便按照田牛的设计，唰地从兜里掏出一个纸包，边哭边叫："我不活了，我吃耗子药！"

矬老婆吓得大叫："美容！"

曹美容顺势将那纸包里的东西扬脖吞下，跟跟跄跄跑进屋里。

那纸包里是红糖。

曹四和他矬老婆却被吓坏了。曹四之所以不想叫田牛去当樱桃酒厂经理，还不是怕田牛翅膀硬了把女儿甩了。现在女儿吞了耗子药，那些心思不全都用到了空地上？他急忙跟进屋里，见曹美容去摸水壶，一个虎跳蹿过去，当地一脚踢落水壶，那细瓷水壶砰地摔个粉碎，壶里的水迸射开去。然后他又按住曹美容，强行伸进女儿嘴里一根指头，胡乱搅动，曹美容哇的一声跑出屋，将那还没咽下去的红糖吐在灰堆上。矬老婆忙用锹铲灰将那吐出来的红糖水盖上，她担心会把大公鸡毒死。

曹四灰着脸，瞧瞧平静下来的曹美容，喟然长叹："你去告诉他，我答应了！"

"爹！"曹美容喜笑颜开地跑了。

曹四忧郁地瞧着她的背影，心里暗道："可怜的丫头，苦果子有你吃的呢！唉，也许这是天意！"

…………

四

狗爬犁在茫茫的雪原上滑行了一天一宿。直到那几条矫健的大狗累趴在地上，用那颇有人味的眼睛，可怜巴巴地瞧着主人时，田牛才轻轻叹了口气，从爬犁上的大帆布兜里，掏出一块一块冻得邦邦硬的猪骨头羊骨头，抛向那几条饥肠辘辘的大狗。狗儿们眼里放出贪婪的光，尖利的牙齿啃嚼着肉骨头，发出咯咯吧吧的响声，在这寂寥空旷的雪原上传出很远很远。

暴风雪终于疲倦地停止了喧嚣，天和地之间的界限逐渐分明起来了。绷着灰沉沉面孔的东方天空，悄悄显现出长长的斜斜的彩线，像胡乱涂在那硕大面孔上的胭脂。随之，那胭脂徐徐洇开，那张绷着的面孔逐渐松弛，透出神气活现的生动，染上橘红色的云，轻盈地飘移，像飞翔的金凤凰。视野内，到处是白色的堆积灰色的重叠，倔强的松柏树，以其高大挺拔的身躯，无比清晰地将它们那落满白雪的轮廓显示出来。只有那惯于忍耐老成持重的矮趴趴的灌木丛，被暴虐的风雪掩埋得不露痕迹，使人只能凭经验去猜测去揣摩它们了。

远处矗起一座山峦，那便是野史轶闻里的"酒仙"岭。据说很久很久以前，有几位进长白山挖人参的后生，偶然攀上山顶，发现山顶有口石瓮，里边盛满了不知是雨水还是泉水的透明液体，其香浓郁，沁人心脾。那几位后生正口干舌燥，便用手掌掬捧那香液喝下肚去。那香味闻时便觉醺然，及至吞进腹中香透骨髓。几位后生顿觉脚软头晕醉眼蒙眬，很快便人事不知了。又不知过去多久多久，他们倏然醒来，尚觉余香满口。相互瞧看，都大吃一惊。怎么？胸前何时飘洒着这么花白的胡须？正面面相觑时，一阵裙裾的窸窣声传来，有两位仙女飘然而至，笑盈盈地瞧着他们戏谑道："哪儿来的几个馋猫，偷喝我姐妹用人参花露水酿制的仙酒？"几位长胡子的后生如梦方醒叩头如捣蒜。两位仙女轻舒长袖，几位老后生飘飘悠悠回到他们原来住的地方，一问旧时的伙伴，早就娶妻生子，连儿子都有儿子了。几位老后生目瞪口呆，方知这一醉，竟过去五六十年。于是他们逢人便讲这段奇遇，称那山峦为"酒仙"岭。

后来去那"酒仙"岭的人便接连不断了。但谁也没再看见那石瓮，自然也没见到那两位仙女。倒是有一股实富贵人家，在山顶修座庙寺，供几位看破红尘者在这里苦苦修行。虽然世事乱如麻，这座庙宇也历经磨难，那庙内的僧人也时去时来，但毕竟香火不断。尤其近些年，佛事繁盛，旅游业发达，有关方面投资重修庙宇，又有数十位年迈老和尚，既在庙里修行，又为来往旅客导游，竟也沸沸扬扬颇有一番情趣。

然而田牛到这里做什么呢？

他要寻访一个人。

那个人与他已经接管的樱桃酒厂发展前途息息相关。他懂得，要想使樱桃酒打入国际市场，非改变工艺不可。眼下凭那几位樱花镇的土著酿酒师父，很难令樱桃酒的品质有所突破，必须招聘能人。但浩瀚人海，谁是酿造樱桃酒的高人呢？他除了去城里登广告发启事外，还托人四处寻访八方打听。他恍恍惚惚记得小时候听人说过"酒王"的故事。倘若那王氏兄弟还在，他一定要效仿刘备三顾茅庐的故事，将那酿造樱桃酒的大师恭恭敬敬请回樱花镇。可惜……忽然他心里一动，可惜什么呢？那流亡日本三岛的王水固然毫无指望了，可那逃往口外的王酉不还留在国境内吗？假如他还活着，也就如张四爷那般大的年纪。假如他死了，难道他就不能传给他的后人？除非他无后，可张四爷不是说过王酉携家西逃时有妻儿吗？田牛为这个念头诱惑，当下就提笔写了十几封信，分别寄往张家口、内蒙古等地。说起来田牛还得感谢曹四，毕竟是曹四叫他进城经销服装，才得以结识了天南海北各地的朋友。现在，他只要坐在樱花镇，就可以打探出全国各地的信息。若干日子过去，反馈接踵而来。各地朋友纷纷道歉，都没有找到那名叫王酉的酿酒师。

田牛深感失望。

也是天遂人意，一个极其偶然的机会竟使他如愿以偿。县民委和统战部派人到樱花镇来买头等樱桃酒，说是东南亚某国佛教界人士来关东交流佛事，要到"酒仙"岭上和静虚和尚见面。那静虚和尚请县里出头买些樱桃酒待客。这件事情使田牛大为诧异，便问县里来人，静虚和尚远在五百里外的"酒仙"岭，从不过问凡尘中事，怎么知道樱花镇酿制樱桃酒？县里来的同志笑着告诉他，静虚和尚乃樱花镇人，俗姓王，单名酉，还是个酿酒师父哩！田牛呆了。半晌他才清醒过来，欢喜得大喊大叫，直把县里那位负责佛教事务的干部弄得瞠目结舌……

狗儿们吃饱了，发出满足的低吠。田牛望望从云层中钻出来的太阳，愉快地眯起了眼睛。他嘴里打着口哨，将那几条大狗解开绳套，然后拍拍那狗儿首领的额头，冲去路比画比画，随即飞起一脚踢在狗的屁股上。深谙主人意思的狗儿首领，懂得任务已经完成，撒开四足飞快跑去。剩下的狗儿愣了愣，也都欢快地吠叫着跟去。

五

"酒仙"岭不算很高，但爬起来倒很费劲。那条仿佛从峰巅斜垂下来的小路，不欢迎地俯视着前来领略它神奇风采的人们。夏天还好说，路两边的树枝藤条都很柔韧，如同结实的绳索，完全可以攀缘而上；冬天却难了，那些藤条发脆容易扯断，而且脚下又有冰雪，每爬一步都令人心惊胆战。田牛真不了解那些来访的国外僧人是怎样爬上去的，或许那些出家修行的人都练就了一身轻功吧？

无论怎样艰难，田牛总算爬上了峰顶。这似乎有些象征意味，你想求仙拜佛吗？你就得付出代价。这也能试出你的心到底虔不虔诚。你如果只想游山玩水图个新鲜，那你还是罢了这个念头。因为你倘不留神跌进深谷，那可就后悔也来不及喽！田牛当然不是拜仙求佛，他求的是酿制精美樱桃酒的家传秘方，但那拳拳之心也令人肃然起敬了。

这里果真有些仙境的味道。

四围空山，林木翁郁，俨然与世隔绝，流动着清新的空气。每当太阳升起，山谷里便飘起迷蒙的紫雾，缭绕在"酒仙"岭的腹间，将那近年修缮后的大雄宝殿烘托其上，宛如悬浮于云空中的宝刹。除了絮聒的山风呢喃的燕子和啁啾的群鸟，每天晨昏回荡在空山里的便是寺庙内的钟鼓响及老和尚们诵读经文的单调声音……

香火居然很繁盛。这从那庙门前的大石瓮中就可见端倪。虽然那石瓮里没有仙人酿制的琼浆玉液，但那清亮亮的山泉水也能使人联想起那似有若无缥缈神奇的典故，便都情不自禁地摸起那把拴在石瓮上的铜勺，舀满喝下，然后按照木牌上的题字要求，将一枚五分钱硬币投入其中。现在正值寒冬，那石瓮里的水早已成冰，透过晶莹透明的冰面，可清晰瞧见那半瓮硬币。田牛不觉好笑，看来这里绝非仙境，人世的气息已分明氤氲到这里。那每逛一处必掏钱的规矩不就是明证？

庙门敞开着，几个老和尚跪坐在蒲团上闭目诵读经文。田牛不敢高声，悄悄地问着一位慈眉善目的老僧："请问，静虚师父在吗？"

那老僧眼皮轻轻撩起一条缝，闪出一缕暗淡的光，随即又轻轻合上，依旧微微翕动着嘴唇，默念着那神奥无比的经文。

田牛悄悄退至门外，静候。

约莫过去两个时辰，老和尚们停止了默诵，一位提着水桶去寺庙后汲水，两位操起长苗竹扫帚，轻扫着庙前的浮雪。先前没理田牛的那位老僧满脸歉意地将田牛让进一间清雅小屋。双手打拱："阿弥陀佛！请问同志，你找静虚有什么事？"

田牛心里暗笑，毕竟年代不同了，出家人也称俗中人为"同志"。不过他可不愿跟他们为伍。他要竭力聚敛财富，他要享尽尘世的欢乐。虽不能"锦衣纨绔""饫甘餍肥"，但也绝不"蓬牖茅檐""绳床瓦灶"，他要活得有血有肉有声有色有棱有角！

田牛跑神了。

直到那老僧再次询问，田牛将来意约略说了一遍。

那老僧呆了半晌，轻轻叹息一声："你来得太不巧了，静虚已经离去多日了。"田牛脑袋嗡的一声。他不知道这"离去"意味着什么，是死了？还是外出了？他木讷讷地盯着老僧，嘴唇哆嗦着，却发不出一点儿声音。

"他到西藏参观去了，需要一年才能回来。"老僧眼里似乎有什么亮光一闪，"你还是请回吧！"

"不，我去西藏找他！"田牛嘘了口气。

"找也没用，他早与红尘绝缘，不会帮你什么忙！"老僧连连摇头。

"我就是给他磕一万个响头，也得叫他答应！"田牛口气铁硬，额上的青筋鼓起老高。

老僧叹息着："执迷不悟，执迷不悟哟！"

"请问，静虚师父具体去西藏哪座寺庙？"田牛眼里露出急不可待的神情。

老僧摇了摇头："这个……我也不大清楚，你请回吧！"

田牛无精打采地出了大庙。

遥见那汲水的老和尚脚步蹒跚，几步一停，呼呼直喘，田牛心里悄然一动，忙跑过去，拎起那只沉重的水桶，边走边和那老和尚攀谈。

"师父，跟您打听个人……"

"谁？你请说！"老和尚喘气均匀些了，喉管里发出呜噜呜噜的杂音。

"请问，静虚师父啥时候去的西藏？"

"唔？"老和尚诧异地，"你不是和他唠了半天？"

"啊？"田牛蓦然愣住，随即明白过来，将那桶水倒入缸内，回身跑去。

田牛忽地闯进那间小屋，咕咚一声跪倒："师父，您我有眼无珠，没认出您来！"

那静虚和尚吃了一惊。

"师父，您就将那秘方传给我吧，我求您了！"

静虚和尚淡然一笑："你说得太轻松了，为了这樱桃酒，我父含恨九泉，我兄亡命东瀛，我妻儿惨遭杀害，我无奈削发为僧，难道就这样传给你吗？"

田牛恍然醒悟，这俗名王酉的酿酒师居然有如此巨大隐痛，难怪他宁肯那酿酒秘方烂于腹中也不告诉世人。可如今百业待兴，岂是旧时可比？他便搜索枯肠，将那时髦的大道理说给这老僧听。

不料那静虚和尚连连冷笑："你那教诲世人的腔调还是说给娃娃听吧，纵江山易改，也人性难移！世俗社会充满妒忌，谁要出人头地，必招致祸端。此种恶习，流传千古，断难改变！我劝你，休做发财梦，去做恬淡人，与世无争与世无求，无情无欲无烦恼，六根剔净，安静一生！"

田牛心忖：照你说的去做，我岂不也成了和尚？不，我就是要争要求要斗，哪怕碰个头破血流也至死不悔！

那老僧见田牛默然无语，以为他回心转意，便轻轻挽起田牛，叹息一声："自古至今当局者迷，看不透人生底蕴，结果都是作茧自缚自寻烦恼。你还是回去吧！"

"不！"田牛咕咚一声复又跪下，"你不答应，我就不起来！"

"你……"静虚和尚面露愠色拂袖而去。

田牛皱皱眉头，随即起来，将行囊置于屋外廊上，心里暗下决心："我非感动得你石狮子落泪，不达目的誓死不归！"

于是，田牛长跪绝食，连续三天。把那些老和尚弄得惊慌失措，唯有静虚和尚不露声色。终于到了第七天傍晚，田牛忽地晕倒在地。众僧人呼啦啦给静虚和尚跪下，说是不答应此人的要求，他们也都圆寂升天。静虚和尚大恸，缓缓掏出了那份保存了半个世纪的酿酒秘方……

六

樱桃酒厂可不得了喽，不到半年时间居然鸟枪换炮。销声匿迹快半个世纪的"酒王"樱桃酒突然出现在省城商品交易会上。各种报纸经济专栏纷纷撰文评介，电视台播放了专题报道，权威的品酒员联名发表文章，向社会推荐这种色鲜味美独具一格的樱桃酒。于是在城市乡村卷起了一股樱桃酒热。无论是新婚庆典或祝寿家宴以及接待亲朋好友的酒席上，都有樱桃酒的芳姿出现。哪怕你席面上摆着山珍海味稀世佳馔，没有樱桃酒便逊三分风采。即使你家常便饭街头小炒，摆上几瓶樱桃酒，陡添七分颜色。樱桃酒成了街谈巷议的话题，由樱桃酒引发出来的市井轶闻，如散落的珍珠，随处滚动。诸如某某商店被盗，什么也没丢，唯独不见了两箱樱桃酒。诸如某某发财黑了心的小子印制"酒王"商标冒充正品樱桃酒扰乱市场，被有关部门抓获罚款万元。诸如某某姑娘因买樱桃酒被人拐骗，幸遇某某男子挺身相救，两人一见钟情，遂缔结如意婚姻……总之，樱桃酒走进了世俗世界的每一角落。

大凡一种东西出了名，那出产这种东西的地方也随之名扬天下。恰似烟台苹果莱阳梨长白山人参通化葡萄酒一样，那地方和东西是相辅相成的。自然喽，樱花镇也蜚声关内关外了。其实，樱花镇先前就小有名气，如今更是锦上添花。大姑娘嫁到樱花镇，可以少要彩礼甚至挟包就去。想娶樱花镇大姑娘，那可得小伙出众家资殷实彩礼丰厚，过门后稍不遂意便骂："瞧你们这破地方，哪里赶得上我们樱花镇！"

镇郊那条通衢大道铺上了沥青。动辄便有外地观摩团光临，泥泞乡路岂不有伤大雅？各种车辆每天络绎不绝，载着那些洽谈樱桃酒生意的天南海北的经纪人采购员，像涨潮落潮的江水，涌上来退下去，退下去又涌上来。于是，那旅店饭店也随之兴隆红火，樱花镇大有腾飞之势。

然而真正要凌云腾飞的却是这股商品经济大潮的弄潮儿，那位曾经因倒大霉而将自己典卖给曹家的乡间小子田牛。

春风得意马蹄疾，人逢喜事精神爽。

瞧这田牛，西服领带，皮鞋锃亮。先前就很英俊的面孔平添几分得意，潇洒的风度更显格外飘逸。动辄来伙录像录音的，动辄来伙纪实采访的。这小子脑袋瓜"贼"灵，搞服装便能把服装行说得玲珑剔透，搞樱桃酒又把酿酒行说得毫发毕现；真不知他的大脑皮层是不是比别人多几十道褶！樱花镇人对他佩服得五体投地，尤其那些大姑娘小媳妇，更是瞧着他心里狂跳，明知他已经娶了媳妇也愿意跟他搭讪。眼见这么个人物被曹美容垄断，那些自恃有几分姿色的樱花镇女人，心里愤愤不平，恨不得立刻将他夺过来才能消除胸中的醋意。

曹家慌了手脚。

曹四背地里骂女儿："我早就跟你说过，那是只猛虎，关在笼子里还要加倍小心，你却寻死寻活将他放了，看日后他蹬你甩你怎么办？"

曹美容哇哇大哭。她有一肚子话说不出口。本来田牛答应天天陪她睡觉，可自从他当上樱桃酒厂经理，便连瞧都不瞧她一眼。曹美容虽不漂亮，但欲望极强烈，怎禁得田牛这般冷落？按捺不住意马心猿时，便也去寻找那些樱花镇纨绔子弟调情。这些自然都瞒不过田牛那犀利的眼睛，他装聋作哑权当没看见。

"爹，你去找找人，把他的经理撤了吧！"曹美容眼角噙泪儿，脸儿黄黄的，像涂了蜡面。

曹四忍不住大骂："当初你鬼迷心窍了？现在他红得里外发烧，别说我，县太爷都拿不掉他的乌纱帽！"

"那……那我不赇等挨甩吗？"曹美容又大放悲声。

曹四咬咬牙："哭什么？刀把不还攥在咱手里？我跟镇里、县里还有民事法庭过个话，你咬死了不同意离婚，他有孙猴子的本事也白搭！"

曹美容破涕为笑："爹，我听你的！"

一直插不上嘴的矬老婆不失时机地讨好丈夫："你早听你爹的，还有今天的光景？唉，老辈子人说……"

"你他妈少掺和！"曹四心绪焦躁，张口骂起来，"都是你惯的她从小任性！"

矬老婆大气不敢出，瘪了……

无论曹家怎样忧心忡忡，田牛依旧不露声色。他所采取的唯一行动，就是将自家先前的房屋重新翻修，雇个小丫头专门侍候他风烛残年的老母亲。而他依旧住在曹家大院，丝毫不见有哪些准备离婚的迹象。

曹美容已经转忧为喜了。

唯有曹四惴惴不安地等待着……

七

"你今天晚间……还去酒厂值班吗？"

"嗯，来了两个客商，我得接待！"

"多咱回来？"

"怎么？"

"哦……我是说你要半夜回来，我就不插门啦！"

"那怎么行？进来坏人咋办？"

"谁吃熊心豹子胆啦，敢进曹家大院！"

"别，凡事还是小心为妙……这样吧，我明天吃早饭时回来，你把门插好，安心睡觉吧！"

"行啦……你可不要半夜回来，叫人睡不好觉！"曹美容眉舒目展，眼里闪跳着渴盼的光。

田牛心里好笑。蠢东西，想偷鸡摸狗，还要装模作样，却露了马脚！他脸上一副若无其事的神态，悠闲地走出屋去。

曹美容见田牛走远，急忙打开梳妆盒，精心精意修饰起来。这女人挨不住空虚，想得到丈夫的爱抚又屡碰钉子，便将那花花绿绿的心思用在别的男人身上。只是那些樱花镇纨绔子弟也个个胃口忒高，根本不把曹美容放在眼里。说说笑笑插科打诨可以，真要发展成男女偷情便谁也不干，倒是有那些外地来的流浪汉向她大献殷勤，可自诩是樱花镇金枝玉叶的曹美容，怎能跟那些浑身生虱子的脏货屈就？于是，她既被田牛冷落，又一时难有外遇，整天神情倦怠情思绵绵。这情景一般人很难窥透，却瞒不过一双惯于偷香窃玉的眼睛。

谁的眼睛？

"神偷"冯五。

这小子很早就在打曹美容的主意。倒不是他看中了她的容貌，而是被曹家的钱财所吸引。他原是樱花镇一家集体饭店的服务员，因手脚不老实，又忒懒，屡教不知悔改，便被开除解雇，成了无业闲汉。虽然凭着偷天换日的本事，居然也混得挺阔，但他明白指望"偷"来打发一生，毕竟靠不住。没准哪次案发，像秋后的茄子种被拴起来，那可就全玩完了。还是得想个法儿。不过冯五想的法儿全不在三百六十行之列。他要寻个既轻闲又自在又有钱花的道儿。这条道儿他暗忖了许久，终于选定在曹美容身上。

倘若他成了曹家的女婿，那曹四还不得养活他？倘若他跟曹美容再生个一男半女，曹四能眼看外男外女饿死冻死？

他懂得，野心勃勃的田牛迟早会把曹美容"踹"了，看不到这个前景，他就算白活！

若是没有这个念头诱惑，就是曹四再给他几千块现金，他也绝不会去做那伤天害理的事情——那封田牛写给扣儿的绝情信，是冯五仿照田牛的笔迹伪造的。也是田牛疏忽，将手戳、记事本都放在服装厂的办公桌抽屉里，被曹四顺手收去。冯五明白曹四的用心，是想叫扣儿断了那股肠，离间开田牛和扣儿这对情人。但冯五更明白，即使扣儿和田牛从此一刀两断，也保不住曹美容和田牛的婚姻。天下丽色女人有的是，田牛失去扣儿还有别人，要害处是田牛根本不喜欢曹美容，曹四就是使尽花招不也徒劳？冯五还明白，他帮曹四干了那件显然触犯刑律的事，就等于抓住曹四一个把柄，想敲他的竹杠那还不是随随便便就能做到？

冯五像个机警的猎人，猎枪、陷阱都准备停当后，随即开始逼向猎物。

他一反从前的邋遢相，用虽不是正道来的却有着同样价值的货币，换了一套颇算考究的"行头"，头发理成个爆炸式，本来也很清秀的面孔，涂上女人们才用的护肤脂减皱霜之类，居然也相貌不凡风流倜傥了。冯五还有个惯于逢迎的天性，那张面皮比橡皮都厚，碰钉子遭奚落全都不在乎，就使得一些轻佻女流嘴上骂他，心里却有几分骚动。至于曹美容，恰值无聊烦躁之时，猛见冯五出落得这般风流，虽比不上田牛雄健潇洒有丈夫气，但总比那些肮脏的流浪汉强百倍。俗语说，饿了糠也充饥，何况冯五还是比糠强的秕谷呢？于是两人眉目传情，很快便突破防线。冯五人虽精瘦，床笫功夫却了得，只几次便叫曹美容难分难舍，遂把那田牛冷落她而引发的寂寞空虚统统填塞，恨不得天天寻机会和冯五鬼混。

今天又是天赐良机。

曹美容匆匆梳妆完毕，便将那盆君子兰放在窗台上，撩开半面窗帘，静静等候。那君子兰和半面窗帘都是信号，暗示她夜晚独自在家。

那轮黄月像酒醉未醒，朦朦胧胧地从樱花镇东郊山头上，蹒跚着爬上天空。灯火闪烁的繁华小镇，夜市喧哗，酒馆营业，同白昼并无两样。神偷冯五吃饱喝足，边剔牙缝边溜墙根散步。他偶然回头，瞧见田牛大步流星朝樱桃酒厂走去，心里悄然一动。说句心里话，他并不贪恋曹美容那少得可怜的秀色，使他愿意去那女人卧室鬼混的，是每次走时都能得到那女人百八十块钱赏金。妈的，天下竟有这种好事，不去岂不是天字头号傻瓜吗？

冯五瞟着田牛身影消失，便像只猫一样溜到曹家大院一侧，抬眼细瞧，果见柔和的灯光从半面窗镜里透出来，映出那盆君子兰的硕大肥叶。冯五暗笑，这娘们急啦，今儿个得敲他两捆大票。冯五想着，手攀墙砖棱，轻快地翻过墙去。用指头轻敲三下门，那满身散发着香水气的女人，急不可耐地将门打开，扑进冯五的怀抱……

夜风戏弄着小镇周围的樱桃林，发出一片梦呓般的音响。那轮醉月已经清醒过来，蛋黄色渐褪，又透出往日的白皙。大夜市散了，小酒馆关了，樱花镇人要睡了。

却有个人没睡。

他机警地溜回曹家大院。

他悄悄摸索着，摸到了门拉手下的孔。那是他几天前趁曹美容没在家用凿子凿的，然后塞上涂着和门一样颜色油漆的棉花蛋。现在他通过这个孔眼把门插棍拨拉一边去，悄无声息地进屋了。

屋里传来了冯五和曹美容熟睡的鼾声。

他屏住气息，掏出放好胶卷的照相机，赤着脚进了卧室。

他猛地将室内电灯开亮，以迅雷不及掩耳的速度，撩开床上的被子，将那赤裸着身体的一对男女嚓嚓摄入镜头。

那两个男女吓醒了。

曹美容又羞又怕，蒙住被子筛糠般地颤抖。

冯五由惊惧转为凶狠，随手操起床头柜上的暖壶，可惜还没砸过来，就被田牛抓住手腕夺了下来。然后用力一攥，冯五痛得连声怪叫。

田牛冷冷一笑："你放聪明些，在这屋里，我就是打断你两条腿也白打，你夜入民宅，我是正当防卫！"

冯五扑通跪下哭求着："田大哥，你饶了我吧！"

田牛轻蔑地瞅瞅他，又转向蒙着被子的曹美容："你们俩不是气味相投吗？我成全你们！"

冯五倏地仰起头。

蒙在被子里的曹美容悄悄撩开被子一角。

"我就要你在这离婚申请书上签字！"田牛盯住曹美容半边脸。

"妥！"冯五一骨碌从地上爬起来，"美容，跟他离，我娶你！"

曹美容怔了怔："我爹……他不会同意！"

"我去跟他说！"田牛递过早就写好的离婚申请书，语意双关地，"你还是想开些，不要弄得满镇都知道，不好抬脸见人！"

曹美容眼泪簌簌流下。这会儿她还有啥好说的呢？她怨恨地接过笔，在那张纸上歪歪扭扭写上了自己的名字。

田牛小心叠好揣进兜里，揶揄地一笑："对不起，打扰了你们的好梦！"说着头也不回地走出去。

冯五咽口唾液："妈的，这小子真是根'棍儿'，我服了！"

曹美容像丢了件珍贵的东西，哇地哭起来。

八

接连过去三天，不见田牛有什么动静。倒把曹美容急得不行。她不知道田牛葫芦里卖的什么药，要杀要剐来痛快的，就这钝刀子割肉，总也割不下来，还总得去割，叫人活遭罪！

曹美容已经豁出去了。横竖她已经在离婚申请书上签字，横竖田牛也不会再要她了，因此她横竖也只有嫁给冯五，哪怕他就是臭叫花子，她也死心塌地了。她现在担心的倒不是她爹同不同意她和田牛离婚，她担心的是她爹答不答应她和冯五结婚。虽然她和冯五在一起如胶似漆很愉快，可是那"神偷"声名狼藉，老曹家那张光彩的大脸可就要丢到灰堆里去了。

曹美容心里有事，便一天往后院去无数次，偷觑曹四的脸色，用话试探继妈的口风，却仿佛什么事情都没发生过。她真想把那件事说出来，又觉得不大光彩，只好隐忍着，像热锅上的蚂蚁，坐立不安，神色张皇。

到底是当妈的心细，她瞧见闺女脸色蜡黄屁股像燎着了似的，便问："容，你怎么啦？"

曹美容噙着泪珠儿："妈，你叫我爹找田牛去！"说完，捂着脸跑了。

矬老婆满脸恐慌，等曹四外出回来，急忙嚷道："他爹，不得了啦！"

矬人声高，再加上焦虑，那音调震得曹四耳根子发麻。他倏地吊起两道粗眉狠狠道："你惊啥？你娘家死人啦？"

矬老婆压低嗓门："咱闺女眼睛哭成个桃儿，八成挨姑爷打啦！"

"唔？你听她说的？"曹四盯住矬老婆。

矬老婆咽口唾液："闺女叫你去跟你女婿说！"

"我懒得管那些缠头裹脑的事！"

曹四嘴上这么说，那双脚竟在晚饭后迈向樱桃酒厂。他早就想找田牛掰扯掰扯。自从当上樱桃酒厂经理，田牛竟连服装厂的边儿都不沾了。眼见那服装厂每况愈下，曹四能不着急？他要提醒田牛：不要忘了你是怎么当上的樱桃酒厂经理，没有姓曹的给你送人情，下盆大的雨点儿能轮到你小子头上？人他妈总不能不讲点儿良心吧？

曹四心里狠狠地骂着，不知不觉进了樱桃酒厂大门。

他立刻被"镇"住了。

他出于妒忌的心理，从来没进过樱桃酒厂大院瞧瞧，没想到竟这么气魄宏大堂皇排场。不用说那在原有的房基地上已重新修起的几幢小二楼，就那停在院里的十几辆换型后新出厂的"解放"牌大卡车，也足叫人瞠目结舌了。没有点儿道行，能有这番景象？瞧那画着樱桃酒商标的巨幅广告牌上，一个时髦装束的大姑娘手擎樱桃酒瓶在冲人微笑。笑，笑你个头啊！曹四一股酸意涌上来，就势往地上吐了一口。

"哎，曹老爷子，不许随地吐痰，防止细菌进入樱桃酒里去！"门岗是个十七八岁小青年，半真半假地瞧着曹四。

"我姑爷呢？"曹四皱皱眉头，摆出一副老太爷的架势。

小青年做个鬼脸："我们这里没有姑爷，只有经理！"

"就找他！"

"在经理室谈生意呢！"

曹四抬腿要走。

"回来！"

"干吗？"

"登记！"

"登什么记？"

"非本厂人员入内，一律登记！"

"我是他老丈人！"

"皇上二大爷也得登记！"

曹四真想破口大骂："穷人得利就装屁！"还没骂出口呢，就见田牛陪着几个衣冠楚楚的人，从经理室说笑着走出来，便把那句脏话咽回去了。

田牛似乎早就瞧见了曹四，却装作没看见，冲门岗小青年点点头。"我出去陪客人吃顿饭，想找我的，叫他在接待室等着！"

一行人擦着曹四的肩膀过去了。

曹四简直气昏过去。

这不是有意羞辱他吗？

若说离老远看不见，走到近前还看不见吗？我不指望你当众喊声"爹"，总应该介绍寒暄两句吧？姓曹的在樱花镇不说至高无上，咳嗽一声总有点儿动静吧？什么时候受到过这样的轻慢？

曹四转身就要离去。

"曹老爷子，你不找我们经理啦？"那小青年嘴角挂着讥笑。

曹四倏地火蹿头顶："找！他只要不死，我就在这儿等他！"

那小青年笑了笑，将接待室的门打开。

曹四进去后，又被接待室的富丽时髦震撼了。心想，这小子心思全用在樱桃酒厂了。悔不该当初听了那傻闺女的话，给他活动来这个美差，这不是裁自己锦缎，为他人缝嫁衣吗？

曹四发泄地打开桌子上的精装樱桃酒瓶，咕嘟嘟喝了几大口后便四仰八叉倒在那长条沙发上，憋足气，要跟田牛摊牌。

田牛一直到半夜才回来。他这几天太忙，没工夫处理和曹美容的婚姻纠葛，见曹四主动找上门，便把那张洗好的照片连同那份曹美容签过字的离婚申请书悄悄揣进兜里，神态从容地进了接待室。

两个充满敌意的对手在相互打量。

虽然他们名义上还是翁婿。

终于先由田牛开了腔，他毕竟是主人。他很想再称呼他一声"爹"，可话出唇后依旧是仨字："你找我？"

"不找你找谁？"曹四口气忒硬。

"什么事？"田牛颇有大家风度，面带微笑。

"服装厂你就撒手不管啦？"

"谁说的？樱花镇的事儿我都想管呢！"

曹四心里咯噔一下。妈的，你还想管全世界的事儿呢？口气可倒挺大。他心里骂着，嘴上却冷嘲道："那还轮不到你这个年龄的来管。我就咂摸着，你不能光吃空饷不玩活儿，叫别人背地里嚼舌根，好像咱老丈人姑爷怎么的了！"

"那好说，这半年我在服装厂的工资不要了！"

"这……"

"不就千八百块钱吗？"

"你现在阔了，不在乎这俩钱儿了！"曹四声音软下去。他知道用扣发工资这招已经失灵了，便悻悻地问："你什么时候管管服装厂的事？"

"暂时顾不上！"

"以后呢？"

"也不好说！"

"日你祖宗！"曹四再也忍耐不住，噌地跳起来，手指着田牛鼻子大骂："你还有人味吗？别忘了你是怎么当上的酒厂经理！"

"竞选上的！"

"扯淡！"

"那你说是怎么当上的？总不是你花钱弄的吧？"

曹四打了个嗝。那种事虽然屡见不鲜，但也不好大吵大嚷。他冷冷一笑，话锋一转："你怎么上去的，我也可以叫你怎么下来！"

"是吗？我真想尝尝啥滋味儿！"

"你等着瞧！"曹四拍拍屁股要走。

"慢！"田牛拦在门口。

"干吗？"曹四虎起一张黑脸。

田牛微笑着："你的事情说完了，我的事情还没说呢！"

"你有个屁事？"

"和你闺女的事！"

"哦……"曹四想起烓老婆说的话，便叹了口气，坐在沙发上，以长者的口吻说道："头会儿我脾气不好，骂了你几句，你别往心里去……说吧，你们小两口闹叽叽啦？"

"比闹叽叽厉害些！"田牛决心要要要曹四。那口憋在胸中的闷气到了该发泄的时候了。

曹四忧郁地："你俩动武把操了？"

"比动武把操还厉害些！"

"动刀子呀？"

"比那还厉害！"

"啊？"

"我说了你别火！"

"你说！"

"你闺女要跟我离婚！"

"什么？"曹四一怔，忽然哈哈大笑，他指着田牛数落着，"你少跟我来这套，是你要跟她离婚吧？告诉你，趁早死了那份心思！"

"你不信吗？"田牛从兜里掏出一张硬硬的复印纸，"这是你闺女的离婚申请书！"

曹四唰地夺过来。他粗通文墨，尤其熟谙这类诉讼文字。片刻工夫他看完了，而且清晰地看见了曹美容的落款。

他脑袋嗡的一声涨大了，浑身的血管倏地绷紧，顿觉四肢痉挛心头绞痛。他虽然不明白究竟发生了什么事，但他敢断定闺女保准是入了田牛的圈套。他愤怒地将那份离婚申请书撕得粉碎，狂呼乱叫："我叫你耍花招！我叫你耍花招！"

田牛矜持地笑笑："那是复印件，原件我已收藏好了！"

曹四叫声陡敛："好，好，算你有心劲儿！可我要叫美容收回，看谁敢给你办离婚手续！"

"是吗？"田牛乜斜着眼珠，"要是你闺女做下什么见不得人的事，法院还护短吗？"

"你血口喷人！"

"我有铁证！"

"拿出来！"

"请看！"

田牛唰地甩出一张彩色照片。

曹四抓起一看，顿时晕了过去……

九

曹四仿佛做了个噩梦。

倏然醒来，他发觉眼前变了样。

他自诩财大气粗，没有踩不平的道，没有办不成的事，而且他坐地豪门盘根错节，儿子们又都在外边干事，真是八面威风一呼百诺，这樱花镇的土皇帝他是坐定了。不说万万岁吧，至少在他眼睛闭上之前，这情景不会有什么改变。能叫自己最丑陋的爱女同樱花镇最一表人才的人物结合，这不仅是出于对女儿的钟爱，还有一种力量的显示财富的炫耀。在樱花镇人眼里，他曹四即使想上天摘星星，怕也是竖个梯子就能办到哩！

然而现在他却面临最严峻的挑战。

对手是他的得意门婿。他用金钱的绳索将那只猛虎缚住关在笼子里，瞬息间，绳索脱落，笼门打开，威风凛凛的猛虎跳了出来！

对手是那么轻松，似乎丝毫没费力气，就击中了他的要害。

他曹四即使拥有世界银行，他能抹掉女儿的丑行吗？那色彩明丽的放大照片，将曹美容和冯五赤身裸体的丑相显示无遗，那么立体地表现出肉体的质感——他曹四能用钞票将这些都遮盖起来吗？

不错，有关部门他确实已经做了手脚，每一条可能叫那只猛虎通过的道路都挖好陷阱设下埋伏。然而这一切顷刻间都变得毫无意义。他曹四那张面皮为猛虎的四爪行走铺平了路！

他不能让这件丑闻诉讼于法庭。

他这张脸不能叫那只猛虎利爪抓破了。

他固然溺爱女儿，但他更珍视自己的名誉。

在这两者之间选择，他无疑选择后者。

他尽管意识到，在这场角逐中，他曹家输得很惨，但他要效仿古代圣贤卧龙岗上的高人，即使兵退，也要多垒行军灶，吓唬吓唬对手。

"唔？你现在感觉怎么样？好些了吗？用不用喊镇医院大夫来？"田牛微笑地瞧着从昏迷状态中渐渐苏醒过来的曹四，眼睛里闪过几缕残忍的光。

曹四躲闪着那戏弄的眼神，挣扎着坐起来，抓过茶几上那杯凉茶，咕嘟嘟喝个精光。

"喝凉茶生病！"田牛讥诮地耸了耸眉毛。

曹四冷笑："我肠胃壮，不怕！"

"硬话可以说，只怕到时身不由己！"

"大不了是个死，五十八岁了，知足！"

"人生七十古来稀，若不是活不起，怎么能在五十八岁去死？"

"活不起？哈……我姓曹的还没穷到卖身那一步吧！"

"那是虎落平川被狗欺！"

"你？"曹四又要发作，但他竭力将火气压回去，岔开话题，"这件事你打算怎么办？"

"这全在你！"

"在我？"

"公了私了都可以！"

"公了？"

"惊官动府，风雨满城。"

"私了？"

"鸦默雀静，到镇上把离婚手续办了！"

"我很服你！"曹四叹口气，"可惜我们曹家福分薄，养不住你这个人物！"

田牛矜持地一笑："哪里，我是堆被人踩在脚下的稀泥，水分被踩光了，那泥也变硬了！"

"唉……"曹四长叹一声，"说好，明天到镇上办理离婚手续，只是那些照片？"

"离婚手续一办完，连同底板全部销毁！"

"还有……"曹四咽口唾沫，"我不说你心里也明白……"

"你是说你们曹家替我偿还的贷款？我已经准备好，连本带息如数还清。"

"包括这一年的利息？"

"当然包括！"

"你母亲那笔药费？"

"也都不欠！"

"好！男子汉大丈夫！"曹四忍不住竖起大拇指，"跟你有过这么一段，虽说闹这么个结果，也值得！"

田牛淡淡一笑："其实以后我们还可以打交道，如果你信任我，服装厂的事我可以接着管！"

"那倒不必啦！"曹四心想，再叫你管还不都成你的了？

两人嘻嘻哈哈客套一番，彼此达成协议。

翌日上午，樱花镇政府大院，挤满了瞧热闹的樱花镇男女。先前田牛和曹美容在这里登记结婚时，就有许多人预料这桩婚姻不会长久。有的是从相貌上断定他俩必然有离婚那一天；有的是从性格上看出田牛迟早会抛弃曹美容；还有的暗中掐算了他俩的生辰八字，认定他俩命相相克犯大忌。不管是持哪种根据的人，都想亲耳听听田牛和曹美容的离婚诉讼，因为不管离得成离不成，双方都要陈述理由，而且那管民事的镇政府干部还要苦口婆心规劝。

可惜他们全都估计错了。

当事者田牛和曹美容一走进办公室，那戴着花镜的老秘书就迅速地从抽屉掏出填写好的离婚证书，两人签字画押后，两封离婚证书分别收藏好。一场众所瞩目渴望听个端详的离婚案，不到两分钟便处理完毕。

人们都大眼瞪小眼，面面相觑地思忖，难道田牛和曹家丑女也要学那文明离婚的派头？若不是突然闯进个油头粉面的樱花镇泼皮，人们简直觉得枯燥无聊透了！

那泼皮是神偷冯五。

他挤过人群，冲满脸沮丧的曹美容嚷道："我说相好的，咱俩就手把结婚登记办了吧？"

曹美容脸腾地红了，在突然哄起的笑声中，狼狈地钻过人堆，捂着羞臊的面孔跑去。

冯五在后边边追边喊："说得好好的，你怎么变卦了？"

人群远远尾随，爆发出潮水般的大笑。

冯五依旧大声嚷着："你这丑娘们，寻思谁愿意要你呀？"

"冯五！"

斜刺里一声怒喝，吓了冯五一跳。

他定睛细看，只见曹四陪着镇派出所所长，虎视眈眈地堵住了他的去路。

冯五顿时傻眼了……

十

　　别提田牛有多惬意了。那离婚证书一拿到手，他就像狱中囚徒突然接到被提前释放的通知似的，顿觉天宽地阔，那鲜活的空气又都任凭他自由呼吸了。他虽然竭力掩饰眉眼里的欢乐，潇洒从容地走出樱花镇政府大院，但当他下意识地来到小镇南郊那片樱桃林时，先前那股遏止在胸膛里的情感激流便汹涌而出了。他狂喜地在那片绒绒的草地上打着滚，将发热的面颊贴在那柔软的草叶上。草叶温情地摩挲着那张棱角分明的男子面颊，像是那多情女柔润的发丝，勾起他甜蜜温馨的感觉。他闭上眼睛回忆着和扣儿在这里的浪漫缱绻。快一年了，扣儿，你好吗？你在哪里存身呢？倘若不发生意外，孩子已经出满月了。真不知道你们母子是怎么熬过来的。扣儿，你不要怨恨我太薄情没去看望你，我到现在也不知道你的准确地址。我明白你不愿我去见你的隐衷，你是在激励我的一腔须眉气！"不混出人样来别再回来见我！"古时多少刚强女流这样激励她们外出闯世界的丈夫，难道你也在效仿她们吗？哦，我的扣儿，我总算没辜负你的心意，我总算挣脱了枷锁，成为一个能够自由支配自己命运的人了。哦，扣儿，我的扣儿，我这就要动身去找你，我要将你们母子接回樱花镇，我要叫生活偿还欠下我们的全部债务，我们要尽情地享受世俗世界的全部欢乐！

　　田牛淋漓酣畅地发泄着自己的情感，然后他像一个酩酊大醉的汉子，踉踉跄跄地跑进张家抻面馆。

　　抻面馆意外地没有营业。

张四爷铁青着脸坐在那里抽闷烟。

这悠悠过去的时光里，他几乎每两个月都要进山里去探望干孙女，每次回来都要闷闷地抽半天烟。

他自从那次在"清风客栈"见到干孙女一面，就再也没见到她。问那"清风客栈"的女主人，那娘们头摇得像拨浪鼓说不知道。

"不知道？她去哪儿你能不知道？"张四爷怒气冲天，"是不是你们把她骗到什么地方卖了？"

"你这老头说话这么难听，有卖牛卖马的，还有卖人的？那不犯法吗？"

"那你说她哪儿去了？"

"我哪儿知道？不信，你不会去找？"客栈女主人守口如瓶。她知道扣儿和小叔已经"结婚"，她唯恐这自称扣儿干爷的老头对小叔不中意，再把干孙女领回去。

张四爷只好扫兴而回。

偌大个山里，去哪里寻找扣儿？只好慢慢打听了。

那田牛倒是常去揪面馆。他嘴上虽然不向张四爷询问，心里却也是希望能听到些扣儿的消息。张四爷知道他正拼命拼搏，唯恐影响他的情绪，便总也不露声色。甚至在田牛忍耐不住问一句"她好吗"时，张四爷也总是微微点点头。

"四爷，四爷！"田牛欣喜若狂地喊着。

张四爷眼皮没撩。

"四爷，你告诉我，她在哪儿？"

张四爷烟锅吸得嗞嗞响。

"四爷，你瞧！"

田牛将离婚证书掏出来。

蓝色烟雾遮住了张四爷的脸，叹息声从那烟雾里流出来。

田牛脸色倏地变了："四爷，出了什么事？"

张四爷磕磕烟锅："出什么事，你也要挺得住！"

"你……说！"田牛的嗓音在颤抖。

"她嫁人了！"

"啊？！"

抻面馆里死一般静。

张四爷知道扣儿"嫁"给赵鬼的准确消息是在三个月前，不过那客栈女主人依然没告诉他具体地址。为了叫这热心肠的老头死心，那山里娘们竟谎称扣儿所说，不愿见他这羊肉贴不到狗肉身上的干爷。张四爷伤心透了，遂把那股牵挂扣儿的柔肠断了。回到樱花镇，他很想把真话告诉田牛，但一见他那苦苦挣扎的模样，张四爷又把涌到舌尖的话咽回去了。今天清早，他听镇子里人哄扬，说是田牛要跟曹美容离婚，便把那圆幌儿摘下来，坐在抻面馆里静静等候。

他知道田牛只要离了婚，马上就得来打听扣儿的下落……

"不！这不是真的！"田牛喊叫着，"她说过，除了我，谁也不嫁！"

"唉，你别傻心眼了，连我这个干爷，她都不认了！"张四爷潸然泪下，"人情薄如纸，人情薄如纸呀！"

"这是为什么？啊？为什么？我得去问问她！"

"还问啥？准是她现在过得挺舒心，把咱们这些人都忘啦！"

田牛牙齿咬得嘎嘣响："不行，我非要找到她不可！"

"我劝你还是想开些……"张四爷摇头。

"不！"田牛仰起脸，盯住张四爷，"四爷，你最后是在哪儿见到她的？"

张四爷吞吞吐吐地："清风……客栈。"

田牛不再啰唆，急忙走出张家抻面馆。他连母亲都没告诉，在那密密麻麻的本省乡镇区域图上，寻到那小米粒般的"清风岗"三字，辨认一下方位，便骑着一辆摩托，风一般驶出樱花镇。

弯弯曲曲的乡路，仿佛一股掀也掀不断的愁肠，痛苦地缠绕进大山的腹部。越来越浓密的林木，阴郁着面孔，似乎不大欢迎这位心焦如焚的男子。一群黑乌鸦呱呱叫着，像是在传递什么不祥的预兆。远处山峦烟霭迷蒙，不知道那里边蕴藏着多少忧伤和苦痛，竟使得那群乌鸦盘旋几圈，也都惊惧地飞走了。

摩托车轮在飞快地旋转……

先前花去扣儿好多时日的路，在摩托车轮的碾压下迅速缩短，那挑着四个灯笼的"清风客栈"终于宛然入目。

"同志，住店吗？"客栈女主人迎出来。

田牛瞥见她鬓边插着一朵白兰花。

是她爱俏还是为什么人致哀？

田牛将摩托车熄火，随客栈女主人走进那间旅客登记室。

"住几天？"

"不住！"

"嗯？！"

"想打听个人！"

"谁？"

"扣儿！"

"她？"客栈女主人脸上浮起哀伤，眼泪在眼眶里闪着光亮。

"听说嫁人了？嫁到哪里了？"

客栈女主人悄悄拭去眼角的泪儿："你是她什么人？"

"表哥！"

"表哥？她从来没说过有什么表哥！"

"那是她太无情！"田牛声音里充满着怨恨，"请你告诉我，她现在在什么地方？我想马上见到她！"

"你见不到她了……"

"怎么？"

"本来我不想告诉任何来找她的人，可现在，我的小叔死了，我可以告诉你了！"

"请等等，你小叔和她有什么关系？"

"他是她丈夫！"

"啊？这……我有些糊涂了！"

"没啥糊涂的，她嫁给我小叔，我小叔被人殴打，得了脑震荡……"

"那她呢？"

"不知道！"

"什么？"

"办完我小叔的丧事，她就不知去向了。有的说跟一个城里女人走了，也有的说她跳了山涧！"

田牛脸上的肌肉痉挛着，使得口腔里发出的声音都有些颤抖："你小叔……在什么地方住？"

"东山里煤矿。哦，那煤矿已经废了，现在是一片死谷！"

"离这儿多远？"

"三四百里！"

田牛面如死灰，转身走出去。

客栈女主人惊惶地喊："你去哪儿？"

回答她的是飒飒的山风和突突的摩托声……

不必赘述田牛是怎样历尽惊险坎坷，最后当红日冒出天际时，他攀上了那座险峻的山头。俯瞰脚下，是一片被炸毁的矿井和蜷缩在四面八方的矮趴趴的工棚。没有炊烟，没有人迹，甚至连生命的影子都无从觅寻。同周围那蓬勃的山林相映衬，这里竟仿佛是刚刚被战火燃烧过的焦土。

扣儿，你在哪里？

扣儿，你是死是活？

扣儿，你为什么不守誓言又嫁人？

"扣儿——"

田牛终于疯狂地发出一声惨叫。那凄厉的声音在这片寂静的山谷里回旋冲撞，竟使得周围空山也随之呜咽起来……

扭　曲

无论人们怎样解释世界，无论是上帝造人的断言成立还是从猿进化到人的学说正确，谁也不能回避情爱的丝线是织就生命世界的经纬。即使是希腊传说中的诸神，不也曾在爱的天国里缱绻？谁能否认爱与天地俱在与日月同辉呢？爱是那么抽象那么宏大，爱又是那么具体那么入微。你想窥见他或她的灵魂战栗吗？你只要去观察他或她怎么爱就好了。

这是一块试金石。

一

他现在叫田家兴。

这名字是他半年前由樱花镇迁到省城时改的。那时候，他的心灵刚刚恢复宁静。经过那痛苦的精神炼狱，他没有被绝望征服。相反，他的内心里倒潜生出一种解脱后的轻松。他不再追忆那也许已经永远逝去的倩影。他甚至有些奇怪，即使在梦境里，她的丽姿也没再出现。他怎么能把她忘得这么干净彻底？他自问，自己先前那么疯狂地爱她，是她的善良温柔软化了他铁硬的男子心肠，还是她的妙容天姿引发了他肉体感官的愉悦？他说不清楚。但他清楚他和她很少有精神交流。他和她在一起时，多半是亲吻是拥抱是温存，也许这像某些人所讥诮的那样，是动物性的爱？可是他无法体验那种柏拉图式的爱情是怎么个滋味儿。他只本能地意识到：爱，就要毫不含糊地全部占有。她和他都是为了对方而存在。他和她生命的意义就在于被对方所爱。然而她却违背了这条爱的原则。她不辞而别消失在茫茫尘世里，她嫁给了别人，虽然那人已经死了，可她毕竟把原本都属于他的爱分给了死者一部分，也就是说，她已经不是全部地为他而存在，那她对他还有什么意义呢？

这或许是大恸之后迅速忘掉她的原因吧！

樱花镇的姑娘却都要发疯了。

每当他的身影一出现，几十双秋波闪闪的眼睛都盯住了他。那保媒的摩肩接踵出入樱桃酒厂经理室或他家那新翻修的屋子里。田母盼儿子早日成婚，对每位媒人都报以感激的微笑。这老太太从儿子嘴里得知扣儿的确凿消息后，眼睛快要哭瞎了。她憔悴的面孔没有一点儿血色，呼吸一天比一天困难。她明白自己剩下的日子已经不多了。她只希望在她活着的时候，能亲眼看见儿子娶回一个称心如意的媳妇。然而她的心愿却没能得到满足。儿子不但对樱花镇的姑娘睬都不睬，连那从外地雪片般寄来的情书、照片也全然不理，一直到田母遗憾地与世长辞，他依然是赤条条一根光棍。他心里发誓，要娶一个比扣儿还要漂亮而且完全为他而生活的姑娘。他笃信，凭着他与日俱增的金钱和名气，他不会大失所望。

他将母亲破格安葬后，毫无牵挂地将精力全部投放到他的樱桃酒上。

这时候，出现了一件他做梦也梦不到，却跟他有很大关联的事。

这件事不但使他的事业锦上添花，而且彻头彻尾改变了他的命运。

"酒王"樱桃酒投放市场后，竟远销东南亚和东瀛三岛。有关部门接到一份来自日本的信函。寄信人自称有中国血统，是一位经营果酒的大公司董事长。他在信中说，他的父亲是一位中国人，熟谙酿制精美樱桃酒的秘方，可惜在他弥留之际，不肯将这祖宗留传下来的工艺传给日本女人生下的儿子。尽管儿子磕破额头鲜血淋淋，那倔强的老人始终不吐一字，最后手指西方溘然仙逝。儿子揣摩亡父的意思，是叫他西去故国寻找叔父的下落。可是那时两国尚未建立邦交，一衣带水之隔如隔万水千山，只能望西兴叹。现在故国打开封闭的大门，吸引外资投资，使得这位炎黄后裔血液沸腾。偶然尝到"酒王"樱桃酒，竟使得他欣喜若狂，连夜奋笔疾书，恳请中国有关方面，同意他去关东访问，同樱花镇樱桃酒厂商量合资联营事宜。

不消说，这位果酒公司董事长是当年亡命日本的王水之子。他现在的名字仍袭祖宗家姓，叫王瀛。

不消说，其间又经历过诸多公文履行繁文缛节，最后双方达成协议，成立投资百万的"甜甜"樱桃酒公司，由双方各派一名经理，在省城设置办事处，将樱花镇旧厂址扩大，而且新辟荒地大面积种植樱桃树，产供销形成一套完整体系。为了工作方便，中方经理田牛便搬进省城，每天用电话遥控樱桃酒厂的生产进程。为了经常签署文件合同不致叫人感到他的名字太土，便搜索枯肠更名叫田家兴。是啊，人类都已进入太空，他还同那慢慢腾腾的黄牛为伴，心理上确实有一种淡淡的失落，别小觑那名字的更易，那里边暗合着历史的嬗变哩！

虽然描述田家兴陪同王瀛去"酒仙"岭拜见那位俗名王西的静虚和尚，自会有一番笔墨，但那些似乎与这位脱胎尚未换骨的乡村企业家的爱情故事无甚关联，于是遂作罢。

且看他在这百万人口的都市里怎样结识了又一位绝色丽人……

二

他初次到这儿来。

尽管他很早就萌生过要来这儿消遣的念头。

不只因为诸事纷繁，羁住了他的手脚，多半是潜藏在他那内心隐秘处的自惭形秽而导致的踌躇。虽然说他在事业上气吞万里如虎，可他的潜意识始终提醒他，自己还是一个没褪尽泥味的乡下人。他为这不时隐现的卑微情绪所困扰，他发誓要彻头彻尾从里到外变成个纯粹的城里人。他要求自己先要学会跳舞。

应该说，他的仪表他的风度他的言谈他的举止，都能够混迹于繁华都市而不露痕迹，只可惜他不会跳舞。他不但不懂什么是华尔兹什么是探戈，不但不知道约翰·施特劳斯的"蓝色多瑙河"以及阿根廷那种旋律与伴奏常形成交错节奏的独特双人舞，就连社交场合司空见惯的交际舞，他也从来没跳过。倒不是他天生腿脚笨拙，他在乡间扭大秧歌时，那敏捷轻快的步法曾撩拨得多少姑娘夜晚睡不好觉。他笃信他只要认真学跳一周舞，他就可以携带舞伴旋转自如。遗憾的是他无从去学，或者说他不肯去跟人学，那不等于承认自己不会跳舞是个"老屯"吗？他豁不出这张日益光彩的脸。

他想无师自通。

他要"偷艺"。

他选择了这所省城最时髦最气派最能激起情绪舞伴最多的"明星"舞厅。他选择这里的重要原因，是这个舞厅设置一圈观众席。他可以冒充等待情人的角色，坐在观众席里不显尴尬。谁会怀疑他这个潇洒倜傥衣冠楚楚的男性公民竟不会跳舞呢？

暮霭裹挟着薄雾，从那深邃高远的秋空里缓缓流下，似乎要把这座繁华都市遮没，只是它们刚刚逼近城市上空时，那大街小巷和无数楼房窗口倏地燃起明亮的灯火，竟把那暮霭和薄雾融进一片辉煌里。霓虹灯管滑稽地耍着鬼脸儿，一会儿绿，一会儿黄，一会儿红，将这座"明星"舞厅弄得像个迷宫。徐缓抒情的圆舞曲和那热烈明快的流行歌曲以及疯狂的摇滚乐交相衔接嬗替。各种乐器都在不遗余力地表现自己，而在这个音响世界中，顶属架子鼓和电子琴最令人情绪亢奋。瞧那翩翩起舞的快乐男女，眸子里闪跳着热烈的光，步履中散发着蓬勃的力，衣裾旋转飘摆，发出窸窸窣窣的摩擦声，像无数只春蚕在啮食桑叶。谁也无法透过那时髦的装束窥透那跳舞人的身份。噢，那位举止斯文的青年，可能是刚刚得到硕士学位的研究生吧？不，也许他是修理皮鞋的个体户。噢，这边有人从兜里掏出一沓钞票，瞧也不瞧地扔在饮料柜台上，然后一挥手，十几位哥儿们姐儿们围拢来，抓起橘汁袋、汽水瓶、啤酒杯，恣意说笑，开怀畅饮。卖饮料者将剩下的钱找给那人，那人却随手塞进一个神情高傲的姑娘衣兜里。那姑娘妩媚地一笑，给了他一个飞吻。周围腾起一片喝彩。那人便挽起姑娘的腰肢，轻移碎步，走进舞池……

坐在观众席上的田家兴，将这一切觑得分明。他淡淡一笑。他看出了金钱在这里的神奇魔力。他自恃财富超过这硕大舞厅里的每一个人，于是那先前不时涌上来的自卑，顿时都无影无踪了。

他开始潜心"偷艺"。

他起初目光游移，眼睛里是纷乱的双脚和迷离的光束。时间过去好久，却不得要领，脑子里一片空白。后来他调整了观察方式，将目光集中在一位身材颀长的男子身上。凭借摇曳的灯光，田家兴看见那人相貌堂堂，而且身条忒棒，舞姿优美，步法娴熟。显然这是今晚舞会的王子。田家兴决定以他为师，眼睛紧紧盯住那理想目标一刻也不移开。可是盯着盯着，他的视线仿佛被无形的手指紧紧捏住，不由自主地被牵引到那魁伟男子的舞伴身上。田家兴饥渴的眼睛倏地迸射出火花，一股难以名状的躁动瞬间充满他的全部感官。他很难说清这躁动里面都蕴藏着什么内容。是被那舞伴都市现代的美所震惊，还是那显然超凡脱俗的美引发出了那股蕴蓄在他情欲世界里的骚乱？也许还有对那魁伟男子的歆羡和……妒忌。

田家兴无法在他的阅历档案里寻到能够恰如其分描摹那位安琪儿的词汇。他最初的印象，好像是朦朦胧胧地看见一幅精妙的油画。她是用色彩和线条涂抹和勾勒出来的女神。后来那女神像一尊活的雕像，从那色彩和线条中凸现出来。谁能用传神的笔墨将她那洋溢着现代情调而又不失于放浪的美表现得淋漓尽致呢？那张魅力无穷的面孔，那双闪现心灵之光的眼睛，那无论用多少现成的词语描绘都显得那么苍白那么笨拙的腰肢，都使田家兴油然想起扣儿，想起那位给他留下无限哀伤的乡间靓女。他情不自禁地将这两位女子做了比较。她们都具有那种震撼心灵的美。只是扣儿的美，是那么宁静那么天然，散发着乡野田园的温馨。而这位安琪儿，却是那么热情那么奔放，旋转的倩影将都市的神韵尽传无遗。

田牛搞过服装展销，他认出那舞伴穿的是能变出多种款式的新潮服装。虽然室外已氤氲着秋凉，但这光色迷离的舞厅里却一如夏日。差不多所有的女性都穿着连衣裙，而唯有她的最惹人注意。那裸露的玫瑰色的肩和颈以及颈下的胸，还有那遮掩在薄纱下若隐若现的乳峰，都使田家兴神魂颠倒。他的目光追逐着她转。他甚至很想和她的眼睛交流，可惜观众席上没有灯光，她不知道那片昏暗里有个多情男子在盯着她。

田家兴很想猜测出她是干什么的。可是脑子里闪过几十种职业名称，又被他悄悄否定了。他明白，单凭装束和气质，很难在这方天地弄清每个人的身份。最不惹眼最不被人看得起的工作，却往往是那穿着最昂贵的人所从事的职业。金钱将先前的职业特征都弄得模糊难辨了。不过，田家兴还是有所发现。他瞧见那舞伴显然很开放，却很得体。她有好几次巧妙地躲过那魁伟男子的挑逗。那魁伟男子很想将她搂紧些，却总是达不到目的，使他显得有些焦躁。她和他是什么关系？是情侣？是朋友？是同志？还是萍水相逢的舞伴？田家兴被这些疑问困扰，直到舞厅深处的乐队戛然停止了吹打，直到成双成对的男女走上灯火稀疏的大街。

三

田家兴魂不守舍地在大街上走着。他瞧见那位安琪儿和那位幸运的男子，各骑着一辆崭新的"凤凰"牌自行车，朝大街浓荫处驶去。田家兴后悔没有驾驶那辆日方经理王瀛赠送的小轿车，不然他岂不就能尾随她和他看个究竟？这种念头一出现，他马上又严厉谴责自己，这像什么话？竟要窥探人家男女私情，还有点儿正派男人的气度吗？亏你还是个赫赫有名的企业经理呢，那猥琐的举止活像个卑鄙的都市无赖！

田家兴把自己骂了个狗血喷头，心里那股莫名的烦恼和酸溜溜的醋意淡化了许多。他强迫自己不再想那显然与他毫无关系的事，任凭那沉甸甸的脚步懒懒地在寂寥的大街上移动。

他蓦然发觉自己走错了路。

他本来可以从那条还挂着蓝酒幌儿的清真馆右侧的小胡同里穿过去，再走过一条大街，便可以看见一座十层高的灰色大楼，那楼房七层有一套三室一厅，是他花议价买下的寓所。

时间悄悄逝去。

可惜他错过了那条小胡同。如果再往回走，还不如顺着大街绕过去，而且现在那小胡同的灯也许都已经熄灭了。

他沉吟一下，依旧朝前走去。

一辆自行车曲里拐弯迎面驶来。起初，田家兴以为又是哪个有劲儿没处发泄的青春少男在玩漂儿，及至那自行车从他的身旁驰过险些撞着他时，他才从骑车人那惊惶的脸上感觉出似乎是发生了什么事。他蓦然一怔，那骑车人的轮廓和面孔都使他眼熟。哦？这不是那位陪着那美丽的天使跳舞的幸运男人吗？他这是怎么啦？还没容田家兴仔细思索，从前方浓荫处隐隐传来女人的尖叫。田家兴几乎是本能地蹿过去。

几条黑魆魆的影子在扶疏的枝叶间闪动。淫荡的怪笑夹杂着肮脏的话语飘进田家兴的耳朵里："哈……你这迷人的小妖精，这回该给我们哥几个泻泻火啦！你那个熊包男人跑啦，你他妈还不把衣服脱下来？"

那女人嘴里显然被塞进了什么，发出低低的含糊不清的叫骂。

血呼地涌上田家兴的头顶。他那疾恶如仇的天性使他怒火中烧，而那熊熊燃烧起来的怒火又使他忘却了面临的危险。他不顾一切冲过去。

那几条黑影扑过来。

这是一场恶斗。

虽然田家兴膂力过人，但毕竟寡不敌众。

"给他放放血！"

叫骂声中，田家兴只觉得臀部一阵剧痛，他扑通倒在地上。

远处传来警车的尖叫。

"快跑，警察来了！"

那几条黑影消失在夜色里……

田家兴从昏迷中醒来时，已经躺在安谧洁净的医院病房里了。

他身边坐着一位漂亮姑娘，田家兴睁开眼睛便认出她就是在"明星"舞厅里曾经撩起他那男子情愫的"舞伴"。他有些惶惑，想坐起来，却动弹不得。

姑娘感激地冲他一笑，露出那两排晶莹如玉的皓齿；"谢谢您，谢谢您救了我！"

田家兴不胜惊讶。

他没想到被那几个流氓劫持的是她。

他抬起头，目光刚好和那双深潭似的眸子相遇。

他心里微微颤动起来……

"大哥，这是您的名片吗？"姑娘从皮包里掏出一个记事本，翻开，捻出那张印有"甜甜樱桃酒公司中方经理田家兴"字样的纸片。那是他受伤昏迷时遗落的。

田家兴微微点下头。

姑娘眼里流露出钦佩："原来报纸上整版整版描绘的就是您！"

"言过其实，不胜惶恐！"田家兴觉得奇怪，自己说话怎么变得文绉绉了？

"真看不出您是乡下人……"

"乡下人土气，是吗？"

"不，我不是那个意思……我是说……哦，您千万别误会……"

"你说吧！"

"听人说，乡下人既胆小又自私，想不到您却那么勇敢！"

田家兴忍不住笑起来："你们城里人就都那么胆大无私？比方你那位……"

"哦，您不要提他了……"姑娘脸上泛起愠色。她突然一怔：

"咦？您怎么知道我和他……"田家兴矜持地笑笑："我去了'明星'舞厅……"

"噢？您也喜欢跳舞？"

"不，我只是闲着没事儿去看看。"

"您可真会客气，像您这个头体形，很适合跳舞！"

"我们乡下人就会扭大秧歌！"

那姑娘忍俊不禁笑起来。她笑的时候特别妩媚。

田家兴自我解嘲地："其实，像我这种人，会扭大秧歌也蛮不错啦！"

姑娘瞧瞧他："要是您的公司来了客人，想要您陪着跳舞，您还能去扭大秧歌吗？"

"那有什么办法？我又不会！"

"学嘛！"

"跟谁学？谁肯教我这乡巴佬儿？"

"您真的不会跳舞？"

"那还用说！"

"想学吗？"

"嗯。"

"好，跟你说吧，我就是搞舞蹈的，如果你真心想学，我倒愿意收你这个学生！"姑娘调皮地笑笑，不知不觉竟将对他的称呼改成"你"。

田家兴不禁细细打量打量她。是啊，瞧那束得细细的腰肢隆起的前胸和两条既漂亮又充满弹性的大腿，分明是个亭亭玉立的舞蹈演员吗？他心里似乎生出一缕阴影，眼睛里的光亮有些暗淡了。

姑娘分外敏感："怎么？您信不过我这个教师？"她又悄悄把"你"换成了"您"。

"不，我是说……"田家兴支吾搪塞。他现在很想婉言谢绝，却很难寻到恰当的理由。

姑娘咯咯笑起来："我知道你们男人的心理，在公开场合学跳舞怕丢面子，这不要紧，我们歌舞剧院小排练厅晚上闲着，我可以请您去那里学！"

"不必了……蹦蹦跳跳毕竟不算什么……"田家兴瞧见姑娘脸色突然有些绯红，忙改口："哦，我是说……"

"您瞧不起我的职业？"

"不……您听我解释……"

"别解释了，伟大的乡间骑士！我感谢您临危不惧搭救了我，再见！"

姑娘瞧也不瞧他一眼，推门走了。

田家兴有些懊恼。他暗暗责备自己言语不慎，触伤了那漂亮姑娘的自尊心。他奇怪自己怎么会冒出那么句话来，现在倒好，连跟她解释的机会都没有了。当然自己可以去省歌舞剧院找她，可是……糟糕，居然连她的姓名都没问，真是昏了头……

四

田家兴的伤势不算太重。那锋利的匕首虽然将臀部刺得很深，但毕竟没有伤到要害处，于是在精心治疗一星期后，伤口就已经痊愈。若不是医生再三劝阻，他很想马上出院。

他心急如焚。"甜甜"樱桃酒公司有一大堆事情等待他去处理。虽然那位助手老黑——先前曾是烟酒公司经验丰富的业务科长，被田家兴用高工资聘为"甜甜"樱桃酒公司经理秘书，会把一切事情都处理得有条不紊，而且跟他交情笃厚，绝不会暗中拆他的台，可是田家兴依然不放心。他不放心的是依旧没迁离樱花镇的樱桃酒厂。那是公司的产购销三链条中最基本的一环。樱桃酒酿制不出来或质量不合格，即使老黑将其他事情处理得再圆满，也遽然失去了意义。田家兴深谙樱花镇的人情世故，方方面面都有曹四的人。他既然跟先前的老泰山反目成仇，谁能保证那城府极深的曹四不暗中使绊子？别的事情倒不在田家兴担忧之列，他最怕农电所给拉闸停电。能源一断，樱桃酒厂就得停产，因为他已经将先前的人工作坊全改装成机械设备。

田家兴坐卧不宁，每天都用电话跟樱花镇樱桃酒厂联系。还好，樱花镇农电所所长总算够意思，始终没断樱桃酒厂的电。田家兴心里明白，是那几箱优质樱桃酒的魅力在发挥效益。

一个秋阳明丽的上午，田家兴出院了。临走出病房时，那位胖胖的小护士冲他莞尔一笑："田经理，你的女朋友真漂亮！"

"女朋友？哪儿的女朋友？"田家兴摇头苦笑，"我没有什么女朋友！"

"还瞒着我哪，她每天都来询问你的伤势！"

"哦？我怎么不知道？"田家兴微微一怔。

"她不叫我告诉你！"小护士羡慕地叹口气，"她可真美，那线条，好像是画出来的！"

田家兴忽然明白是谁了，他心里又悄悄颤动起来。他极力镇定一下情绪，轻快地走出医院门口。老黑刚好开着那辆轿车赶到。车门打开，田家兴钻了进去。轿车沿着宽阔的林荫大道缓缓行驶，田家兴边浏览那已经变黄的树叶，边倾听着老黑时断时续的业务汇报。

轿车在坐落在城市近郊的"甜甜"樱桃酒公司小楼前的草坪上停住。

田家兴和老黑从轿车里出来，匆匆进入这幢由日方投资中方设计修建的具有东方情调的建筑里。

他要在这里主持一个业务协调会议。他要把堆压的事情一股脑儿处理完毕。他向来做事喊里咔嚓，他从他祖宗那里继承下来的最大长处就是勤奋。

会议开了好长时间，直到晚上八点钟，他才独自驾驶那辆轿车，回到那寂寞空落了许久的豪华寓所。

他站在门口去腰间掏钥匙。

他愣住。那串钥匙不翼而飞。

他努力回忆那串钥匙可能失落的地方。医院病房？公司办公室？或者是那天和几个流氓搏斗的林间空地？

他正茫然若失呢，那盏门灯却倏地亮了。

他大吃一惊！

他"公寓"的门灯开关在室内，人不进去，灯无法亮！

莫非潜进了窃贼？

他本能地去推屋门，屋门悠然开了。

原来那门始终虚掩着。

他敏捷地溜进客厅。

客厅空着。

他急忙朝卧室里瞧看。

依旧是他离开家里时的情景。

几乎每个房间都查遍了，还是没发现个人影，甚至连一点儿被窃的痕迹都没有。

他有些惘然……

从盥洗间里传来轻微的撩水声……

他神经唰地绷紧了，喝道："谁在里边？"

回答他的竟是一串清脆的笑声。

是个女人！

他缩回了去拽盥洗间小门的手。

"伟大的乡间骑士，您回来了？"

一听那语气腔调，他就听出她是谁了。他浑身不禁一颤，血液在加速循环。

"请您到客厅等会儿，我马上就来！"

听她那口气，仿佛她是这套寓所的主人，倒是他冒昧闯进来似的。

他苦笑着回到客厅，不悦地坐在长沙发上。尽管他竭力使自己的情绪趋于平稳，但他心里还是隐隐沤出几丝反感。他觉得她有些过分。毕竟她和他相识不久，而且在一起的时间不超过俩小时。他甚至连她的姓名都不知道，而她竟然擅自进入他的"公寓"。他不知她是怎么弄到的门钥匙。

窸窸窣窣的衣裙声，将那散发着浓郁香气的她，送进这间布置典雅的大客厅。

田家兴凝目瞧去，那股莫名其妙的感觉瞬间从体内升起，笼罩了他的全身。他咒骂自己禁不住那美的诱惑，他怀疑自己是一个好色的下流坯。他强迫自己的眼睛瞧向别处，可几次都没有成功。他心里为自己找出一个理由：哪有主人和客人寒暄却把眼睛瞧向墙壁或天花板的？对，出于礼貌，他应该看着她。

田家兴为自己寻到的理由而快慰，那先前有些躲躲闪闪的目光变得大胆起来。

她还是穿着那件连衣裙，只是又翻出了新花样，裸露着半边削肩。她比他在舞厅偷觑她时更显得风姿绰约富有魅力。她的魅力不仅在于局部，而在于这些局部那么和谐那么生动地构成的整体美。她的额头十分光洁，连同那双微露嘲讽的眼睛和那希腊型的鼻子，都使人猜到她的性格倔强很难驾驭。她的肤色相当诱人，不是那种暗淡的苍白，恰是富有光泽显示着弹力的白皙，那白皙里透出淡淡的玫瑰色，很像一匹光滑的缎子。她的前胸她的腰肢她的臀部和她的两条腿，虽然遮掩在那连衣裙里，但轮廓分明曲线撩人。她的湿发在俏丽的脑袋上盘个发髻，越发见出风韵。而那两只纤足，白嫩得叫人心醉，使得田家兴有些把持不住了。

"你不会怪罪我太冒昧吧？瞧！"姑娘手里提着那串钥匙，"这是在那可怕的林荫空地找到的，上边拴着的印章使我知道这是你的！"

"哦，"田家兴醒悟地，"你来还它？"

"本想在病房里还给你……可是你的话太伤人了，我就想跟你开个玩笑！"

"想叫我着急？"

"嗯！"

"可是我直到现在才发觉钥匙丢了！"

"真遗憾！"姑娘惋惜地摇摇头，随即她又得意地笑了，"不过，我痛痛快快洗了个澡，哦，你的浴缸倒很不错！"

田家兴潜藏在心底的不快早都无影无踪，他热情地笑着，恢复了先前潇洒的风度。他脱去外套，将那矫健的体形显现在姑娘的瞳孔里。她不禁失声叫道："太棒了！"

"你是说樱桃酒？"田家兴将斟满樱桃酒的玻璃杯递过去。

姑娘含笑接过，轻轻吮吸了一口，忍不住又叹道："太棒了！"

"好，为我们相识……哦，你还没告诉我你的芳名呢！"田家兴将擎在手中的玻璃酒杯轻轻放下。

姑娘咯咯笑起来……

五

她叫肖如男。

如此丽影芳姿，名字却无丝毫脂粉气。肖家四世单传，父亲盼子心切，在她还没降临人世时，名字便早已起好：肖家男。谁知造物主偏会捉弄人，待婴儿呱呱坠地后，竟是个女孩儿。

身材高大的男篮教练喟然长叹："难道我这肖氏香火要断？"

体态窈窕的体操队女教练却满心欢悦，将那起好的名字略微更动，于是这未来的天使便得名：肖如男。

父亲绝望之余，又萌生希望。他祝愿女儿长得雄强高健，也像他一样，鹤立鸡群出现在篮球场上。

母亲则希望她能在体操项目上崭露头角，至少也得像她当年那样颇有名气。

然而小如男却有自己人生的路。

她继承了父亲的倔强、母亲的丽容，却选择了和父亲母亲不尽相同的职业。虽说那职业和母亲的职业有血缘关系，但它们却是生命之树上结出的两颗果实。

她爱上了舞蹈。

偶然的机会使她观看了国家芭蕾舞团来这座北国都市的演出，剧目是脍炙人口的"天鹅湖"。

她看得入迷了。

大幕徐徐垂落，她依旧不肯离去。那天晚上她做了个梦，梦见自己穿着洁白的超短裙，在朦胧迷离的烟霞中翩然起舞。后来，她变成了一只白天鹅，欢快地扇动着洁白的翅膀，飞向深邃幽远的天空……

于是，她报考了舞蹈学校。

凭着她天生的丽质和聪慧的头脑，她竟名列榜首捷足先登。谁能想象得出她在那练功室流下了多少汗水？当五年以后她从舞蹈学校被分配到省歌舞剧院时，她首演"天鹅湖"里的女主角，那先前流下的汗水统统得到了回报。那轰鸣的掌声和大幕落下也和她当年一样不肯离去的观众，不禁使她泪水盈眶……

她成了省城舞蹈界的新星。

浩渺星空无数星辰，却都在天文学家的眼睛里闪烁。

她这颗耀眼的星儿能躲过世俗世界的追踪吗？

那求爱者大概赶得上去麦加朝圣的伊斯兰教徒，那么人数众多那么热切虔诚了。可惜他们谁都没有如愿。

不是姑娘气傲心高，实在是那些追求者不谙姑娘的天性。

她厌恶世俗。她鄙视怯懦。她对平庸和浅薄深恶痛绝，她也不喜欢矫揉造作。

她要寻找一位有点儿男人雄性气概的伴侣，然而她总是毫无所获。是男人都变得女气十足了，还是她自己失去了女人的宽容和温柔？她甚至怀疑自己太苛刻。可是即或她做些让步，像那位已经博得她好感却在流氓匕首的寒光中弃她而逃的男人——亏他还是个男人——还能够保持他先前在她心目中已经树立起来的形象吗？

至于这位"乡间骑士"，倒似乎使她有些神思翩然。倒不是他救了她引发了她的恋情，而是她早就从那篇纪实文学中对他仰慕已久，假如其中杜撰的成分很有限的话。

"你怎么不说话？美丽的小姐！"田家兴火辣辣的眼睛挑逗地盯住肖如男。他突然觉得自己真应该表现出骑士的风度。他应该征服她。他不是在爱的荒漠上跋涉很久了吗？他既然发现了这块赏心悦目的绿洲，为什么又踌躇不前了呢？是她的舞蹈演员的身份使他望而却步？懦夫！孬种！倘若他真有男子的风度骑士的魅力，为什么不能叫她拜倒在他的脚下俯首帖耳呢？为什么不能叫她放弃那供千百万人欣赏的职业而为他一个人生

存呢？他不是腰缠万贯的"甜甜"樱桃酒公司经理吗？他既然拥
有金钱这"万灵真宰"的上帝，为什么不能养活一个美貌的妻子
呢？田家兴为自己先前的胆怯而羞愧。同样的丽人，为什么他
在扣儿的面前那么勇敢自信随心所欲？为什么在这位姑娘面前
却如此局促不安手足无措？是因为扣儿是个腼腆文静的乡间姑
娘，而这位姑娘却是高傲浪漫的城里人？城里人怎么的？他就
是要驯服像她这样的城里姑娘！这不但使他的虚荣心得到满足，
也能验证他是否具备骑士的素质。田家兴觉得这很刺激很有滋
味儿，不逊于坐滑翔机横渡大西洋或去南极探险。世界上还有
比爱的旅程更具诱惑力的路途吗？

肖如男毫不示弱，用夺魂摄魄的眼睛迎接田家兴的挑战。

田家兴心旌狂摇。他真想扑过去，搂住她裸露的双肩，然
后顺手扯去那袭薄纱裙，将她那诱人的胴体一丝不挂地显现出
来。可是他克制住了。这位城里姑娘毕竟不是那位乡间姑娘扣
儿，他不能太急躁太轻率。他蓦地想起了什么，微微一笑："哦，
对了，你不是想教我跳舞吗？"

肖如男讥诮地："还是扭你的大秧歌去吧！"

田家兴反唇相讥："你是不是觉得你没本事教会我？"

"除非你是一头笨熊！"肖如男占了便宜，开心地笑起来。

田家兴得体地伸出双手："为了证明我不是笨熊，我也只有
好好地学啦。"

"你可真会说话！"肖如男也伸出双手，"叫肖老师！"

"噢，你姓肖，肖老师！"田家兴叹了口气，"想问出你的
芳名真不容易！"

肖如男又咯咯笑起来。

他和她顺乎自然地走到一起。

他漫不经心地将手搭在她那裸露的削肩上，另一只手轻轻揽住她的细腰。那滑腻的肌肤散发着肉感，仿佛有股强大的电流瞬息间通过他温润的手心传遍全身。田家兴瞧见肖如男面色苍白浑身战栗，眼见得就要贴近他的胸腔。突然她脖颈向后一扬，脸上恢复了红晕，敏捷地离开田家兴，嘟囔着："你真坏……"

田家兴失望地："你不想教我跳舞了？"

"对不起，我想起来了，我还得回去练功，过几天要给外宾演出呢！"肖如男匆匆进了盥洗间。不一会儿，她从里边出来，换上了一套黛色健美服，将她白皙的肤色和曲线清晰的身姿烘托得更加鲜明。

"我用轿车送你吧？"田家兴心里痒痒的。

肖如男摇头一笑："谢谢，不用了。祝您做个好梦！"

一串清脆的皮鞋踏踩地板的声音从这套寂寞宽敞的寓所里响出去，渐渐在田家兴耳际里消逝了。他惆怅地撩起窗帘，瞧见肖如男搭上了一辆公共汽车……

六

几天过去了，田家兴再也没见到肖如男。他给省歌舞剧院去电话，请收发室的人代劳，给找一位姓肖的姑娘，却受到一顿奚落。是哩，姓肖的姑娘好几个，而且个个都那么漂亮，谁知道他要找哪一个？

　　田家兴陷入了莫名的焦躁里。他不得不承认，他已被这位丽人迷住了，就像先前被扣儿迷住一样。他瞧什么都觉得黯然没有色彩。白日里在公司忙碌，还略微将那焦躁冲淡些；到了夜晚简直难熬，闭上眼睛就是那张面孔那双眼睛那片裸肩那副腰肢那对嫩足，睁开眼睛还是这些具象的重复。驱之不去，不唤自来，竟像镶嵌在头脑里一样。他很想去省歌舞剧院门口候她出来，又怕被人瞧破隐衷面皮尴尬，便只好将那念头取消。他随即又去"明星"舞厅寻觅，却根本没有她的影子。田家兴失望中难免心生疑惑：她那天为什么要突然离去呢？难道他有失检点冒犯了她吗？她不是答应教他跳舞吗？既然跳舞就得离得很近勾肩搭腰，至于那裸肩……哦，兴许自己当时有些神情恍惚乱了方寸？

　　使田家兴忧郁的夜晚又来临了。

　　他没有立刻回自己的寓所里去。他不光是承受不了那难熬的寂寞，更因为那房间似乎对他形成了条件反射。只要一置身其中，那撩人的形象便活鲜鲜地矗立在他面前，呼吸声可闻，仿佛伸手可及。他受不了那可望而不可得的滋味。虽然要寻个漂亮女人开开心，在他简直易如反掌。即使像一些发了横财的角色三五日便换个情妇，那也不难做到。只是他田家兴并非那种滥淫之徒，他不光稀罕那皮肉之欢，他更注重那精神之悦。而且他那总想高人一头的强人性格，使他冲天发誓，笃定要娶位绝色妻子。这不仅出自他爱美的天性，更出自他心理的需要。他先前穷愁潦倒时不是娶个丑女为妻吗？那是对他人格的侮辱。现在他要洗刷这奇耻大辱！他要叫所有认识他的人都看见，他的妻子貌压群芳！世界万物，阴阳两极，相互烘托，构成里表；雄强的男人有位出众的妻子，如同挺拔的大树缀满了鲜嫩的花朵，会在那浓郁的青葱之中更添瑰丽。田家兴要的就是这种效果，他要带着他未来的妻子出入在大庭广众之下社交场合之中。他甚至要带着她走遍全国，倘若可能也去周游世界。不就是钱吗？他就有这玩意儿！妈妈的，从前的皇帝拥有六宫粉黛三千胭脂，个个花团锦簇珠光宝气。他固然不能和皇帝的权势财势相比，可他就娶一个妻子还不叫她盖世超群？是这种微妙却毫不含糊的心理，使田家兴选择配偶的条件极苛，仅有三分姿色的女子，他连眼皮都不曾撩。

在他眼里，能够达到他心目中妻子形象的合格标准的，除了扣儿，就还有这位姓肖的姑娘。

扣儿早已不知去向，而且那么残酷地伤害了他的自尊心，只有这位安琪儿是最理想的目标。当然他对她尚不了解，那种强烈的冲动不只受她的丽色蛊惑，还有潜藏在心底的征服欲和占有欲。同最初和扣儿萌生恋情相比，现在田家兴对这位姑娘的钟情里边，显然包含着若干杂质，已不似初恋那么纯净那么真诚了。即或这样，田家兴也分外珍惜。因为在他发迹进城这些日子里，还没有哪位女性能够让他如此牵肠挂肚。

田家兴觉得必须立即行动。

他不能再犹豫再胆怯。

倘若时间相隔太久，那已经氤氲弥漫的恋情就可能风流云散。

男子汉，拿出你的大将风度来，他在心里激励自己。

他打准主意找到她。

他几乎没费力气就找到了她的线索。

歌舞剧院门口有一排玻璃橱窗，里边贴着剧院优秀剧目优秀演员的剧照。

田家兴立刻从那已经镌刻在他脑际里的丽容下发现了她的名字。

田家兴微笑地瞧着玻璃橱窗里的她，心里暗笑，迷人的姑娘，你的名得改喽，如男？笑话！女人是月亮，男人是太阳，月亮凭太阳才发光，女人靠丈夫才高贵。要是你也同男人一样雄强，天上的太阳不就有两个了？

田家兴很快地从收发室的老头嘴里打探出肖如男的住处。不过，当他敲开那间歌舞剧院的演员宿舍时，出现在他眼前的竟是那位和肖如男在"明星"舞厅跳舞又临危而逃的美男子。

田家兴怔住了。

他不知道肖如男在不在里边。

"你找谁？"那美男子眼睛里流露着敌意。

田家兴故意放大音量："我找肖如男！"

"你声音轻些，她不在！"

"到哪儿去了？"田家兴居然有些高兴。

那美男子打量打量田家兴："你是她什么人？"

"朋友。"

"朋友？"那美男子似乎对这可以做各种解释的"朋友"产生了怀疑，他仔细打量打量风度气质丝毫不比他逊色的田家兴，狐疑地："你是……"

田家兴沉吟一下，掏出名片。

那美男子迅速溜了一眼,脸色唰地变得灰白。他嗫嚅着嘴唇:"你……你就是田家兴?"

"嗯。"

"我正要找你……"

"找我?"

"请进来说!"美男子颤抖着闪开身子。

田家兴跨进房间。

还没等他仔细瞧瞧这散发着馨香的女演员宿舍，那美男子竟像个孱弱的女人唏嘘起来。

田家兴简直就不敢相信这是真的。他吃惊地盯住他:"你……你这是干什么?"

"我求你，别再缠着她了!"美男子似乎觉得太做作了些,红着脸收住哽咽。

田家兴仿佛没听懂，眼里飞出疑问。

"我很感激你,救了她……可从那以后，她连理都不理我……我的心都快碎了!"

"这和我有什么关系?"

"我头会儿翻看了她的日记……看见了你的名片……"

"嗯?是吗?"田家兴真想拥抱这位美男子，是他将她心底的秘密说了出来。不过田家兴却故意眉头高蹙:"她人呢?"

"可能回家去了……"

"你是怎么进来的?"

"噢……这个……"美男子显然不想说。

"你不说实话,我怎么会答应你的要求?"

"噢……是我以前配的钥匙……"

"噢?这样你就随时可以进来,偷窥她的日记,比方像今天这样?"

美男子不置可否。

"卑鄙!"田家兴轻蔑地斜溜着他。

"你……你不肯答应我?"美男子微微一怔。

田家兴冷笑:"我要答应了你,不就玷污了她?"

"什么?"美男子腔调突然一变,先前稀溜溜的怂包相也陡地不见了,"你觉得我会怕你吗?"

"就凭你遇到流氓就草鸡的那个胆儿?"

"哼,我不想白白被放血,这叫光棍不吃眼前亏!"

"可你居然把她丢下!"

"你……你以为救了她,她就会嫁给你吗?"

"我爱她,比你爱她!"

"你?"美男子嘲弄地哈哈大笑,"你跟她才相识多久?她跟我……"

"她跟你相处十年也不如跟我相处一天!"

美男子还想继续舌战,嘴巴张开却没发出声音。他瞧见肖如男丽影倩装走进来。

田家兴也愣住了。

"如男!"美男子亲热地凑上前去。

肖如男却冷冷瞟他一眼,缓缓走到田家兴跟前,嗓音微颤:"你的话我都听见了,有男人味儿。过来,吻吻我!"

田家兴心头一热，扑过去抱住她。

两人狂热地吻着……

那位美男子踉踉跄跄地跑出屋去。

七

田家兴和肖如男旋即卷进了爱的旋涡。除了必须他亲自出面去"甜甜"樱桃酒公司处理事情外，田家兴的全部时间都抛在和肖如男的耳鬓厮磨上。歌舞剧院平素很少演出，练功也不似从前那么紧张，于是肖如男便也像只自由的鸟儿，同她的太阳神在爱的天空中遨游。田家兴聪敏，很快就学会了跳舞，而且步法灵活矫健，体态潇洒飘逸，竟使得"明星"舞厅那些摩登男女相形见绌。虽然秋风一天比一天萧瑟，南湖水已不似夏日那么温热，但燃烧在体内的爱之火竟使得他和她时常成双成对地出没在清凛凛的湖水里。尽管上得岸来牙齿打战嘴唇发紫，但彼此的体温渐渐使他和她驱散了秋凉。有时候，他和她也到金店去转，每次出来，肖如男都颇有收获。凡属女人身上可以佩戴金首饰的部位都没有被冷落。耳环、项链、戒指……诸如此类。肖如男是个世俗气极淡的姑娘，她其实并不分外看重这些。但她不想伤害田家兴的自尊心，她窥出田家兴在挥金如土的消费中有一种出人头地的愉悦。她理解这种好胜的强者心理，因此她每次都欢喜地将这些早已买重复了的贵重物接受下来收藏好。田家兴奇怪地问她为什么只戴一枚戒指，她含笑回答说待结婚时再戴。田家兴惬意地大笑。此外，他和她也去逛公园瞧电影，当然他和她比一般恋人的条件要好得多，他有一套安静的住所。那是他和她的自由世界。他和她在那舒适的房间里跳舞、拥抱、接吻……凡属情侣之间可以做到的事，似乎都做到了。

当然还有那道最后的防线依旧没有被突破。田家兴曾经多次试探都没能成功——这使田家兴暗中恼火。

他看出来了，肖如男绝对不像扣儿那样听任他的摆布。她头脑异常清醒，而且有超乎寻常的自控力。即使在她情酣意热时，只要田家兴一朝那道防线逼近，她马上警惕地做出反应，总是很机智地制止田家兴的冲动……

力学原理也适于情感。越是遭受挫折，田家兴那燃烧起来的欲火就越炽烈。

与其说肖如男那撩人的风韵激起了他雄性的渴望，不如说那桀骜不驯的性格将他的征服欲刺激得更加旺盛。

连个漂亮的女人都制服不了，还算什么男人？何况她又是那么爱他，笃意要做他的妻子。既然如此，她的全部人生，包括肉体和灵魂，就都得由他支配。为什么偏要履行那道法律程序才可以将她占有呢？如今不是倡导开放吗？他田家兴也得在这股奔腾的潮头中做冲浪儿！

田家兴执意要在这个宁静的秋夜将他那位美丽的安琪儿彻底征服，他意识到这不仅是对爱神的酬答，也是对他和她未来关系的确认。

男人是太阳。

女人是月亮。

他要叫她明白……

"家兴，我该回去了！"肖如男瞧瞧墙上的石英钟，恰好是她每天晚间回去的时间。自从和那位美男子闹掰后，她已经搬回家去住，天天由田家兴用轿车将她送回去。

然而现在，田家兴却只顾修剪指甲，纹丝没动。

"你没听见哪？送我回去！"肖如男系好毛衣外套的扣子，走到田家兴跟前，在他宽阔的额头上留下甜蜜温馨的唇印。

田家兴微笑地抬起头："你干吗这么急？"

"我不是跟你说过？爸爸妈妈叮嘱我晚上必须回去住！"

"怕我吃了你吗？"

"不，咱们毕竟还没结婚……"

"噢，想不到你还那么封建！"

"不，这不是封建，这是自尊。"

"噢，这么说我倒不自尊了？"

"瞧你，总喜欢挑字眼儿……好啦，快送我回去吧！"

"晚点儿不行吗？"

"爸爸妈妈会不高兴……"

"是吗？"田家兴狡黠地眨眨眼睛，"他两位老人家不是带队去外省参加比赛了吗？"

肖如男脸红了："你这家伙真坏！"

"我的经理夫人，你还要叫我等多久？"田家兴冲动地将肖如男搂到怀里，在她耳边低低地："今天晚间在这儿住吧？"

肖如男头晕目眩地闭上眼睛。

她的心脏怦怦急跳，那种难以抑制的战栗又簌簌地遍及全身，就像她每次得到他的爱抚时一样。平心而论，她何尝不想委身于他？可她那高傲的性格又提醒她，不能那么自轻自贱。她固然欣赏他那潇洒的风度雄性的气概和使女性难以抵抗的魅力，但她也隐约觉出他有一种暴发户的得意和由这种得意引发出的颐指气使。她从他慷慨地为她购买贵重首饰的神态中，仿佛窥见古代帝王赏赐宠妃时的眉眼。他爱她，这是毋庸置疑的，可是却像是种居高临下的爱，是咄咄逼人的爱。也许是那巨额钞票使他陷入自我膨胀的境地？也许是那肥腴的乡间厚土就埋藏着这种性格的种子？无论如何，她不会接受那将女人视为陪衬的爱。爱是星辰，不是月亮，它自己发光，无须用太阳照耀。肖如男暗暗告诫自己，不能坠得太深，要跟他保持一些距离，至少要叫他明白，在未来的夫妻关系中，她和他是平等的，任何愿望都要以她的自尊自重为前提。想把自己的意志强加给她，那太不熟谙她的天性。

这就是那道防线依然坚固的内在基石。然而要固守这道防线却需这位都市佳丽具有怎样超人的自控力，尤其那位乡间骑士频频向她发起爱的冲锋时。田家兴轻轻吻着肖如男的嫩腮，一只大手熟练地解开她毛衣外套的纽扣，伸进去，又解开那件衬衫的纽扣，再伸进去，便触到了那用乳罩紧紧箍住的乳房。田家兴准确地顺着肖如男滑腻的脊背触摸到乳罩的绊带，轻轻一拽，那充满弹性的乳峰便颤跳起来。田家兴痴迷地将头埋进那解开纽扣的酥胸里，滚烫的嘴唇吮吸在那颤动的乳头上。肖如男几乎昏厥过去。田家兴缓缓站起来，迅速扯去她的毛衣外套，手托着她向卧室里走去。

蓦地，肖如男睁开了眼睛。

她感觉出田家兴在解她的裤带，她呻吟着："不……不！"

欲火大概烧昏了田家兴的头脑，他像一头疯狂的野兽，粗暴地去拽肖如男的衣裤，嘶啦一声，那条健美裤被拽破。这裂帛声使肖如男蓦地清醒过来，先前控制她全部感官的情欲突然被激愤所代替，一种受到凌辱的心理使她对田家兴产生了厌恶。她憋足劲，趁田家兴去解自己衣扣的间隙，敏捷地骨碌下床，舞蹈演员训练有素的腰腿，使她轻捷地闪进客厅，哗啦一声将门插上了。

田家兴像被兜头浇了一瓢冷水，从上凉到下从里凉到外。

他懊悔地用手猛捶自己的头顶。

可惜晚了。

肖如男在晨曦初露时不辞而去。

客厅的大茶几上放着一堆黄澄澄的金首饰……

八

虽然田家兴很沮丧，但那沮丧是征服者出师不利的沮丧。仿佛一名骄矜的将领，错误地低估了对手，结果大败而输，但是他绝不会从这次惨败中悟出点儿什么，他只是有些遗憾罢了。他惋惜一条已进网中的美人鱼就这样溜掉了。他不反省潜埋在灵魂腐土里的霉菌已经扩散，他只是轻描淡写地责备自己一时疏忽，便宽容了自己。

他隐隐约约觉得，他和她的事情似乎还没完全绝望。那条美人鱼不是还在水里吗？只要他用爱的丝线精心编织情网，迟早她还会落入网中。

他明白,她确实爱他,尽管她不似温顺的扣儿,爱上他就把什么都给了他。或许这就是乡间姑娘和都市女性的区别?

田家兴很想给肖如男写封信,即委婉地解释自己由于太爱她而冒犯了她,请她宽容请她理解。

然而这封信他写了又撕撕了又写,结果还是没有写成。

说得太卑微,他不情愿。

倘还要表现出"太阳神"的高傲,何必写信?

他索性稳坐钓鱼台。

他不信她会因他一时的莽撞而决然斩断情丝,天下女人还是痴情者居多,虽然她留下了那堆金首饰,但谁都懂得情人间的赌气原是爱的曲折表现。

他满怀信心地等待。

一星期过去了,不见她的踪影。苦苦又等了半个多月,依然听不到她的叩门声。

鱼儿迟迟不咬钩,还能坐得住钓鱼台吗?

田家兴沉不住气了。他面容消瘦形影憔悴。那曾经久违了的痛苦体验又使他进入了失恋者的角色。他说不清是思恋扣儿还是迷恋肖如男?是从肖如男身上发现了扣儿的倩影,还是扣儿的倩影附丽在肖如男身上?他说不清楚,他只是觉得这新的疮疤不偏不倚,恰好结在那旧的疮疤上。触动新疤,旧疤也痛。

他忍受不住,便在暮秋的夜晚,买张芭蕾舞剧《天鹅湖》的门票,进入那本城最具现代情调的"艺术大厦"。这是专门上演歌剧舞剧的剧场,其灯光和音响设施都属当代一流。不过,田家兴对艺术并无特殊的嗜好，他到这里是来偷窥肖如男的秀色，他早就从报纸上看到了歌舞剧院的演出预告。他想在这里碰碰运气。

田家兴刚刚寻好位置，演出便开始了。随着铃声的消逝，整座剧场渐渐昏暗下去。紫绒大幕无声地拉开，显现在田家兴眼里的是朦胧的淡蓝色，如烟似雾，仿佛就要氤氲到台下。优美的舞曲隐隐飘来，一会儿比一会儿明快，一会儿比一会儿清晰，竟将那些穿着白色纱裙的舞蹈演员从蓝色深处送了出来，满眼是美的赋形美的翩跹，使得初次欣赏芭蕾舞艺术的田家兴头晕目眩。他忘记了剧情怎么发展，他也欣赏不了那玄奥神秘的芭蕾舞曲怎样变换节奏怎样传递情感。他只盯住那被恶魔掳去变成天鹅的公主和用爱情的力量战胜恶魔使公主恢复人身的王子。

不消说，公主的扮演者是肖如男。

那位王子的扮演者竟是和他有过冲突的"美男子"。

这简直是绝妙的讽刺。

台下的懦夫到了台上居然成了勇士。而那位台下骄傲的姑娘竟在台上那么温顺对王子那么情意绵绵。

虽然明知是在演戏，可田家兴忍受不了。他痛苦地盯着只穿超短裙将全部轮廓无比清晰地显现出来的肖如男，脉脉含情地和同样显现出身体轮廓的美男子，在那充满浓郁抒情意蕴的舞台上缱绻眷恋。他心里涌出浓重的妒意。他懂得排演这么一出舞剧要花费多少时日，而那位幸运儿有多少机会和她在一起。虽然明知是工作的需要，但田家兴仍从心底诅咒这种职业……

随着紫绒大幕徐徐闭上，得到精神愉悦的观众满意地离去，唯独田家兴依然坐在那里发呆。直到剧场人员高声清场时，他才蓦然清醒。他惆怅地瞥瞥那紫绒大幕，依稀瞥见一张俏脸在大幕缝隙处闪露一下便缩回去了。

田家兴心里忽悠一热，他瞧出了她是谁。他的嘴角掠过一丝微笑。他发誓要把那高傲的姑娘重新弄到手，他发誓要叫她改行，做他堂堂樱桃酒公司经理夫人。他自信自己能够如愿以偿。当然他也得改变策略，不要像先前那样守株待兔，要主动出击。出击时不要锋芒太露，这不丢面子，这叫策略。

他回去后写了一封长信，遂寄给肖如男。他承认对她有些冒犯，请她原谅。如果她依然爱着他的话，最好找个合适的地方再聊聊。他没有邀她到他的寓所去，那里太敏感，容易勾起不愉快的记忆。

他惴惴不安地等待回音。

回音姗姗来迟。

一张便条上写着：晚六时到"海味餐馆"。没有称呼，没有署名，只有月和日。

田家兴五点刚过，就来到了坐落在闹市区的海味餐馆。他不得不佩服肖如男选择这里的匠心。虽处于闹市区，却很安静。顾客不太多，举止都很文雅。毕竟海味昂贵，一般的小市民很少到这里来。

田家兴点了几个著名的海味后，便静下心来等待。真是准时赴约，秒针刚滑向"12"，肖如男便轻盈地走了进来。

姑娘显然瘦了。瞧得出她过得并不轻松。

田家兴没有动，只用眼睛跟她打招呼。

肖如男淡淡地坐在对面椅子上。

气氛有些尴尬。

服务员走过来："请问，上菜吗？"

"不忙，请先来两杯饮料，什么都行！"

服务员去了，不一会儿便将两杯咖啡端上来。

田家兴递过去，用眼睛向肖如男表示歉意。

肖如男慢慢吮吸着。

"接到我的信了？"田家兴说完又觉得好笑。这不是废话吗？她如果没接到信怎么会到这里来？他急忙岔转话题："看了你们的《天鹅湖》！"

他把"鹅"读成了"né"。

肖如男忍不住笑起来。

田家兴脸一红："我们那里把'鹅'都叫'né'"，总也改不过来！"

"那有什么？"肖如男收住笑，慢慢喝着咖啡。

田家兴摇摇头："那毕竟有些土气……"

"不，'土气'不表现在乡音土语上。即使穿得西装笔挺，满口标准话，该土气的还是土气！"

"照你这么说，什么是土气呢？"

"我也说不清楚……不过我可以打个比方，假如一位突然发了横财的乡间小子，以为他有了钱便可高人一头征服一切驾驭世界，这就是土气，是乡下土财主那种土气！"

"你……你不是有所指吧？"

"当然我说的不是你，你不是伟大的乡间骑士吗？"肖如男善意地揶揄着。

田家兴却有些按捺不住。

他很想拂袖而去。

可是他明白，他如果要这张面皮和她翻脸，那这曾搅得他心神不宁的都市美人儿就算永远离他而去了。小不忍则乱大谋，先前在樱花镇他不也曾俯首帖耳做过曹家的女婿？那屈辱不是比现在要大得多？而且性质有霄壤之别，不能同日而语。倘若眼前这位佳丽真的成了他的妻子，那还不是地球绕着太阳转凡事听他的？

田家兴一瞬间就把成破利害想清楚，那从心头生出的不快迅速转化成一串讪笑，从他那好看的鼻孔里流出来："看不出，你在台上那么百依百顺温柔多情，到了台下竟满嘴生刺往人脸上戳！"

"哈……"肖如男惬意地笑起来。她有意要杀杀这位"乡间骑士"的傲气，看来倒颇见效果。她不无得意地瞧着田家兴："你不必奇怪，台下是我的本皮本色，而台上的我却要进入角色，那是艺术创造！"

"你好像对你的职业很酷爱？"

"你自然不大喜欢这种职业了。"

"你怎么知道？"

"在医院初次见面，你就情不自禁地流露出来！"

"你记性不坏！"

"我专记不好的事情！"

田家兴沉默了。

话不投机。

并不是他和她彼此不爱，只是她和他都想驾驭对方。他和她不禁暗暗思忖：两个个性很强的人结合在一起有没有好处？

"你把我约来，就是要教导我吗？"田家兴想缓和一下沉闷的空气。

肖如男扑哧一笑："不是你写信要求负荆请罪吗？"

田家兴从桌下伸过一只手，在肖如男的膝盖上摸了一把："你还想叫我跪下吗？"

肖如男妩媚地一笑："你真坏！"

田家兴心里豁然透亮。

他高声朝服务台喊道："上菜！"

九

田家兴和肖如男和好如初了。

吸取先前的教训，他不再放纵自己的情感。他虽然仍旧频繁地和肖如男约会，但从来不将她领回那敏感的寓所里去。尽管肖如男那摄人魂魄的风韵不断撩起他如炽的情欲，但他都用超乎寻常的理智压抑住了。他甚至很少吻她。每次约会都时间不长。他深谙这叫欲擒故纵。盘马弯弓引而不发，却总能使人感到力的威慑。虽然和恋人不应该动用这样的心机，但他明白要使肖如男这种有个性的女子就范，采取这种"冷战"方式会比正面进攻更能奏效。

田家兴显然比在樱花镇时更成熟更世故了。

他的方略大见起色……

秋雾笼罩着湖面，睡眼惺忪的月亮昏昏然在云里摇晃。她和他在水榭回廊前缱绻。

"我们该回去了！"田家兴瞧出肖如男那朦胧的眸子已不似往日那么明亮那么清醒，就感觉出她已深深跌入情网，便硬着心肠将她轻轻推开。

肖如男冲动地扑进他的怀里，绵软的双手勾住了他的脖颈，颤颤地："你为什么不带我去你那里？"

田家兴冷静地笑笑："我怕你又跑了！"

"你真坏！"肖如男在他棱角分明的面颊上吻了一下，随即将嘴唇贴住他耳朵："带我去吧，我保证不再跑啦！"

田家兴心里一热。他真想将她抱到轿车里，回到那冷清寂寞的寓所。他知道今天晚间他无论怎样"粗暴"，她也会完全听命于他。

但是他又强迫自己抑制住那股奔腾在体内的冲动。

他懂得她的欲望一旦得到满足，她那高傲的天性就会使她清醒。他不满足于跟她的片刻之欢，他要永久地占有她。他要她马上嫁给他。

"结婚？"肖如男仿佛是在梦境里，她喃喃地重复着这俩字眼，像是咀嚼一枚橄榄果。

"对，结婚以后我们就能天天在一起！"田家兴捧着肖如男的下颏，给了她一个深深的长吻。

肖如男颤颤地："家兴，咱们明天就去登记……"

"不要性急，我的公主！"田家兴吻着她，"我们至少要准备准备……再说，你还没将我引荐给岳父岳母大人哩！"

"我这就带你去！"肖如男简直急不可耐了。

田家兴犹豫地："是不是有些晚了？"

"不，爸爸妈妈从来都不早睡。"

"那也不能空着手去呀？"

"你哪来这么些啰唆？"

"好吧！"

十几分钟后，那辆小轿车停在一幢大楼前。这是省体育学院的家属楼。肖如男的父母因年龄和体力都不适应在专业运动队里，便双双被分配到学院任教。

他们果然都没睡。

他们在等女儿回来。

他们虽然早就感觉出女儿在恋爱，他们虽然很想知道那男子是个什么人物品貌能否配得上他们的女儿，但他们深谙女儿的性格，她不想主动说的，问也白问。不如装聋作哑，免得惹她发脾气。

不过，现在他们可不能坐视不问了。

午前，省歌舞剧院女院长专程来家拜访。几句寒暄过后，那位舞蹈专家说明了来意："我来找你们，是想叫你们劝劝如男！"

"她怎么啦？"前任省队男篮教练和前任省体操女队教练惊愕地瞧着头发虽然花白体形却很轻健的客人。

"她想改行，她想放弃自己的追求和理想，她想为了爱情牺牲事业，她……"女舞蹈专家显然很激动，瘦削的双肩神经质般地痉挛着。

肖如男的母亲将一杯茶水放到她面前，请她不要过于激动。

肖如男的父亲盯着女院长："是如男跟你提出的？"

"我到现在也没抓住她的影，要不，我会气喘吁吁地到这里来？"

"那您是怎么知道如男要改行的呢？"

"你们瞧！"女院长颤抖地掏出一封信，泪眼婆娑地说道："这是你们的女婿代表他妻子给剧院写的报告！"

那两位体育界的人物同时将那篇冠冕堂皇的文字看完。

他们不约而同地蹙起了眉头。

他们送走尊贵的客人，决定等女儿回来劝劝她。

现在，女儿喜气洋洋地回来了。

后边跟着一位潇洒英俊的男子。

毫无疑问，这是他们未来的女婿了。

平心而论，岳父岳母对这位从未谋面的未来女婿是相当满意的。无论是那高大的身材英俊的面孔还是潇洒的气质从容的谈吐，都使他们心里无比愉悦。虽然田家兴没读过高等学府，没有那张曾经等同于价值符号的大学文凭，但能够管理一个驰名中外的樱桃酒公司，那能力不是显而易见地胜过那些高谈阔论只能在纸上用兵的大学生吗？况且时下风尚，务经济者乃社会脊梁，小伙子的辉煌前景是不言而喻了。最使肖氏夫妇喜出望外的是，田家兴孑身一人。这对于只有一个独生女儿的岳父岳母大人，简直就是天赐福音呢！

于是他们只顾和田家兴寒暄谈笑，竟把那歌舞剧院女院长的话抛到脑后了。直到子时已过，田家兴乘轿车回去后，那男篮前教练才微笑地望望女儿："这么说，你俩决定了？"

"嗯，我想和他尽快就结婚！"肖如男眉梢眼角都卷起笑纹。

"不跳舞啦？"前体操队女教练不无惋惜地，"其实，你搞舞蹈还是很有出息的。"

肖如男诧异地："谁说我不跳啦？我还要出国参加比赛呢！"

"你们不是要结婚吗？"

"结婚也不妨碍跳舞啊！"

"如男，都这时候了，你怎么还瞒着父母呢？"

"我啥事瞒着你们了？"

"你们俩不是商定，一结婚，你就改行吗？"

"什么？"肖如男大吃一惊，"谁说的？"

"你们院长午前来过！"

"噢？"

"这是小田代表你给剧院写的信！"

肖如男面色惨白，从母亲手里接过那"甜甜"樱桃酒公司专用信笺。那纸光洁白皙，将田家兴那笔清秀的字迹送入肖如男的眼帘。

信是那么委婉动人：

歌舞剧院负责同志：

　　我如此冒昧地给你们写信，希望不至于引起你们的反感。我是本城"甜甜"樱桃酒公司中方经理田家兴，也是你们歌舞剧院舞蹈演员肖如男的朋友，或者说是她的未婚夫。我们在一次偶然的机缘中相识，又在以后的交往中相爱。无须向你们描述我们那甜蜜的爱情，因为人人都可以想象得到那是一种怎样浪漫的情景。我给你们写信，只是求得你们的理解和帮助。不是自我标榜，我的公司蜚声东瀛波及东南亚，经常要搞一些业务谈判。虽然我不准备搞夫人外交，也从没想过要聘用公关小姐，但商务谈判的礼仪还是要讲究的。我不能叫那些外国佬嘲笑我是中国农村的老土包，连位姿色超群的夫人都没有，我要叫他们瞧瞧，我的夫人天姿绝色，胜过他们的夫人几十倍！我不能在外国人面前掉价。说这是民族自尊心似乎太高，但我觉得至少不该遭到误解。我的如男不愧是个豁达大度的姑娘，她洞悉我的隐衷，她理解我的心情，她支持我的事业。她毅然决定：在跟我结婚之后，放弃舞蹈演员这一职业，和我工作生活在一起。虽然舞蹈事业是崇高的神圣的，但她能够做出这样的牺牲，那就更显崇高更显神圣。我感动地接受了她的抉择。鉴于她不好意思向培养她成长的剧院组织提出这个请求，那我就以未婚夫的名义越俎代庖，请剧院此后不要再分配她扮演什么角色。同时我还要申明，这封信是我背着她写的，请剧院领导暂时不要找她谈话，因为她还缺少心理准备，还要逐渐适应。谢谢！

　　…………

肖如男几乎是一口气看完的。

她只觉四肢麻木浑身冰凉眼前黑魆魆一片，那几张信纸攥在她手里发出簌簌的响声。

"如男！如男！"肖氏夫妇惊惶地瞧着女儿。

"他……他是个流氓！市侩！恶棍！乡巴佬儿！土财主！……我咋这么糊涂哇！"肖如男踉踉跄跄跑进卧室。

传来痛心疾首的哭声。

肖氏夫妇面面相觑，脸上笼起一团寒雾……

不必啰唆，这段双人浪漫曲便遗憾地结束了。

卷　四

　　星夜来访者是他不曾忘怀的"白天鹅"。她闪烁
其词地暗示隐衷，竟引发了他那复杂微妙难以名状的
心绪。他面临着最艰难的选择……

正在发生的故事

——其四

　　"怎么，你想将我拒之门外吗？"那圆润甜脆的嗓音飘进来。

　　"哦，对不起！"田家兴觉出自己的失态，那种谁也难以说清的潜意识，使他丝毫没踌躇就去转动暗锁，将那贴着"囍"字的涂漆铁门敞开。

　　亭亭玉立在门灯光晕里的果然是丽色逼人的肖如男。

　　她穿着一袭乳白色的连衣裙。胸口开得很浅，隐见乳房的上半部分。无论是裸露的肩臂还是胸口上的颈项，当然包括连条细纹都没有的脸，都呈淡淡的玫瑰色。这种肤色只有先前洁白的皮肤得到夏日阳光的照耀才会出现，给人一种强烈的性感刺激。尤其是那两条长腿，被薄薄的肉色丝袜箍住，竟仿佛什么也没穿一样，使田家兴不由得偷觑几眼。

　　"你怎么啦？门开着却堵着不让进去！"

"噢，请！"田家兴礼貌而又得体地闪开身子。

肖如男径直走进客厅。

田家兴从冰箱里取出鲜橘汁和冰块，跟进来，调好，送到客人面前，随即一按墙上开关，那天花板上的电扇便旋转出一片清凉来。

好长一段时间，两人谁也没说话。

那并不太遥远的情景都仿佛浮雕似的，从薄薄的时间尘雾中凸现出来。

田家兴有些尴尬。

生活真会恶作剧。半年以前他和肖如男还曾在这里情意缠绵，谁知后来竟不欢而散。在他又一次苦闷彷徨时，竟奇迹般地和扣儿邂逅相逢。他们排除了诸多猜忌，尽释前怨，旧梦重温。他们很快就决定结婚。然而在这新婚大典之日，扣儿却又遭遇不幸。这难道是命运之神在暗中操纵吗？最具讽刺意味的，眼前这位姑娘那么犀利那么辛辣地斥责他是商品经济和封建魔影的混血儿，发誓永远不再跟他来往，可是居然在他这凄凉的新婚之夜登门造访，这简直如同耍魔术一样。她来做什么呢？田家兴无论怎样精明过人，也琢磨不透这里边包藏着什么奥秘。

"对于我突然来访，而且又在你的新娘遭到意外的时候，你不会揣摩我是幸灾乐祸吧？"

田家兴淡淡一笑："我想你还不至于那么残忍！"

"好厉害，不露痕迹地骂了我一句！"肖如男自然听得出他的弦外之音。

田家兴又是冷冷一笑："我想我也不会那么卑鄙！"

"那么就是我卑鄙喽？"肖如男竭力压抑着心底快要涌上来的不快。她暗暗告诫自己：不论这位过去的恋人怎样旁敲侧击，她都得忍耐。否则，她设计的这幕喜剧就要落空。

田家兴在屋里缓缓踱步，一副天塌下来也全不在乎的大将风度。

"我想你现在一定很痛苦吧？"肖如男口吻里充满了同情，"而且据说你婚后要偕夫人去日本进行贸易谈判，可是她那张脸……"

"你不要说了！"田家兴突然有些焦躁。他大概是觉得和肖如男的关系已今非昔比，便缓和缓和口气，勉强苦笑："肖如男同志，你这么晚来找我，一定有什么事情吧？"

"当然，跨进你这门槛前，我心里很不安宁！"

"有什么事你就直说，不必转弯抹角，凡我能做到的……"

"哦，你想错了，我不是来求你做什么！"

"噢？那你……"

"索性说开吧，我来是为了你！"

"为了我？"

"对，为了帮助你摆脱困境！"

"是吗？"

"我想你绝不会愿意带一位脸上有疤的夫人去跟外商谈判吧？"

"没办法，我就是这个命！"

"命？"

"对，我天生注定要娶个丑老婆！"田家兴怨恨地冲肖如男悲哀一笑，"我先后爱过两个漂亮的女人，可惜，一个无情地跟我断绝了来往，一个又被毁了面容，你说我不是得认命吗？"

"你还需补充一句，你第一个夫人据说是樱花镇的丑女！"

"你怎么知道？"田家兴的脸腾地红了。他从来都没向肖如男透露过这件事。

肖如男蛾眉一挑："你怎么忘了？柳三月在时装模特儿培训中心练步法，聘请的教师就是本人！"

"哦！"田家兴明白了，准是柳三月把他当年的狼狈对肖如男说了。他不禁有些赧然，那声音便软了，"你心里一定在嘲笑我吧？"

"不，我倒觉得你那时很值得爱！"肖如男脸上掠过一丝苦笑。

"我现在难道不比那时……为什么……哦，不说了！"田家兴失神地盯住肖如男，那断断续续的句子留下了几处空白。

肖如男自然能破译出那空白里的密码。她在心里暗暗冷笑，脸上却装出一副伤感的模样。这在她很艰难。她虽然是出色的舞蹈演员，但那功夫全在腰、腿和脚尖上，脸的功能却很平常，不像话剧演员或影视演员表情那么丰富那么善于变化。况且她的天性襟怀坦荡表里如一，何曾扮演过这阳奉阴违的角色？然而她必须将这场戏演下去演成功，谁叫她那么富有同情心答应了乡间淑女柳三月的恳求了呢？

"你不是说……是来帮助我摆脱困境的吗？"田家兴神思恍惚地望着肖如男那绰约的身姿，脑子里油然浮现出他和她在这里亲昵的情景，一个模模糊糊的念头竟朦朦胧胧地闪现出来。

肖如男脸上泛起了红晕，不是因为要启齿说那难为情的话，而是说那话本身就言不由衷："我想……我想当初咱俩要是……你今天就不会忧心忡忡了！"

田家兴没有作声。

他似乎没有听懂。

"我是说……"肖如男越是为自己的表演而不安就越是吞吞吐吐，恰恰这种吞吞吐吐反倒增加了几分可信性，"难道事情不会改变吗？"

"唔？"

"比方说，陪你去日本的是我而不是她……"

"啊？"田家兴简直不敢相信自己的耳朵。他突然明白了肖如男的意思。怎么？你这叫人神魂颠倒的姑娘回心转意了吗？可你为什么现在才回心转意呢？说句心里话，自从他见到肖如男后，本来就逐渐淡漠的扣儿的形象就更加淡漠了。如果把这两位丽人放在天平上，在田家兴的眼里，毕竟还是肖如男稍重些。这倒不只因为肖如男比扣儿更有文化教养更有都市风味，秘密在于高傲不驯的肖如男比娴静温顺的扣儿，更能激起田家兴的占有欲望。这其实很符合人的心理逻辑，越是不能轻易得到的东西倒越显得珍贵越能逗起人去得到它。假若半年前肖如男答应嫁给他，他即使和扣儿相逢，也只能彼此客套一番便各奔前程，哪里还会又有那些剪不断理还乱的纠葛呢？

如果说田家兴最初和扣儿离别的情感空白，是遇到的肖如男给填充的，那么他和肖如男分手造成的情感创伤，恰恰又是突然出现的扣儿给抚平的啊！

那充满戏剧性的场面仿佛就是昨天才发生才显现……

邂　逅

怯懦和自卑是人性的弱点之一。

值得玩味的倒是这种性格常常衍生在偏远的乡间。这或许是那闭塞的环境所致？且看扣儿怎样战胜怯懦获得成功。

一

扣儿随欧阳大姐来到了省城。

（彼时彼刻，田牛——田家兴还在樱花镇。我们先于交代扣儿的经历而去叙述他和肖如男那段浪漫故事，纯属出于结构的需要。读者诸君大都不会拘泥于时序，而笔者却要说个明白。）

仍说扣儿。

她神情恍惚，仿佛走进童话世界。那些在都市人眼睛里极其平常极其普通甚至极其乏味的景物，都能在扣儿的心里勾起从来没体验过的新鲜感觉。那耸向天际的楼房，一幢挨着一幢，不似樱花镇零零星星只有几幢。如果说当初她从鸡鸣岭到樱花镇，曾经被那几幢大楼引发出那么多新奇，那么她现在置身于这鳞次栉比的楼房群里，那新奇就质变成惊呆了。她不敢想象世界上还有这么奇瑰这么雄伟的庞然大物，那青灰赭红橘黄以及其他色素织成了都市斑斓绚丽的彩衣，使得扣儿宛若孩童般的眼睛时时迸出惊奇的光波。

她确实像个不谙世事的孩童。她随欧阳大姐漫逛都市，就像未成年的小女孩，扯着母亲的裙裾，瞧看着花花绿绿的陌生世界。眼前这条在全世界都闻名的大街，又使扣儿想起了樱花镇那条通衢大道。两相比较，那条通衢大道太寒碜了。且不说那砂石路面不能和这铺着柏油的大街相媲，就是那宽度长度和笔直度也不可同日而语。樱花镇唯一的优势是比这里樱树多，可那大街两侧遮天的黄槐白杨苍松，挽臂搭颈，形成著名的林荫大道，却更令樱花镇望尘莫及。哦，鲜花！摆在街心公园和人行道两侧的盆花，堆叠成形状万千错落有致的图案，虽然不比樱花镇漫山遍野的花儿更凝聚着大自然的精血，但在这根本寻不到一块黑土地的柏油大街上，已经是个奇迹了。

莫笑扣儿总是用樱花镇同省城做比较吧，她那浅浅的阅历中，还有比樱花镇更繁华更神奇的地方吗？她随欧阳大姐每走一条街道每进一家商店每发现一个新颖去处，脑子里都会浮出鸡鸣岭樱花镇的山川草木风物人情。她本能地将这些似乎毫无关联的事物进行比较，依照她那在传统生活氛围中形成的尺度，去衡量出她心目中的崇高与卑微。

她固然被都市风光所震慑，但她并不十分喜欢这些城里人。他们当然很高傲，但那高傲里边透着冷漠。樱花镇人也高傲，但他们那高傲里有一股热情。樱花镇人穿着一件漂亮衣服，总是搔首弄姿地想叫你看见，甚至用眼睛瞟着你，尽管那眼睛里飞出来的是卖弄和得意。城里人却相反，他们衣冠楚楚，至多用眼角瞟瞟你，表现出不屑一顾的"高贵"气。虽然樱花镇人多少有些庸俗，但扣儿宁愿喜欢那种热情的庸俗，她讨厌城里人那种冷漠的高贵。

难怪，扣儿的心灵太寂寞了。

在这繁华都市里，除了欧阳大姐她再不认识第二个人。

她尽管相当漂亮，但走在大街上还是能被人认得出是乡间姑娘。

不是她丽质比那些城里女人逊色。恰恰相反，无论怎么苛求于她，她都比那些凭靠化妆保持青春的女人更加妩媚。

竟是她的腼腆她的胆怯她的羞涩或者说她的自卑，构成了她令人惋惜令人遗憾的乡间气质。

扣儿自己浑然不觉，欧阳大姐却暗暗忧虑。她一连数日带着扣儿满城转，不仅仅是叫这位乡间淑女领略领略都市风光，她想叫扣儿开开眼界见见世面，逐渐排除乡间人乍进城里难免发生的羞赧与惶惑。作为一名职业美容化妆专家，她深谙人的美不只表现在容貌上，内蕴的气质相当关键。它是使容貌变得生动的灵魂。对于那些以表演为生的演员当然也包括职业时装模特儿，容貌和气质是互为表里的两条生命线。假如容貌平平，但气质不凡，尚能补救先天缺陷；倘若容貌虽好，但气质不佳，那却只能引为遗憾了。扣儿当然两种条件都具备，但如果不摆脱腼腆的束缚，将来出现在众目睽睽的舞台上，势必手足无措，影响表演水平的理想发挥。那也许会断送她的隐约可见的锦绣前程。

当然，欧阳大姐没有立刻将扣儿推荐给"丽丽"服装公司新近成立的专业时装模特儿培训中心，是因为她的丈夫"丽丽"服装公司经理苏昊去广州还没回来。按照培训中心招收学员的条件，必须具有高中以上文化程度和城市户口，可这些都和扣儿不沾边。欧阳大姐明白，尽管扣儿丽色超群，但若在缺少两项很重要的条件下，去跟那众多的报名者竞争，那希望是相当渺茫的。

欧阳大姐要等丈夫回来，通过枕边风，吹动那位堂堂的服装公司经理为扣儿提供方便。

因之，欧阳大姐便趁这段时间抓紧给扣儿补课，除了带她观瞻市容，还给她讲授形体知识，启发她克服怯懦心理。好在美容厅正在改建房屋，暂时停止营业，欧阳大姐和苏昊的独生儿子去法国留学刚走一年，使得这位热心肠的美容化妆师能够得闲将心思用在扣儿身上。

颇有企业家气质的苏昊迟迟归来了。

当他瞧见家里多了个美丽的陌生女子，不禁有些愕然。

"老苏，你看这姑娘怎么样？"欧阳大姐有意叫扣儿去买酱油和醋，趁她不在场，意味深长地瞧瞧远道归来的丈夫。

苏昊天性幽默。他摇了摇被妻子染得乌黑的头发，眨动那双因缺少睡眠而生出红血丝的眼睛嬉笑道："你大概是给儿子选择配偶吧？"

"胡说八道！"欧阳大姐嗔骂着，"儿子的事还用我来管？告诉你，这是我从长白山里领进城的！"

"噢，你想让她给咱俩做小保姆吗？"

"又扯没用的，就咱俩用什么保姆？我就是你的保姆！"

"那你……"苏昊启开电动剃须刀，那嚓嚓的声音把他的话淹没了。

"你看她干什么适合？"欧阳大姐边掐蒜薹的黄梢边问。

"叫我看嘛……"苏昊摸了摸剃得光溜溜的下巴，"要是训练训练，挺不错的时装模特儿！"

"老苏！"欧阳大姐高兴地叫起来，随即在苏昊的面颊上吻了一下。

苏昊诙谐地："真是新婚不如久别啊！"

"别闹，跟你说点儿正经事！"欧阳大姐望望丈夫。

"唔？"苏昊将剃须刀装进皮套里。

"叫她去你们模特儿培训中心怎么样？"

"嗯，可以考虑。她什么文化程度？"

"小学四年……"

"什么？"苏昊一怔，"是城市户口吗？"

"你怎么这么健忘？不是刚跟你说，是从长白山里领来的！"

"这……"

"怎么？"

"怕不行！"

"还不是你经理一句话？"

"可我们培训的是专业时装模特儿，将来要为公司服务。不是城市户口没法录用！"

"改革嘛，都啥年头了，还那么多框框？"

"那也得有个过程嘛！"

"肯定不行了？"

欧阳大姐脸色阴沉得像挂层霜。

苏昊叹了口气：“只有一个办法，就怕她不愿意！”

“什么办法？”

“不做正式学员，给培训中心管理服装……”

欧阳大姐还没作声，扣儿突然推门走进来。她显然听见了苏昊的话，那双晶亮的眸子里闪跳着激动的光。她冲苏昊感激地点点头：“只要有事做，干什么我都愿意！”

欧阳大姐却微微蹙起了眉头。

二

对于浮萍般漂泊的扣儿来说，能到时装模特儿培训中心管理服装，已经是求之不得的好差事了。哪里还敢有什么更高的奢求呢？这比起在樱花镇张四爷的抻面馆，比起在“清风客栈”打零杂，比起在“东山里”煤矿针潹服务部，不是好上几十倍吗？因此，当她在门外听到苏昊的安排时，自然要由衷地喜悦了。她从小就听姨母说过，人生一世，只有享不了的福，没有遭不了的罪。她能在欧阳大姐这样阔绰的家里存身，又能找到比她以前还要好的工作，她怎么能不心满意足呢？

欧阳大姐倒很不快。并非她鄙薄管理服装的工作，她本人在歌舞剧院就曾亲自管理过服装。她悒悒不乐恰恰是由于扣儿的喜形于色。她分明窥见了那浸染在扣儿骨子里的自卑。哦，美丽的姑娘，你为什么如此胸无大志呢？难道你就不想有所作为吗？你具备了那么好的天资，你自己却把那看得太轻太淡。倘是别的姑娘，大概早就飘飘欲仙了，可你却总是自惭形秽。

你像一片树叶，随便飘到哪里就在哪里栖身，全不想望那绿意葱葱的春天。你当初从鸡鸣岭闯到樱花镇，只是受一种朦朦胧胧的欲望所驱使，你其实并没有明确的人生目的。于是，当那些欲望接二连三遭到打击时，你两次都想去死。表面看去，你连死神都不害怕，其实却正显示出你对生活的恐惧。哦，姑娘，只有当你彻底摒弃了这与生俱来的恐惧，切实意识到自己的存在价值时，你才算真正开始了人生。

欧阳大姐不想充当扣儿的生活牧师，她也极其讨厌那动辄便指导别人怎样活着的角色，但她无比焦灼地觉得，不能叫那平庸的灰尘遮埋这颗闪光的珍珠。她的职业不是变丑为美吗？她不光要在面孔上做手术，她还要在心灵上也做手术。她不敢自诩能点石成金，但她觉得至少应该这么做，或能收获预想不到的效果呢！

欧阳大姐一宿也没睡好觉。

翌日上午，她没有按照丈夫苏昊的意见做——陪同扣儿去时装模特儿培训中心报到，却领着急不可耐的扣儿去寻找一家颇有名气的美发店。那家美发店创建时，曾经得到欧阳大姐的赞助，又因为和美容厅有业务上的联系，欧阳大姐便成了那里的座上客。

美发店坐落在一条僻静的小胡同里，曲里拐弯的路将扣儿弄得晕头转向，要不是那竖在拐弯处木牌上的红箭头和欧阳大姐在前边带路，她准会以为走错了。

扣儿纳闷，选择这么个地点营业，能有顾客吗？

然而当她随欧阳大姐走到胡同尽头时，不觉蓦然惊讶了。

兀地矗起一幢三层小楼，巨幅牌匾上烫金大字："巾帼风流美发店"赫然醒目。

密密匝匝的女性顾客，安安静静地等候在一楼大厅里，那些显然已经烫好或理好秀发的丽媛淑女们，一个个昂首挺胸，娉娉婷婷地从三楼二楼走下来，将那飘逸俊美的波浪式、热情奔放的青春式、抒情浪漫的瀑布式、时髦怪诞的爆炸式以及五花八门造型奇特优美的现代新潮流行发式，接二连三地显现在扣儿的眼前。她眼花缭乱，不禁下意识地瞧瞧那坐落在楼梯拐弯处的硕大方镜。镜子里的她，虽然俊美，但那两根长辫分明散发着过时的气息。她不禁尴尬地抚弄着那乌黑的辫梢。

欧阳大姐笑了笑，扯着她的手，走进二楼营业厅。那些正在忙碌的都市小姐，纷纷撂下手里的理发工具，叽叽嘎嘎围拢过来。

"欧阳大姐！"

"财神爷！"

"美神娘娘！"

"南无阿弥陀佛救苦救难观音菩萨！"

…………

欧阳大姐爽朗大笑："这么些头衔呀？我可担待不起！"

发自肺腑的亲昵话又从那抹着淡淡唇膏的嘴巴里飞出来：

"谁说担待不起？"

"没有你开办美发班……"

"办营业执照！"

"还有赞助费……"

"谁能瞧得起我们这些缺胳膊少腿耳聋眼瞎的残次品？"

欧阳大姐摇摇头："我那点儿事儿算个啥呀？这大楼这铺面，还不都是你们自己干出来的？快别耽误活儿啦，哪位师父给我们这位美人儿弄弄头发？"

呼啦拥上来七八位。最后，扣儿被那个跛足姑娘按坐在座椅上。

"你是干啥工作的？"跛足姑娘熟练地操起工具，"我要根据你的职业特点给你做发式！"

"我……"扣儿有些犹豫，她用眼睛寻找欧阳大姐。

欧阳大姐却不见了。

"是演员？"

"不！"

"大学生？"

"不是！"

"护士吧？"

扣儿摇摇头。

"噢，看你这漂亮劲儿，准是旅游局的导游员啦？"

"也不是……"

跛足姑娘疑惑地："那你？"

扣儿鼓足勇气："我在时装模特儿培训中心……"

"噢！"跛足姑娘发出赞叹的惊叫，"你是时装模特儿！大家快看，她是时装模特儿！"

先前那些吵吵嚷嚷的姑娘们，连同那座椅上的顾客，也都转动身子，瞧着扣儿。

扣儿有些心慌，鼻尖上沁出一层细碎的汗珠儿。

"嗯，是挺漂亮！"

"瞧那腿，多直多长！"

"腰也苗条！"

"脸更好看……瞧那鼻梁那眼眉……"

"啧啧，就是有点儿害羞！"

"怕啥呀？我要有这副架，敢去联合国！"

"叫全世界男人都跪着！"

"当明星模特儿！"

"征服全球！"

"小野心家……"

"野心？这叫雄心！"

"对，人没雄心枉为人！"

…………

喊喊喳喳的议论悄悄平息下去了。当扣儿做好发型随欧阳大姐下楼时，楼下那面大镜子里映出的是一位落落大方的现代女性，引得一楼大厅里的顾客瞠目瞧看。虽然扣儿还没完全排除羞涩，但一种莫名其妙的自信竟使她变得轻松起来。

三

"大姐，你说我能当个时装模特儿吗？"离开美发店后，扣儿边跟欧阳大姐去时装模特儿培训中心报到边充满希冀地问。

欧阳大姐欣喜地瞧了瞧有些跃跃欲试的扣儿，微微一笑：

"这要看你自己！"

"可我……"

"你是说你不是培训中心的学员？"

"……"扣儿默然无语。

"世上成大器者，不一定都得进什么培训中心！"欧阳大姐像是安慰像是鼓励。

"可是……"

"当然，也得找个明白人点拨点拨你。"

"可我谁也不认识……"

"别急，不是还有我呢吗？"欧阳大姐亲昵地挽住扣儿的胳膊，"走，我这就带你去见一位老师！"

她们临时改变了方向，搭乘一辆出租轿车，驶进了省歌舞剧院。

出现在她们面前的竟是肖如男。

那时候，田家兴还没闯进肖如男的生活视野。她无论如何也想象不出后来的那些情景，自然也不会想到眼前这位来自乡间的妹妹居然是田家兴先前的恋人。

"欧阳大姐，啥风把你给吹来了？"

"如男，我听老苏说，他们那个时装模特儿培训中心，已经聘请你做形体教师了？"

"你装啥糊涂呀？还不是你向苏经理吹的风？"

"你是名演员嘛！"

"还不得累死我？"肖如男苦着脸，"一百名学员全得把着手教，听说最后只录用十名！"

扣儿的脸上笼起一团阴影。

"别吓唬人，采用一名也得是她！"

"谁？"

欧阳大姐瞟了扣儿一眼："这不在你眼前站着？"

"噢……"肖如男仔细端详详扣儿，异常热情地："你也是学员？"

扣儿摇摇头。

肖如男惋惜地："我说嘛，学员登记册我逐页翻过，怎么没见到你的照片！"

欧阳大姐望望神色有些黯然的扣儿，悄悄叹口气："她是非正式学员，老苏同意她管理服装！"

"这么漂亮这么标准的形象，为什么不做正式学员？"肖如男诧异地耸耸蛾眉。

欧阳大姐不满地："说她没有城市户口！"

"哎呀呀！"肖如男一迭连声地嚷："你家老苏咋那么僵化？"

"这是公司领导班子集体决议！"

"遗憾！"

"哦？"

"具备她这种形体和气质，不出仨月我就能叫她走红！"

"这是你说的？"

"当然是我说的！"

"如男，大姐先谢谢你！"

肖如男一怔："这……什么意思？"

欧阳大姐微笑着："我把她交给你！"

"她不是非正式学员吗？"

"她若是正式学员我就不单独找你了！"

"大姐，你这是给我出难题……"

"难题你也得答，你只管教她，别的有我！"

"大姐……"肖如男犹豫地瞧瞧扣儿。

"快！"欧阳大姐拽过扣儿，"叫肖老师！"

扣儿恭恭敬敬地给肖如男施礼："肖老师！"

肖如男忍不住咯咯笑起来。

师生关系就这么确定下来了。仔细攀谈，两位丽人竟同庚，生日相差三天，扣儿略大，如男遂称她为柳姐。

自此，扣儿日日坚持早出晚归，每天除了在培训中心服装仓库分发收回服装外，一早一晚都由肖如男单独教练。有时候，活儿不那么坠手时，她也随同那些正式学员一起参加训练。扣儿天性聪敏，一点就通，再配上她那窈窕的身形俏丽的面孔，竟在那百名学员中分外惹眼。这固然使欧阳大姐和肖如男非常欣慰，却给她带来了意想不到的麻烦。

凡在这个地方接受培训的姑娘，哪一个不梦想着成为职业时装模特儿呢？毋庸赘述那出现在舞台和荧光屏上的丽人曾经怎样愉悦过她们的眼睛，自恃有几分姿色的女性，谁都想搔首弄姿表现一番。这不是浅薄和庸俗，这是人类爱美之心的苏醒。姑娘们都明白了，成为职业时装模特儿，便意味着自己的容貌和气质进入了不同凡响的层次。这种不应该受到非议的虚荣和可以天南海北逛个遍的诱惑，竟使得时装模特儿培训中心的广告一经播出，削尖脑袋前来报名者竟逾千人。根据条件，进行筛选，录取百名。经过三个月的培训，准备评选出十名最优秀者，由"丽丽"服装公司聘为职业模特儿。

十中取一，将有九十人要被淘汰，谁有可能成为那为数不多的十分之一，谁就有可能成为那十分之九的攻击目标。嫉妒是人性的弱点，但也能引发出有积极意义的竞争。怕的是一旦失去节制，那嫉妒便会使人不择手段。

扣儿面临着巨大的威胁。

她敏锐地感觉出来了。

那一束束敌意的目光。

那一串串充满着妒意的话语。

还有那……连她自己也说不清楚的构陷。

"你说，我的钱包咋跑你兜里去了？"一位眼梢微微吊起的高个姑娘怒气冲冲地将扣儿堵在服装仓库门口，她手里拎着扣儿挂在更衣室里的运动衫。那是欧阳大姐新近给她买的。

随后拥来一大群花团锦簇的学员，添油加醋推波助澜："我的钱包也不见了！"

"还有我的！"

"我的……"

"准是给这个乡巴佬儿偷去了！"

"穷鬼！"

"骚狐狸！"

"搜她身！"

"把她衣服剥光！"

被妒忌弄得失去理智的女性们叫骂着冲上来。

可是她们很快就怔住了。她们眼睛里的扣儿，一反往日那种安详和文静，愤怒使她的面颊泛出血色，明亮的眼睛闪跳着不甘屈辱的光，碎玉般的牙齿狠劲咬着下唇，高高隆起的胸脯剧烈地起伏着，谁知道那里面蕴藏着多少乡间女儿的愤懑？是的，她可以忍受苦难，她也可以去死，可她却不能容忍对她人格的污辱！"你们这些幸运儿，不就是沾父母的光生在都市里吗？你们自以为血统高贵，就瞧不起我这乡下姑娘，其实你们有什么了不起呢？你们要真有本事，何必害怕我这没有城市户口的非正式学员呢？我先前太怯懦太软弱了，我比你们差啥呢？我不比你们更漂亮更聪明更有魅力吗？连那些残废姑娘尚且那么自信，我为什么要畏畏缩缩地活着？你们不是害怕我占了你们的名额吗？我就是要发狠练拼命练，叫你们酸吧醋吧嫉妒吧！人活着不就一口气吗？我要叫这口气痛痛快快地呼出来！"

这番激昂慷慨的话儿虽然没化成声音从扣儿嘴里喷吐出来，但在场的每个人从扣儿那亮得逼人的眼睛里分明听得清清楚楚。她们隐约感到，她们太小觑这乡间姑娘了。她们不禁扪心自问：自己今天是不是做得有些过分？

蓦地，扣儿发出讥讽的大笑。她一把夺过那位吊眼梢姑娘手中的运动衫，往高处一亮："小姐，你是不是搞错了？这件挂在更衣室的运动衫，虽然和我那件颜色、样式都一样，可这胸前却多个图案！"

吊眼梢姑娘蒙了。

姑娘堆里一阵骚动，有人不满地大声吐着唾液："呸！真缺德！"

"诬陷人犯法呀！"

"啥事呢？看人家姑娘好欺负咋的？"

"真掉价！"

"羞！"

…………

舆论奇迹般地倒过来了。

扣儿在时装模特儿培训中心站稳了脚跟……

四

落日蹒跚坠去后，那令人窒息的暑热迟迟不肯告退。城市像巨大的蒸笼，一直在散发着极其闷热潮湿的空气，弥漫在街道之上楼房四周和酒肆茶馆之内以及每一户世俗人家。谁也无法统计全城共有多少台电扇在嗡嗡旋转，宽阔的林荫大街徜徉着纳凉的人流，倘若不是园林管理部门和治安巡逻人员紧密配合严加防范，那清净的南湖水也得被那些热得焦躁的毛头小伙撩拨得冲天价响。

暑热难熬。

也有清爽宜人之处。

哪儿？

那座具有空调设施的"艺术大厦"。

这里并不准备上演什么剧目，却要举行全城瞩目的时装模特儿培训中心毕业典礼。本来主办单位并不准备大肆张扬，但无孔不入的新闻记者迅速做了专题报道，使得预约观摩的人竟川流不息，那部时装模特儿培训中心的电话哇哇响个不停。于是"丽丽"服装公司的大小头头儿们紧急磋商随机应变，将地点设在能容纳一千八百人的"艺术大厦"，门票比一般戏票高两倍。同时通知公司隶属的十多个厂家，把还没上市的新潮服装提前出台，准备叫入选模特儿着装表演。届时还将预测明年的时兴款式和流行色。

消息重新在电视台屏幕上播出。

全城为之轰动。

距离典礼开始还有一小时，连三楼的观众席上也都坐满了人。从入口外不断传来焦急的吆喝："谁有剩余闲票？""哪位肯卖剩票？""一张大团结，谁卖？"

嘈杂的声音飘进观众大厅，很快就淹没在嗡嗡轰响的共鸣里。数不清有多少张嘴巴在翕动，仿佛把积攒了一整个夏天的话儿要一股脑儿在这儿说出来。其实只要浏览浏览那大都年轻的面孔，便不难猜测那谈话的内容。不外是男人女人或与男人女人有关的事情。自然啦，马上开始的时装模特儿评选也是他们津津乐道的热门话题。不然他们何必非到这里喋喋不休呢？除了对即将出台的时装抱有极大的热情外，他们最关注的则是哪位学员能成为一百名中最幸运的十分之一。别看参加竞选的只有一百人，但每个人都有一个社会圈，每个社会圈里都有若干个亲朋好友。当这一百个社会圈里的若干人，满怀希望地坐在台下议论纷纷时，座无虚席的观众厅恰似一座喧闹的巨大蜂房。

同沸沸扬扬的观众厅形成鲜明对照的是鸦默雀静的后台。

舞美设计师和负责灯光道具以及音响效果的人员，早都按照总导演肖如男的意图准备就绪。这会儿，正静静地躲在休息室里打盹儿。昨晚，他们可都连眼皮也没合拢呢！兴许是担心这些无名英雄休息不好，那百名学员一反常态，往日那种叽叽喳喳嬉笑吵闹的活泼劲儿悄然逝去，一个个坐在化妆室里描眉画鬓，精心修饰着那一张张丽容。倘若说三个女人一台戏，这百名姑娘却在演出一幕哑剧。虽然表面没有音响，但每个人心里都炸响着雷霆。竞争马上开始，同窗变成劲敌。谁不想跻身那十分之一？谁都不愿做那十分之九。每个人都把其余的九十九人视如对手，这从那偷偷打量相互端详的眼神里分明显示出来。即或彼此目光接触掩饰地笑笑，那浮现在脸颊上的笑纹，也不似先前辐射得那么自如轻松，像是一根根纤细的针，直直的，僵僵的，硬硬的，把彼此心里的秘密勾勒无遗。

这种戏剧性的场面，使每个置身其中的人固然都感到一种无形的压迫，但她们谁也不会觉得孤独和痛苦，她们毕竟属于那百分之一，她们至少不会发现自己比别人缺少什么。她们机会均等，谁也不会抱怨命运的不公正。至于能否落选，那除了形象气质和临场表现外，则取决于那些评委们是否垂青了。她们有谁会想到还有一颗孤独的心灵在默默地忍受着熬煎呢？

当然，那颗心正在扣儿的体内颤动。

尽管欧阳大姐每天都在丈夫耳边吹几遍枕边风，"丽丽"服装公司经理苏昊还是心硬如铁，就是不肯答应扣儿作为时装模特儿培训中心的正式学员参加评选。这就意味着，纵然扣儿有倾国倾城的容貌和超凡脱俗的表演风度，也都毫无意义，何况她临场究竟是什么状态还只是个谜。

欧阳大姐赌气地和丈夫翻了脸，但是毫无效果。丈夫依旧爱莫能助。

苏昊有苏昊的难处。

时装模特儿培训中心一宣布成立，苏昊的兜里就塞满了推荐名单。党政机关领导、关系单位头头、业务部门同志、各行各业朋友……凡属跟苏昊过从甚密较密或虽无笃厚的交情却利害相关的人，哪一位不推荐个三至五名？约略统计，竟达千人，而且约有一半是乡间姑娘。这些姑娘或者进城给某些领导家当保姆，或者出入于城乡发了大财便想用钱买个体面工作然后再寻个好对象，得知培训中心最后要选出十名专业时装模特儿，怎能不像涨潮的江水席卷而来？这却使苏昊慌了手脚。他见过那些乡间姑娘，个个都体态肥硕皮肤粗糙，即或有几个凤毛麟角者，也欲说话脸先红，羞羞答答，扭扭捏捏，哪有时装模特儿的气质？于是苏昊就和公司的其他头头们商定，凡属农村户口的姑娘一律不招收为学员。这样既可省去许多不必要的工作程序，也可堵住写条子的众多头面人物的嘴。平心而论，他也很欣赏扣儿的形象和气质，他甚至惊叹那远离都市的地方竟能滋养出这么美丽的女子。他虽然毫不怀疑妻子的眼力，但他不能破例批准扣儿为正式学员。他明白，一旦他破例，消息马上就会传出，很快就会出现难以想象的反馈。那些因受条例限制不得不收回成命的要人们，笃定要踏破山门兴师问罪。虽然最后的评选要看评委们的分数，但要求参赛的资格很难拒绝。那将使工作量猛增十几倍，无论是精力和财力都消受不起。苏昊暗地犹豫好久，还是觉得不能因为招收扣儿而去冒得罪许多人的风险。世俗社会不是流传那句谚语吗？"宁撇一屯，不撇一邻"。苏昊倒觉得应该反其意而用之，即"宁撇一邻，不撇一屯"。就是说宁肯得罪一户邻居，绝不得罪满村街坊。假若不破例招收扣儿，那些推荐乡间姑娘的人，不都心安了？富有人生经验又有商人头脑的苏昊还算不清楚这道小九九？日趋复杂的人际关系使他也变得复杂了。难怪欧阳大姐慨叹丈夫变得世故圆滑起来。

扣儿自然不谙其中的奥妙。

她只是暗暗向苍天发问：为什么她偏偏出生在乡间？

难道出生地竟能决定一个人终生的命运？

扣儿边散发愤懑边在服装仓库里整理那些刚刚运来的服装。她按照肖如男的编排计划，将那些服装按照款式、面料和颜色分成若干系列，准备在时装模特儿评选揭晓后，由模特穿上这些从来没展示过的服装向观众兜售。

"柳姐！"肖如男急急忙忙闯进来。

扣儿神色黯然地抬起头。

"快，快跟我去更衣室！"

"哦？"扣儿吃惊地望着肖如男。

"有个学员到现在没来，你顶她名上！"

"这……"

"给，这是她的号码牌，评委打分时亮出来！"肖如男将一个写有红色数字"100"的纸牌递给扣儿，随即挽住她的胳膊。

扣儿突然有些慌窘，脚步乱乱地随肖如男走出去。

乐声訇然大作，想必是紫绒大幕已经拉开了吧？

五

扣儿一走进更衣室，便被那一束束箭矢般的目光射中。她忍受着心灵的伤痛，尽量使自己情绪稳定肌肉松弛。她虽然还不知道是欧阳大姐和肖如男暗中斡旋，说服那显然没有希望的"100"号学员放弃这次参赛机会，但她隐隐感到幸运女神正在向她微笑，她不能由于怯懦和畏缩而令欧阳大姐失望。还有肖如男，那位既美丽又纯真既高傲又热情的姑娘，与她这位素昧平生的乡间姐妹，简直一见如故。倘若不是训练太紧张，扣儿真想把掩埋在自己心底最隐秘的苦痛，向这位既是她的形体教师又是她的知心女友的同龄人尽情地倾诉。

"大家注意啦！"肖如男拍着巴掌走进来，"评委已经落座，按照先前的构思，大家依着编号鱼贯上场，和观众、评委见面。然后每两人一组分别着装表演，表演时间不超过三分钟。最后根据评委的平均分数决定名次。大家要镇静、放松、大方、自然，不要慌张，不要害怕，懂了吗？"肖如男边说边盯着扣儿，那眼神里是期待和鼓励。

扣儿用感激的目光回答了她。

学员们都屏着气息，悄然从更衣室出来，等候在幕侧。扣儿的心里咚咚狂跳起来。虽然她也曾经随肖如男在这现代化的舞台上练过多次，但那都是在夜里，而且既无灯光也无音响，除了肖如男或者欧阳大姐，再无旁人。即或那样，也已经很费周折了。倘若不是欧阳大姐和"艺术大厦"的女经理是多年的老同志，谁肯在戏散之后的深夜提供排练场地呢？肖如男和欧阳大姐自然是想叫扣儿适应适应舞台环境，避免在以后可能遇到的表演机会中功亏一篑前功尽弃。然而她们也深谙这样一个事实，百次没有观众的排练也不如一次满场观众的演出。是否具备表演天赋和一个时装模特儿必须有的精神气质和心理状态，在无数双观众眼睛的注视下，全都显露无遗。扣儿能否闯过这一关，不但坐在评委席上的欧阳大姐心里没数，连手把手教练扣儿形体动作的肖如男也忐忑不安。

扣儿的眼睛简直有些失去功能了。她瞧不清舞台上那摇曳旋转的灯光是一条条金蛇在疯狂地乱窜，还是无数支金箭在嗖嗖地乱飞。"赤橙黄绿青蓝紫，谁持彩练当空舞"？那神奇无比的灯光器械，最大限度地发挥着物理功能，出神入化地摇动着光束，摇出了漫天雪花飘飘洒洒，摇出了飞瀑急流湍湍而下，摇出了彩霞绚丽光斑点点，摇出了落花满台绚烂一片……啊，灯光，舞台的精灵，你是要使出浑身解数吓唬初次登台的乡间姑娘吗？

扣儿的耳朵也不灵了。她听不出那时而激昂时而低沉时而急促时而徐缓的旋律是什么曲调。她努力去记忆橱窗里搜寻，除了那二人转、大秧歌和几种不完整的民歌小调外，再无其他储藏。她只是觉得耳膜嗡嗡响，体腔内流动着一股难以名状的骚乱。蓦地，从那光的旋涡里闪现出一条倩影，随即传来报幕员甜润的嗓音："请时装模特儿培训中心全体学员同观众见面！"

乐声更加热烈明快。

灯光越发扑朔迷离。

扣儿神经麻木地走在最后。

掌声雷鸣，像哇哇大叫的海潮。

扣儿下意识地侧头望去，呵呵，黑压压的一片，模模糊糊分不清眉眼。电视台摄像机的光柱倏地冲向她，扣儿只觉得两腿发软额上冒汗，眼前一黑，扑通倒在台上。

坐在评委席上始终盯着她的欧阳大姐，脑袋嗡地涨得老大。

肖如男匆匆从幕侧跑过来，扶起扣儿。

灯光遽然消逝。

乐声戛然而止。

紫绒大幕急急拉上。

观众厅内一片嘘声。

…………

扣儿醒来时，发觉自己躺在欧阳大姐家里。晨光从那薄薄的窗帘外洒进，将这间美容化妆师工作室模模糊糊显现出来。那精确的石英钟不露声色地贴挂在墙壁上，每天都刻板地显示着不超过十万分之一的精确计时。工作台上摆满了形形色色的高级化妆品和做面容小手术所需用的各种器械。从那镶嵌在墙壁上的大镜子里，扣儿瞧见自己略显憔悴。她依稀回忆起昨天晚间的场面。一种火辣辣的炙痛，顿时从她心底升起，迅速蔓延全身，最后连那两排皓齿也咝咝啦啦疼起来。

她不是懊恼临场晕倒遭人耻笑。在这繁星般人口稠密的都市里，有谁认识她呢？面子是丢亲朋故友和熟人的，在一个陌生的环境里，无所谓丢没丢面子。至于那一百名学员，除了十分之一中选，剩下那十分之九也不比她强多少。哪里得闲嘲笑她呢？

她也不是沮丧一个令年轻人歆羡的职业就这么失去了。她从小在泥土里长大，什么样的脏活累活没干过？她固然梦想当个职业时装模特儿，叫千百万人从她身上瞧见四季的循环时代的嬗替和社会审美心理的演变。但是，假如这个梦想破灭，她也可以满街吆喝去卖水果去卖大碗茶去卖豆腐脑。贵为王侯贱为庶民，归根结底不都活一辈子吗？扣儿自信天无绝人之路。

她只是觉得辜负了欧阳大姐的一片苦心。倘若不是欧阳大姐把她带进城里，天晓得她又会漂泊到哪里去？扣儿虽然还不知道欧阳大姐为了她几次和苏昊吵翻，她却分明感觉出欧阳大姐的殷殷期望。既是崇高的同情心，又是美容师的职业习惯，使欧阳大姐对她这位远乡的西施格外青睐。

遗憾的是西施的丽容还没在观众眼里出现，便令人难堪地晕倒了。

难道她竟真的这么不成器吗？

扣儿难过得不行，她真想找个地方痛痛快快地大哭一场。

泪珠儿从那双变得昏暗的眼睛里簌簌滚落，在那张妩媚的脸蛋上流出弯弯曲曲的痕渍。

门轻轻开了。欧阳大姐提着一壶煮好的咖啡走进来，随即又将一托盘奶油蛋糕放在工作台上，微笑着望望扣儿的脸色："你感觉好些了吗？"

"嗯……"扣儿喉头哽咽，泪水又将眼睫毛糊到一起。

"还难过哪？"欧阳大姐斟满一杯咖啡，又夹起一块蛋糕，送到扣儿面前，"快起来吃早点！"

"我……"扣儿轻轻哭出声。

欧阳大姐叹口气："你就是太紧张……只是有些可惜，错过了一个好机会……"

扣儿翻身坐起来，眼里噙着泪花儿："您对我简直太好了……都怨我不争气……以后，我不论到哪里，都不会忘记您！"

"你要去哪里？"欧阳大姐微微一笑。

扣儿失神地摇摇头。

欧阳大姐抚弄着她的秀发："我跟服装公司几个头头都说好了，决定招你做合同工，仍旧给专业时装模特儿管理服装，顺便再学学化妆，将来我的美容厅需要人，你也可以来！"

"真的？"扣儿破涕为笑了。

欧阳大姐点点头："如果你愿意，就收拾行装，准备出发！"

"出发？"扣儿惊异地耸起眉毛。

"十月份在广州举行全国时装大赛，老苏他们决定提前出发，到南方各大城市展销服装，还聘我做美容化妆顾问，这回，我领你好好见见世面！"

扣儿又潸然泪下了。

不过，她这次流的是高兴的泪感激的泪。欧阳大姐为她想得太周到了，即或是再生父母，也不过如此吧？

"怎么，你不愿意吗？"欧阳大姐打趣地问。

"看您说哪儿去了？"扣儿似乎突然又想起什么，忙岔转话题，"肖教练也去吗？"

欧阳大姐遗憾地："她们歌舞剧院要复排《天鹅湖》，把她召回去了，她叫我好好关照关照你！"

扣儿不好意思地笑了……

六

人的命运宛如一根只有端点没有终极的线条，随时都可能改变线路，朝着始料不及的方向延伸。先前还是吉凶难测的迷谷，烟遮雾笼，冷风凄凄，见不到一缕光亮，转瞬间便烟消雾散暖风扑面，那明丽的阳光温情地抚弄着人的面颊，将脚下的道路照得清晰分明。

扣儿现在就有这种感觉。她仿佛置身于梦中，恍恍惚惚，神魂飘游，一如僧人涅槃。这其实很自然。她这位乡村靓女，见过的最大世面恐怕就是这座繁华省城了。她虽然也知道中国忒大，名城都市忒多，但她既然没亲临其境，便想象不出是哪般景象。如同她在区区樱花小镇，无论如何不会臆想出省城的绮丽繁华一样。然而当她随着"丽丽"服装公司职业时装模特儿队一路南行走遍十几个大城市时，她便飘飘然如入仙境了。她半是惊愕半是痴迷，不时怀疑这些是幻境幻影还是真景真形？结论自然是不言而喻的，于是她激动的泪水就涔涔流出了。她即使搜索枯肠动用她全部的知识积累，也传达不出耳闻目睹中的百万分之一。不必说京都的恢宏博大、津门的时髦摩登，也不必说古城西安的堂皇富丽、武汉三镇的磅礴雄伟，更不必说南京城外的秦淮月色、杭州西湖的婉转莺鸣……那一个个凝聚着悠远历史和灿烂文化的商埠重镇名城都会，都使她这来自关东腹地的无名女儿目眩神迷。她早把那次晕倒在台上的烦恼抛到脑后，每天除了尽心尽意管理服装外，就整个儿随欧阳大姐出入五光十色的市井之中。那些已经成为职业时装模特儿的前培训中心学员，自然排除了对扣儿的戒备，竟对她表现出难以形容的亲热，吃饭穿衣均不分彼此。

扣儿活得很惬意。

随着地球围绕太阳公转的轨迹，北方已是秋风瑟瑟了。这时候，那颗樱花镇陡然升空的新星田牛，已经易名田家兴乔迁进入省城，正和一见钟情的肖如男缠绵缱绻，演出着我们已经描述过的种种场面，而精神状态同先前已判若两人的扣儿，却随着"丽丽"服装公司的职业时装模特儿队进入中南最繁华最具南国情调的著名城市广州。他们要在广州逗留月余，参加时装展销盛会，然后取道汕头、厦门，经福州、温州去上海，最后在元旦前从水路过青岛、烟台至大连，迂回关东，结束这次纯粹是商业广告性质的巡回表演。

略去那些虽然纷繁丰富却可以想象得到的过程描写，让我们把笔触伸向那最后的决赛之夜。

经过各方激烈的角逐，最后只剩下八支劲旅。主办单位要从这八支时装模特儿队中评选出前三名，落幕时不但颁发奖杯奖金，最诱惑人的是把优胜队的服装作为最流行的款式在全国范围内宣传推广。这无异于是最有号召力的服装广告，将为优胜者带来难以估量的经济效益。于是，那些荣幸进入决赛的各路诸侯，纷纷摩拳擦掌养精蓄锐，准备在那最关键的时刻决一雌雄。

扣儿所属的"丽丽"服装公司职业时装模特儿队仅以团体总分的微弱优势超过第九名，成为那八强之中的最后一位。这牛尾鸡头的名次，已经令带队的头头、服装公司总经理苏昊兴奋不已了。他召集全队训话，那语音腔调里流露出掩饰不住的喜悦："哈……可爱的姑娘们，你们干得很出色，很争气！就凭咱们这支模特儿队成立的时间这么短，就能拿到这个名次，实属不容易！我代表服装公司感谢你们，回去后还要另行嘉奖！"他停顿片刻，加重语调："不过，我们还不能高兴得过早。大家不是都登过泰山啦？得爬一百〇八磴才能看到日出。决赛时刻，关键时刻，咱们得往前冲，争取进入前三名！当然啦，能否如愿，不但要看你们的表演，还要看服装的款式。但是，服装即使设计制作得再好，也得靠你们的身形亮出去。要是你们出了意外，像……"他刚想举扣儿晕场的例子，抬头见欧阳大姐正虎着脸盯着他，扣儿在她旁边满脸绯红，忙把滑向舌尖的话儿咽回喉咙里，用力挥舞手臂："继续努力吧！"

……………

倘若在关东，这时令早就黄叶遍地落木萧萧了。然而这里依旧暑热不退满眼青葱。那从南太平洋上氤氲而成的雨云，缓缓向北蠕动，循序渐进地逼近广州上空，然后便凝滞不动，任凭后来的雨云叠堆其上，层层加厚加厚……终于它支撑不住自身重量的负荷，散发着咸腥气息的雨流急急而下，密密的，斜斜的，织成了一张硕大的水网，将这座南国都市一股脑儿地笼住。

街面像蓄满水的河床。

河床上浮动着五颜六色的大蘑菇。

那不是蘑菇。

是伞。

每把伞下都是一张热情的面孔。

　　当这些面孔纷纷出现在那座巨大的体育馆时，竞争本届时装模特儿表演大赛前三名的锣鼓便敲响了。

　　庞大的乐队掀起了震人心弦的声浪，像翻腾的海潮，在这座能容纳上万人的空间里冲撞漫卷。辉煌的光束汇成斑斓的湖泊，在那四周镶着黑暗的表演场地上潋滟荡漾。一个个时装模特儿伴随着一阵阵掌声在灯湖乐海里搔首弄姿，一件件款式新颖的服装在潮涌般的赞叹声中飘摆亮相。记分牌上不断显示着不同的阿拉伯数字，那是众多评委的综合平均分数。按照条例，各参赛队每队出十名模特儿，这十名模特儿个人的得分加起来就是团体总分。因此，每个模特儿的表演都举足轻重，只要有一个模特儿出现纰漏，都可能影响全队的成绩。或许是由于紧张吧，表演事故接踵不断。有的模特儿步伐拘谨，总是跟旋律差半拍，叫人看着分外别扭。有的模特儿穿错了服装，该遮不遮该露不露，弄得满堂倒彩贻笑大方。还有个模特儿由于紧张，按照导演意图要在表演中途解开胸扣，显示里边配套设计的衬装，结果笨拙地连胸罩一起扯开，露出两只白酥酥的乳房。

　　全场哗然。

　　仓皇下场。

　　记分牌上显示出开赛以来的最低分。

　　然而，这些事故加起来，也不如"丽丽"服装公司职业时装模特儿队面临的危机可怕！

　　即将上场，竟有一名主力模特儿腹痛难忍直不起腰来。

　　这将意味着她的分数是"0"！

　　纵然其余九名模特儿都得满分，也无济于事！

苏昊汗如雨下。

他匆忙叫来出租汽车，扶那位模特儿去附近医院。

他想让医生给她注射药剂，以便能趁上场前赶回来。

可是他很快便如雷轰顶了。那位模特儿得的是盲肠炎，需要立刻做手术。

等到他将她安顿好匆匆返回体育馆时，"丽丽"服装公司职业时装模特儿队的表演已经接近尾声。随着优美的旋律，苏昊突然瞧见从那巨大的屏风后，娉娉婷婷地走出一位丽人。她穿着玫瑰色的连衣裙，束得极细的腰，将隆起的前胸和圆臀都无比清晰地显现出来；她的腿很长很直，在那款款移动的步履中，闪闪烁烁地露出白皙的肤色；她的眉眼妩媚极了，是那种纯洁的妩媚，透着大自然的神韵和造物主的匠心；她面露微笑，不似一般模特儿冷若冰霜矫揉造作；她步履轻盈，踏着抒情的旋律，不时扯起裙裾，向观众展示连衣裙的各个部位。她的展示不是那种单摆浮搁，像一根僵硬的竹竿挑着连衣裙兜售似的展示，她将连衣裙的肩、腰和下摆同她的肩、腰以及两条腿有机地结合起来，构成一种和谐的充满青春活力的美。她的步法也不同凡响，似乎揉进了舞蹈成分，传达出令人心旌摇荡的蕴意，那是对美的追求，那是对爱的渴望，那是对生活的向往。蓦地，那轻松的旋律加快，像多情的春风吹动她的脚跟滴溜溜转。那连衣裙的下摆旋转着旋转着，渐渐旋转成一朵娇艳的玫瑰，在那光的抚吻下灿然怒放！

苏昊看呆了。

全场观众看呆了。

随着音乐戛然而止，四面八方旋起暴风雨般的掌声。掌声持续不断。直到记分牌上显示出最高分时，那掌声趋向高潮，仿佛要把整座体育馆抬起来了。

欧阳大姐和"丽丽"服装公司的职业模特儿们喊叫着拥上去，将那丽人紧紧抱住了。

苏昊瞧得分明。

那丽人是扣儿……

七

扣儿自己都弄不清楚，她是怎么一蹴而就获得了成功。她只是模模糊糊记得，当时的情境很紧急。那九名职业时装模特儿因受伙伴突然病倒的影响，情绪都有些波动，似乎全都魂不守舍。虽然表演时没出现大的差错，但肌肉紧张毫无美感，评委给的分数也平平。假若再缺少一名模特儿表演，那一败涂地是笃定无疑了。

扣儿躲在屏风后暗暗惋惜。

当第九号模特儿刚刚登场时，欧阳大姐走到扣儿面前，递给她一件玫瑰色的连衣裙，压低嗓音："准备上！"

扣儿微微一颤。

欧阳大姐逼视着她。

扣儿从那双深邃明澈的眼睛里领悟了极其复杂极其丰富的内容。

她不能叫这位品行高尚的美容化妆师心寒。

她必须豁出去。

据说人的怯懦纯属自己的心理在作祟。当她或他对自身的价值和力量缺少清醒的估计时，便很容易滑向两个极端，要么过于自信，要么过于自卑。自信带来勇气却往往失之轻率，自卑固然谨慎却使人无所作为。扣儿虽然属于后者，不过那毕竟是先前的扣儿了。现在的她，在经历过那么多大大小小的场面后，那始终大雾般笼罩她心头的胆怯和自卑正在悄悄逝去，一种跃跃欲试的渴望氤氲在她心头！她不是几次做梦，梦见自己成为众所瞩目的时装模特儿吗？现在机缘来了，她不能轻易放过。

她果然一鸣惊人。

虽然由于其他九名模特儿表现不佳，使得"丽丽"服装公司职业时装模特儿队的团体总分没有进入前三名，但由于扣儿的精湛表演，组委会临时磋商，给她颁发特别奖。《南方日报》发了半版彩照，其中就有扣儿两幅。一篇署名文章称她是关东肥田沃土中孕育出来的灵芝，说她的表演刚柔兼济典雅抒情，具有东方女性的美，而且文章标题赫然醒目："东方维纳斯"。更有趣的是，两家电视台同时邀请她拍摄表现时装模特儿多彩生活的电视剧，有家服装公司不知从哪里得来的准确消息，晓得扣儿还没被录用，便要以重金聘用。消息迅速传回关东，几名报社记者搭机飞赴南国都市，对扣儿进行专访，准备在故乡省城大肆宣传。

苏昊慌了。

他深悔当初没听妻子的话，现在弄得很被动。在舌如利刃的记者询问下，他无言作答。他坦率地承认自己的观念还束缚在约定俗成的框框里。他愧怍自己熟谙关系学却不懂人才学。他不是故作姿态，他是发自肺腑。他唯一没说出来的忧虑，是担心扣儿翅膀硬了飞走。

苏昊未免有些多虑。

扣儿毕竟来自乡间。

她对这突如其来的褒奖还缺少心理准备。她捧着那镀金的奖杯，满脸惊慌地走到欧阳大姐面前，嘴唇嗫嚅着："这……这是给我的吗？"

欧阳大姐笑了，笑得眼泪都流出来了。瞬间，她朦朦胧胧瞧见一条曲曲弯弯的乡路上，行走着一个衣衫破旧的妙龄少女。随着路的延伸，那少女逐渐长高长大，身上的衣服也逐渐变得鲜艳整洁……后来，那条乡路拓宽成都市的柏油大道，风姿绰约地行走着一位丽人，她手里捧着奖杯，融入灿烂的霞光里去。

欧阳大姐拭去眼角的泪水，亲昵地搂住扣儿，在她耳边低低地说了句什么，扣儿激动地哭了……

时光悄悄地流逝到岁尾。扣儿作为"丽丽"服装公司正式聘用的职业时装模特儿，随队在沿海城市连续进行时装表演，兜售出上百种时装，签订了几十份商业合同，最后在元旦前夕返回故乡省城。

列车在茫茫雪原上奔驰。那两条闪亮的钢轨，像两条平行线，载负着墨绿色的庞然大物，不堪忍受地发出铿铿锵锵的金属撞击声。团团黑雾从列车的鼻腔里喷出来，裹挟着煤屑烟尘，在那洁白的衬景上留下灰蒙蒙的污渍。铺天盖地的铁雀被列车的鸣笛惊动，雨点冰雹般落向纵横交织的白杨林带。渐渐地，那白杨林带变成了模模糊糊的剪影，映入扣儿明亮眸子里的是省城郊外那耸向天际的高压线架和越来越色素分明的城市建筑。

列车高傲地鸣叫着驶进了月台。

哦，怎么来了这么多接站的人？凡是"丽丽"服装公司所属的厂家头头脑脑全来了。时装模特儿队给他们带来了经济效益，他们冒着凛冽的寒风，是来向姑娘们表示感激，尤其是向扣儿表示敬意的。嗅觉灵敏的新闻记者也赶来了，他们要抢拍扣儿姑娘的新镜头。扣儿还不知道，她的经历在报纸上被披露后，已经引起轰动。有关单位已经在文化宫布置停当，要在时装模特儿队的姑娘载誉归来后，召开商品经济与审美风尚的专题报告会，同时请姑娘们做时装表演。

"柳姐！"

"如男！"

扣儿刚刚走下车厢，就被等候在那里的肖如男紧紧抱住了。肖如男一身男装，竟使得猎奇的电视台记者敏捷地递过话筒："请你谈谈和她的恋爱经过！"

肖如男调皮地摘掉羽绒帽，露出乌黑的秀发，大声嚷着："我们是同性恋！"

哄的一声，人群笑翻了花。

肖如男戏谑地冲那满脸尴尬的电视台记者耍个鬼脸，拽起扣儿的胳膊走出站台。肖如男一挥手，一辆漂亮的出租轿车迎面驰来，车稳稳地停在她们面前，车门悠地开了。

两位丽人钻了进去。

"如男，咱们去哪儿？"

"海味餐馆，我为你接风洗尘！"

扣儿刚要说什么，苏昊和欧阳大姐先后赶到。苏昊快活地拉开右侧车门："好哇，你想搞绑架呀？"

肖如男倏地打开左侧车门，将欧阳大姐使劲儿拽入车内。笑着嚷："连你的夫人都绑架啦！"

苏昊一缩手，还没来得及说话，出租轿车悠地开走了。

三个人不由大笑起来。

出租轿车很快停在"海味餐馆"前。

肖如男付了车钱后，便陪着欧阳大姐和扣儿登上二楼。

她们拣靠近窗前的圆桌落座。

扣儿好奇地打量着这顾客稀疏的餐馆。她的眼光漫不经心地游移着，不经意地停留在角落里的餐桌上。那里光线较暗，将那位孤零零的顾客潇洒的背影不十分清晰地勾勒出来。扣儿开始还有些茫然，可是很快便一怔，心儿扑通通狂跳起来。她下意识地揉揉眼睛凝视，那深埋在她心灵厚土下的身影倏地浮现，天衣无缝地落在眼前那无比熟悉的轮廓上。她呆住了。

"柳姐，你怎么啦？"肖如男敏锐地感觉出扣儿的失态，还没等她继续询问，早见角落处立起一个男人的身影，及至那身影转过来，她也不禁愣住了。

角落里的人竟是田家兴！

他神色倦怠，似乎还没发现她们。然而当他缓缓走过来时，仿佛被雷霆击中，身体剧烈地痉挛一下，便僵在那里了。

他先瞧见了肖如男。

他随即又瞧见了扣儿。

他浑身的血液瞬间停止了流动，直到扣儿晕倒在座位上，他才蓦然惊醒。

<h2 style="text-align:center">八</h2>

田家兴仿佛做了一场大梦。

大梦初醒，心里浸透了苦涩。

他记不准欧阳大姐和肖如男怎样将扣儿用出租轿车送到医院，他也记不清肖如男曾经以怎样既奇怪又陌生的眼神望了望他，他更不清楚自己是怎样跟跟跄跄回到那寂寞冷清的寓所。

他去"海味餐馆"毫无目的，纯属打发孤独和无聊。他不明白肖如男为什么将他带去面见她的父母后突然变卦，也许是她的父母瞧不起他这乡间来的暴发户？他很想找她询问端的，却接到肖如男的一封简短的断交"照会"，上边除了称呼和署名外，信的内容只有七个字："女人不是月亮"。他百思不得其解。他不懂她隐喻着什么深奥的思想。抑或是将男人比作地球或者太阳？月亮围绕地球转，月亮凭借太阳照耀才发光。女人既然不是月亮，就意味着不做男人的附庸不依靠男人而生存喽！田家兴脸上浮起冷酷的讪笑，心里用最刻薄的语言挖苦着那位现代女性："就算你很有个性，你能撒出三尺高的尿来吗？女人就是女人，没有男人，女人还有什么意义呢？"尽管如此，田家兴深知，想驾驭肖如男已经毫无希望。既然结局已经分明，他也就放弃了那徒劳无益的努力。他想起偶然在乡间读过的一本线装古书上有那么一句话语："士不为王者用——杀"，引申开去，

"女人不绕男人转"，也只有一个字："踹"！即使像肖如男这样美丽的姑娘，田家兴也横心将她"踹"了。不过究竟是他"踹"了她还是被她"踹"了，田家兴不敢往深处想。阿Q精神的伟大就在于它为无数个阿Q寻到了出路。

田家兴丧魂失魄。在公司里他尚能强撑精神不露声色，一回到寓所，肖如男那魅人的影子就在他眼前晃动，空气里似乎还散发着她那温馨的气息，耳边不时回响着她撩人的笑声……田家兴简直不能自控，受伤的心灵被欲火燎烤，发出疯狂的呼叫。他像一头笼子里的困兽团团转。他多么渴盼灼热情爱的抚慰，倘若此刻哪位有姿色的女人来到他的身边，他准会以百倍的热情接受她的爱。他仿佛是很偶然地从报上看到了那篇详细记载扣儿生活经历的报道，他吃惊非小。那篇文意除了没涉及和他的恋情外，将扣儿离开樱花镇以后的坎坷际遇都绘形绘影地描摹出来，甚至连她那恶面保护神赵鬼怎样和她结成"夫妻"终于为保护她而惨死的情节也一一记述。田家兴捶胸顿足，万箭攒心。他突然发觉自己做了一件难以补偿的错事。扣儿并没负心，是他冷酷地忘掉了她。他为什么不去寻找扣儿？是什么鬼魂迷了他的心窍？他怀疑自己当初是不是真心爱她？倘是真心爱她，为什么风闻她嫁人就那么残酷地将她忘了呢？他应该去找她，找她，找她！

倏地，他又凄凉地笑了。

他不明白，如果扣儿心里还有他，为什么不回樱花镇找他？分明是把那百日温情已抛却干净，自己何必还要自作多情？田家兴在心里把自己嘲弄一番后，那先前发热发涨的头脑迅速冷却，那沸腾起来的情感岩浆还没喷发又凝固起来。

他从报纸上得知扣儿今天回来。

他不想去见她。

在她落魄沉沦之日他没去找她，在她衣锦荣归的时候怎好意思去见她？

况且，她在艰难的日子里没再找他，现在她正春风得意，还能记起他吗？

田家兴苦笑着来到"海味餐馆"。最近他常到这里来。不是重温和肖如男在这里的旧梦，是因为这里清净、方便。

他没想到在这里和两位丽人同时邂逅，难道是命运之神又跟他开了个恶毒的玩笑吗？

门铃不合时宜地响了起来。

天近黄昏，谁又登门呢？

田家兴烦躁地将门敞开，不禁愕然。

惨淡的晚霞透过窗镜照在两位女性的脸上。他自然认出了那张使他迷恋过的俏丽面孔。那张面孔却冷冰冰的，瞧也不瞧他，淡淡地说道："这位是欧阳大姐，她要找你谈谈！"说完，头也不回地走了。

田家兴惆怅地望着肖如男的背影，将欧阳大姐让到客厅里。

欧阳大姐打量着田家兴，小伙子一表人才，既潇洒又帅气。

"你找我？"田家兴认出了欧阳大姐就是和扣儿一起去"海味餐馆"的那位中年妇女，心里不由突突跳起来。他急忙斟满一杯热茶，放到欧阳大姐面前。

"你叫田牛？"欧阳大姐单刀直入。

田家兴脸微微红起来："我现在叫田家兴！"

"我知道，堂堂的樱桃酒公司大经理！"欧阳大姐面带讥诮，"可你毕竟叫过田牛，不能有了新名就把从前的名也忘了！"

田家兴听出了欧阳大姐的弦外之音。不过他没有流露出丝毫不快。他是主人，他得表现得有涵养有风度。

欧阳大姐竭力控制着自己的情绪，虽然她刚从扣儿嘴里获悉他和扣儿的全部秘密，但她不想叫田家兴太难堪，她只不过想仔细询问他为什么要写给扣儿那么一封绝情的信，那信几乎使扣儿断送了生命！然而，当她和田家兴兜了那么大的圈子说了那么多废话接触到这个关键性问题时，田家兴像头怒吼的雄狮，叫喊着，矢口否认他曾经写过什么绝情信。他没有说谎。他直到此刻才如梦方醒，怪不得扣儿不去樱花镇找他。她是个有骨气的姑娘！

欧阳大姐微微蹙起眉头。她的直觉告诉她眼前这位年轻的大亨不像是在做表演状，何况他倘若不爱扣儿果真写了那封绝情信，也丝毫不触犯任何法律的任何条款，犯不着遮遮掩掩藏藏盖盖。可是假如不是他写的，又是谁从中捣鬼呢？没有直接的利害冲突，谁又肯做这等猥琐苟且之事呢？她沉思的目光抑制了田家兴的冲动，使得他那机敏的大脑迅速猜测到是怎么回事。他当即决定，明天就回樱花镇，非要把此事查个水落石出。末了，他请欧阳大姐转达他对扣儿的问候，并希望欧阳大姐替他向扣儿做番解释。欧阳大姐淡然一笑，意味深长地瞧了瞧田家兴，什么许诺也没作，便告辞回去了。

她给田家兴留下的唯一希望只有那家美容厅的详细地址。

九

　　田家兴骑着那辆红得耀眼的摩托，志满意得地驶进樱花镇。他虽然很少回来，却对镇上发生的每件事都清清楚楚。他的根须深深扎在这里，他的樱桃酒厂还设在这里。他跟这里的人情事故有着千丝万缕的联系，他不能无视这块生养他又鄙弃他最后终于厚报他的良田沃土。他在樱花镇的所有"庙"里都供养着自己的"菩萨"，无论什么细波微澜，都会清晰分明地显现在他感应器官的荧光屏上。反正他有香火供奉，那甜美精妙的樱桃酒会使大大小小的"菩萨"显灵，如今，连神仙都热衷礼尚往来呢！

　　"啊？这不是田经理吗？"

　　"田经理多会儿回来的？"

　　"哟，瞧胖的，脸上连条褶儿都没有！"

　　"吉人天相，从小我就看出他久后必然发达！"

　　"谁说不是，你看那五官，长得多正！"

　　"星辰占得好，田老太太可真会生。"

　　"唉，可惜她没福……"

　　"田经理，你还没娶经理夫人哪？该娶啦！"

　　"就说的是呢，你看电视里那些有头有脸的人物，动不动就把夫人带上，贼派儿！"

　　"可不，腰缠万贯，还得有娇妻美眷，要不，就像一棵大树，光长权不长叶，光秃秃的忒难看！"

　　"哟，怪不得你穷得叮当山响，也借钱娶老婆，原来是怕当树权呀？"

"你说得不错，我要有田经理那么阔，就娶一个连的老婆……"

"啊？"

"我给她们当连长！"

"哈……"

戏谑粗鄙的笑骂在那条残留着冬雪的街道上泛滥。田家兴微笑着，俨如前来访问的国家元首，向夹道欢迎的人们频频点头致意，之后在一片惊愕的目光中，走进他昔日的老泰山官邸——曹家大院。

曹四简直有些受宠若惊。面对着颐指气使的新富显贵，他这位乡间土鳖未免显得太逊色了。服装厂自从田家兴走后，销路滞塞，濒临倒闭，那景象竟渐渐露出没落的端倪。曹四几次想去找先前的姑爷，求他再助一臂之力。殊不料田家兴亲自登门，这不是天遂人愿吗？曹四当即吩咐婊老婆为田经理摆酒接风。

田家兴摇了摇头，锐利的眼睛盯住曹四："四叔，你不必张罗，我无事不登三宝殿，既然登门，就请你帮助！"

"有事尽管说，别看咱们不是亲戚了，可毕竟还是乡亲嘛！"曹四满脸堆笑，那谄媚胁肩的俗相令田家兴既厌恶又好笑。

"我知道四叔最重义气！"田家兴克制着反感，口不随心地又恭维了他两句，然后一针见血地说，"你以前有没有以我的名义给扣儿写过一封信？"

话问得突然，使得曹四猝不及防，竟木讷讷地发不出一点儿声音。

"我理解四叔当时的心情，是想割断我和扣儿的联系。现在这事儿已经过去了，我和美容已经离婚，我随便打听打听，也不想追究什么，只想从四叔嘴里讨个实底！"田家兴淡淡地说着。

曹四沉吟半晌依旧没作声。

他明白田家兴从省城赶来追查这件事，绝对不像这位显赫人物嘴里说得那么轻淡，或许他就是专程为这封信而来。虽然曹四还猜悟不透田家兴追问这封信的目的是什么，但他本能地觉得这事儿肯定得露馅儿。早在半年前，神偷冯五出于忌恨，就在派出所将那事和盘托出。多亏派出所所长和曹四相交最厚，不但将那事压埋，还整理搜罗了冯五赌博嫖女人的罪证，将他送进县劳改队，至少要在那里服刑三年。尽管如此，只要田家兴听到些风声，找到冯五一对证，那真相就会大白。曹四倒不怕这事儿败露，他深谙他指使冯五做那番手脚时，田家兴和曹美容还没离婚，倘若姓田的控告他冒名顶替假借名义触犯刑法，那么姓曹的就可以指控他和扣儿非法同居搞婚外恋。半斤八两，平分秋色，谁也拼不到便宜。曹四笃信田家兴不会那么愚蠢。

"四叔，你怎么不说话？"田家兴耐着性子，但那话里已分明流露出不悦。

曹四嘶哑地笑了："你怎么就知道那信是我写的？"

"哦，我只是猜测……当然，即使是四叔写的……"

"我可以发誓，那信确实不是我写的！"

"这么说，四叔果真知道有这码事喽？"田家兴见对方话里破绽已露，不失时机地叮住。

曹四掩饰地笑起来："啊……你可真厉害……好吧，既然话已说破，我也不必遮遮掩掩，我只是不明白，时至今日，你想问这些陈芝麻烂秕谷做什么？"

田家兴立刻敏锐地捕捉住曹四的心理活动。原来这位樱花镇的高草是怕打官司呀！他心里好笑。他才没那个闲情逸趣呢！不过他眼前掠过一个念头：得叫曹四放心，否则他很难达到目的。主意形成，他面容豁然开朗了："四叔，真人面前不说假话，我和扣儿之间发生了误会，请你从中做证，这也叫成人之美呀！"

"哦？哈……"曹四心里虽然酸溜溜的，但毕竟忧虑消除，"你们可真有情有义啊，我可以帮这个忙……不过，四叔眼下也遇到点儿小麻烦呢！"

田家兴心里骂道："这个老狐狸！"不过他出口的话却使曹四心情愉悦："四叔有什么需要我帮忙的地方，直说！"

"那……那怎好意思？"

"谁和谁呀？不必客气！"

"其实也没啥大不了的事……仓库里积压了几百套服装……"

"包在我身上！"

"还得套弄点儿紧俏面料……"

"中！"

"机器老化，得换啦……"

"行！"

曹四眉开眼笑："我就愿跟你打交道，痛快！"

"那份证明？"田家兴绷起面孔。

"我这就陪你去找冯五！"

"冯五？"田家兴似乎什么都明白了，他鼻子喷出戏弄挖苦的冷笑，"谢谢你啦，不过，我自己会去找他！"

田家兴目不斜视推门出去。

曹四方觉失算，眼珠沮丧地骨碌几圈，嘴里涌出浓郁的苦涩。

……………

薄暮时分，田家兴便在县劳改队找到冯五。当次日黎明款款莅临省城时，田家兴迫不及待地寻到了美容厅的准确位置。

他本能地感觉到，那幸福天使正悄悄向他走来……

十

扣儿捧着那份由欧阳大姐转来的材料逐字逐句读着，那双惊愕的眼睛直直地盯在冯五那血红的手印上。她先是震惊愤怒，随即袭上一股巨大的酸楚，而这些情感相互掺揉化合之后，竟奇妙地生出难以描摹的欢欣，使得她那成串的泪珠扑簌簌地滚落下来。

欧阳大姐悄悄走进来。凭她那阅历丰富的眼睛，她立刻敏锐地洞窥出扣儿心里的隐秘。她微微一笑："你如果想见他，我可以带你去！"

扣儿羞涩地笑了……

落雪黄昏。洁白轻盈的雪花儿，像鸭绒，像柳絮，从那情意缠绵的天空中飘下，沾挂在人的脸上，竟奇迹般地给人以融融的暖意。人都说雪是暖的，扣儿今天才初次感觉出来。风儿也似乎比往日绵软许多。虽然不似春风那么温柔，但拂在面颊上并没有那种火辣辣的痛。街灯过早地亮了，透过街树那缀满白雪的枝条，将斑驳的光洒落在那脚步匆匆的行人脸上。响着铃声的自行车流，像涌动的河，在大街两侧循着截然相反的方向缓缓而去。只有公共汽车傲然地在大街中央行驶，将扣儿和欧阳大姐连同一群乘客运送到田家兴居住的那幢大楼前。

七层楼窗亮着灯，薄纱窗帘上的竹影投到明亮的窗镜上。

显然，田家兴在家里。

扣儿一阵头晕目眩。

欧阳大姐低低地："去吧，七楼右门，不要太晚，他有车，把你送回来！"

扣儿慌乱地点点头。

欧阳大姐走了。

一种莫名其妙的恐惧突然攫住了扣儿的心。

他会以怎样的态度对待自己呢？

他还会像在樱花镇那样爱自己吗？

扣儿忐忑不安地攀上七楼，敲了敲那扇油漆铁门。

田家兴几乎是跑着打开了门。

他和她不约而同地相互凝视。

随即又不约而同地扑向对方。

他和她的唇吻在了一起。

不知过了多长时间，他和她才发觉依然站在门口。他和她不约而同地都笑了。田家兴伸出有力的双臂，一手托住扣儿的脊背和头部，一手托住扣儿的两条大腿，疾步走进那间舒适的卧室。他将她轻轻放在那张席梦思软床上，两人又狂热地吻抱在一起。他和她谁也没说话，只是一个劲儿地亲吻。似乎那逝去的时光里欠下的吻，都要在这久别重逢的瞬间偿还。吻着吻着，一股遏止不住的激情倏地席卷了田家兴，他迅速地解开了扣儿胸前的衣扣，滚烫的大手抚住了曾经使他神魂飘荡的乳房。扣儿幸福地闭上了眼睛，任凭那雄健的男子尽情地抚爱。他和她无疑都陶醉于爱的狂热里……

待到那暴风雨般的激情平静下来后，他和她才相互凝视着对方，努力搜寻生活和时光在她和他面容上留下了哪些痕迹。她发觉他比以前更潇洒更帅气更有男子汉的风度。扣儿奇怪，自己见了那么多男人怎么唯独对他这么痴情？难道这就是被人说得神乎其神的爱？他细细端详着她，发觉她比过去更妩媚更娇嫩更有女人的魅力，不过他有些心神不定，眼前不时掠过另一张同样美丽的面孔，两张丽容像影片里的叠印镜头，交错出现，难切难分。不过理智告诉他，那张丽容永远不会属于他，而眼前这张丽容却已经属于他。他必须当机立断和她结婚，他不能重演另一幕悲剧。他轻轻将扣儿搂在怀里，嘴唇咬住她娇俏的耳朵："我的皇后，咱俩结婚吧？"

"唔，不行！"

"为什么？"

"服装公司有规定……"

"规定？"

"凡属职业时装模特儿，都不准马上结婚！"

"什么？"田家兴像个灌足气的皮球腾地蹦起来。

扣儿笑了："你急什么哪？表演三年时装就可以结婚。"

"三年？我的上帝！"田家兴几乎喊叫起来，"三年后你多大啦？"

"二十二呗！"

"可我都快三十啦！"

"不是说三十而立吗？"

"天晓得你会不会爱上别人！"

"你……你怎么说这种话？"

"哈……瞧你，还当真了！我那是逗你玩的……好，先不说这些，以后再商量……今天晚间你还回不回去啦？"

"回去，欧阳大姐还等着我呢！"

"快十二点啦！"

"啊？快，你不是有车吗？快送我回去！"

十几分钟后，扣儿回到了欧阳大姐家。

苏昊和欧阳大姐还没有睡。

他们显然在谈论着什么。

扣儿眼睛里闪跳着光彩，红晕染上面颊，显得越发俏丽。

不知为什么，苏昊的脸上竟阴沉起来。

欧阳大姐悄悄地叹了口气。

扣儿疑惑不解地望着他们……

龃 龉

当局者迷。

人们大都知道这句富有哲理的箴言，也时常用它警醒别人，只是轮到自家头上却还是依样画葫芦，真令人扫兴。难道这竟是一个无法超越的"怪圈"吗？

当然也有幡然彻悟者。

那除了凭借他或她睿智的天性，就全靠生活的启示了。

一

"亲爱的，你迟到了三分钟！"田家兴打开油漆铁门，将出现在眼前的扣儿揽到怀里，在她那散发着清馨气息的脸蛋上，啊地吻出一串醉人的响。

"别这样！"扣儿似乎心绪不宁，眉尖微微闪跳着。她轻轻推开田家兴，甩掉尖尖的高跟皮鞋，将脚伸进那双软底拖鞋里，悄无声息地走进客厅。

田家兴微微一怔，随即跟进去。

将近一个冬天，他和她几乎天天晚上在这里幽会。白天，他要去樱桃酒公司处理业务上的诸多琐事，她也要在"丽丽"服装公司职业时装模特儿队集训，只有晚上是他和她朝拜爱神的黄金时刻。本来,他很想马上结婚,可障碍却出现在她身上。"丽丽"服装公司明文颁布,凡属聘用的职业时装模特儿,必须为本公司表演三年时装方准结婚。倒不是公司头头们缺少人情味,时装市场日趋激烈的竞争,使时装模特儿越来越显价值。这种价值固然以明显的经济效益为标志,但离开了审美价值,这种经济价值就会荡然无存。除了时装的款式色调外,时装模特儿的美貌也至关重要。哪怕再漂亮的服装,如果穿在碌碡般的腰身上,也会令人望而生厌。因此,保护时装模特儿的体形优美面庞俏丽,已经成了扩大时装销售量的必要前提。而根据生理现象,结婚的女人很容易改变身体的线条,虽有少妇的气韵,却不适宜于做时装模特儿。当然也有例外,但谁能预测谁是例外呢?

于是,"丽丽"服装公司便做了一视同仁的规定。

自然,他和她马上结婚的愿望也终成泡影……

扣儿拉开薄纱窗帘,顺势又推开一扇钢窗。湿润的晚风将春天的气息徐徐吹进屋里,散发出都市特有的煤烟蒸汽混合味儿。闪闪烁烁的万家灯火显现出辉煌的都市夜景。无轨电车行驶时偶尔迸发出绿莹莹的电火花,在融成一片的黄白光焰里分外惹眼。隆隆轰响的机械车辆来往行驶声和从各个娱乐场所飘扬出来的嘈杂旋律,都使心绪复杂的扣儿又添几分烦乱。

她倏地关上了那扇钢窗。

田家兴悄悄过去,温情的手掌抚住扣儿的双肩:"你好像有什么心事?"

扣儿微微一颤:"我们又要分别了……"

"什么？"田家兴将她扳转过来，紧紧盯住那双突然变得暗淡的眼睛。

扣儿垂下长长的睫毛："公司刚刚接到几家海外华侨商会的邀请，要我们职业时装模特儿队前去表演推销时装……"

"哦？都去哪儿？"

"东南亚、美国、西欧……听苏经理说，要做环球表演……"

"多长时间？"

"至少一年！"

"几时动身？"

"七月中旬……现在就要开始集训，晚上也得占用……"

"不要说了！"

…………

客厅里静静的，只能听得见彼此的呼吸。他和她都明白，像现在这般耳鬓厮磨卿卿我我的日子已经没有多少，至少在扣儿远涉重洋回来之前是这样。这对于久别重逢沉浮于爱河的他和她，简直不堪想象。扣儿似乎略好一些，那环球表演的诱惑稀释了将和恋人暂别的惆怅。她一个名不见经传的乡间女子，先前连樱花镇的景象都觉得无比新鲜，现在竟有可能去周游世界，这种多少人都求之不得的机遇怎能不令她欣然兴奋？她虽然也为那终将到来的离别而烦恼，但那种伴随着新奇的苦涩毕竟轻淡些了。然而，田家兴却和扣儿不同。他受到的震撼和因之引发出来的苦痛显然要强烈得多浓重得多。虽然服装公司规定职业时装模特儿为公司服务三年后方准结婚，但他和她每天见面，极尽情人间的温柔缠绵，那方情感的空间也显得很充实。

尽管扣儿再也不像在樱花镇时将全部都馈赠给他，但她并不是不想那么做，而只是为了保护自己的形体不致变得丰腴，不致影响作为职业时装模特儿的表演魅力。曾经有几次，他暗示扣儿辞去时装模特儿的工作，像他起初设计肖如男那样设计她。若照世俗的眼光，这几乎就是天经地义的事情。凭着田家兴此时的财富，养活一个如花似玉的夫人，那无疑绰绰有余。然而扣儿是那么痴迷自己的职业，以至于田家兴几次嘲讽她们是凭靠色相愉悦观众时，扣儿差点儿气哭，一连三个晚上没来赴约。田家兴吸取和肖如男决裂的教训——他终于醒悟那高傲的姑娘和他决裂的原因——便温言软语地向扣儿道歉，发誓耐心等待三年再和她完婚。

不过，现在他可意识到问题的严峻了。

扣儿已经成为这座繁华都市里的明星——那成捆成捆的求爱信成堆成堆的青年男性公民照片和成串成串渴望寻她说话的电话铃声，都毋庸置疑地显示出她的魅力。在那长长的爱慕者行列中，虽然不乏庸常之辈鄙俗之徒，但也确有许多出类拔萃者。都市和乡村毕竟属于不同的文化环境，"丑妻近地家中宝"的格言在这喧嚣世界中早已成为讽刺，那种对美的神往和膜拜，是超越道德之上的对于人性的完善和丰富。

田家兴隐隐感到一种威胁一种挑战。

显然这种威胁这种挑战其实是他自己庸人自扰。他那乡间人敏感的神经使他臆造出许许多多假想敌，他憋足力气要和那些假想敌血拼到底。他懂得那句"夜长梦多"的警告是老祖宗总结无数惨痛教训后的大彻大悟。他不能眼睁睁瞧着扣儿周游世界后变得像肖如男那么高傲那么睥睨一切。即使一年后她仍然爱着他，但还能像现在这样温顺这样柔情吗？何况还有那么多情敌垂涎三尺盯着她哩！

他必须当机立断！

扣儿撒娇地搂住他的脖子："你怎么啦？是不是心里不高兴？"

田家兴脸上笼着一团雾。修剪得很好看的鬓角由于面颊的抽搐而颤抖。他看上去很激动，连从来都干爽爽的眼窝也似乎潮湿了。

扣儿慌了。她不停地摇晃着他雄阔的肩膀，恳求他快对她说说心里话。

"还说啥？"两行泪珠居然从他那雄性眼窝里滚滚而下，那从舌尖流出来的句子也断断续续了，"我早料到……有这么一天……咱们趁早分手吧！"

"瞧你说些什么哪？"扣儿亲着他的面颊，"一年后我不就回来了吗？"

"那我也快死了！"

"不许瞎说！"扣儿捂住他的嘴巴，心里忽地涌上一层酸楚，眼前闪过一个可怕的念头：万一他真死了怎么办？

田家兴躲过她娇嫩的手掌，那悲怆语调越发浓重："我够了够了……我觉得生活很没意思……你说我们整天忙忙碌碌图的什么？啊？图的什么？先前没有钱，被人欺侮，不被当人看，于是我们就拼命捞钱，捞钱！现在我有钱了，捞足了，别人都他妈不敢欺侮我了，可我还是心里空落落的，像断线的风筝，飘，飘！没准飘到哪条阴沟里，被脏水泡烂，烂成粪渣……"

"你快别说了！"扣儿心底陡地袭出一股寒气，那寒气顺着脊背直往头皮上钻。

"扣儿，你救救我吧！别当什么模特儿，也别出什么国，咱俩明天就结婚！"田家兴膝盖一弯，顺势抱住扣儿那充满弹性的大腿根哀哀地："扣儿，我求你了，你要不答应，我就不活了！"

扣儿心乱如麻，她心疼地抚摸着田家兴的头发，眼前飘起迷离的雾……

二

"丽丽"服装公司经理苏昊，悠闲地坐在那间宽敞明亮的办公室里，慢慢地吮吸着一杯淡淡的茉莉花茶。温煦的阳光透过纤尘不染的玻璃，照在那几盆肥绿的君子兰上，点染出清新典雅的情调。

电话铃声又不甘寂寞地响起。

苏昊操起话筒。

是个陌生的男人嗓音，不过对他的名字，苏昊早已久仰。

"我叫田家兴，是'甜甜'樱桃酒公司的，我冒昧地邀请您共进午餐，不知您肯否屈驾光临？"

苏昊不悦地皱皱眉头。他倒不是挑剔田家兴用电话邀请的傲慢方式，他其实对这位尚未谋面的来自乡间的"绿林草莽"早就耿耿于怀。不就是他，将柳三月撩拨得心绪烦乱，甚至提出要离开职业时装模特儿队吗？

"喂，苏经理，您怎么不说话？是不是电话出了故障听不清？"

苏昊沉吟片刻。他忽然觉得应该跟田家兴开诚布公地谈一谈，至少得要求他不要扯柳三月的后腿。于是在田家兴再次发出邀请时，他爽快地答应了，而且得知具体地点在"海味餐馆"。

十分钟后，苏昊乘坐服装公司最新购进的小轿车来到"海味餐馆"前。使他惊愕的是，那里停着一辆更新更气派的小轿车。而更使他惊愕的是那位钻出小轿车的青年人，居然那么仪表堂堂。

他身材挺拔，穿一套青色西装，斜条纹领带，雪白的尖领衬衫。那双棕色的"老板"鞋，使他越发显得潇洒飘逸。他嘴角挂着浅笑，眼睛里却闪动着狡黠的光。

苏昊似乎觉得面熟，但又一时想不起在哪儿见过。

"您好，苏经理！"那潇洒青年得体地握住苏昊的手，意味深长地微笑着，"我们又见面了。"

"哦？"苏昊记忆的橱窗猛地打开，他不禁失声叫道："你不是樱花镇的小田吗？"

"我现在叫田家兴！"

"我知道，年轻有为的企业家嘛！"苏昊惋惜地摇摇头，"我没想到会是你，你怎么不搞服装这一行了？我记得你组织的那个时装模特儿队，表演技巧不错呀！"

"请——"田家兴似乎不愿谈及先前的事情，礼貌地将苏昊让进餐厅。

妩媚的小服务员笑盈盈地走过来："您这次想吃点什么？"

"挑你们餐馆的高精尖只管往上端！"田家兴漫不经心地掏出一张转账支票，放到桌子上。

小服务员欲拿起那张支票，却被苏昊伸手捻过，顺势塞到田家兴衣兜里："如果你用一杯咖啡两块蛋糕款待我，我们还可以谈一小时，否则恕不奉陪！"

"好吧！"田家兴淡淡一笑，"那就来两杯咖啡四块蛋糕！"

小服务员扫兴地瞥了苏昊两眼转身离开。当散发着热气的咖啡流进苏昊喉咙里的时候，他首先直截了当地打破沉寂，"我想你邀我来，准是为柳三月的事情喽？"

田家兴轻轻吸了一口咖啡："既然苏经理这么畅快，我就不转弯抹角了！"

"请讲！"

"我不知道我用什么理由才能说服您，同意我和柳三月马上结婚？"

突如其来的询问，毫不掩饰的表白，使苏昊有些猝不及防。他原本还想劝一劝田家兴，不要用情感的丝线将那多情的明星模特儿纠缠得太紧，以至于影响她出国前的排练准备。现在这位乡间骑士居然提出要马上结婚。这谈判的议题无疑要比先前想象的得升级几倍。苏昊固然从欧阳大姐那里得知了这对乡间男女曲折的爱情经历，他也为他们的重逢感到由衷的高兴，他也希望他们终成眷属，但他现在不能答应他们马上结婚。他非常清醒，这个先例一破，他这支组建不久颇有名气的职业时装模特儿队很快就会土崩瓦解。那姿色超群的模特儿们，哪一个不是青年男性公民青睐的目标？倘若纷纷结婚生育，这支职业时装模特儿队的形象就会改变。那将给"丽丽"服装公司带来经济上的损失，这是苏昊无论怎样都不肯接受的局面。

心里的微妙复杂无比清晰地显现在对方的脸上，这使得田家兴会心地一笑："我知道您有难处，公司也有难处，我想咱们可否寻找一个折中的办法，使我们双方都能欣然接受？"

苏昊皱了皱眉头。他发觉这场谈话从一开始他就陷入了被动。对方连续两次发问，他都无言作答。仿佛他是名罪犯，而眼前这位春风得意的乡间骑士俨然是位审判官。这使苏昊很恼火。他决定不理会田家兴的诘问，从另外一个方向上转守为攻："我真不理解，像你们这些前途辉煌的年轻人，为什么匆匆忙忙地垒自己的窝巢呢？"

"这大概是常识吧？"田家兴又吮吸了一口变温了的咖啡，"连鸟兽虫鱼都懂得！"

苏昊脸唰地变了颜色。他当然听得出田家兴话里的讥消。不过他毕竟克制住几欲爆发的情感。他应该比眼前这位暴发户更有教养。他不能和他一般见识。于是，他的脸色渐渐恢复了先前的模样，那险些脱口而出的硬话经过一番修饰变成软中带硬了："你也许知道服装公司曾经对职业时装模特儿有过三章约法？"

"当然知道！"田家兴微微笑着，"不过，我也知道那不是宪法，所以才请您来商量！"

苏昊心里简直要骂街了，顺嘴溜出的句子也比先前强硬许多："虽然不是宪法，可只要违纪，那么本公司坚决除名！"

"那我只有替她惋惜了！"

"什么？"

"她既然很想嫁给我，那就得听凭发落！"

"你是说……你是说她不想当模特儿了？"

"当然不是，不过她渴望跟我立刻结婚！"

"为什么这么匆忙？你知道吗，我们马上要出国，周游世界！多少人做梦都遇不到的机会！"

"我们结婚后，也可以出国逛逛！"

"她的事业呢？难道她不觉得可惜？"

"我的樱桃酒公司还没有她做的事吗？"

…………

不知沉默了多久，苏昊终于软下声音："再没有商量的余地了？"

田家兴依旧面带微笑："我请您来，不就是想跟您商量吗？"

苏昊叹了口气："你知道，她是个不可多得的模特儿，我们公司将她看成模特儿队的台柱……"

"所以我不忍心拆你们的台！"

"哦？这么说你还支持她继续留在时装模特儿队？"

"只要您肯答应……"

"什么？"

"答应我们履行结婚登记手续。"

"还是要马上结婚？"

"不，只是履行手续。她照样集训照样出国照样表演，三年后再正式完婚！"

"为什么多此一举呢？"

"这您应该理解，我和她遭逢许多变故，双方都唯恐再出意外。如果用这道法律的链条将我们连在一起，彼此就有了安全感，我相信她的时装表演定然更加撩人！"

苏昊忍不住大笑起来："这简直是孩子气！"

田家兴始终是那副微笑面孔："真正的爱情都充满孩童般的天真无邪，假如掺进了世俗的老练和算计，这爱情就消失了！"

苏昊不无惊讶地瞧瞧眼前衣冠楚楚的田家兴，蓦然觉得自己先前有些小看他。他毕竟不是樱花镇那个英俊潇洒的小伙子……谁知道？也许还是他，只是因为没有显示他全部性格的情境，而使他蒙上一层不容易被人看清眉眼的面纱罢了！

三

苏昊自然不会轻易地相信田家兴的话。他还要进一步证实那个充满孩子气的想法，究竟是不是扣儿的本意。对于服装公司来说，具有威慑意义的是扣儿的态度，至于田家兴，那就另当别论了。

苏昊将和田家兴会晤的详细过程原原本本对妻子讲了，他请欧阳大姐去找扣儿谈谈。因为扣儿对欧阳大姐的感激和信赖是人所共知的。没有欧阳大姐的搭救和扶植，扣儿即或是一颗价值连城的珍珠，不也得深深掩埋在厚厚的尘埃里吗？

欧阳大姐爽快地接受了丈夫的重托。虽然她现在很疲倦——春天一到，美容厅的业务活动便繁忙起来，她几乎没黑天带白日地忙，但是她很想见见扣儿。自从扣儿搬到服装公司为她购买的那套新居里，欧阳大姐已经一月左右没看见她了。尽管服装公司为扣儿购买了高档家具和全部生活用品，而且还有田家兴这个大财阀做后盾，欧阳大姐还是放心不下，不时抽暇给扣儿打个电话，并随时叫美容厅的小姑娘给扣儿送去香甜可口的食物，那细心劲儿不亚于一位慈母。欧阳大姐事先用电话同扣儿约好，请她晚上别出去，她要和她单独谈谈。

扣儿马上就猜出了欧阳大姐要跟她谈什么。

她有些惶惑。

她不知道该不该对欧阳大姐说出真实情况。因为田家兴嘱托她必须保守秘密，不然他和她的二人双簧就将成为泡影。

那先履行登记手续待三年后再完婚的主意果然是田家兴想出来的。他那心痛欲碎的模样简直叫扣儿受不了，若不是出国表演时装的辉煌前景诱惑着她，她真想似先前在樱花镇那样委身于他，但她毕竟克制住了。她深谙如果和他沉溺于情爱的狂热里，势必影响她参加集训的情绪和精力。她不能放弃时装模特儿这个职业，她已经深深地爱上了这个职业。那在南国大都市的成功演出，那雷鸣般的掌声和欢呼声，像镂刻在她不太遥远记忆里的碑文，将伴随她的全部人生旅程。她从那无数封柳絮般飘来的鼓励信里瞧出自己存在的价值。她要珍惜这刚刚开始的希望，她不能叫包括欧阳大姐和肖如男在内的许多关心她的人失望。出于这种心理，她才遏制住对田家兴澎湃的爱情，发誓待三年以后再嫁给他。虽然她仍和从前那样爱着他，但她已经比在樱花镇时深沉多了。

只是田家兴突然变坏的情绪使扣儿惶惶不安。她惊愕一向自信一向洒脱的田家兴怎么突然就变得那么悲观那么消沉？他的事业不正蒸蒸日上吗？他原本不该这副精神状态！扣儿隐隐约约觉得田家兴变得有些陌生，在他周围仿佛缭绕着一团肉眼难辨的雾！

尽管如此，扣儿还是同意了先办理登记手续的设想。他既然担心会发生意外，她就得叫他相信她的忠贞她的痴诚。既然先办理登记手续可以取得理想的效果，她又何乐而不为呢？她只是向他表示，登记后两人依然像现在这样分居，三年内不得干扰她的时装表演工作。

他慨然允诺。

他同时告诉她，要以她的名义向服装公司提出申请。

她也满口答应。

她不会想到他这里面蕴藏多少心机和算计。

她毕竟还是那么善良那么温柔那么多情。

因此欧阳大姐要跟她促膝谈心时，扣儿虽然觉得隐瞒真情是对欧阳大姐的亵渎，但她必须违心这么做。因为她明白，如果苏昊得知并不是她力主办理结婚登记手续，那么服装公司就不会理睬田家兴的"通牒"，扣儿不忍心看见自己钟情的恋人痛苦。

然而当欧阳大姐那张雍容高雅的面孔出现在她面前时，当那双通达世情又充满情感魅力的眼睛注视着她的时候，扣儿慌乱地低下了头，先前田家兴教她说的那些话在舌尖上活动了许久，依旧没有说出来。

欧阳大姐环视着房间里的一切，似乎发现扣儿还缺少什么。直到她觉得哪里都很适宜时，才微笑地瞧着扣儿："你跟我说实话，这鬼点子是不是他想出来的？"

扣儿下意识地点点头，又慌窘万分地摇了摇头。

欧阳大姐叹了口气："其实我很理解你们，即使你们现在结婚，我也不会反对，这是你们自己的事情，任何人无权干预。至于老苏他们的条件，纯粹出于商业利益上的考虑，他们不得不这么做！"

扣儿感动地望着欧阳大姐，她从那双闪耀着人性光芒的眼睛里，感受到一种伟大的母爱。

欧阳大姐摸起桌上的圆镜，翻转过来，瞧瞧那张田家兴搂抱着扣儿的彩照沉吟半响："小田这人很出色，相貌出众，精明能干，事业上一帆风顺，和你又有那么一段罗曼史，你同他结合实在很理想。如果我是你的母亲，准会高兴有这样的女婿！"

扣儿眼睛里飘出两团喜气。

"不过我还得提醒你，他似乎很自信很高傲，这是强者的性格，尤其从生活的底层冲出来的角色，往往这方面更突出更强烈！"欧阳大姐瞧瞧扣儿，"我担心你这颗刚要发光的小星儿，会变成一轮美丽皎洁的月亮！"

扣儿眼睛里闪动着迷惘，她似乎没有明白，难道月亮不比星儿更明亮更辉煌吗？

"好了，这些问题我们以后再谈……你先说说你们的打算吧。"

"我们……我们只是先登记……三年后再结婚……"

"可法律上，只要登记就意味着结婚呀！"

"他答应我，不搬到一起住。"

"那为什么要先走一步呢？"

"他怕我变心……"

"真是这样吗？"

"嗯！"

"你没发觉他是有意做状？"

"不，我相信我的感觉没错，您知道现在给我写信的人很多……"

欧阳大姐轻松地吁了口气："果真这样，倒见出他对你的痴情……好吧，我会成全你们！"

"您可千万别跟苏经理说是他的主意！"

"鬼丫头！"

几天以后，田家兴和扣儿各自带着单位介绍信，悄悄地办理了结婚登记手续。不过扣儿始终守口如瓶，因为苏昊再三叮嘱她，不能叫职业时装模特儿队的另外十名伙伴知道，否则全都依样效仿，服装公司可就"赔了夫人又折兵"喽！

四

"得陇望蜀"大概是人的天性。

田家兴比一般贪欲者高出一筹的是，他懂得怎样一步一步循序渐进地实现自己的欲望。

当初在樱花镇，他认准那失落于民间的樱桃酒酿造秘方是他发迹的生命线，于是他不遗余力地去寻找。

现在，他深谙要使扣儿放弃专业时装模特儿的职业做他美丽多情的经理夫人，先决条件务须使他和她得到法律的承认，做到无懈可击。

他驾轻就熟地施展着手段。

他不费多少精力就达到了目的。

他马上着手实行下一步方案。

他趁"丽丽"服装公司职业时装模特儿队还没集训的间隙，向扣儿提出建议，回樱花镇、清风岗以及鸡鸣岭去探望张四爷、"清风客栈"女主人和纽儿全家。这个富有人情味的想法是那么入情入理，不但扣儿欣然赞同，连欧阳大姐和苏昊都觉得无可挑剔。于是，田家兴将公司里的事情妥善安置后，便携带法律上已经是他妻子的扣儿踏上了省亲的旅程。

春天的步履似乎在辽阔的田野上分外矫健。坐在那辆中型的出租旅游车里，随时都能感受到扑面而来的春天气息。当然最能显现春天丽姿的还是那些绽出新芽的树和已经冒锥的春草。大地还没化透，阳光冷落的阴坡还滞留着斑斑点点的残雪。倒是那阳光明亮处，蒸腾起淡蓝色的水汽，在肉眼可见的空间里游荡……

斜阳西去的时候，这辆满载各种礼品的出租旅游车，愉悦地临近樱花镇。若依扣儿的意思，只是悄悄地去田母墓前祭扫，然后去张家抻面馆探望张四爷，最好不要惊动街坊四邻。她不知道，从省城还没动身前，田家兴的长途电话已经打到樱桃酒厂厂部。他最信任的酒厂负责人听说总经理偕夫人衣锦还乡，马上心领神会，遂召集全厂职工，安排欢迎事宜。消息迅疾传开，樱花镇各家企业都想沾田家兴的光，便都竞相准备礼品。至于先前目睹过扣儿丽容的樱花镇居民，早就从报纸和电视屏幕上得知扣儿走红的信息，现在这位丽人归来，哪个不心里痒痒的要大饱眼福？因此，当那辆旅游车一在街面上出现，早就候在那里的樱桃酒厂职工和樱花镇居民便围拢过来。爆竹噼里啪啦炸响，锣鼓和唢呐也吹打起来。这虽然是乡间千篇一律的欢迎仪式，却使扣儿受宠若惊了。她不明白樱花镇人为什么会这样，她又不是什么皇后！她不安地望着田家兴，语无伦次地："这……这……这是怎么回事？"

田家兴惬意地微笑："我的小鸽子，你这么光彩地回来了，还不许人家瞧瞧吗？别慌，你全看我的！"

扣儿慌乱地点点头。

田家兴潇洒地搀扣儿下了出租旅游车，周围旋起一片惊叹和感慨。人们惊叹扣儿的美丽，人们感慨命运的神奇。

"乡亲们！"田家兴志满意得地巡视一周，待喧闹的人们稍稍静下去后，便将扣儿往胸前一拉："我荣幸地向大家介绍，这是我的新婚妻子……"

扣儿一怔，还没等她纠正田家兴的口误，那呜嗷喊叫的声浪已经将他的话淹没了。田家兴顺手抓起旅游车上的两大包糖果，唰唰抛向空中。五颜六色的奶糖、水果糖像飘落的冰雹，密密麻麻自天而降。人们吵着嚷着笑着骂着，纷纷扰扰去接去拾去抢那浸透着揶揄意味的"喜糖"……

欢迎仪式持续很久方散。

使扣儿大吃一惊的是，当她和田家兴步入张家抻面馆的时候，出现在她面前的除了老态龙钟的张四爷外，居然还有"清风客栈"那位好心肠的女主人，从鸡鸣岭来的姨父姨母，甚至还有那位已经做爸爸的蠢汉纽儿！

此刻，扣儿无法细细思忖这些人聚会在这里的意义，她突然沉浸在酸甜苦辣喜怒悲欢的复杂情感里。她问候干爷的身体状况，她为干爷买来了价值昂贵的虎骨酒鹿茸膏和上等好山参，她祝愿干爷长寿，日后好随她去省城逛风景开开心。张四爷手捻银须开怀大笑。扣儿赠给"清风客栈"女主人一枚金戒指，感谢在她落难时对她的眷顾，并请那位山里大嫂替她在好心的恶面人赵鬼的坟前多添几捧新土，说得满屋人都眼睛湿润了。最后，扣儿给姨父姨母鞠了一躬，请他们原谅外甥女儿性情太强，随即送给他们一千元现金，算作是尽外甥女儿的孝心。只有纽儿她没理睬，她恨他在离开鸡鸣岭时对她耍的流氓把戏，直到纽儿再三赔礼，扣儿才转怒为笑，顺手抹下那枚黄澄澄的大戒指，算是赠给没见面大嫂的礼物。纽儿高兴得两眼放光，差点儿要把那枚戒指吞下去。

扣儿那些充满人情味的繁文缛节完毕后，张四爷摸索着打开那个被烟火熏燎得乌漆麻黑的木匣，取出一个金佛，颤抖地对干孙女说："孩子，干爷一辈子没攒下啥，这如意金佛是我们张家传了十几辈子的镇宅之宝，就送给你吧，它能保你诸事平安逢凶化吉！"面对如此厚重的馈赠，扣儿怎肯接受？不过当她几次推辞后，张四爷脸上勃然作色："丫头，你是不想认你这个干爷啦？请你出去！""干爷！"扣儿眼噙热泪只好收下。

"清风客栈"女主人爽快地笑起来："好哇，前有车后有辙，你收了这老爷子的，就得收我的，不然就瞧不起我这山里人！"说着，她哗啷啷从兜里掏出一堆金银首饰："这是我从娘家带来的陪嫁，我本想给我闺女留着，可到现在连个闺女影儿都没见到，你要是不嫌弃就收下，你要是嫌弃，我就把它扔灰堆里！"

扣儿深感不安。她虽然出自贫寒之家，却对钱财看得很淡很淡。她之所以赠送"清风客栈"女主人一枚金戒指，主要是为了留作永久性的纪念。没想到对方回赠得这么多，而且显然不是临时决定。这使扣儿深深感动。她不觉得这种馈赠充满了铜臭味，恰好相反，这种大方慷慨正说明她们看中的不是这些身外之物，而是那淳厚的乡情。

"你说话呀？收不收下？""清风客栈"女主人声音严厉起来。

扣儿默默地接过那些沉甸甸的金银首饰。

"清风客栈"女主人惬意地笑了。

最尴尬的要算扣儿的姨父姨母了。得到樱花镇樱桃酒厂的通知，他们全家紧急商议了半宿。觉得既然是扣儿新婚，不来樱花镇恐遭人笑话。虽然要备一份薄礼，但同时带来三张嘴也不亏本。没想到外甥女儿反倒馈赠给他们那么一笔数目可观的款子，纽儿又意外地得到一枚金戒指，这先前准备下的区区薄礼怎么拿得出手呢？何况张四爷和那位山里大嫂将筹码定得那么高！

扣儿的姨父脸色灰白。

扣儿的姨母脸色绛红。

唯有纽儿傻乎乎地笑。张四爷瞧出这家人的窘迫，忙对田家兴说："天不早了，你还不领他们几位去旅店住下？"

田家兴会意，带着纽儿一家三口出了张家抻面馆。

扣儿拉住"清风客栈"女主人的手："二嫂，怎么这般巧，你们都来到樱花镇？我还准备从这里去看你呢！"那爽快的山里大嫂哈哈大笑："你男人的那个酒厂给我的信儿，说你们到这里旅行结婚！"

"什么？"扣儿大吃一惊，血倏地蹿上头顶。一瞬间，她仿佛什么都明白了！

五

几名樱花镇的泼皮，像机灵的大猫，从黑魆魆的夜雾里钻出来，匍匐着爬到张家抻面馆那间小木屋窗下，观察着里边的动静。他们本来翻墙越脊潜到樱桃酒厂那间为田经理夫妇准备下榻的房间外，准备偷听新婚夫妇的绵绵情话和那种撩人的亲昵音响。可是他们被酒厂更倌发现了，连损带骂一通后，又悄悄告诉他们，新婚夫妇在张家抻面馆。几个泼皮猛醒——怪不得里边漆黑一团呢！

不过现在的张家抻面馆也静悄悄的。往日这个时辰，无论谁从窗前走过，都会听到张四爷牛吼般的鼾声。今天这识趣的老儿准躲到哪里去了。泼皮们有些泄劲。大概新婚夫妇的情爱高潮已过，他们错过了愉悦性神经的机会。然而就在他们悻悻然要离开时，屋里却蓦然响起新婚夫妇的争吵声：

"你别急嘛，你听我说……这都是酒厂那些人搞的……我事先根本不清楚！"

"瞎说！他们怎么知道我俩已经登记，而且知道回来的时间？还有我姨父他们一家和赵二嫂，怎么都一起赶了来？"

"扣儿！"

"远点儿，涎皮赖脸的！"

"你听我解释嘛……反正咱俩也那么回事了，干脆……"

"不行！传到服装公司，我这模特儿还想不想干？"

"我不明白，你非得当那叫人欣赏的模特儿吗？"

"你说什么？你再说一遍？"

"扣儿！"

"走，回城去！"

"扣儿，我求求你，别这样！你这不是在樱花镇丢我脸吗？"

"那你怎么不替我想想？苏经理再三叮嘱，可你……"

"你别发火，我明天告诉酒厂人，谁也不许进城瞎嘞嘞！"

"哼！"

"消气啦？"

"你这馋猫！"

"扣儿！"

传出响亮的亲吻声。

泼皮们骨头都酥了。

…………

翌日行前，田家兴举行答谢宴会，感谢樱花镇各企业单位和父老乡亲对他和扣儿的盛情，并捐款两万元给镇医院，作为给鳏寡孤独老人的医药费。末了，他擎着酒杯振振有词："我还有一事拜托。俗话说，人怕出名猪怕壮。我们俩在省城都算小有名气，如果在那里举行婚礼，就势必要大事铺张，当今时尚逼得你不得不那么做。其实破费些资金倒无所谓，只是我们都不愿那么做，好像我们乡间人，一朝得志便忘乎所以。因此我俩决定回樱花镇，一来看望大家，二来简单完婚。只是提醒各位，此事要叫省城各界朋友得知，定会登门问罪，那时候的铺排也许更多，反不如在省城热闹一番了。我在这里强调一句，我俩回乡完婚的事，不要去省城张扬，待事情淡下去后，人们也就熟视无睹了。"

这番冠冕堂皇的话使满座人佩服得五体投地。他们赞叹田家兴深明事理不为时尚所左右。该施舍时挥金如土，不该浪费时珍惜寸金，不愧是远近闻名的乡间企业家。

扣儿也欣慰地笑了。

她暗暗惊异，她的田牛哥似乎比从前更精明更老练也更令人捉摸不透……

这段幽默小品就这么结束了。当扣儿随田家兴回到省城后，果然没有任何反应。扣儿轻描淡写地对苏昊和欧阳大姐说了说乡间的事，便全身心地投入时装模特儿的集训中。根据日程安排，她们三个月后就要出国了。服装公司任命扣儿为时装模特儿队队长，依旧聘请肖如男为教练，总负责人自然是苏昊了。

"柳姐，你和他破镜重圆啦？"肖如男趁训练休息的间隙，揽住扣儿的腰肢，嘴唇贴住扣儿的耳根，说着悄悄话。

两位丽人躺在排练厅松软的海绵垫上。

扣儿脸颊红扑扑的。她大概永远不会知道肖如男和田家兴那段富有讽刺意味的交往。肖如男却很平静。她早已把那曾经撩起她美好情愫的"乡间骑士"从爱情的辞典里抹掉。她佩服他的才干，她也神往他的风度，但她不能和他结合。也许世界上性格高傲的人成功结合的范例并不鲜见，但那"成功"的骨子里必定是一方已经臣服于另一方了。她既然不想做他的臣仆，而她也看出很难征服他那生来就想做皇帝的天性，如此就只有各奔前程了。她暗暗庆幸及早地了却了这桩风流公案，不然插在他和扣儿之间，该有多么尴尬！

"你是听欧阳大姐说的吧？"扣儿嫩腮贴着肖如男的俏脸，"她还告诉你什么了？"

肖如男戏谑地眨眨眼睛："除了你跟他已经登记，别的什么都没告诉！"

"哎呀，你什么都知道了！"扣儿失声叫起来。

"嘘——"肖如男瞧瞧还在屋外草坪上嬉闹的模特儿姑娘们，"你想叫他们都知道吗？据我所知，她们都有了未婚夫，要都学你的样，你们的苏经理还不气死呀？"

扣儿默声不响了。肖如男的话无意中触动了她的心事。

隐隐传来自行车铃声。

扣儿和肖如男凭听觉就知道是邮递员来了。

她们急忙从海绵垫上爬起，朝排练厅外跑去。

扣儿虽然念书不多，却喜欢看报纸，尤其喜欢看图文并茂的画报。

她们几乎同时收住了脚步。

花团锦簇的时装模特儿们挤挤匝匝地在争看一张报纸，那叽叽喳喳的议论像尖利的钢针直戳她们的耳膜：

"瞧，这不是咱们队长吗？"

"哟，旅行结婚啦？不是三年不准结婚吗？"

"那得分人哩！"

"就是嘛，人家是苏经理夫人的贴身丫头！"

"看你说得多难听！"

"难听？这还是好听的呢！她一个乡巴佬儿，斗大的字不识两麻袋，凭啥叫她当队长？"

"可不，咱十姐妹是按分数选上的，她呢？还没出场就晕了！"

"叫她当头儿，是羞辱咱们！"

"走，找苏经理去，咱姐妹也申请结婚！"

"对，把咱那十位王子找来，跟这姓田的小子比比！"

"服装公司要不同意，咱就集体辞职！"

…………

姑娘们越说声音越大，直到肖如男和扣儿突然从排练厅出来，她们才愤愤地闭上了嘴巴。

肖如男伸手从一位模特儿手中接过那张省城当天的报纸。在第二版"企业家生活"专栏里登载着一幅田家兴和扣儿在樱花镇街头的照片，通栏标题是"富贵不忘还乡，新婚捐款赞助"。内容大致是介绍田家兴和扣儿的简历和事迹。

肖如男默默地将报纸递给扣儿。

扣儿顿时呆如木鸡。

那十名职业时装模特儿讪笑着纷纷离去。

六

扣儿真想放声大哭！

她突然醒悟这一切都是田家兴事先设计好的。从他声泪俱下要求扣儿同意先跟他办理登记手续，到他道貌岸然地偕扣儿回樱花镇安排那些意味深长的场面，当然也包括报纸上刊载的这条消息，居然环环相扣前呼后应天衣无缝。

她觉得田家兴陡然变成了一个极其陌生的人。她心目中那个潇洒风趣而且待人真诚的田牛已经消失，眼前这位田家兴不但名字改变，连性格也判若两人了。他是那么善于伪装那么狡黠世故又那么不讲信义。他不是说好要守口如瓶不向外界透露他和她的秘密吗？倒好，明晃晃在报纸上，唯恐全城人对不上号，还配上一幅大照片，而且通栏标题又是那么一针见血。扣儿真感到不寒而栗。那颗被愚弄被伤害的心倏地缩紧，她本能地感到命运又要发生难以控制的变化。她像一只正在蓝天上自由飞翔的小鸟儿，冥冥中被一根肉眼难辨的丝线拽断翅膀，而后将不得不被关在蒙着黑纱的鸟笼里。

扣儿不是庸人自扰。她知道这则消息马上会带来反馈。她很早就从那十名出生在都市自诩高她一筹的伙伴眼睛里，读出了那一串鄙视、轻蔑和嫉妒。她虽然比她们更妖媚更有风韵，可她来自乡间，她们不能容忍她高出她们一分一厘，她们不愿承认她。头会儿那翩然飞起的喊叫不是一份份不言而喻的战表吗？扣儿明白，她们不见得都那么急着结婚，但她们保准要利用这次机会，将她驱逐出时装模特儿队。

扣儿的感觉相当敏锐准确。

——那十名职业时装模特儿同时向服装公司提出结婚申请，声称不满足她们的要求就全体辞职，除非公司履行条例，将扣儿除名。

须知这十名职业时装模特儿是从那百名学员中筛选出来的，而那百名学员又是从成千上万的姑娘堆里扒拉出来的，即使往低里说，她们也是省城百万人口中的丽人精华。倘若他们全部辞职，还去哪里寻找这等姿色的模特儿呢？何况花费那么多精力集中培训，又经过若干场时装表演，已经显示出这支队伍的实力，服装公司怎肯轻易失去她们呢？至于扣儿，虽然丽色撩人风韵超群，但她毕竟只有一个人，一个人怎么能代表"丽丽"服装公司时装模特儿队呢？而那十位都市姑娘，虽然单挑一个谁也不如扣儿拔尖，但她们组合在一起，却是一支顶呱呱的时装模特儿队。

服装公司的头头们连夜召开会议，紧急磋商对策。权衡再三，最后决定忍痛割爱……

雨淅淅沥沥地下着。阴郁的天气如同刚刚接到辞退通知书的扣儿此刻的心绪。她茫然若失地在人行道上缓缓行走，雨丝落在她绾起的发髻上，落在她苍白的面颊上。那双往日明亮清澈的眼睛蒙上了灰蒙蒙的雾。来去匆匆的行人显现在瞳仁里边的只是模模糊糊的轮廓。

一把玫瑰色的雨伞撑在她的头上。

耳边响起肖如男低低的嗓音："柳姐……"

扣儿嘴唇嚅动着，差点儿哽咽出声。

肖如男挽着她的胳臂踅进一家牛奶店。

她们去那僻静的角落坐下。

肖如男买了两杯热气腾腾的牛奶。

她们默默地吮吸着，谁也不说话。

不远处传来了深情徐缓的流行歌曲：

真情像草原广阔，

层层风雨不能阻隔，

总有云开日出时候，

万丈阳光照耀你我。

…………

雪花飘飘北风萧萧，

天地一片苍茫，

一剪寒梅傲立雪中，

只为伊人飘香，

爱我所爱无怨无悔，

此情长留心间。

…………

"柳姐，你对他也无怨无悔吗？"肖如男耐不住寂寞，瞧了瞧神情黯然的扣儿。

扣儿紧紧咬住嘴唇。

"他搞这套把戏跟你商量了吗？没有吧？他这个人我看透了，他有商人的精明狡猾、地主的贪婪自私、流氓的招法手段和皇帝的唯我独尊，当然他还有强人的品格英雄的胆略干大事业的素质！"

扣儿似懂非懂地仰起下颏。

"说真的，他这个人倒值得女人去爱，只是得付出代价！"

扣儿心里若有所动。

肖如男盯住扣儿的眼睛："你想寻求保护，可以嫁他。你要得到一个男人烈火般的情爱，也可以嫁他。你想要物质丰裕活得舒适，还可以嫁他。但是你要明白，你必须是个美丽的花瓶，点缀他豪华的房间；你必须是圆圆的月亮，显现他这太阳神的光辉；你必须整个儿地消失掉，包括你的名字也要变成经理夫人！"

"美丽的白天鹅，你可不要吓坏我的小鸽子！"田家兴不知什么时候突然出现在她们身后，略带嘲讽地盯着肖如男。

肖如男冷冷一笑："柳姐，我还得补充一句，你这位白马王子还有私人侦探的神技。"

扣儿怨恨地溜了田家兴一眼，索性转过头去不再理他。

田家兴矜持地笑笑，故作惊奇地："二位淑女，怎么见着我都这副模样？"

肖如男奚落地："哦，你居然还是表演天才！"

田家兴皱皱眉头："对不起，我想单独跟我妻子谈谈！"

"谁是你的妻子？"扣儿差点儿喊起来。

田家兴的脸色迅速变得铁青，他用眼角的余光觑见牛奶店里一张张愕然的面孔。

扣儿气得浑身发抖。她想站起来离开这里，头部突然一阵晕眩，胃里涌动着酸水，眼前的赋形都奇特地改变了先前的凝滞状态，最后她终于软软地晕倒在座位上。

田家兴立刻停止了和肖如男的舌战，急忙将扣儿抱到他那辆新近购置的小轿车上。之后，他有些神不守舍地望望肖如男："我真不敢邀请你再光临寒舍，不过……"

肖如男正色地："请你照顾好她，像个真正的男子汉！"

田家兴傲慢地："当然，她是我的妻子，不是翻脸不认人的情妇！"

肖如男脸颊突然涨红："你……"

小轿车悠悠地开走了。

肖如男眼睛里浸出了泪水。

七

都市的春夜本来就旖旎迷人，又笼上蒙蒙雨雾，就更显得情意缠绵。

柔和的光从田家兴寓所卧室的壁灯里发出来，照在依旧处于昏迷状态的扣儿脸上，将那睡美人的芳姿清晰地映在刚刚沐浴过的田家兴眼睛里。他吁了口气。经过医生的诊断，扣儿并没有什么疾病，只不过是情绪焦虑所致，只需静静地休息便能恢复神智的清醒。于是田家兴便把她送回来，放到那张软绵绵的双人床上。他临时取消了晚上和一家烟酒公司经理的会面，他要心情愉快地度过这美妙的春宵。

扣儿始终处于睡眠状态。不过从那泛起红晕的面颊和均匀平稳的呼吸中，田家兴欣喜地感觉出，她的全部机能都在恢复正常。

他目不转睛地凝视着她。

他似乎很久没有仔细地端详她了。

在樱花镇那段美妙的时日里，他们或者在樱桃林里野合，或者在田家兴与曹美容的房间里寻欢，却都是在黑暗中进行。省城邂逅以来，除了那第一个夜晚，他就再也没触摸过她美妙的胴体。或许是服装公司对职业时装模特儿们的约法三章使她变得矜持了，她不再同他效仿人类的始祖亚当和夏娃的故事。田家兴明白扣儿的心思。她是将炽热的情爱封闭起来，避免情感的旋涡将她淹没以至于和他提前完婚，有悖服装公司对她的厚望。美丽的姑娘，你是多么痴哟！青春逝去不复再来，你何必为当个模特儿而牺牲自己的快乐呢？田家兴不止一次喟然长叹。

现在，他无须再遗憾了。

扣儿已经被服装公司除名，他可爱的小鸽子飞回来了。而且他是那么聪明地和她办理了结婚登记手续——将这只小鸽子乖乖地关进笼子里。

剩下的事情该是他和她尽情地享受爱的乳浆了。

田家兴有些亢奋。

他蓦然萌生一个念头，他很想欣赏欣赏扣儿的胴体。他虽然曾经得到过她，却从来不曾看见扣儿裸体的全部形象。

他轻轻抹去扣儿脚上的丝袜。那白嫩的脚丫像艺术家精雕细刻出来的艺术品，连那脚趾间的缝隙都那么令人陶醉。他随即撩开遮盖在她身上的毛毯。他动作轻柔地解开她的裤带，褪去那条瘦瘦的健美裤和衬裤，那两条富有弹性的大腿，便使他目光迷离了。她仍旧昏睡。甚至连她的毛衣衬衣和乳罩都被田家兴剥下后，她依然没有醒。

田家兴失声叫起来。

她全身呈乳白色。胸廓微微起伏，乳房高耸颤动。无论是腹、臀和腿，都给人一种律动的曲线美。田家兴如炽如灼的眼睛从扣儿的眉眼口鼻胸部腋部一直搜寻到她身体的每一个部位，最后他像一枚点燃的火箭腾地蹿起，赤裸着男子汉的身躯，疯狂地扑了上去。

…………

扣儿倏地惊醒了。

朦胧中她瞧见田家兴那由于兴奋而有些变形的脸。

她涌上一种从来不曾对他有过的厌恶。

她拼命将他推下去。

她惊恐地扯过毛毯，遮住那尊圣洁的胴体。

田家兴惊愕地叫着："扣儿，扣儿，你怎么啦？是我，是我！"

扣儿紧紧闭住眼睛。

"你睁眼瞧瞧，这是咱们家！"

泪水濡湿了扣儿的睫毛。

"扣儿，扣儿！"

扣儿颤抖着啜泣……

田家兴爬过去，拽住扣儿白嫩的胳膊。

扣儿突然叫道："不许碰我！"

田家兴惬意地笑起来。

扣儿像只受惊的小鹿，嗖地跳到地毯上："你……你真不害羞！"

"羞？我羞什么？"田家兴仰脸躺在软床上，"我跟我老婆亲热，天经地义！"

"谁是你老婆？"

"这还用我教你吗？"田家兴啪啪地拍着健壮的大腿，挑逗地斜瞟着扣儿，"在樱花镇时你就应该知道！"

扣儿恨恨地："那是我错看了你！"

"你现在仔细看看！"田家兴赤裸的身躯兀地跳到扣儿面前。

扣儿又羞又气："你……你耍流氓！"

"哈……跟老婆耍流氓？"田家兴开心地大笑，"你把最高法院院长找来，也不会说我耍流氓！"

扣儿沉默了。她知道那道结婚登记手续已经把她和他连在一起了。她扪心自问，自己先前不就梦想这么一天吗？为什么这天来到了，自己又这么惶恐这么哀伤？他不是还那么潇洒那么精干那么富有男人味吗？而且他腰缠万贯再也不是先前那个穷光蛋，自己嫁给他还有什么不愉悦呢？哦，是因为他违背诺言使自己被服装公司除名吗？那不恰好显示他怕失去她而不择手段吗？退后一步，她落魄在清风岗和东山里时，不是有口饭吃就满足了吗？为什么一进入这座繁华都市就心境改变了呢？

自己是不是被这花花世界弄昏了头？一个女人，能够操持好家务侍候好男人保持好容貌，不就尽了命运交给女人的天职？何必还要去想那虚无缥缈的东西？

扣儿用乡间惯用的眼光去审视曾经发生的一切时，她对田家兴的厌恶竟渐渐消逝。那久违了的温馨重又在心头凝聚，多情的眼睛望着田家兴的雄性躯体，裹在身上的毛毯缓缓滑落。

田家兴惊喜得大叫。

他雄狮般扑过去。

卧室里突然变得一片黑暗。

八

街上行人匆匆。

每个人都在走自己的路。

虽然人生的终极都将通过死亡峡谷进入永恒，但留在世上的轨迹却是一条条不会重复的曲线。

扣儿的人生曲线将要朝哪个方向弯转延伸呢？

或许会像报刊上惋惜的那样："刚刚崭露头角便像流星般消逝""自主意识还没苏醒就茫然若失地走进迷谷"？

或许又似茶楼酒肆慨叹的那样："淡泊功名及时行乐""活得洒脱活得明白，是当代女流中的头脑睿智者"？

总之，扣儿因为婚姻问题而离开时装模特儿队的讯息，不胫而走，在省城的大街小巷迅速传开。显然扣儿不算什么

旷世奇才，但她那传奇般的经历和夺人魂魄的美貌，已经使
她成为本城舆论界热点之一。而田家兴自然早就位列本城名
人之林，其财富和风度曾使多少都市佳丽怦然心动。这样两
位众所瞩目的人物终成眷属，而且扣儿居然放弃明星时装模
特儿的殊誉，放弃出国表演的机遇——那种机遇甚至可以使
她登上成功的巅峰——这就使得他和她的结合更蒙上浓重的
罗曼蒂克色彩。

　　扣儿名副其实地成了经理夫人。她随着田家兴出入本城
最豪华的大商场，挑那最昂贵最华丽最时髦的服装鞋帽尽情
购买。田家兴声称要使妻子成为本城衣橱内最丰富的新娘。
他要求妻子每天至少更换三次服饰，而且更换过的装束不管
多么华贵，都必须俩月后才能再穿到身上，就是说，按照每
天三套毫不重复的服装计算，她可以换穿一百八十套。扣儿
觉得田家兴太奢侈太浪费了，田家兴亲着她馨香的脸蛋："小
鸽子，还是在鸡鸣岭乍见到你的时候，我就发誓要用最美最
新的服装打扮你。可惜那时候我太穷，只能发发誓做做梦。
现在我阔了富了，我的梦成了现实，我要向生活讨回赊欠我
的全部债务！"

　　"那也不能太惹人注意！"

　　"就是要惹人注意！这个世界是强者的世界富人的世界，我
要通过对你的打扮，叫人们知道我是强者我是富人我是最幸福
最叫人羡慕最叫人眼红的上等人！"

　　"那我不成了你的道具啦？"

　　"瞧你，还懂得道具！其实道具有什么不好？所有成功的演

出，都离不开道具！"

"可我是个人……"

"是个女人！懂了吗？好啦，快换衣服，我答应带你去拜访晋见各位朋友！"

于是热烈的拥抱甜蜜的吻。

于是她又打扮得花枝招展，贵重漂亮的金项链金耳环金戒指由他强迫着戴在她美妙的颈、耳和手指上。

于是她就随他穿梭般出入舞厅、酒会、影剧院及诸多公共场合中。

于是她和他深夜归来时，他像头精力过剩的雄狮，将她拥抱在宽大松软的席梦思上，发泄着他似乎永远那么强烈的情欲……

扣儿终于感觉出无聊和乏味！她只能像个影子似的随他出现。白天，他去公司里上班，将她留在寂静的寓所里。他叮嘱她不要单独出去，她太漂亮太惹眼，城市流氓可不似乡间泼皮，手黑心狠，什么手段都有。而且近日又出现了绑匪，万一她遭绑架，他就得破费十万八万。扣儿虽然觉得他未免有些夸张，但她也还是没有出去。出去见谁呢？在这繁星般的都市男女中，她只能和欧阳大姐和肖如男说说心里话。可惜欧阳大姐出去参加一个有关美容化妆方面的学术会议，她到现在还不知道扣儿被"丽丽"服装公司除名的消息呢！至于肖如男，正带领职业时装模特儿紧张地排练，哪里得暇听她絮絮叨叨呢？再说她既然已被人家除名，怎好意思再去时装模特儿队排练厅找肖如男？

最空虚最枯燥的要算无所事事了。

扣儿请求田家兴在公司里给她安排个事儿做，却遭到那英俊男子一番奚落："你能干什么呢？四年文化！大概只有当勤杂工最适合，可你也不替我想想？我堂堂的樱桃酒公司经理，老婆居然去当勤杂工，你叫我这张脸往哪儿放？"

"你！"扣儿觉出了屈辱，"要不是你耍阴谋，我怎么能天天圈在屋里？"

田家兴着迷地盯着扣儿那高耸的乳房，在乳白色睡袍下剧烈起伏，那么诱惑人的感官。他奔过去，想撩起扣儿那袭睡袍去抚摸她的乳头，却被扣儿狠劲甩开了。

田家兴讪笑着："小鸽子，晚上见！"

"回来！"扣儿激愤地："你叫我在家里光喘气吗？"

"亲爱的，我不是又给你买了套健美服吗？你穿上试试！哦，再好好化化妆，眉毛描得再细再弯些，眼影涂得再黑再浓些，晚上我带你出席舞会！"

傲慢的身影闪出去。

门上的暗锁转动几下。

那是安全锁，不用钥匙即使人在屋里也开不开。钥匙总是拴在田家兴的腰带上。

扣儿失声痛哭起来。

她蓦然觉得这间豪华寓所仿佛是一具水泥浇铸的棺材，而她则是活动的尸体。她这具活尸之所以还没僵死，全凭造物主赋给她的鲜活形象。当岁月的利爪将她的嫩脸弄得纹痕道道时，那跟朱元璋有相同出身的乡间骑士，就会像甩垃圾一样将她甩掉。这绝非是她杞人忧天。她始终不能把眼前这个田家兴和樱花镇那个田牛联系起来。扣儿小时候听人讲过借尸还魂的故事。也许，她先前笃爱的田牛哥已经死去，眼前这个田家兴不过是假借他的躯壳附上另一颗灵魂的陌生人罢了！

当然她明白这都是她的牵强附会。

毋庸置疑的是他变了。

是什么使他变的呢？

她茫然。

"丁零零……"

不是门铃声，是那台刚刚修理好的电话。扣儿懒得去接，反正都与她无关。她不想给他当传声筒，她现在有些恨他。

"丁零零……"

电话铃声固执地响着。

扣儿迟疑地摸起话筒。

她蓦地哽咽起来。

话筒里传来欧阳大姐的嗓音："我刚到家，我想立刻见到你！"

扣儿收住哭声："你晚上来吧……"

"为什么？"

"他不在家，门锁着！"

"……"

过去了很长时间，扣儿的耳边才响起欧阳大姐的声音："你的事情我听老苏说了……我们都很惋惜……我只想问你一句话，你还想不想当职业时装模特儿？"

扣儿眼泪又流了出来："我……我想当也晚啦……他叫我上了圈套……我已经被除名……"

"服装公司刚刚接到各方面的来信，都替你鸣不平……老苏他们马上要重新研究！"

扣儿的心咚地蹦到嗓子眼，可是她很快又神色黯然了："她们会容我吗？"

"你是说那十位模特儿姑娘？她们先前不了解你……我把你和田家兴登记的真情告诉了她们，她们都觉得错怪了你！现在她们都坐在我身边，噢，她们要跟你说话！"

于是从话筒里传来模特儿姑娘们争抢着喊叫的声音：

"队长，向你道歉！"

"队长，对不起啦！"

"队长，你回来吧！"

"队长，我们等着你！"

"队长……"

"队长……"

…………

扣儿突然哭出了声。

"柳姐！"显然是肖如男的声音，"你不应该哭，你应该当机立断！"

"叭！"话筒撂下了。

扣儿的脸色渐渐开朗起来……

九

晚霞暗淡时，田家兴驱车回来了。他一口气跑上七楼，迅速将钥匙插进暗锁孔转动几下，哗啦推开油漆铁门大叫："快，小鸽子，快跟我下去，参加联谊会！"

扣儿缓缓从客厅里走出来。

她淡淡妆，她天然样，她穿着自己先前的睡袍，显得那么绰约那么飘逸。

"你怎么不穿我买的那套衣服？瞧，眉毛也没描，眼影也没抹，你想叫文艺界那些名人笑我寒酸哪？"

扣儿冷冷地："对不起，我不能陪你去！"

"那怎么行？这是作家、艺术家和企业家的联谊会，那么多人想参加都参加不上！"田家兴傲然地将电动剃须刀对准青黑色的下巴。见扣儿毫无反应，又加重语调："你知道都什么人出席吗？除了本城最著名的企业经理、财主大亨，就是文艺界的才子！"

"那我就更不能去了，四年文化，勤杂工，你不怕丢你面子？"

"哦？你的气还没消啊？早晨的话算我说错了，我给你道歉，行了吧？赶快化妆，叫那几位阔佬见识见识，我的小鸽子超没超过潘虹龚雪？"

"我再说一遍，我不能去！"

"什么？"

扣儿不再搭理他，脱去睡袍，随便换上一套便装，那是欧阳大姐给她买的。她随即又去盥洗间随随便便擦了把脸，之后，就开始默默地拾掇衣物。她本来有很多时间可以做这些事，但她深谙田家兴的多疑猜忌，她要当着他的面，把他那些稀罕物留下，她不能叫他觉得她对他的富有多么眷恋。

田家兴突然觉察到有些不对劲儿，他的嗓音不知为什么变得嘶哑："你……你想干什么？"

扣儿竭力控制着自己的情绪，神色显得有些凄然，尽管嘴角上挂着一缕笑，但那辐射开去的笑纹显得那么僵直生硬："家兴……我想跟你好好谈谈！"

"有啥话，你就说吧！"田家兴心里虽然很焦躁，但脸上丝毫不露声色。

扣儿显然经过深思熟虑，那声音分外坚决："我觉得……我还是应该回去！"

"哦？回哪儿去？"

"服装公司给我买的那套房间。"田家兴不出声地笑了："他们已经将你除名，还会把房子留给你吗？"

扣儿闪动着越来越明亮的眼睛："欧阳大姐告诉我，服装公司准备叫我回去！"

"嗯？她来过？"田家兴下意识地摸摸腰带上的钥匙，"她是怎么进来的？"

扣儿瞧了瞧那台电话。

田家兴明白了。他在心里暗骂自己："该死，怎么忘了掐断电话线？"

扣儿从他的沉默中觉出一线希望，便亲昵地一笑："你同意吗？"

田家兴忘情地盯住那张越发细腻越发妩媚的脸，心里痒痒的，一句近乎猥亵的话儿险些脱口而出："我能舍得你这活鲜鲜的美味吗？"不过他只是摇了摇头。

扣儿眼睛里的希望之光消逝了。她微蹙蛾眉："我希望你别把事做绝！"

"这话应该对你自己说！"田家兴突然暴躁起来，"不管怎么说，我们都已经结为夫妇，你至少应该尊重我的感情我的人格！"

"你尊重过我吗，当你要弄那些手段的时候？跟你明说，我不想做你的影子做你的道具！"

"扣儿！"田家兴的声音里融进暖暖的温情，那张因发自心底的真实情感而变得亲切的面孔显现在扣儿的眸子里。

"难道我们俩就这么分手吗？想想鸡鸣岭想想樱花镇，你就那么绝情？"

扣儿的眼睛又湿润起来。她天性善良多情，感情又很脆弱。倘若田家兴那真诚的面孔再持续一会儿，也许扣儿就会在那强大的情感冲击下又一次防线崩溃。可惜他的变化太快太叫人难以捉摸。那哀伤的余音还在房间里缭绕，渗透着嘲讽和激愤的句子又迅速吐出，"我真不明白，你嫁给我有什么不好？人不能好了伤疤……"

"你不要说了！"扣儿为自己一瞬间的动摇而羞愧。人的命运常常取决于一念之差呀！

田家兴猛地发觉自己失言了。他像匹困在笼子里的野兽，不安分地来回走动着。他在思考对策。他似乎觉得自己太缺少铁腕性格，她不是还跟他有婚姻约束吗？她不是还攥在他手心里吗？他只要收拢五指，她还能飞出去吗？冷笑浮上他的面颊，那从鼻腔里喷出来的"哼"越发响亮："今天晚间的联谊会是去不成了……不过我还得告诉你一件事，各界朋友嫌我们结婚太草率，连个像回事儿的典礼都没举行，纷纷建议我在城里补补这个缺。我也觉得有些小气，不符合时代潮流，出于商业联谊外交的考虑，我已经决定，农历六月十八在南湖'新星饭庄'举行婚礼大典。为什么选择这个日子，因为这一天是我的甜甜樱桃酒公司成立的良辰吉日！"

扣儿感到又好气又好笑。她不屑一顾地瞟了田家兴一眼："如果你跟另外一个女人结婚，我表示祝贺！"

田家兴脸色倏地变得极其难看："我的忍耐是有限度的，人都得识趣，别给张脸往鼻子上抓！"

扣儿心里一颤，她从来没见过他这副阴森森的面孔。她急忙抓起旅行袋向外跑去。没跑几步，便被田家兴一把抓住肩头，随即蛮横地被他推回卧室。

扣儿哭喊着："你……你这个无赖！"

田家兴迅速扯去她的衣裤。

扣儿的眼前顿时浮现出不太遥远的一幕：黑魃魃的夜色笼罩着细柳轻摇的松花江边，摇动的手电光柱里，她正被短腿蠢汉纽儿纠缠。瞬间那蠢汉变成了眼前的田家兴，那水声呜咽的江边也幻化成灯光迷离的卧室。纽儿和田家兴的面孔交替出现朝她狞笑。她怕极了，失声喊着："赵三哥，快救我！"

田家兴醋性发作，他狠劲抽了扣儿一记耳光，然后将那散发着酒气的嘴巴紧紧贴在扣儿的嫩唇上。

血腥味和酒味使扣儿窒息过去。

远处传来火车站大钟的音响。

夜雾将都市灯火弄得一片昏黄……

结　局

他神魂有些颠倒。他被那位都市佳丽所魅惑。待他蓦然醒悟时，丽人已经远行……

正在发生的故事

——其五

夜深沉。

寂寥的市井仿佛落潮后的海滩，那嘈杂的喧嚣早已消逝，只有夜风不甘寂寞地呜咽着。稀疏的灯火无意抵御夜色的进攻，将那一座座曾经辉煌明亮的城市建筑拱手让给黑暗。当然也有寸步不让者，譬如田家兴这所已经失去意义的新房。

时间在悄悄地流逝，两位先前的恋人都在默默想着心事。田家兴偷眼瞄着肖如男那两条若隐若现的大腿，心里在琢磨她的话有几分可信性。这个弯毕竟转得太陡了，几乎令人难以置信。她为什么想跟他修复已经破损了的篱笆呢？而且是在她的好朋友遭到不幸的时候！依她的性格、品性，田家兴无论怎么情愿，也找寻不出解释她之所以这么做的合理依据。抑或她是来试探自己？或者确切说是扣儿委托她来的。目的自然是要考查他是否心肠改变。因为但凡有一点儿常识的人都明白，容貌被毁的扣儿，对于田家兴来说，无疑已失去诱惑力，变成了随时可能被甩掉的包袱。不过，他要做得不露痕迹。即使他想那么做，也不是现在。他知道怎样沽名钓誉往自己脸上拍粉。他不能将自己的真实心理轻易地透露给这位莫测高深的都市佳丽。万一她张扬出去搞臭自己呢？他不能不防。他从那些散发着血腥味的商业交往中悟出处理都市社会人际关系的真谛，那就是对谁都不要信任，甚至包括对一往情深的恋人。

田家兴索性闭上眼睛。他要尽力摒除那使他心绪纷乱的性感刺激。他要始终保持头脑清醒。他故意默不作声，瞧看肖如男怎么样把这幕戏演下去。

肖如男有些焦虑。

对方那细微的心理变化，她都能感觉出来。

也许她要弄巧成拙？

两月前，全凭欧阳大姐出面说合，才将田家兴说通，勉强同意扣儿回职业时装模特儿队，但目的只是为了叫她消愁解闷，根本不答应扣儿出国进行时装表演，同时限定农历六月十八日结婚大典那天止，以后如何安排另作考虑。

扣儿愤然向法院递交了离婚申请书，但田家兴八方活动，最后法院以理由不充分驳回扣儿的申请。扣儿虽然又搬回了"丽丽"服装公司调配给她的房子里，但形式上的分居并不意味着她已获得自由。田家兴几乎天天上门纠缠她，而且那态度越发恶劣。

日子一天天逼近出国日期，服装公司马上召开会议，敲定职业时装模特儿出国的最后人选。在研究扣儿的问题时，五个头头除一个保持中立外，其余四人形成截然分明的对立面。持反对意见的二三把手咬定扣儿违反了公司的规定，如果首开先例，其他姑娘都会纷纷效仿，职业时装模特儿队将变成新娘队，待那些新娘先后怀孕后，这支精心培育现已颇有名气的时装模特儿队就算寿终正寝了。经理苏昊明知这两人都被田家兴买通，但扣儿也确实有把柄攥在人家手里，便也不好再坚持。经过再次磋商，决定限扣儿三天时间，要么离婚，要么离队，何去何从，从速决断。其实谁心里都明白，扣儿前两月提出离婚已经败诉，怎么会在三天内办理完离婚手续？何况田家兴为了大出风头，已经风风火火地在筹备着婚礼大典，后天就是农历六月十八日了。

苏昊将此讯告诉了欧阳大姐。欧阳大姐连连叹息。她觉得机遇对于每个人来说，也许一生只有一次，错过了，便永远也不会再有。依扣儿目前的表演水平，倘若出去转转，没准会红极一时呢！可惜她命乖运蹇，嫁给了那么自私那么傲慢又那么颇有神通的人物，也许上帝打发她到人世上，就是给那位乡间骑士做花瓶？

最痛苦的还是扣儿。

她倒不十分惋惜失去了环球表演的机遇，她只求活得自由自在。她没有成名的欲望，她只有做人的愿望。当初，从鸡鸣岭出逃时，她做梦都梦不到她会成为名噪一时的时装模特儿。她只是不堪忍受姨父姨母奴隶主般的"保护"，她只是不肯接受纽儿猪狗般的"情爱"。她去樱花镇，她走清风岗，她奔东山里，她进大都市……她没有别的奢望，只求活得像个人，像个真正的人。然而她在苦苦奔波一圈后，她发觉自己还在"圈"里！虽然她住进高楼大厦，但她的感觉还在鸡鸣岭那茅屋篱舍。她的丈夫虽然比纽儿潇洒比纽儿英俊比纽儿精明比纽儿能干，但他骨子里和纽儿没什么两样！她逃出了纽儿一家的小圈圈，又掉进了更可怕的大圈圈。这是无形的可怕的圈圈啊，它究竟是因何形成受什么支配又是怎样令人肉眼难辨地箍住我们的生活，自然是扣儿无法理喻的了。

她只是恨自己这张俏脸这副身条。

姨父姨母不就因为她太美才不给她好衣服穿吗？

樱花镇那些泼皮无赖不就因为她太美才天天不怀好意地去押面馆吗？

"清风客栈"老板赵寒不就因为她太美才做出那般禽兽不如的丑事吗？

那可亲可敬的恶面人赵鬼不就因为她太美才惨死的吗？

而她的丈夫田家兴不就因为她太美才把她像个珠宝一样收藏起来吗？

美貌使她失去了自由！

美貌使她连遭厄运！

难道真如古训："美是祸水"？

还是生活中丑太多了容不下美？

扣儿心里悲伤地喊着："爸爸妈妈，原谅女儿糟蹋你们的骨血吧，既然花容月貌给我带来的只是痛苦，我还要它做什么？"

她摸起一把锋利的剪刀，朝自己脸上划去！

然而她的手腕被死死攥住了。

剪刀落地……

是肖如男。

"柳姐！"

"如男！"

两位丽人相互凝视。

"柳姐……"

"嗯？"

"你真想和他离？"

"嗯！"

"他很阔，腰揣百万……"

"还有比钱更珍贵的东西！"

"他那么潇洒那么有风度，你就一点儿也不留恋吗？"

"……留恋。"

"哦？"

"但我一感到他是把我当成好看的衣服穿在身上时，我就忍受不了！"

"这倒是颗苦果……"

"我想了好久……横心将它吞下去，你能帮助我吗？"

"不妨试试看！"

…………

"喂，你怎么不作声？"肖如男盯着面带讥诮的田家兴，似乎猜出了他心里的疑惑。"哦，你不相信？"肖如男轻盈地站起来缓缓走去。窸窣的纱裙将一股淡淡的玫瑰香散发开来，飘进田家兴的鼻孔。他冲动地奔过去，抚住肖如男那潜藏在纱裙下的肩膀。

肖如男微微一颤。

她得体地推开田家兴的手："说真的，你倒真有点儿男人味，不过，我可不会做你的情妇！"

"如男！"田家兴面色苍白，"当初怨我没尊重你的事业，现在……你只要答应嫁给我，我绝不干涉你的工作！"

肖如男微微一笑："乡间骑士，别忘了你已经是柳三月的丈夫！"

"我很快就会和她……"

"解除婚约？"

"这得看你愿不愿嫁给我！"

"如果你马上办理手续，我明天就跟你入洞房，你今天的花销都不会失去意义！"

"真的？"

"真的！"

"你用什么证明你的诚意呢？"

"随你便，不过在你签字之前，我不会成为你床上的新娘，否则，我将变成灵魂不得安宁的第三者！"

"这可难了，夜半更深，法院不会为我特别开庭，再说她容貌被毁，我怎好意思先提出来？"

"如果她先提出来呢？"

"简直笑谈！她失去了美貌便失去了本钱，她这回说啥也不会先提离婚了！"

"你恰恰想错了，她正因为失去美貌，觉得你不会再爱她，她不愿忍受屈辱，才会先提出离婚！"

"但愿如你所想……"

"当然！"

"哦？"

"瞧，这是柳姐委托护士转给我的。没有这份离婚申请，我怎么能想入非非要重温旧梦？"

"唔？她很信赖你？"

"是呀，我是她的形体教师！"

"你没把咱俩的事跟她说吧？"

"我还不至于那么蠢，朋友不做倒成情敌！"

"妙极了！"田家兴欣喜欲狂地去吻肖如男。

肖如男灵巧地躲开："骑士，离婚手续没办，不许碰我！"

"你真能撩人！"田家兴悻悻地。

"对不起，太晚了，我就睡在客厅吧！"肖如男轻盈地走出去。

田家兴叫道："你睡卧室里！"

"不！"肖如男耍个鬼脸，"我要保持对这洞房的新鲜感！"

…………

翌日上午，两份离婚证书分别签署了。田家兴显得有些沮丧。他对肖如男嘀嘀咕咕："你说我这事做得是不是太残忍了？"

"我觉得这很好，起码表里如一！"

"我们啥时登记结婚？"

"咱俩先去海味餐馆，然后你陪我去单位开结婚介绍信！"

田家兴冷冷一笑："小姐，你的戏演得不错！"

肖如男微微一笑："你都知道了？"

田家兴讥讽地："从昨天你掏出那份离婚申请的一刹那，我就看出了你的来意！"

"你有何感想呢？"

"我感谢你的热心，不然我怎么能这么快就甩掉包袱？这可是她主动要离的，我不负任何道义的责任！"

肖如男突然惬意地大笑起来。还没等田家兴弄明白是怎么回事，只见一辆红色出租轿车远远驶来，吱的一声停在路边。车门轻轻推开，从里边出来一位窈窕淑女。她穿着一袭紧身旗袍裙，将全身的轮廓恰到好处地显现出来。略显清瘦的脸庞愈发见出清丽，一双潜藏着苦痛的双眸仿佛比往日深邃许多，连那光洁的额头和抿紧的嘴唇都标志着成熟。

田家兴像一具僵尸戳在那里。那窈窕淑女是扣儿！

她脸上哪来的伤疤？造物主既然把山川灵秀日月精华凝聚于她一身，怎能随意糟蹋？这美的精灵，依旧于恬淡中透出夺人魂魄的美！

田家兴心痛欲碎悔恨交集。

他真想号啕大哭。

他忍住了。

他毕竟是个男子汉！他自恃有的是金钱，他发誓要把失去的再夺回来！

然而当他目送扣儿挽住肖如男钻进那辆红色出租轿车时，一种从没体验过的巨大悲哀突然攫住了他，直到那红色的车影在视野中消失，他才软软地跌坐在地上。

老黑不知什么时候出现在他身后。

"经理！"

"唔？"

"我来向你请罪！"

"嗯？"

"那面容被毁的是另外一位新娘，我有意谎报了军情！"

"什么？"田家兴倏地盯住老黑，盯住这位心腹兄弟。

老黑叹了口气，掏出一份辞呈缓缓递过去，然后摇晃着矫健的身躯，朝喧嚣的市井中走去。

田家兴趔趔趄趄地站起来。

他傲然地睥睨着都市大街上汹涌的人流。

火辣辣的太阳泼洒着光和热。

这是一个酷热的夏日。

…………

一切都似乎顺理成章地过去了。

时光依旧亘古如斯地流逝。

然而这些远不是结局。

至少对田家兴和柳三月这般年纪的人来说，未来还是个谜。

谁能猜中那充满诱惑的谜底呢？

谢谢！